OEUVRES

COMPLETES

DE

VOLTAIRE.

OEUVRES

COMPLETES

DE

VOLTAIRE.

TOME SECOND.

DE L'IMPRIMERIE DE LA SOCIÉTÉ LITTÉRAIRE-
TYPOGRAPHIQUE.

1 7 8 5.

THEATRE.

TABLE

DES PIECES

CONTENUES DANS CE VOLUME.

iv   T A B L E.

Fin de la Table du Tome fecond.

ZAIRE,

Mon Dieu qui me la rens me la
rens-tu chrétienne ? *Zayre Acte 3. Scene 3.*

J. M. Moreau le J.eur   1782   Ph. Triere Sculp.

ZAÏRE,

TRAGEDIE.

Repréſentée , pour la première fois , le
13 auguſte 1732.

AVERTISSEMENT.

Ceux qui aiment l'histoire littéraire seront bien aise de savoir comment cette pièce fut faite. Plusieurs dames avaient reproché à l'auteur qu'il n'y avait pas assez d'amour dans ses tragédies ; il leur répondit qu'il ne croyait pas que ce fût la véritable place de l'amour ; mais que puisqu'il leur fallait absolument des héros amoureux, il en ferait tout comme un autre. La pièce fut achevée en vingt-deux jours : elle eut un grand succès. On l'appelle à Paris *tragédie chrétienne*, et on l'a jouée fort souvent à la place de Polyeucte.

EPITRE DEDICATOIRE

A M. FALKENER,

Négociant anglais, depuis ambaſſadeur à Conſtantinople.

Vous êtes anglais, mon cher ami, et je ſuis né en France; mais ceux qui aiment les arts ſont tous concitoyens. Les honnêtes gens qui penſent ont à peu - près les mêmes principes, et ne compoſent qu'une république : ainſi, il n'eſt pas plus étrange de voir aujourd'hui une tragédie françaiſe dédiée à un anglais, ou à un italien, que ſi un citoyen d'Ephèſe ou d'Athènes avait autrefois adreſſé ſon ouvrage à un grec d'une autre ville. Je vous offre donc cette tragédie comme à mon compatriote dans la littérature, et comme à mon ami intime.

Je jouis en même temps du plaiſir de pouvoir dire à ma nation, de quel œil les négocians ſont regardés chez vous; quelle eſtime on fait avoir en Angleterre pour une profeſſion qui fait la grandeur de l'Etat; et avec quelle ſupériorité quelques-uns d'entre vous repréſentent leur patrie dans leur parlement, et ſont au rang des légiſlateurs.

Je ſais bien que cette profeſſion eſt mépriſée de nos petits - maîtres ; mais vous ſavez auſſi que nos petits-maîtres et les vôtres ſont l'eſpèce la plus ridicule qui rampe avec orgueil ſur la ſurface de la terre.

Une raiſon encore qui m'engage à m'entretenir de belles-lettres avec un anglais plutôt qu'avec un autre, c'eſt votre heureuſe liberté de penſer; elle en communique à mon eſprit; mes idées ſe trouvent plus hardies avec vous.

> Quiconque avec moi s'entretient,
> Semble diſpoſer de mon ame:
> S'il ſent vivement, il m'enflamme;
> Et s'il eſt fort, il me ſoutient.
> Un courtiſan pétri de feinte,
> Fait dans moi triſtement paſſer
> Sa défiance et ſa contrainte;
> Mais un eſprit libre et ſans crainte
> M'enhardit et me fait penſer.
> Mon feu s'échauffe à ſa lumière,
> Ainſi qu'un jeune peintre, inſtruit
> Sous le Moine et ſous Largillière,
> De ces maîtres qui l'ont conduit,
> Se rend la touche familière;
> Il prend malgré lui leur manière,
> Et compoſe avec leur eſprit.
> C'eſt pourquoi Virgile ſe fit
> Un devoir d'admirer Homère;
> Il le ſuivit dans ſa carrière,
> Et ſon émule il ſe rendit,
> Sans ſe rendre ſon plagiaire.

Ne craignez pas qu'en vous envoyant ma pièce, je vous en faſſe une longue apologie : je pourrais vous dire pourquoi je n'ai pas donné à *Zaïre* une vocation plus déterminée au chriſtianiſme, avant qu'elle reconnût ſon père, et pourquoi elle cache ſon ſecret à ſon amant, &c.; mais les eſprits ſages qui aiment à rendre justice, verront bien mes raisons sans que je les indique : pour les critiques déterminés, qui sont disposés à ne me pas croire, ce serait peine perdue que de les leur dire.

Je me vanterai seulement avec vous d'avoir fait une pièce assez simple, qualité dont on doit faire cas de toutes façons.

> Cette heureuse simplicité
> Fut un des plus dignes partages
> De la savante antiquité.
> Anglais, que cette nouveauté
> S'introduise dans vos usages.
> Sur votre théâtre infecté
> D'horreurs, de gibets, de carnages,
> Mettez donc plus de vérité,
> Avec de plus nobles images.
> Addisson l'a déjà tenté ;
> C'était le poëte des sages,
> Mais il était trop concerté ;
> Et dans son Caton si vanté,
> Ses deux filles, en vérité,
> Sont d'insipides personnages.
> Imitez du grand Addisson
> Seulement ce qu'il a de bon ;
> Polissez la rude action
> De vos Melpomènes sauvages,
> Travaillez pour les connaisseurs
> De tous les temps, de tous les âges ;
> Et répandez dans vos ouvrages
> La simplicité de vos mœurs.

Que Meſſieurs les poëtes anglais ne s'imaginent pas que je veuille leur donner *Zaïre* pour modèle : je leur prêche la ſimplicité naturelle et la douceur des vers; mais je ne me fais point du tout le ſaint de mon ſermon. Si *Zaïre* a eu quelque ſuccès, je le dois beaucoup moins à la bonté de mon ouvrage, qu'à la prudence que j'ai eue de parler d'amour le plus tendrement qu'il m'a été poſſible. J'ai flatté en cela le goût de mon auditoire : on eſt aſſez ſûr de réuſſir quand on parle aux paſſions des gens plus qu'à leur raiſon. On veut de l'amour, quelque bon chrétien que l'on ſoit; et je ſuis très-perſuadé que bien en prit au grand *Corneille* de ne s'être pas borné, dans ſon Polyeucte, à faire caſſer les ſtatues de *Jupiter* par les néophytes ; car telle eſt la corruption du genre humain, que peut-être

> De Polyeucte la belle ame
> Aurait faiblement attendri,
> Et les vers chrétiens qu'il déclame
> Seraient tombés dans le décri,
> N'eût été l'amour de ſa femme
> Pour ce païen ſon favori,
> Qui méritait bien mieux ſa flamme
> Que ſon bon dévot de mari.

Même aventure à peu-près eſt arrivée à *Zaïre*. Tous ceux qui vont aux ſpectacles m'ont aſſuré que, ſi elle n'avait été que convertie, elle aurait peu intéreſſé ; mais elle eſt amoureuſe de la meilleure foi du monde, et voilà ce qui a fait ſa fortune.

Cependant il s'en faut bien que j'aie échappé à
la cenfure.

> Plus d'un éplucheur intraitable
> M'a vétillé, m'a critiqué :
> Plus d'un railleur impitoyable
> Prétendait que j'avais croqué,
> Et peu clairement expliqué
> Un roman très-peu vraifemblable,
> Dans ma cervelle fabriqué ;
> Que le fujet en eft tronqué,
> Que la fin n'eft pas raifonnable ;
> Même on m'avait pronoftiqué
> Ce fifflet tant épouvantable
> Avec quoi le public choqué
> Régale un auteur miférable.
> Cher ami , je me fuis moqué
> De leur cenfure infupportable.
> J'ai mon drame en public rifqué,
> Et le parterre favorable
> Au lieu de fiffler m'a claqué.
> Des larmes même ont offufqué
> Plus d'un œil , que j'ai remarqué
> Pleurer de l'air le plus aimable.
> Mais je ne fuis point requinqué
> Par un fuccès fi défirable :
> Car j'ai comme un autre marqué
> Tout les *deficit* de ma fable.
> Je fais qu'il eft indubitable
> Que pour former œuvre parfait
> Il faudrait fe donner au diable ;
> Et c'eft ce que je n'ai pas fait.

A 4

Je n'ose me flatter que les Anglais faffent à Zaïre le même honneur qu'ils ont fait à Brutus, (*a*) dont on a joué la traduction fur le théâtre de Londres. Vous avez ici la réputation de n'être ni affez dévots pour vous foucier beaucoup du vieux *Lufignan*, ni affez tendres pour être touchés de *Zaïre*. Vous paffez pour aimer mieux une intrigue de conjurés qu'une intrigue d'amans. On croit qu'à votre théâtre on bat des mains au mot de *Patrie*, et chez nous à celui d'*Amour;* cependant la vérité eft que vous mettez de l'amour tout comme nous dans vos tra-gédies. Si vous n'avez pas la réputation d'être tendres, ce n'eft pas que vos héros de théâtre ne foient amoureux; mais c'eft qu'ils expriment rare-ment leur paffion d'une manière naturelle. Nos amans parlent en amans, et les vôtres ne parlent encore qu'en poëtes.

Si vous permettez que les Français foient vos maîtres en galanterie, il y a bien des chofes en récompenfe que nous pourrions prendre de vous. C'eft au théâtre anglais que je dois la hardieffe que j'ai eue de mettre fur la fcène les noms de nos rois et des anciennes familles du royaume. Il me paraît que cette nouveauté pourraît être la fource d'un genre de tragédie qui nous eft inconnu juf-qu'ici, et dont nous avons befoin. Il fe trouvera fans doute des génies heureux qui perfectionneront cette idée, dont Zaïre n'eft qu'une faible ébauche. Tant que l'on continuera en France de protéger les lettres, nous aurons affez d'écrivains. La nature

_____

(*a*) M. de *Voltaire* s'eft trompé; on a traduit et joué Zaïre en Angleterre avec beaucoup de fuccès.

forme prefque toujours des hommes en tout genre
de talent; il ne s'agit que de les encourager et de
les employer. Mais fi ceux qui fe diftinguent un
peu n'étaient foutenus par quelque récompenfe
honorable, et par l'attrait plus flatteur de la confidération ; tous les beaux arts pourraient bien
dépérir au milieu des abris élevés pour eux, et
ces arbres plantés par *Louis XIV* dégénéreraient,
faute de culture : le public aurait toujours du goût,
mais les grands maîtres manqueraient. Un fculpteur
dans fon académie verrait des hommes médiocres
à côté de lui, et n'élèverait pas fa penfée jufqu'à
Girardon et au *Puget ;* un peintre fe contenterait
de fe croire fupérieur à fon confrère, et ne fon-
gerait pas à égaler *le Pouffin.* Puiffent les fucceffeurs
de *Louis XIV* fuivre toujours l'exemple de ce grand
roi, qui donnait d'un coup d'œil une noble émulation à tous les artiftes ! Il encourageait à la fois
un *Racine* et un *van-Robais*..... Il portait notre
commerce et notre gloire par de-là les Indes ; il
étendait fes grâces fur des étrangers étonnés d'être
connus et récompenfés par notre cour. Par - tout
où était le mérite, il avait un protecteur dans
Louis XIV ;

Car de fon aftre bienfefant
Les influences libérales,
Du Caire au bord de l'Occident,
Et fous les glaces Boréales,
Cherchaient le mérite indigent.
Avec plaifir fes mains royales
Répandaient la gloire et l'argent :

Le tout fans brigue et fans cabales.
Guillelmini, Viviani,
Et le célefte Caffini,
Auprès des lis venaient fe rendre,
Et quelque forte penfion
Vous aurait pris le grand Newton,
Si Newton avait pu fe prendre.
Ce font-là les heureux fuccès
Qui fefaient la gloire immortelle
De Louis et du nom français.
Ce Louis était le modèle
De l'Europe et de vos Anglais.
On craignait que par fes progrès
Il n'envahît à tout jamais
La monarchie univerfelle;
Mais il l'obtint par fes bienfaits.

Vous n'avez pas chez vous des fondations pareilles aux monumens de la munificence de nos rois, mais votre nation y fupplée. Vous n'avez pas befoin des regards du maître pour honorer et récompenfer les grands talens en tout genre. Le chevalier *Steele* et le chevalier *Wanbrouck* étaient en même temps auteurs comiques et membres du parlement. La primatie du docteur *Tillotfon*, l'ambaffade de M. *Prior*, la charge de M. *Newton*, le miniftère de M. *Addiffon*, ne font que les fuites ordinaires de la confidération qu'ont chez vous les grands hommes. Vous les comblez de biens pendant leur vie, vous leur élevez des maufolées et des ftatues après leur mort; il n'y a point jufqu'aux actrices célèbres qui n'aient chez vous

leur place dans les temples à côté des grands
poëtes.

> Votre Oldfields (b) et fa devancière
> Bracegirdle la minaudière,
> Pour avoir fu dans leurs beaux jours
> Réuffir au grand art de plaire,
> Ayant achevé leur carrière,
> S'en furent avec le concours
> De votre république entière,
> Sous un grand poêle de velours,
> Dans votre églife pour toujours,
> Loger de fuperbe manière.
> Leur ombre en paraît encor fière,
> Et s'en vante avec les Amours :
> Tandis que le divin Molière,
> Bien plus digne d'un tel honneur
> A peine obtint le froid bonheur
> De dormir dans un cimetière ;
> Et que l'aimable le Couvreur,
> A qui j'ai fermé la paupière,
> N'a pas eu même la faveur
> De deux cierges ét d'une bière,
> Et que monfieur de Laubinière
> Porta la nuit par charité
> Ce corps autrefois fi vanté,
> Dans un vieux fiacre empaqueté,
> Vers le bord de notre rivière.
> Voyez-vous pas à ce récit
> L'Amour irrité qui gémit,

(b) Fameufe actrice mariée à un feigneur d'Angleterre.

Qui s'envole en brifant fes armes,
Et Melpoméne toute en larmes,
Qui m'abandonne, et fe bannit
Des lieux ingrats qu'elle embellit
Si long-temps de fes nobles charmes ?

Tout femble ramener les Français à la barbarie
dont *Louis XIV* et le cardinal de *Richelieu* les ont
tirés. Malheur aux politiques qui ne connaiffent
pas le prix des beaux arts ! La terre eft couverte
de nations auffi puiffantes que nous. D'où vient
cependant que nous les regardons prefque toutes
avec peu d'eftime ? c'eft par la raifon qu'on méprife
dans la fociété un homme riche, dont l'efprit
eft fans goût et fans culture. Sur-tout ne croyez
pas que cet empire de l'efprit, et cet honneur
d'être le modéle des autres peuples foit une gloire
frivole : ce font les marques infaillibles de la grandeur
d'un peuple. C'eft toujours fous les plus grands
princes que les arts ont fleuri, et leur décadence
eft quelquefois l'époque de celle d'un Etat. L'hiftoire
eft pleine de ces exemples ; mais ce fujet me
mènerait trop loin. Il faut que je finiffe cette
lettre déjà trop longue, en vous envoyant un petit
ouvrage qui trouve naturellement fa place à la
tête de cette tragédie. C'eft une épître en vers à
celle qui a joué le rôle de *Zaïre* : je lui devais
au moins un compliment pour la façon dont elle
s'en eft acquittée :

Car le prophète de la Mecque,
Dans fon férail n'a jamais eu

Si gentille arabefque ou grecque ;
Son œil noir, tendre et bien fendu,
Sa voix, et fa grâce intrinsèque,
Ont mon ouvrage défendu
Contre l'auditeur qui rebèque ;
Mais quand le lecteur morfondu
L'aura dans fa bibliothèque,
Tout mon honneur fera perdu.

Adieu, mon ami ; cultivez toujours les lettres
et la philofophie fans oublier d'envoyer des vaiffeaux dans les Echelles du Levant. Je vous embraffe
de tout mon cœur.

VOLTAIRE.

EPITRE

A

MADEMOISELLE GAUSSIN,

Jeune actrice, qui a repréfenté le rôle de Zaïre
avec beaucoup de fuccès.

JEUNE GAUSSIN, reçois mon tendre hommage ;
Reçois mes vers au théâtre applaudis ;
Protége-les : ZAIRE eft ton ouvrage ;
Il eft à toi, puifque tu l'embellis.

Ce font tes yeux, ces yeux fi pleins de charmes,
Ta voix touchante, et tes fons enchanteurs,
Qui du critique ont fait tomber les armes.
Ta feule vue adoucit les cenfeurs.
L'illufion, cette reine des cœurs,
Marche à ta fuite, infpire les alarmes,
Le fentiment, les regrets, les douleurs,
Et le plaifir de répandre des larmes.

Le dieu des vers qu'on allait dédaigner,
Eft par ta voix aujourd'hui fûr de plaire;
Le dieu d'amour, à qui tu fus plus chère,
Eft par tes yeux bien plus fûr de régner.
Entre ces dieux déformais tu vas vivre:
Hélas! long-temps je les fervis tous deux;
Il en eft un que je n'ofe plus fuivre.
Heureux cent fois le mortel amoureux
Qui tous les jours peut te voir et t'entendre,
Que tu reçois avec un fouris tendre,
Qui voit fon fort écrit dans tes beaux yeux,
Qui, pénétré de leur feu qu'il adore,
A tes genoux oubliant l'univers,
Parle d'amour, et t'en reparle encore:
Et malheureux qui n'en parle qu'en vers!

SECONDE LETTRE

Au même M. FALKENER, alors ambaffadeur à Conftantinople.

Tirée d'une feconde édition de Zaïre.

Mon cher ami, (car votre nouvelle dignité d'ambaffadeur rend feulement notre amitié plus refpectable, et ne m'empêche pas de me fervir ici d'un titre plus facré que le titre de miniftre : le nom d'ami eft bien au-deffus de celui d'excellence.)

Je dédie à l'ambaffadeur d'un grand roi et d'une nation libre, le même ouvrage que j'ai dédié au fimple citoyen, au négociant anglais. (a)

Ceux qui favent combien le commerce eft honoré dans votre patrie, n'ignorent pas auffi qu'un négociant y eft quelquefois un légiflateur, un bon officier, un miniftre public.

Quelques perfonnes, corrompues par l'indigne ufage de ne rendre hommage qu'à la grandeur, ont effayé de jeter un ridicule fur la nouveauté d'une dédicace faite à un homme qui n'avait alors que du mérite. On a ofé, fur un théâtre confacré au mauvais goût et à la médifance, infulter à l'auteur de cette dédicace; et à celui qui l'avait reçue; on a ofé lui reprocher d'être (b) un négociant.

(a) Ce que M. de *Voltaire* avait prévu dans fa dédicace de Zaïre eft arrivé : M. *Falkener* a été un des meilleurs miniftres, et eft devenu un des hommes les plus confidérables de l'Angleterre. C'eft ainfi que les auteurs devraient dédier leurs ouvrages, au lieu d'écrire des lettres d'efclave à des gens dignes de l'être.

(b) On joua une mauvaife farce à la comédie italienne de Paris, dans laquelle on infultait groffièrement plufieurs perfonnes de mérite, et entr'autres M. *Falkener*. Le fieur *Hérant*, lieutenant de police, permit

Il ne faut point imputer à notre nation une groffièreté fi honteufe , dont les peuples les moins civilifés rougiraient. Les magiftrats qui veillent parmi nous fur les mœurs, et qui font continuellement occupés à réprimer le fcandale , furent furpris alors ; mais le mépris et l'horreur du public pour l'auteur connu de cette indignité, font une nouvelle preuve de la politeffe des Français.

Les vertus qui forment le caractère d'un peuple font souvent démenties par les vices d'un particulier. Il y a eu quelques hommes voluptueux à Lacédémone. Il y a eu des efprits légers et bas en Angleterre. Il y a eu dans Athènes des hommes fans goût , impolis et groffiers ; et on en trouve dans Paris.

Oublions-les, comme ils font oubliés du public ; et recevez ce fecond hommage : je le dois d'autant plus à un anglais, que cette tragédie vient d'être embellie à Londres. Elle y a été traduite et jouée avec tant de fuccès, on a parlé de moi fur votre théâtre avec tant de politeffe et de bonté , que j'en dois ici un remercîment public à votre nation.

Je ne peux mieux faire, je crois , pour l'honneur des lettres, que d'apprendre ici à mes compatriotes les fingularités de la traduction et de la repréfentation de Zaïre fur le théâtre de Londres.

Monfieur *Hill* , homme de lettres , qui paraît connaître le théâtre mieux qu'aucun auteur anglais,

cette indignité , et le public la fiffla. C'eft ce même *Héraut* à qui M. de *Voltaire* difait un jour : Monfieur, que fait-on à ceux qui fabriquent de fauffes lettres de cachet ? — On les pend. — C'eft toujours bien fait, en attendant qu'on traite de même ceux qui en fignent de vraies.

me

me fit l'honneur de traduire ma pièce, dans le deſſein d'introduire ſur votre ſcène quelques nouveautés, et pour la manière d'écrire les tragédies, et pour celle de les réciter. Je parlerai d'abord de la repréſentation.

L'art de déclamer était chez vous un peu hors de la nature; la plupart de vos acteurs tragiques s'exprimaient ſouvent plus en poëtes ſaiſis d'enthouſiaſme, qu'en hommes que la paſſion inſpire. Beaucoup de comédiens avaient encore outré ce défaut; ils déclamaient des vers ampoulés, avec une fureur et une impétuoſité, qui eſt au beau naturel ce que les convulſions ſont à l'égard d'une démarche noble et aiſée.

Cet air d'empreſſement ſemblait étranger à votre nation; car elle eſt naturellement ſage, et cette ſageſſe eſt quelquefois priſe pour de la froideur par les étrangers. Vos prédicateurs ne ſe permettent jamais un ton de déclamateur. On rirait chez vous d'un avocat qui s'échaufferait dans ſon plaidoyer. Les ſeuls comédiens étaient outrés. Nos acteurs et ſur-tout nos actrices de Paris, avaient ce défaut, il y a quelques années : ce fut mademoiſelle *le Couvreur* qui les en corrigea. Voyez ce qu'en dit un auteur italien de beaucoup d'eſprit et de ſens.

,, La legiadra Couvreur ſola non trotta
,, Per quella ſtrada dove i ſuoi compagni
,, Van di galoppo tutti quanti in frotta,
,, Se avvien ch'ella pianga, o che ſi lagni
,, Senſa quegli urli ſpaventoſi loro,
,, Tu muove ſi che in pianger l'accompagni.

Théâtre. Tome II.   B

Ce même changement que mademoiſelle *le Couvreur* avait fait ſur notre ſcène, mademoiſelle *Cibber* vient de l'introduire ſur le théâtre anglais, dans le rôle de *Zaïre*. Choſe étrange, que dans tous les arts ce ne ſoit qu'après bien du temps qu'on vienne enfin au naturel et au ſimple !

Une nouveauté qui va paraître plus ſingulière aux Français, c'eſt qu'un gentilhomme de votre pays, qui a de la fortune et de la conſidération, n'a pas dédaigné de jouer ſur votre théâtre le rôle d'*Oroſmane*. C'était un ſpectacle aſſez intéreſſant de voir les deux principaux perſonnages remplis, l'un par un homme de condition, et l'autre par une jeune actrice de dix-huit ans, qui n'avait pas encore récité un vers en ſa vie.

Cet exemple d'un citoyen qui a fait uſage de ſon talent pour la déclamation, n'eſt pas le premier parmi vous. Tout ce qu'il y a de ſurprenant en cela, c'eſt que nous nous en étonnions.

Nous devrions faire réflexion que toutes les choſes de ce monde dépendent de l'uſage et de l'opinion. La cour de France a danſé ſur le théâtre avec les acteurs de l'opéra, et on n'a rien trouvé en cela d'étrange, ſinon que la mode de ces divertiſſemens ait fini. Pourquoi ſera-t-il plus étonnant de réciter que de danſer en public ? Y a-t-il d'autre différence entre ces deux arts, ſinon que l'un eſt autant au-deſſus de l'autre, que les talens où l'eſprit a quelque part ſont au-deſſus de ceux du corps ? Je le répète encore, et je le dirai toujours : aucun des beaux arts n'eſt mépriſable ;

et il n'eſt véritablement honteux que d'attacher de la honte aux talens.

Venons à préſent à la traduction de Zaïre, et au changement qui vient de ſe faire chez vous dans l'art dramatique.

Vous aviez une coutume à laquelle M. *Addiſſon*, le plus ſage de vos écrivains, s'eſt aſſervi lui-même : tant l'uſage tient lieu de raiſon et de loi ! Cette coutume peu raiſonnable était de finir chaque acte par des vers d'un goût différent du reſte de la pièce, et ces vers devaient néceſſairement renfermer une comparaiſon. *Phèdre*, en ſortant du théâtre, ſe comparait poëtiquement à une biche, *Caton* à un rocher, *Cléopâtre* à des enfans qui pleurent juſqu'à ce qu'ils ſoient endormis.

Le traducteur de Zaïre eſt le premier qui ait oſé maintenir les droits de la nature contre un goût ſi éloigné d'elle. Il a proſcrit cet uſage ; il a ſenti que la paſſion doit parler un langage vrai, et que le poëte doit ſe cacher toujours pour ne laiſſer paraître que le héros.

C'eſt ſur ce principe qu'il a traduit, avec naïveté et ſans aucune enflure, tous les vers ſimples de la pièce, que l'on gâterait ſi on voulait les rendre beaux.

On ne peut déſirer ce qu'on ne connaît pas.

* * *

J'euſſe été près du Gange eſclave des faux dieux, Chrétienne dans Paris, Muſulmane en ces lieux.

* * *

Mais Oroſmane m'aime, et j'ai tout oublié.

* * *

Non, la reconnaiſſance eſt un faible retour,
Un tribut offenſant, trop peu fait pour l'amour.

* * *

Je me croirais haï d'être aimé faiblement.

* * *

Je veux avec excès vous aimer et vous plaire.

* * *

L'art n'eſt pas fait pour toi, tu n'en as pas beſoin.

* * *

L'art le plus innocent tient de la perfidie.

Tous les vers qui ſont dans ce goût ſimple et vrai, ſont rendus mot à mot dans l'anglais. Il eût été aiſé de les orner, mais le traducteur a jugé autrement que quelques-uns de mes compatriotes : il a aimé, et il a rendu toute la naïveté de ces vers. En effet, le ſtyle doit être conforme au ſujet. Alzire, Brutus et Zaïre demandaient, par exemple, trois ſortes de verſifications différentes.

Si *Bérénice* ſe plaignait de *Titus*, et *Ariane* de *Théſée*, dans le ſtyle de Cinna ; *Bérénice* et *Ariane* ne toucheraient point.

Jamais on ne parlera bien d'amour, ſi l'on cherche d'autres ornemens que la ſimplicité et la vérité.

Il n'eſt pas queſtion ici d'examiner s'il eſt bien de mettre tant d'amour dans les pièces de théâtre. Je veux que ce ſoit une faute, elle eſt et ſera univerſelle ; et je ne ſais quel nom donner aux fautes qui font le charme du genre humain.

Ce qui eſt certain, c'eſt que, dans ce défaut, les
Français ont réuſſi plus que toutes les autres nations
anciennes et modernes miſes enſemble. L'amour
paraît ſur nos théâtres avec des bienſéances, une
délicateſſe, une vérité qu'on ne trouve point ailleurs.
C'eſt que de toutes les nations, la françaiſe eſt celle
qui a le plus connu la ſociété.

Le commerce continuel, ſi vif et ſi poli des deux
ſexes, a introduit en France une politeſſe aſſez ignorée
ailleurs.

La ſociété dépend des femmes. Tous les peuples
qui ont le malheur de les enfermer ſont inſociables.
Et des mœurs encore auſtères parmi vous, des
querelles politiques, des guerres de religion, qui
vous avaient rendus farouches, vous ôtèrent, juſqu'au
temps de *Charles II*, la douceur de la ſociété, au
milieu même de la liberté. Les poëtes ne devaient
donc ſavoir, ni dans aucun pays, ni même chez
les Anglais, la manière dont les honnêtes gens
traitent l'amour.

La bonne comédie fut ignorée juſqu'à *Molière*,
comme l'art d'exprimer ſur le théâtre des ſentimens
vrais et délicats fut ignoré juſqu'à *Racine*; parce
que la ſociété ne fut, pour ainſi dire, dans ſa
perfection que de leur temps. Un poëte, du fond
de ſon cabinet, ne peut peindre des mœurs qu'il
n'a point vues; il aura plutôt fait cent odes et
cent épîtres, qu'une ſcène où il faut faire parler
la nature.

Votre *Dryden*, qui d'ailleurs était un très-grand
génie, mettait dans la bouche de ſes héros amoureux, ou des hyperboles de rhétorique, ou des

indécences, deux chofes également oppofées à la tendreſſe.

Si M. *Racine* fait dire à *Titus :*

  ,, Depuis cinq ans entiers chaque jour je la vois,
  ,, Et crois toujours la voir pour la première fois.

votre *Dryden* fait dire à *Antoine :*

  ,, Ciel! comme j'aimai! Témoins les jours et
,, les nuits qui fuivaient en danfant fous vos pieds.
,, Ma feule affaire était de vous parler de ma
,, paſſion, un jour venait et ne voyait rien qu'amour ;
,, un autre venait, et c'était de l'amour encore.
,, Les foleils étaient las de nous regarder, et moi
,, je n'étais point las d'aimer. ,,

Il eſt bien difficile d'imaginer qu'*Antoine* ait en effet tenu de pareils difcours à *Cléopâtre.*

Dans la même pièce, *Cléopâtre* parle ainfi à *Antoine :*

  ,, Venez à moi, venez dans mes bras, mon cher
,, foldat; j'ai été trop long-temps privée de vos
,, careſſes. Mais quand je vous embraſſerai, quand
,, vous ferez tout à moi, je vous punirai de vos
,, cruautés, en laiſſant fur vos lèvres l'impreſſion de
,, mes ardens baifers. ,,

Il eſt très-vraifemblable que *Cléopâtre* parlait fouvent dans ce goût, mais ce n'eſt point cette indécence qu'il faut repréfenter devant une audience refpectable.

Quelques-uns de vos compatriotes ont beau dire : c'eſt la pure nature. On doit leur répondre que c'eſt précifément cette nature qu'il faut voiler avec foin.

Ce n'eſt pas même connaître le cœur humain, de penſer qu'on doit plaire davantage en préſentant ces images licencieuſes ; au contraire , c'eſt fermer l'entrée de l'ame aux vrais plaiſirs. Si tout eſt d'abord à découvert, on eſt raſſaſié ; il ne reſte plus rien à chercher, rien à déſirer , et on arrive tout d'un coup à la langueur en croyant courir à la volupté. Voilà pourquoi la bonne compagnie a des plaiſirs que les gens groſſiers ne connaiſſent pas.

Les ſpectateurs , en ce cas , font comme les amans qu'une jouiſſance trop prompte dégoûte : ce n'eſt qu'à travers cent nuages qu'on doit entrevoir ces idées qui feraient rougir , préſentées de trop près. C'eſt ce voile qui fait le charme des honnêtes gens ; il n'y a point pour eux de plaiſir ſans bienſéance.

Les Français ont connu cette règle plus tôt que les autres peuples , non parce qu'ils ſont *ſans génie et ſans hardieſſe*, comme le dit ridiculement l'inégal et impétueux *Dryden*, mais parce que, depuis la régence d'*Anne d'Autriche*, ils ont été le peuple le plus ſociable et le plus poli de la terre ; et cette politeſſe n'eſt point une choſe arbitraire, comme ce qu'on appelle civilité; c'eſt une loi de la nature qu'ils ont heureuſement cultivée plus que les autres peuples.

Le traducteur de Zaïre a reſpecté preſque par-tout ces bienſéances théâtrales , qui vous doivent être communes comme à nous; mais il y a quelques endroits où il s'eſt livré encore à d'anciens uſages.

Par exemple , lorſque dans la pièce anglaiſe *Oroſmane* vient annoncer à *Zaïre* qu'il croit ne la plus aimer, *Zaïre* lui répond en ſe roulant par terre. Le

B 4

fultan n'eſt point ému de la voir dans cette poſture ridicule et de déſeſpoir, et le moment d'après il eſt tout étonné que *Zaïre* pleure.

Il lui dit cet hémiſtiche :

Zaïre, vous pleurez !

Il aurait dû lui dire auparavant :

Zaïre, vous vous roulez par terre !

Auſſi ces trois mots, *Zaïre, vous pleurez*, qui font un grand effet ſur notre théâtre, n'en ont fait aucun ſur le vôtre, parce qu'ils étaient déplacés. Ces expreſſions familières et naïves tirent toute leur force de la ſeule manière dont elles ſont amenées. *Seigneur, vous changez de viſage*, n'eſt rien par ſoi-même ; mais le moment où ces paroles ſi ſimples ſont prononcées dans Mithridate, fait frémir.

Ne dire que ce qu'il faut, et de la manière dont il le faut, eſt, ce me ſemble, un mérite dont les Français, ſi vous m'en exceptez, ont plus approché que les écrivains dans les autres pays. C'eſt, je crois, ſur cet art que notre nation doit en être crue. Vous nous apprenez des choſes plus grandes et plus utiles : il ſerait honteux à nous de ne le pas avouer. Les Français qui ont écrit contre les découvertes du chevalier *Newton* ſur la lumière, en rougiſſent ; ceux qui combattent la gravitation en rougiront bientôt.

Vous devez vous ſoumettre aux règles de notre théâtre, comme nous devons embraſſer votre philo-ſophie. Nous avons fait d'auſſi bonnes expériences ſur le cœur humain, que vous ſur la phyſique. L'art de plaire ſemble l'art des Français, et l'art de penſer paraît le vôtre. Heureux, Monſieur, qui comme vous les réunit ! &c.

LETTRE

A MONSIEUR DE LA ROQUE,

Sur la tragédie de Zaïre, 1732.

Quoique pour l'ordinaire vous vouliez bien prendre la peine, Monfieur, de faire les extraits des pièces nouvelles, cependant vous me privez de cet avantage, et vous voulez que ce foit moi qui parle de Zaïre. Il me femble que je vois M. *le Normand* ou M. *Cochin*, réduire un de leurs cliens à plaider fa caufe. L'entreprife eft dangereufe, mais je vais mériter au moins la confiance que vous avez en moi, par la fincérité avec laquelle je m'expliquerai.

Zaïre eft la première pièce de théâtre dans laquelle j'aye ofé m'abandonner à toute la fenfibilité de mon cœur; c'eft la feule tragédie tendre que j'aye faite. Je croyais, dans l'âge même des paffions les plus vives, que l'amour n'était point fait pour le théâtre tragique. Je ne regardais cette faibleffe que comme un défaut charmant qui aviliffait l'art des *Sophocle*. Les connaiffeurs qui fe plaifent plus à la douceur élégante de *Racine* qu'à la force de *Corneille*, me paraiffent reffembler aux curieux qui préfèrent les nudités du *Corrége* au chafte et noble pinceau de *Raphaël*.

Le public qui fréquente les fpectacles, eft aujourd'hui plus que jamais dans le goût du *Corrége*. Il faut de la tendreffe & du fentiment; c'eft même ce que les acteurs jouent le mieux. Vous trouverez vingt comédiens qui plairont dans les rôles d'*Andronic* et d'*Hippolyte*, et à peine un feul qui réuffiffe dans ceux de *Cinna* et d'*Horace*. Il a donc fallu me plier aux mœurs du temps, et commencer tard à parler d'amour.

J'ai cherché du moins à couvrir cette paffion de toute la bienféance poffible; et pour l'ennoblir, j'ai voulu la mettre à côté de ce que les hommes ont de plus refpectable. L'idée me vint de faire contrafter dans un même tableau, d'un côté, l'honneur, la naiffance, la patrie, la religion; et de l'autre, l'amour le plus tendre et le plus malheureux; les mœurs des mahométans et celles des chrétiens; la cour d'un foudan et celle d'un roi de France; et de faire paraître, pour la première fois, des français fur la fcène tragique. Je n'ai pris dans l'hiftoire que l'époque de la guerre de St *Louis;* tout le refte eft entièrement d'invention. L'idée de cette pièce étant fi neuve et fi fertile, s'arrangea d'elle-même; et au lieu que le plan d'*Eryphile* m'avait beaucoup coûté, celui de *Zaïre* fut fait en un feul jour; et l'imagination échauffée par l'intérêt qui régnait dans ce plan, acheva la pièce en vingt-deux jours.

Il entre peut-être un peu de vanité dans cet aveu, (car où eft l'artifte fans amour propre?) mais je devais cette excufe au public, des fautes et des négligences qu'on a trouvées dans ma tragédie. Il aurait été mieux fans doute d'attendre à la faire repréfenter que j'en euffe châtié le ftyle; mais des raifons, dont il eft inutile de fatiguer le public, n'ont pas permis qu'on différât. Voici, Monfieur, le fujet de cette pièce.

La Paleftine avait été enlevée aux princes chrétiens par le conquérant *Saladin*. *Noradin*, tartare

d'origine, s'en était ensuite rendu maître. *Orofmane*,
fils de *Noradin*, jeune homme plein de grandeur,
de vertus et de paffions, commençait à régner avec
gloire dans Jérufalem. Il avait porté fur le trône de la
Syrie, la franchife et l'efprit de liberté de fes ancêtres.
Il méprifait les règles auftères du férail, et n'affectait
point de fe rendre invifible aux étrangers et à fes
fujets, pour devenir plus refpectable. Il traitait avec
douceur les efclaves chrétiens, dont fon férail et
fes Etats étaient remplis. Parmi fes efclaves il s'était
trouvé un enfant, pris autrefois au fac de Céfarée,
fous le règne de *Noradin*. Cet enfant ayant été racheté
par des chrétiens à l'âge de neuf ans, avait été amené
en France au roi St *Louis*, qui avait daigné prendre
foin de fon éducation et de fa fortune. Il avait pris
en France le nom de *Néreftan* ; et, étant retourné en
Syrie, il avait été fait prifonnier encore une fois, et
avait été renfermé parmi les efclaves d'*Orofmane*. Il
retrouva dans la captivité une jeune perfonne, avec
qui il avait été prifonnier dans fon enfance, lorfque
les chrétiens avaient perdu Céfarée. Cette jeune
perfonne, à qui l'on avait donné le nom de *Zaïre*,
ignorait fa naiffance, auffi-bien que *Néreftan* et que
tous ces enfans de tribut qui font enlevés de bonne
heure des mains de leurs parens, et qui ne connaiffent
de famille et de patrie que le férail. *Zaïre* favait
feulement qu'elle était née chrétienne ; *Néreftan* et
quelques autres efclaves un peu plus âgés qu'elle,
l'en affuraient. Elle avait toujours confervé un ornement qui renfermait une croix, feule preuve qu'elle
eût de fa religion. Une autre efclave, nommée *Fatime*,
née chrétienne, et mife au férail à l'âge de dix ans,

tâchait d'inftruire *Zaïre* du peu qu'elle favait de la religion de fes pères. Le jeune *Nèreftan*, qui avait la liberté de voir *Zaïre* et *Fatime*, animé du zèle qu'avaient alors les chevaliers français, touché d'ailleurs pour *Zaïre* de la plus tendre amitié, la difpofait au chriftianifme. Il fe propofa de racheter *Zaïre*, *Fatime* et dix chevaliers chrétiens, du bien qu'il avait acquis en France, et de les amener à la cour de St *Louis.* Il eut la hardieffe de demander au foudan *Orofmane* la permiffion de retourner en France fur fa feule parole, et le foudan eut la générofité de le permettre. *Nèreftan* partit, et fut deux ans hors de Jérufalem.

Cependant la beauté de *Zaïre* croiffait avec fon âge, et la naïveté touchante de fon caractère la rendait encore plus aimable que fa beauté. *Orofmane* la vit et lui parla. Un cœur comme le fien ne pouvait l'aimer qu'éperdument. Il réfolut de bannir la molleffe qui avait efféminé tant de rois de l'Afie, et d'avoir dans *Zaïre* une amie, une maîtreffe, une femme, qui lui tiendrait lieu de tous les plaifirs, et qui partagerait fon cœur avec les devoirs d'un prince et d'un guerrier. Les faibles idées du chriftianifme, tracées à peine dans le cœur de *Zaïre*, s'évanouirent bientôt à la vue du foudan; elle l'aima autant qu'elle en était aimée, fans que l'ambition fe mêlât en rien à la pureté de fa tendreffe.

Nèreftan ne revenait point de France. *Zaïre* ne voyait qu'*Orofmane* et fon amour; elle était prête d'époufer le fultan, lorfque le jeune français arriva. *Orofmane* le fait entrer en préfence même de *Zaïre*. *Nèreftan* apportait avec la rançon de *Zaïre* et de

Fatime, celle de dix chevaliers qu'il devait choisir. J'ai satisfait à mes sermens, dit-il au soudan : c'est à toi de tenir ta promesse , de me remettre *Zaïre* , *Fatime* et les dix chevaliers; mais apprends que j'ai épuisé ma fortune à payer leur rançon : *Une pauvreté noble est tout ce qui me reste ;* je viens me remettre dans tes fers. Le soudan satisfait du grand courage de ce chrétien , et né pour être plus généreux encore , lui rendit toutes les rançons qu'il apportait, lui donna cent chevaliers au lieu de dix , et le combla de présens; mais il lui fit entendre que *Zaïre* n'était pas faite pour être rachetée, et qu'elle était d'un prix au-dessus de toute rançon. Il refusa aussi de lui rendre, parmi les chevaliers qu'il délivrait, un prince de *Lusignan*, fait esclave depuis long-temps dans Césarée.

Ce *Lusignan* , le dernier de la branche des rois de Jérusalem , était un vieillard respecté dans l'Orient, l'amour de tous les chrétiens , et dont le nom seul pouvait devenir dangereux aux Sarrasins. C'était lui principalement que *Nérestan* avait voulu racheter ; il parut devant *Orosmane* accablé du refus qu'on lui fesait de *Lusignan* et de *Zaïre;* le soudan remarqua ce trouble ; il sentit dès ce moment un commencement de jalousie que la générosité de son caractère lui fit étouffer; cependant il ordonna que les cent chevaliers fussent prêts à partir le lendemain avec *Nérestan.*

Zaïre, sur le point d'être sultane , voulut donner au moins à *Nérestan* une preuve de sa reconnaissance; elle se jette aux pieds d'*Orosmane* pour obtenir la liberté du vieux *Lusignan. Orosmane* ne pouvait rien

refufer à *Zaïre*; on alla tirer *Lufignan* des fers. Les
chrétiens délivrés étaient avec *Néreflan* dans les
appartemens extérieurs du férail; ils pleuraient la
deftinée de *Lufignan* : fur-tout le chevalier de *Chatillon*,
ami tendre de ce malheureux prince, ne pouvait fe
réfoudre à accepter une liberté qu'on refufait à fon
ami et à fon maître, lorfque *Zaïre* arrive et leur
amène celui qu'ils n'efpéraient plus.

Lufignan, ébloui de la lumière qu'il revoyait après
vingt années de prifon, pouvait fe foutenir à peine,
ne fachant où il eft et où on le conduit, voyant
enfin qu'il était avec des français, et reconnaiffant
Chatillon, s'abandonne à cette joie mêlée d'amertume,
que les malheureux éprouvent dans leur confolation.
Il demande à qui il doit fa délivrance. *Zaïre* prend
la parole en lui préfentant *Néreflan* : C'eft à ce jeune
français, dit-elle, que vous, et tous les chrétiens,
devez votre liberté. Alors le vieillard apprend que
Néreflan a été élevé dans le férail avec *Zaïre*; et fe
tournant vers eux : Hélas! dit-il, puifque vous avez
pitié de mes malheurs, achevez votre ouvrage;
inftruifez-moi du fort de mes enfans. Deux me furent
enlevés au berceau, lorfque je fus pris dans *Céfarée*;
deux autres furent maffacrés devant moi avec leur
mère. O mes fils! ô martyrs! veillez du haut du ciel
fur mes autres enfans, s'ils font vivans encore. Hélas!
j'ai fu que mon dernier fils et ma fille furent conduits
dans ce férail. Vous qui m'écoutez, *Néreflan*, *Zaïre*,
Chatillon, n'avez-vous nulle connaiffance de ces triftes
reftes du fang de *Godefroi* et de *Lufignan* ?

Au milieu de ces queftions, qui déjà remuaient
le cœur de *Néreflan* et de *Zaïre*, *Lufignan* aperçut

au bras de *Zaïre* un ornement qui renfermait une
croix : il fe reffouvint que l'on avait mis cette parure
à fa fille lorfqu'on la portait au baptême; *Chatillon*
l'en avait ornée lui-même, et *Zaïre* avait été arrachée
de fes bras avant que d'être baptifée. La reffemblance
des traits, l'âge, toutes les circonftances, une cicatrice de la bleffure que fon jeune fils avait reçue,
tout confirme à *Lufignan* qu'il eft père encore; et
la nature parlant à la fois au cœur de tous les trois;
et s'expliquant par des larmes : Embraffez-moi, mes
chers enfans, s'écria *Lufignan*, et revoyez votre père!
Zaïre et *Néreftan* ne pouvaient s'arracher de fes bras.
Mais, hélas! dit ce vieillard infortuné, goûterai-je
une joie pure? Grand Dieu, qui me rends ma fille,
me la rends-tu chrétienne? *Zaïre* rougit et frémit à
ces paroles. *Lufignan* vit fa honte et fon malheur, et
Zaïre avoua qu'elle était mufulmane. La douleur,
la religion et la nature donnèrent en ce moment des
forces à *Lufignan*; il embraffa fa fille, et lui montrant
d'une main le tombeau de JESUS-CHRIST, et le
ciel de l'autre, animé de fon défefpoir, de fon zèle,
aidé de tant de chrétiens, de fon fils et du Dieu qui
l'infpire, il touche fa fille, il l'ébranle; elle fe jette
à fes pieds, et lui promet d'être chrétienne.

Au moment arrive un officier du férail qui fépare
Zaïre de fon père et de fon frère, et qui arrête tous
les chevaliers français. Cette rigueur inopinée était
le fruit d'un confeil qu'on venait de tenir en préfence d'*Orofmane*. La flotte de St *Louis* était partie
de Chypre, et on craignait pour les côtes de la Syrie;
mais un fecond courrier ayant apporté la nouvelle du
départ de St *Louis* pour l'Egypte, *Orofmane* fut raffuré;

il était lui-même ennemi du soudan d'Egypte. Ainsi
n'ayant rien à craindre, ni du roi, ni des français qui
étaient à Jérusalem, il commanda qu'on les renvoyât
à leur roi, et ne fongea plus qu'à réparer, par la
pompe et la magnificence de fon mariage, la rigueur
dont il avait ufé envers *Zaïre*.

Pendant que le mariage fe préparait, *Zaïre* défolée
demanda au foudan la permiffion de revoir *Néreflan*
encore une fois. *Orofmane*, trop heureux de trouver
une occafion de plaire à *Zaïre*, eut l'indulgence de
permettre cette entrevue. *Néreflan* revit donc *Zaïre*;
mais ce fut pour lui apprendre que fon père était
près d'expirer, qu'il mourait entre la joie d'avoir
retrouvé fes enfans, et l'amertume d'ignorer fi *Zaïre*
ferait chrétienne, et qu'il lui ordonnait en mourant
d'être baptifée ce jour-là même de la main du pontife
de Jérufalem. *Zaïre*, attendrie et vaincue, promit tout,
et jura à fon frère qu'elle ne trahirait point le fang
dont elle était née, qu'elle ferait chrétienne, qu'elle
n'époufferait point *Orofmane*, qu'elle ne prendrait
aucun parti avant que d'avoir été baptifée.

A peine avait-elle prononcé ce ferment, qu'*Orofmane*
plus amoureux et plus aimé que jamais, vient la
prendre pour la conduire à la mofquée. Jamais on
n'eut le cœur plus déchiré que *Zaïre* ; elle était
partagée entre fon Dieu, fa famille et fon nom, qui
la retenaient, et le plus aimable de tous les hommes
qui l'adorait. Elle ne fe connut plus; elle céda à la
douleur, et s'échappa des mains de fon amant, le
quittant avec défefpoir et le laiffant dans l'accablement
de la furprife, de la douleur et de la colère.

Les impreffions de jaloufie fe réveillèrent dans le

coeur

cœur d'*Orosmane*. L'orgueil les empêcha de paraître,
et l'amour les adoucit. Il prit la fuite de *Zaïre* pour
un caprice, pour un artifice innocent, pour la crainte
naturelle à une jeune fille, pour toute autre chose
enfin que pour une trahison. Il vit encore *Zaïre*, lui
pardonna et l'aima plus que jamais. L'amour de *Zaïre*
augmentait par la tendresse indulgente de son amant.
Elle se jette en larmes à ses genoux, le supplie de
différer le mariage jusqu'au lendemain. Elle comptait
que son frère serait alors parti, qu'elle aurait reçu le
baptême, que Dieu lui donnerait la force de résister :
elle se flattait même quelquefois que la religion
chrétienne lui permettrait d'aimer un homme si
tendre, si généreux, si vertueux, à qui il ne manquait
que d'être chrétien. Frappée de toutes ces idées,
elle parlait à *Orosmane* avec une tendresse si naïve et
une douleur si vraie, qu'*Orosmane* céda encore, et
lui accorda le sacrifice de vivre sans elle ce jour-là.
Il était sûr d'être aimé; il était heureux dans cette
idée, et fermait les yeux sur le reste.

Cependant, dans les premiers mouvemens de
jalousie, il avait ordonné que le sérail fût fermé à
tous les chrétiens. *Nérestan* trouvant le sérail fermé,
et n'en soupçonnant pas la cause, écrivit une lettre
pressante à *Zaïre* : il lui mandait d'ouvrir une porte
secrète qui conduisait vers la mosquée, et lui recom-
mandait d'être fidelle.

La lettre tomba entre les mains d'un garde qui
la porta à *Orosmane*. Le soudan en crut à peine ses
yeux. Il se vit trahi; il ne douta pas de son malheur
et du crime de *Zaïre*. Avoir comblé un étranger,
un captif de bienfaits; avoir donné son cœur, sa

Théâtre. Tome II.   C

couronne à une fille efclave, lui avoir tout facrifié;
ne vivre que pour elle, et en être trahi pour ce
captif même; être trompé par les apparences du
plus tendre amour; éprouver en un moment ce
que l'amour a de plus violent, ce que l'ingratitude
a de plus noir, ce que la perfidie a de plus traître;
c'était fans doute un état horrible; mais *Orofmane*
aimait, et il fouhaitait de trouver *Zaïre* innocente.
Il lui fait rendre ce billet par un efclave inconnu.
Il fe flatte que *Zaïre* pouvait ne point écouter
Néreftan; *Néreftan* feul lui paraiffait coupable. Il
ordonne qu'on l'arrête et qu'on l'enchaîne, et il
va à l'heure et à la place du rendez-vous, attendre
l'effet de la lettre.

La lettre eft rendue à *Zaïre*, elle la lit en
tremblant, et après avoir long-temps héfité, elle dit
enfin à l'efclave qu'elle attendra *Néreftan*, et donne
ordre qu'on l'introduife. L'efclave rend compte
de tout à *Orofmane*.

Le malheureux foudan tombe dans l'excès d'une
douleur mêlée de fureur et de larmes. Il tire fon
poignard, et il pleure. *Zaïre* vient au rendez-vous
dans l'obfcurité de la nuit. *Orofmane* entend fa voix,
et fon poignard lui échappe. Elle approche, elle
appelle *Néreftan*, et à ce nom *Orofmane* la poignarde.

Dans l'inftant on lui amène *Néreftan* enchaîné,
avec *Fatime* complice de *Zaïre*. *Orofmane*, hors de
lui, s'adreffe à *Néreftan*, en le nommant fon rival:
C'eft toi qui m'arrache *Zaïre*, dit-il, regarde-la
avant que de mourir; que ton fupplice commence
avec le fien; regarde-la, te dis-je. *Néreftan* approche
de ce corps expirant. Ah! que vois-je! ah! ma

sœur ! barbare , qu'as-tu fait ?..... A ce mot de
sœur, *Orofmane* eft comme un homme qui revient
d'un fonge funefte ; il connaît fon erreur ; il voit
ce qu'il a perdu; il s'eft trop abymé dans l'horreur
de fon état pour fe plaindre. *Néreftan* et *Fatime*
lui parlent; mais, de tout ce qu'ils difent, il n'entend
autre chofe finon qu'il était aimé. Il prononce
le nom de *Zaïre*, il court à elle ; on l'arrète, il
retombe dans l'engourdiffement de fon défefpoir.
Qu'ordonnes - tu de moi , lui dit *Néreftan* ? Le
foudan, après un long filence, fait ôter les fers
à *Néreftan* , le comble de largeffes, lui et tous les
chrétiens , et fe tue auprès de *Zaïre*.

Voilà , Monfieur , le plan exact de la conduite
de cette tragédie que j'expofe avec toutes fes fautes.
Je fuis bien loin de m'enorgueillir du fuccès paffager
de quelques repréfentations. Qui ne connaît l'illufion
du théâtre? qui ne fait qu'une fituation intéreffante,
mais triviale, une nouveauté brillante et hafardée ,
la feule voix d'une actrice, fuffifent pour tromper
quelque temps le public? Quelle diftance immenfe
entre un ouvrage fouffert au théâtre et un bon
ouvrage ! J'en fens malheureufement toute la différence. Je vois combien il eft difficile de réuffir au
gré des connaiffeurs. Je ne fuis pas plus indulgent
qu'eux pour moi-même , et fi j'ofe travailler, c'eft
que mon goût extrême pour cet art l'emporte
encore fur la connaiffance que j'ai de mon peu de
talent.

PERSONNAGES.

OROSMANE, foudan de Jérufalem.

LUSIGNAN, prince du fang des rois de Jérufalem.

ZAIRE,
FATIME, } efclaves du foudan.

NERESTAN,
CHATILLON, } chevaliers français.

CORASMIN,
MELEDOR, } officiers du foudan.

Un efclave.

Suite.

La fcène eft au férail de Jérufalem.

ZAÏRE,

TRAGEDIE.

ACTE PREMIER.

SCENE PREMIERE.

ZAIRE, FATIME.

FATIME.

Je ne m'attendais pas, jeune et belle Zaïre,
Aux nouveaux fentimens que ce lieu vous infpire.
Quel efpoir fi flatteur, ou quels heureux deftins
De vos jours ténébreux ont fait des jours fereins?
La paix de votre cœur augmente avec vos charmes.
Cet éclat de vos yeux n'eft plus terni de larmes;
Vous ne les tournez plus vers ces heureux climats
Où ce brave français devait guider nos pas!
Vous ne me parlez plus de ces belles contrées
Où d'un peuple poli les femmes adorées
Reçoivent cet encens que l'on doit à vos yeux,
Compagnes d'un époux et reines en tous lieux,
Libres fans déshonneur et fages fans contrainte,
Et ne devant jamais leurs vertus à la crainte!
Ne foupirez-vous plus pour cette liberté?
Le férail d'un foudan, fa trifte auftérité,
Ce nom d'efclave enfin, n'ont-ils rien qui vous gêne!
Préférez-vous Solyme aux rives de la Seine?

Z A I R E.

On ne peut défirer ce qu'on ne connaît pas.
Sur les bords du Jourdain le ciel fixa nos pas.
Au férail des foudans dès l'enfance enfermée,
Chaque jour ma raifon s'y voit accoutumée.
Le refte de la terre anéanti pour moi,
M'abandonne au foudan qui nous tient fous fa loi;
Je ne connais que lui, fa gloire, fa puiffance:
Vivre fous Orofmane eft ma feule efpérance,
Le refte eft un vain fonge.

F A T I M E.

Avez-vous oublié
Ce généreux français, dont la tendre amitié
Nous promit fi fouvent de rompre notre chaîne?
Combien nous admirions fon audace hautaine!
Quelle gloire il acquit dans ces triftes combats
Perdus par les chrétiens fous les murs de Damas!
Orofmane vainqueur admirant fon courage,
Le laiffa fur fa foi partir de ce rivage.
Nous l'attendons encor; fa générofité
Devait payer le prix de notre liberté.
N'en aurions-nous conçu qu'une vaine efpérance?

Z A I R E.

Peut-être fa promeffe a paffé fa puiffance.
Depuis plus de deux ans il n'eft point revenu.
Un étranger, Fatime, un captif inconnu,
Promet beaucoup, tient peu; permet à fon courage
Des fermens indifcrets pour fortir d'efclavage.
Il devait délivrer dix chevaliers chrétiens,
Venir rompre leurs fers, ou reprendre les fiens:

J'admirai trop en lui cet inutile zèle ;
Il n'y faut plus penſer.

FATIME.

Mais s'il était fidèle,
S'il revenait enfin dégager ſes ſermens,
Ne voudriez-vous pas ?...

ZAIRE.

Fatime, il n'eſt plus temps.
Tout eſt changé...

FATIME.

Comment? que prétendez-vous dire ?

ZAIRE.

Va, c'eſt trop te céler le deſtin de Zaïre ;
Le ſecret du ſoudan doit encor ſe cacher ;
Mais mon cœur dans le tien ſe plaît à s'épancher.
Depuis près de trois mois, qu'avec d'autres captives
On te fit du Jourdain abandonner les rives,
Le ciel, pour terminer les malheurs de nos jours,
D'une main plus puiſſante a choiſi le ſecours.
Ce ſuperbe Oroſmane....

FATIME.

Eh bien !

ZAIRE.

Ce ſoudan même,
Ce vainqueur des chrétiens... chère Fatime... il m'aime...
Tu rougis... je t'entends... garde-toi de penſer
Qu'à briguer ſes ſoupirs je puiſſe m'abaiſſer ;
Que d'un maître abſolu la ſuperbe tendreſſe
M'offre l'honneur honteux du rang de ſa maîtreſſe ;
Et que j'eſſuie enfin l'outrage et le danger
Du malheureux éclat d'un amour paſſager.

C 4

Cette fierté qu'en nous foutient la modeftie,
Dans mon cœur à ce point ne s'eft pas démentie.
Plutôt que jufque-là j'abaiffe mon orgueil,
Je verrais fans pâlir les fers et le cercueil.
Je m'en vais t'étonner : fon fuperbe courage
A mes faibles appas préfente un pur hommage :
Parmi tous ces objets à lui plaire empreffés,
J'ai fixé fes regards à moi feule adreffés ;
Et l'hymen, confondant leurs intrigues fatales,
Me foumettra bientôt fon cœur et mes rivales.

F A T I M E.

Vos appas, vos vertus, font dignes de ce prix,
Mon cœur en eft flatté, plus qu'il n'en eft furpris.
Que vos félicités, s'il fe peut, foient parfaites !
Je me vois avec joie au rang de vos fujettes.

Z A I R E.

Sois toujours mon égale, et goûte mon bonheur ;
Avec toi partagé, je fens mieux fa douceur.

F A T I M E.

Hélas ! puiffe le ciel fouffrir cet hyménée !
Puiffe cette grandeur qui vous eft deftinée,
Qu'on nomme fi fouvent du faux nom de bonheur,
Ne point laiffer de trouble au fond de votre cœur !
N'eft-il point en fecret de frein qui vous retienne ?
Ne vous fouvient-il plus que vous fûtes chrétienne ?

Z A I R E.

Ah ! que dis-tu ? pourquoi rappeler mes ennuis ?
Chère Fatime, hélas ! fais-je ce que je fuis ?
Le ciel m'a-t-il jamais permis de me connaître ?
Ne m'a-t-il pas caché le fang qui m'a fait naître ?

FATIME.

Néreftan, qui naquit non loin de ce féjour,
Vous dit que d'un chrétien vous reçûtes le jour.
Que dis-je? cette croix qui fur vous fut trouvée,
Parure de l'enfance, avec foin confervée,
Ce figne des chrétiens que l'art dérobe aux yeux
Sous le brillant éclat d'un travail précieux,
Cette croix, dont cent fois mes foins vous ont parée,
Peut-être entre vos mains eft-elle demeurée,
Comme un gage fecret de la fidélité
Que vous deviez au Dieu que vous aviez quitté.

ZAIRE.

Je n'ai point d'autre preuve; et mon cœur qui s'ignore,
Peut-il admettre un Dieu que mon amant abhorre? (a)
La coutume, la loi plia mes premiers ans
A la religion des heureux Mufulmans.
Je le vois trop : les foins qu'on prend de notre enfance,
Forment nos fentimens, nos mœurs, notre croyance.
J'euffe été près du Gange efclave des faux dieux,
Chrétienne dans Paris, mufulmane en ces lieux.
L'inftruction fait tout ; et la main de nos pères
Grave en nos faibles cœurs ces premiers caractères,
Que l'exemple et le temps nous viennent retracer,
Et que peut-être en nous Dieu feul peut effacer.
Prifonnière en ces lieux, tu n'y fus renfermée
Que lorfque ta raifon, par l'âge confirmée,
Pour éclairer ta foi te prêtait fon flambeau :
Pour moi, des Sarrafins efclave en mon berceau,
La foi de nos chrétiens me fut trop tard connue.
Contre elle cependant, loin d'être prévenue,
Cette croix, je l'avoue, a fouvent malgré moi
Saifi mon cœur furpris de refpect et d'effroi :

J'ofais l'invoquer même avant qu'en ma penfée,
D'Orofmane en fecret l'image fût tracée.
J'honore, je chéris ces charitables lois,
Dont ici Néreftan me parla tant de fois;
Ces lois qui, de la terre écartant les misères,
Des humains attendris font un peuple de frères;
Obligés de s'aimer, fans doute ils font heureux.

FATIME.

Pourquoi donc aujourd'hui vous déclarer contre eux ?
A la loi mufulmane à jamais affervie,
Vous allez des chrétiens devenir l'ennemie;
Vous allez époufer leur fuperbe vainqueur.

ZAIRE.

Qui lui refuferait le préfent de fon cœur?
De toute ma faibleffe il faut que je convienne;
Peut-être fans l'amour j'aurais été chrétienne;
Peut-être qu'à ta loi j'aurais facrifié :
Mais Orofmane m'aime, et j'ai tout oublié.
Je ne vois qu'Orofmane, et mon ame enivrée
Se remplit du bonheur de s'en voir adorée.
Mets-toi devant les yeux fa grâce, fes exploits;
Songe à ce bras puiffant, vainqueur de tant de rois;
A cet aimable front que la gloire environne :
Je ne te parle point du fceptre qu'il me donne.
Non, la reconnaiffance eft un faible retour,
Un tribut offenfant, trop peu fait pour l'amour.
Mon cœur aime Orofmane, et non fon diadême; (1)
Chère Fatime, en lui je n'aime que lui-même.
Peut-être j'en crois trop un penchant fi flatteur;
Mais fi le ciel fur lui déployant fa rigueur,
Aux fers que j'ai portés eût condamné fa vie,
Si le ciel fous mes lois eût rangé la Syrie,

Ou mon amour me trompe, ou Zaïre aujourd'hui
Pour l'élever à foi defcendrait jufqu'à lui.

FATIME.

On marche vers ces lieux; fans doute c'eft lui-même.

ZAIRE.

Mon cœur qui le prévient, m'annonce ce que j'aime.
Depuis deux jours, Fatime, abfent de ce palais,
Enfin fon tendre amour le rend à mes fouhaits.

SCENE II.

OROSMANE, ZAIRE, FATIME.

OROSMANE.

VERTUEUSE Zaïre, avant que l'hyménée
Joigne à jamais nos cœurs et notre deftinée;
J'ai cru, fur mes projets, fur vous, fur mon amour,
Devoir en mufulman vous parler fans détour.
Les foudans qu'à genoux cet univers contemple,
Leurs ufages, leurs droits ne font point mon exemple;
Je fais que notre loi, favorable aux plaifirs,
Ouvre un champ fans limite à nos vaftes défirs;
Que je puis à mon gré, prodiguant mes tendreffes,
Recevoir à mes pieds l'encens de mes maîtreffes;
Et tranquille au férail, dictant mes volontés,
Gouverner mon pays du fein des voluptés.
Mais la molleffe eft douce, et fa fuite eft cruelle;
Je vois autour de moi cent rois vaincus par elle;

Je vois de Mahomet ces lâches fucceffeurs,
Ces califes tremblans dans leurs triftes grandeurs,
Couchés fur les débris de l'autel et du trône,
Sous un nom fans pouvoir languir dans Babylone:
Eux qui feraient encore, ainfi que leurs aïeux,
Maîtres du monde entier s'ils l'avaient été d'eux.
Bouillon leur arracha Solyme et la Syrie ;
Mais bientôt pour punir une fecte ennemie,
Dieu fufcita le bras du puiffant Saladin ;
Mon père, après fa mort, affervit le Jourdain ;
Et moi, faible héritier de fa grandeur nouvelle,
Maître encore incertain d'un Etat qui chancelle,
Je vois ces fiers chrétiens, de rapine altérés,
Des bords de l'Occident vers nos bords attirés ;
Et lorfque la trompette, et la voix de la guerre,
Du Nil au Pont-Euxin font retentir la terre,
Je n'irai point, en proie à de lâches amours,
Aux langueurs d'un férail abandonner mes jours.
J'attefte ici la gloire, et Zaïre et ma flamme,
De ne choifir que vous pour maîtreffe et pour femme,
De vivre votre ami, votre amant, votre époux,
De partager mon cœur entre la guerre et vous.
Ne croyez pas non plus que mon honneur confie
La vertu d'une époufe à ces monftres d'Afie,
Du férail des foudans gardes injurieux,
Et des plaifirs d'un maître efclaves odieux.
Je fais vous eftimer autant que je vous aime,
Et fur votre vertu me fier à vous-même.
Après un tel aveu, vous connaiffez mon cœur ;
Vous fentez qu'en vous feule il a mis fon bonheur.
Vous comprenez affez quelle amertume affreufe
Corromprait de mes jours la durée odieufe,

Si vous ne receviez les dons que je vous fais,
Qu'avec ces fentimens que l'on doit aux bienfaits.
Je vous aime, Zaïre, et j'attends de votre ame
Un amour qui réponde à ma brûlante flamme.
Je l'avoûrai, mon cœur ne veut rien qu'ardemment;
Je me croirais haï d'être aimé faiblement.
De tous mes fentimens tel eft le caractère.
Je veux avec excès vous aimer et vous plaire.
Si d'une égale amour votre cœur eft épris,
Je viens vous époufer, mais c'eft à ce feul prix;
Et du nœud de l'hymen l'étreinte dangereufe
Me rend infortuné, s'il ne vous rend heureufe.

ZAIRE.

Vous, Seigneur, malheureux! Ah! fi votre grand cœur
A fur mes fentimens pu fonder fon bonheur,
S'il dépend en effet de mes flammes fecrètes,
Quel mortel fut jamais plus heureux que vous l'êtes!
Ces noms chers et facrés, et d'amant et d'époux,
Ces noms nous font communs : et j'ai par-deffus vous
Ce plaifir fi flatteur à ma tendreffe extrême,
De tenir tout, Seigneur, du bienfaiteur que j'aime;
De voir que fes bontés font feules mes deftins;
D'être l'ouvrage heureux de fes auguftes mains;
De révérer, d'aimer un héros que j'admire.
Oui, fi parmi les cœurs foumis à votre empire,
Vos yeux ont difcerné les hommages du mien,
Si votre augufte choix....

SCENE III.

OROSMANE, ZAIRE, FATIME, CORASMIN.

CORASMIN.

Cet esclave chrétien,
Qui sur sa foi, Seigneur, a passé dans la France,
Revient au moment même, et demande audience.

FATIME.

O Ciel!

OROSMANE.

Il peut entrer. Pourquoi ne vient-il pas?

CORASMIN.

Dans la première enceinte il arrête ses pas.
Seigneur, je n'ai pas cru qu'aux regards de son maître
Dans ces augustes lieux un chrétien pût paraître.

OROSMANE.

Qu'il paraisse. En tous lieux, sans manquer de respect,
Chacun peut désormais jouir de mon aspect.
Je vois avec mépris ces maximes terribles,
Qui font de tant de rois des tyrans invisibles.

SCENE IV.

OROSMANE, ZAIRE, FATIME, CORASMIN,
NERESTAN.

NERESTAN.

Respectable ennemi qu'estiment les chrétiens,
Je reviens dégager mes sermens et les tiens;
J'ai satisfait à tout, c'est à toi d'y souscrire;

Je te fais apporter la rançon de Zaïre,
Et celle de Fatime, et de dix chevaliers,
Dans les murs de Solyme illuftres prifonniers.
Leur liberté par moi trop long-temps retardée,
Quand je reparaîtrais leur dut être accordée :
Sultan, tiens ta parole, ils ne font plus à toi,
Et dès ce moment même ils font libres par moi.
Mais, grâces à mes foins, quand leur chaîne eft brifée,
A t'en payer le prix ma fortune épuifée,
Je ne le cèle pas, m'ôte l'efpoir heureux
De faire ici pour moi ce que je fais pour eux.
Une pauvreté noble eft tout ce qui me refte.
J'arrache des chrétiens à leur prifon funefte ;
Je remplis mes fermens, mon honneur, mon devoir ;
Il me fuffit : je viens me mettre en ton pouvoir ;
Je me rends prifonnier, et demeure en ôtage.

OROSMANE.

Chrétien, je fuis content de ton noble courage ;
Mais ton orgueil ici fe ferait-il flatté
D'effacer Orofmane en générofité ?
Reprends ta liberté, remporte tes richeffes,
A l'or de ces rançons joins mes juftes largeffes :
Au lieu de dix chrétiens que je dus t'accorder,
Je t'en veux donner cent ; tu les peux demander.
Qu'ils aillent fur tes pas apprendre à ta patrie,
Qu'il eft quelques vertus au fond de la Syrie ;
Qu'ils jugent en partant qui méritait le mieux,
Des Français, ou de moi, l'empire de ces lieux. (b)
Mais parmi ces chrétiens que ma bonté délivre,
Lufignan ne fut point réfervé pour te fuivre :
De ceux qu'on peut te rendre il eft feul excepté ;
Son nom ferait fufpect à mon autorité :

Il eſt du ſang français qui régnait à Solyme ;
On fait ſon droit au trône, et ce droit eſt un crime :
Du deſtin qui fait tout tel eſt l'arrêt cruel,
Si j'euſſe été vaincu, je ſerais criminel.
Luſignan dans les fers finira ſa carrière,
Et jamais du ſoleil ne verra la lumière.
Je le plains, mais pardonne à la néceſſité
Ce reſte de vengeance et de ſévérité.
Pour Zaïre, crois-moi, ſans que ton cœur s'offenſe,
Elle n'eſt pas d'un prix qui ſoit en ta puiſſance ;
Tes chevaliers français, et tous leurs ſouverains,
S'uniraient vainement pour l'ôter de mes mains :
Tu peux partir.

NERESTAN.

Qu'entends-je ? Elle naquit chrétienne.
J'ai pour la délivrer ta parole et la ſienne ;
Et quant à Luſignan, ce vieillard malheureux,
Pourrait-il ?...

OROSMANE.

Je t'ai dit, Chrétien, que je le veux.
J'honore ta vertu ; mais cette humeur altière,
Se feſant eſtimer, commence à me déplaire :
Sors, et que le ſoleil levé ſur mes Etats,
Demain près du Jourdain ne te retrouve pas.

(Néreſtan ſort.)

FATIME.

O Dieu ! ſecourez-nous.

OROSMANE.

Et vous, allez, Zaïre,
Prenez dans le ſérail un ſouverain empire,
Commandez en ſultane, et je vais ordonner
La pompe d'un hymen qui vous doit couronner.

SCENE

SCENE V.

OROSMANE, CORASMIN.

OROSMANE.

Corasmin, que veut donc cet esclave infidelle ?
Il soupirait ... ses yeux se sont tournés vers elle,
Les as-tu remarqués ?

CORASMIN.

Que dites-vous, Seigneur?
De ce soupçon jaloux écoutez-vous l'erreur?

OROSMANE.

Moi, jaloux! qu'à ce point ma fierté s'avilisse !
Que j'éprouve l'horreur de ce honteux supplice !
Moi, que je puisse aimer comme l'on fait haïr ! (2)
Quiconque est soupçonneux invite à le trahir.
Je vois à l'amour seul ma maîtresse asservie;
Cher Corasmin, je l'aime avec idolâtrie :
Mon amour est plus fort, plus grand que mes bienfaits.
Je ne suis point jaloux ... si je l'étais jamais ...
Si mon cœur ... Ah! chassons cette importune idée :
D'un plaisir pur et doux mon ame est possédée.
Va, fais tout préparer pour ces momens heureux,
Qui vont joindre ma vie à l'objet de mes vœux.
Je vais donner une heure aux soins de mon Empire,
Et le reste du jour sera tout à Zaïre.

Fin du premier acte.

Théâtre. Tome II. D

ACTE II.

SCENE PREMIERE.

NERESTAN, CHATILLON.

CHATILLON.

O brave Néreſtan, Chevalier généreux,
Vous qui briſez les fers de tant de malheureux,
Vous, ſauveur des chrétiens, qu'un Dieu ſauveur envoie,
Paraiſſez, montrez-vous, goûtez la douce joie
De voir nos compagnons pleurant à vos genoux,
Baiſer l'heureuſe main qui nous délivre tous.
Aux portes du ſérail en foule ils vous demandent,
Ne privez point leurs yeux du héros qu'ils attendent,
Et qu'unis à jamais ſous notre bienfaiteur...

NERESTAN.

Illuſtre Chatillon, modérez cet honneur,
J'ai rempli d'un français le devoir ordinaire ;
J'ai fait ce qu'à ma place on vous aurait vu faire.

CHATILLON.

Sans doute ; et tout chrétien, tout digne chevalier,
Pour ſa religion ſe doit ſacrifier ;
Et la félicité des cœurs tels que les nôtres,
Conſiſte à tout quitter pour le bonheur des autres.
Heureux à qui le ciel a donné le pouvoir
De remplir comme vous un ſi noble devoir !

Pour nous, triftes jouets du fort qui nous opprime,
Nous, malheureux français, efclaves dans Solyme,
Oubliés dans les fers, où long-temps, fans fecours,
Le père d'Orofmane abandonna nos jours :
Jamais nos yeux fans vous ne reverraient la France.

NERESTAN.

Dieu s'eft fervi de moi, Seigneur : fa providence
De ce jeune Orofmane a fléchi la rigueur.
Mais quel trifte mélange altère ce bonheur !
Que de ce fier foudan la clémence odieufe
Répand fur fes bienfaits une amertume affreufe !
Dieu me voit et m'entend ; il fait fi dans mon cœur
J'avais d'autres projets que ceux de fa grandeur.
Je fefais tout pour lui : j'efpérais de lui rendre
Une jeune beauté, qu'à l'âge le plus tendre
Le cruel Noradin fit efclave avec moi,
Lorfque les ennemis de notre augufte foi,
Baignant de notre fang la Syrie enivrée,
Surprirent Lufignan vaincu dans Céfarée.
Du férail des fultans fauvé par des chrétiens,
Remis depuis trois ans dans mes premiers liens,
Renvoyé dans Paris fur ma feule parole,
Seigneur, je me flattais, efpérance frivole !
De ramener Zaïre à cette heureufe cour,
Où Louis des vertus a fixé le féjour.
Déjà même la reine, à mon zèle propice,
Lui tendait de fon trône une main protectrice.
Enfin, lorfqu'elle touche au moment fouhaité,
Qui la tirait du fein de la captivité,
On la retient... Que dis-je?... Ah! Zaïre elle-même,
Oubliant les chrétiens pour ce foudan qui l'aime...

N'y penfons plus... Seigneur, un refus plus cruel
Vient m'accabler encor d'un déplaifir mortel;
Des chrétiens malheureux l'efpérance eft trahie.

CHATILLON.

Je vous offre pour eux ma liberté, ma vie;
Difpofez-en, Seigneur, elle vous appartient.

NERESTAN.

Seigneur, ce Lufignan, qu'à Solyme on retient,
Ce dernier d'une race en héros fi féconde,
Ce guerrier dont la gloire avait rempli le monde,
Ce héros malheureux, de Bouillon defcendu,
Aux foupirs des chrétiens ne fera point rendu.

CHATILLON.

Seigneur, s'il eft ainfi, votre faveur eft vaine,
Quel indigne foldat voudrait brifer fa chaîne,
Alors que dans les fers fon chef eft retenu?
Lufignan, comme à moi, ne vous eft pas connu
Seigneur, remerciez le ciel, dont la clémence
A pour votre bonheur placé votre naiffance
Long-temps après ces jours à jamais déteftés,
Après ces jours de fang et de calamités,
Où je vis, fous le joug de nos barbares maîtres,
Tomber ces murs facrés conquis par nos ancêtres.
Ciel! fi vous aviez vu ce temple abandonné,
Du Dieu que nous fervons le tombeau profané,
Nos pères, nos enfans, nos filles et nos femmes,
Aux pieds de nos autels expirant dans les flammes,
Et notre dernier roi, courbé du faix des ans,
Maffacré fans pitié fur fes fils expirans,
Lufignan, le dernier de cette augufte race,
Dans ces momens affreux ranimant notre audace;

Au milieu des débris des temples renverſés,
Des vainqueurs, des vaincus, et des morts entaſſés,
Terrible, et d'une main reprenant cette épée,
Dans le ſang infidèle à tout moment trempée,
Et de l'autre à nos yeux montrant avec fierté
De notre ſainte foi le ſigne redouté,
Criant à haute voix, Français, ſoyez fidèles...
Sans doute en ce moment, le couvrant de ſes ailes,
La vertu du Très-Haut, qui nous ſauve aujourd'hui,
Applaniſſait ſa route, et marchait devant lui;
Et des triſtes chrétiens la foule délivrée,
Vint porter avec nous ſes pas dans Céſarée.
Là, par nos chevaliers, d'une commune voix,
Luſignan fut choiſi pour nous donner des lois.
O mon cher Néreſtan! Dieu qui nous humilie,
N'a pas voulu ſans doute, en cette courte vie,
Nous accorder le prix qu'il doit à la vertu;
Vainement pour ſon nom nous avons combattu.
Reſſouvenir affreux, dont l'horreur me dévore!
Jéruſalem en cendre, hélas! fumait encore,
Lorſque dans notre aſile attaqués et trahis,
Et livrés par un grec à nos fiers ennemis,
La flamme, dont brûla Sion déſeſpérée,
S'étendit en fureur aux murs de Céſarée:
Ce fut-là le dernier de trente ans de revers;
Là je vis Luſignan chargé d'indignes fers:
Inſenſible à ſa chute, et grand dans ſes miſères,
Il n'était attendri que des maux de ſes frères.
Seigneur, depuis ce temps, ce père des chrétiens,
Reſſerré loin de nous, blanchi dans ſes liens,
Gémit dans un cachot, privé de la lumière,
Oublié de l'Aſie et de l'Europe entière.

Tel eſt ſon ſort affreux : qui pourrait aujourd'hui,
Quand il ſouffre pour nous, ſe voir heureux ſans lui !

NERESTAN.

Ce bonheur, il eſt vrai, ferait d'un cœur barbare.
Que je hais le deſtin qui de lui nous ſépare !
Que vers lui vos diſcours m'ont ſans peine entraîné !
Je connais ſes malheurs, avec eux je ſuis né ;
Sans un trouble nouveau je n'ai pu les entendre ;
Votre priſon, la ſienne, et Céſarée en cendre,
Sont les premiers objets, ſont les premiers revers,
Qui frappèrent mes yeux à peine encore ouverts.
Je ſortais du berceau ; ces images ſanglantes
Dans vos triſtes récits me ſont encor préſentes.
Au milieu des chrétiens dans un temple immolés,
Quelques enfans, Seigneur, avec moi raſſemblés,
Arrachés par des mains de carnage fumantes
Aux bras enſanglantés de nos mères tremblantes,
Nous fûmes tranſportés dans ce palais des rois,
Dans ce même ſérail, Seigneur, où je vous vois.
Noradin m'éleva près de cette Zaïre,
Qui depuis... pardonnez ſi mon cœur en ſoupire,
Qui depuis égarée en ce funeſte lieu,
Pour un maître barbare abandonna ſon Dieu.

CHATILLON.

Telle eſt des Muſulmans la funeſte prudence.
De leurs chrétiens captifs ils ſéduiſent l'enfance ;
Et je bénis le ciel, propice à nos deſſeins,
Qui dans vos premiers ans vous ſauva de leurs mains.
Mais, Seigneur, après tout, cette Zaïre même,
Qui renonce aux chrétiens pour le ſoudan qui l'aime,

De fon crédit au moins nous pourrait fecourir :
Qu'importe de quel bras Dieu daigne fe fervir ?
M'en croirez-vous? Le jufte, auffi-bien que le fage,
Du crime et du malheur fait tirer avantage.
Vous pourriez de Zaïre employer la faveur
A fléchir Orofmane, à toucher fon grand cœur,
A nous rendre un héros, que lui-même a dû plaindre,
Que fans doute il admire, et qui n'eft plus à craindre.

NERESTAN.

Mais ce même héros, pour brifer fes liens,
Voudra-t-il qu'on s'abaiffe à ces honteux moyens ?
Et quand il le voudrait, eft-il en ma puiffance
D'obtenir de Zaïre un moment d'audience ?
Croyez-vous qu'Orofmane y daigne confentir ?
Le férail à ma voix pourra-t-il fe rouvrir ?
Quand je pourrais enfin paraître devant elle,
Que faut-il efpérer d'une femme infidelle
A qui mon feul afpect doit tenir lieu d'affront,
Et qui lira fa honte écrite fur mon front ?
Seigneur, il eft bien dur, pour un cœur magnanime,
D'attendre des fecours de ceux qu'on méfeftime :
Leurs refus font affreux, leurs bienfaits font rougir.

CHATILLON.

Songez à Lufignan, fongez à le fervir.

NERESTAN.

Eh bien... Mais quels chemins jufqu'à cette infidelle
Pourront... On vient à nous. Que vois-je? ô Ciel! c'eft elle.

D 4

S C E N E   I I.

ZAIRE, CHATILLON, NERESTAN.

Z A I R E à *Néreftan.*

C'EST vous, digne Français, à qui je viens parler.
Le foudan le permet, ceffez de vous troubler;
Et raffurant mon cœur, qui tremble à votre approche,
Chaffez de vos regards la plainte et le reproche.
Seigneur, nous nous craignons, nous rougiffons tous deux;
Je fouhaite et je crains de rencontrer vos yeux.
L'un à l'autre attachés depuis notre naiffance,
Une affreufe prifon renferma notre enfance;
Le fort nous accabla du poids des mêmes fers,
Que la tendre amitié nous rendait plus légers.
Il me fallut depuis gémir de votre abfence;
Le ciel porta vos pas aux rives de la France :
Prifonnier dans Solyme, enfin je vous revis;
Un entretien plus libre alors m'était permis.
Efclave dans la foule où j'étais confondue,
Aux regards du foudan je vivais inconnue :
Vous daignâtes bientôt, foit grandeur, foit pitié,
Soit plutôt digne effet d'une pure amitié,
Revoyant des Français le glorieux Empire,
Y chercher la rançon de la trifte Zaïre :
Vous l'apportez : le ciel a trompé vos bienfaits;
Loin de vous, dans Solyme, il m'arrête à jamais.
Mais quoi que ma fortune ait d'éclat et de charmes,
Je ne puis vous quitter fans répandre des larmes.

Toujours de vos bontés je vais m'entretenir,
Chérir de vos vertus le tendre souvenir,
Comme vous, des humains soulager la misère,
Protéger les chrétiens, leur tenir lieu de mère :
Vous me les rendez chers, et ces infortunés...

NERESTAN.

Vous, les protéger ! vous, qui les abandonnez !
Vous, qui des Lusignans foulant aux pieds la cendre...

ZAIRE.

Je la viens honorer, Seigneur, je viens vous rendre
Le dernier de ce sang, votre amour, votre espoir :
Oui, Lusignan est libre, et vous l'allez revoir.

CHATILLON.

O Ciel ! nous reverrions notre appui, notre père !

NERESTAN.

Les chrétiens vous devraient une tête si chère !

ZAIRE.

J'avais sans espérance osé la demander :
Le généreux soudan veut bien nous l'accorder :
On l'amène en ces lieux.

NERESTAN.

　　　　　Que mon ame est émue !

ZAIRE.

Mes larmes, malgré moi, me dérobent sa vue ;
Ainsi que ce vieillard, j'ai langui dans les fers :
Qui ne sait compatir aux maux qu'on a soufferts ! (3)

NERESTAN.

Grand Dieu ! que de vertu dans une ame infidelle !

S C E N E   I I I.

ZAIRE, LUSIGNAN, CHATILLON, NERESTAN,
plusieurs esclaves chrétiens.

LUSIGNAN.

Du séjour du trépas quelle voix me rappelle ?
Suis-je avec des chrétiens ?... Guidez mes pas tremblans.
Mes maux m'ont affaibli plus encor que mes ans.
    (en s'asseyant.)
Suis-je libre en effet ?

ZAIRE.

    Oui, Seigneur, oui, vous l'êtes.

CHATILLON.

Vous vivez, vous calmez nos douleurs inquiètes.
Tous nos tristes chrétiens....

LUSIGNAN.

    O jour ! ô douce voix !
Chatillon, c'est donc vous ? c'est vous que je revois !
Martyr, ainsi que moi, de la foi de nos pères,
Le Dieu que nous servons finit-il nos misères ?
En quels lieux sommes-nous ? Aidez mes faibles yeux.

CHATILLON

C'est ici le palais qu'ont bâti vos aïeux,
Du fils de Noradin c'est le séjour profane.

ZAIRE.

Le maître de ces lieux, le puissant Orosmane,
Sait connaître, Seigneur, et chérir la vertu.
Ce généreux français, qui vous est inconnu,

    (en montrant Nérestan.)

Par la gloire amené des rives de la France,
Venait de dix chrétiens payer la délivrance :
Le foudan, comme lui, gouverné par l'honneur,
Croit, en vous délivrant, égaler fon grand cœur.

LUSIGNAN.

Des chevaliers français tel eft le caractère ;
Leur nobleffe en tout temps me fut utile et chère.
Trop digne chevalier, quoi ! vous paffez les mers
Pour foulager nôs maux, et pour brifer nos fers ?
Ah ! parlez, à qui dois-je un fervice fi rare ?

NERESTAN.

Mon nom eft Néreftan ; le fort long-temps barbare,
Qui dans les fers ici me mit prefque en naiffant,
Me fit quitter bientôt l'empire du Croiffant.
A la cour de Louis, guidé par mon courage,
De la guerre fous lui j'ai fait l'apprentiffage ;
Ma fortune et mon rang font un don de ce roi,
Si grand par fa valeur, et plus grand par fa foi.
Je le fuivis, Seigneur, au bord de la Charente,
Lorfque du fier Anglais la valeur menaçante,
Cédant à nos efforts trop long-temps captivés,
Satisfit en tombant aux lis qu'ils ont braves. (4)
Venez, Prince, et montrez au plus grand des monarques
De vos fers glorieux les vénérables marques :
Paris va révérer le martyr de la croix,
Et la cour de Louis eft l'afile des rois.

LUSIGNAN.

Hélas ! de cette cour j'ai vu jadis la gloire.
Quand Philippe à Bovine enchaînait la victoire,
Je combattais, Seigneur, avec Montmorenci,
Melun, d'Eftaing, de Nefle, et ce fameux Couci.

Mais à revoir Paris je ne dois plus prétendre :
Vous voyez qu'au tombeau je fuis prêt à defcendre :
Je vais au Roi des rois demander aujourd'hui
Le prix de tous les maux que j'ai foufferts pour lui.
Vous, généreux témoins de mon heure dernière,
Tandis qu'il en eft temps, écoutez ma prière :
Néreftan, Chatillon, et vous... de qui les pleurs
Dans ces momens fi chers honorent mes malheurs,
Madame, ayez pitié du plus malheureux père,
Qui jamais ait du ciel éprouvé la colère,
Qui répand devant vous des larmes que le temps
Ne peut encor tarir dans mes yeux expirans.
Une fille, trois fils, ma fuperbe efpérance,
Me furent arrachés dès leur plus tendre enfance :
O mon cher Chatillon, tu dois t'en fouvenir.

CHATILLON.

De vos malheurs encor vous me voyez frémir.

LUSIGNAN.

Prifonnier avec moi dans Céfarée en flamme,
Tes yeux virent périr mes deux fils et ma femme.

CHATILLON.

Mon bras chargé de fers ne les put fecourir.

LUSIGNAN.

Hélas! et j'étais père, et je ne pus mourir!
Veillez du haut des cieux, chers enfans que j'implore,
Sur mes autres enfans, s'ils font vivans encore.
Mon dernier fils, ma fille, aux chaînes réfervés,
Par de barbares mains pour fervir confervés,
Loin d'un père accablé, furent portés enfemble
Dans ce même férail où le ciel nous raffemble.

CHATILLON.

Il eft vrai, dans l'horreur de ce péril nouveau,
Je tenais votre fille à peine en fon berceau :
Ne pouvant la fauver, Seigneur, j'allais moi-même
Répandre fur fon front l'eau fainte du baptême;
Lorfque les Sarrafins, de carnage fumans,
Revinrent l'arracher à mes bras tout fanglans.
Votre plus jeune fils, à qui les deftinées
Avaient à peine encore accordé quatre années,
Trop capable déjà de fentir fon malheur,
Fut dans Jérufalem conduit avec fa fœur.

NERESTAN.

De quel reffouvenir mon ame eft déchirée !
A cet âge fatal j'étais dans Céfarée :
Et tout couvert de fang, et chargé de liens,
Je fuivis en ces lieux la foule des chrétiens.

LUSIGNAN.

Vous... Seigneur !... ce férail éleva votre enfance?...
(en les regardant.)
Hélas! de mes enfans auriez-vous connaiffance?
Ils feraient de votre âge, et peut-être mes yeux...
Quel ornement, Madame, étranger en ces lieux?
Depuis quand l'avez-vous?

ZAIRE.

Depuis que je refpire.
Seigneur... eh quoi! d'où vient que votre ame foupire?

LUSIGNAN.

Ah! daignez confier à mes tremblantes mains...

Z A I R E.

De quel trouble nouveau tous mes fens font atteints!
Seigneur, que faites-vous?

L U S I G N A N.

O Ciel! ô Providence!·
Mes yeux, ne trompez point ma timide efpérance;
Serait-il bien poffible? oui, c'eft elle... je voi
Ce préfent qu'une époufe avait reçu de moi,
Et qui de mes enfans ornait toujours la tête,
Lorfque de leur naiffance on célébrait la fête:
Je revois... je fuccombe à mon faififfement.

Z A I R E.

Qu'entends-je? et quel foupçon m'agite en ce moment?
Ah, Seigneur!...

L U S I G N A N.

Dans l'efpoir dont j'entrevois les charmes,
Ne m'abandonnez pas, Dieu qui voyez mes larmes!
Dieu mort fur cette croix, et qui revis pour nous,
Parle, achève, ô mon Dieu! ce font-là de tes coups.
Quoi! Madame, en vos mains elle était demeurée?
Quoi! tous les deux captifs, et pris dans Céfarée?

Z A I R E.

Oui, Seigneur.

N E R E S T A N.

Se peut-il?

L U S I G N A N.

Leur parole, leurs traits,
De leur mère en effet font les vivans portraits.
Oui, grand Dieu! tu le veux, tu permets que je voie.
Dieu, ranime mes fens trop faibles pour ma joie!

Madame... Néreſtan... Soutiens-moi, Chatillon...
Néreſtan, ſi je dois vous nommer de ce nom,
Avez-vous dans le ſein la cicatrice heureuſe
Du fer dont à mes yeux une main furieuſe...

NERESTAN.

Oui, Seigneur, il eſt vrai.

LUSIGNAN.

Dieu juſte! heureux momens!

NERESTAN *ſe jetant à genoux.*

Ah! Seigneur! ah, Zaïre!

LUSIGNAN.

Approchez, mes enfans.

NERESTAN.

Moi, votre fils!

ZAIRE.

Seigneur!

LUSIGNAN.

Heureux jour qui m'éclaire!
Ma fille! mon cher fils! embraſſez votre père.

CHATILLON.

Que d'un bonheur ſi grand mon cœur ſe ſent toucher!

LUSIGNAN.

De vos bras, mes enfans, je ne puis m'arracher.
Je vous revois enfin, chère et triſte famille,
Mon fils, digne héritier... vous... hélas! vous? ma fille!
Diſſipez mes ſoupçons, ôtez-moi cette horreur,
Ce trouble qui m'accable au comble du bonheur.
Toi qui ſeul as conduit ſa fortune et la mienne,
Mon Dieu qui me la rends, me la rends-tu chrétienne?

Tu pleures, malheureufe, et tu baiffes les yeux!
Tu te tais! je t'entends! ô crime! ô juftes Cieux!

Z A I R E.

Je ne puis vous tromper: fous les lois d'Orofmane....
Puniffez votre fille... Elle était mufulmane.

L U S I G N A N.

Que la foudre en éclats ne tombe que fur moi!
Ah, mon fils! à ces mots j'euffe expiré fans toi.
Mon Dieu! j'ai combattu foixante ans pour ta gloire;
J'ai vu tomber ton temple, et périr ta mémoire;
Dans un cachot affreux abandonné vingt ans,
Mes larmes t'imploraient pour mes triftes enfans:
Et lorfque ma famille eft par toi réunie,
Quand je trouve une fille, elle eft ton ennemie!
Je fuis bien malheureux... c'eft ton père, c'eft moi,
C'eft ma feule prifon qui t'a ravi ta foi.
Ma fille, tendre objet de mes dernières peines,
Songe au moins, fonge au fang qui coule dans tes veines:
C'eft le fang de vingt rois, tous chrétiens comme moi;
C'eft le fang des héros, défenfeurs de ma loi;
C'eft le fang des martyrs... O fille encor trop chère!
Connais-tu ton deftin! fais-tu quelle eft ta mère?
Sais-tu bien qu'à l'inftant que fon flanc mit au jour
Ce trifte et dernier fruit d'un malheureux amour,
Je la vis maffacrer par la main forcenée,
Par la main des brigands à qui tu t'es donnée?
Tes frères, ces martyrs égorgés à mes yeux,
T'ouvrent leurs bras fanglans, tendus du haut des cieux.
Ton Dieu que tu trahis, ton Dieu que tu blafphèmes,
Pour toi, pour l'univers, eft mort en ces lieux mêmes,

En

En ces lieux où mon bras le fervit tant de fois,
En ces lieux où fon fang te parle par ma voix.
Vois ces murs, vois ce temple envahi par tes maîtres :
Tout annonce le Dieu qu'ont vengé tes ancêtres.
Tourne les yeux, fa tombe eft près de ce palais;
C'eft ici la montagne où, lavant nos forfaits,
Il voulut expirer fous les coups de l'impie;
C'eft là que de fa tombe il rappela fa vie.
Tu ne faurais marcher dans cet augufte lieu,
Tu n'y peux faire un pas fans y trouver ton Dieu;
Et tu n'y peux refter fans renier ton père,
Ton honneur qui te parle, et ton Dieu qui t'éclaire.
Je te vois dans mes bras, et pleurer, et frémir;
Sur ton front pâliffant Dieu met le repentir :
Je vois la vérité dans ton cœur defcendue;
Je retrouve ma fille après l'avoir perdue;
Et je reprends ma gloire et ma félicité,
En dérobant mon fang à l'infidélité.

NERESTAN.

Je revois donc ma fœur!... Et fon ame...

ZAIRE.

Ah, mon père!
Cher auteur de mes jours, parlez, que dois-je faire?

LUSIGNAN.

M'ôter, par un feul mot, ma honte et mes ennuis,
Dire, je fuis chrétienne.

ZAIRE.

Oui.... Seigneur.... je le fuis.

LUSIGNAN.

Dieu! reçois fon aveu du fein de ton empire!

Théâtre. Tome II. E

SCENE IV.

ZAIRE, LUSIGNAN, CHATILLON,
NERESTAN, CORASMIN.

CORASMIN.

Mᴀᴅᴀᴍᴇ, le foudan m'ordonne de vous dire
Qu'à l'inftant de ces lieux il faut vous retirer,
Et de ces vils chrétiens fur-tout vous féparer.
Vous, Français, fuivez-moi : de vous je dois répondre.

CHATILLON.

Où fommes-nous, grand Dieu ! Quel coup vient nous
    confondre ?

LUSIGNAN.

Notre courage, amis, doit ici s'animer.

ZAIRE.

Hélas, Seigneur !

LUSIGNAN.

    O vous, que je n'ofe nommer,
Jurez-moi de garder un fecret fi funefte.

ZAIRE.

Je vous le jure.

LUSIGNAN.

    Allez, le ciel fera le refte.

Fin du fecond acte.

ACTE III.

SCENE PREMIERE.

OROSMANE, CORASMIN.

OROSMANE.

Vous étiez, Corafmin, trompé par vos alarmes;
Non, Louis contre moi ne tourne point fes armes;
Les Français font laffés de chercher déformais
Des climats que pour eux le deftin n'a point faits;
Ils n'abandonnent point leur fertile patrie,
Pour languir aux déferts de l'aride Arabie,
Et venir arrofer de leur fang odieux
Ces palmes, que pour nous Dieu fait croître en ces lieux.
Ils couvrent de vaiffeaux la mer de la Syrie.
Louis, des bords de Chypre, épouvante l'Afie;
Mais j'apprends que ce roi s'éloigne de nos ports;
De la féconde Egypte il menace les bords;
J'en reçois à l'inftant la première nouvelle.
Contre les Mamelus fon courage l'appelle;
Il cherche Méledin, mon fecret ennemi;
Sur leurs divifions mon trône eft affermi.
Je ne crains plus enfin l'Egypte ni la France.
Nos communs ennemis cimentent ma puiffance;
Et, prodigues d'un fang qu'ils devraient ménager,
Prennent en s'immolant le foin de me venger.
Relâche ces chrétiens, ami, je les délivre;
Je veux plaire à leur maître, et leur permets de vivre:

E 2

Je veux que fur la mer on les mène à leur roi,
Que Louis me connaiffe, et refpecte ma foi.
Mène-lui Lufignan; dis-lui que je lui donne
Celui que la naiffance allie à fa couronne,
Celui que par deux fois mon père avait vaincu,
Et qu'il tint enchaîné tandis qu'il a vécu.

CORASMIN.

Son nom cher aux chrétiens....

OROSMANE.

Son nom n'eft point à craindre.

CORASMIN.

Mais, Seigneur, fi Louis.....

OROSMANE.

Il n'eft plus temps de feindre,
Zaïre l'a voulu; c'eft affez : et mon cœur,
En donnant Lufignan, le donne à mon vainqueur.
Louis eft peu pour moi; je fais tout pour Zaïre;
Nul autre fur mon cœur n'aurait pris cet empire.
Je viens de l'affliger, c'eft à moi d'adoucir
Le déplaifir mortel qu'elle a dû reffentir,
Quand, fur les faux avis des deffeins de la France,
J'ai fait à ces chrétiens un peu de violence.
Que dis-je? Ces momens, perdus dans mon confeil,
Ont de ce grand hymen fufpendu l'appareil :
D'une heure encore, ami, mon bonheur fe diffère :
Mais j'emploierai du moins ce temps à lui complaire.
Zaïre ici demande un fecret entretien
Avec ce Néreftan, ce généreux chrétien.....

CORASMIN.

Et vous avez, Seigneur, encor cette indulgence?

OROSMANE.

Ils ont été tous deux efclaves dans l'enfance ;
Ils ont porté mes fers, ils ne fe verront plus ;
Zaïre enfin de moi n'aura point un refus.
Je ne m'en défends point ; je foule aux pieds pour elle
Des rigueurs du férail la contrainte cruelle.
J'ai méprifé ces lois, dont l'âpre auftérité
Fait d'une vertu trifte une néceffité.
Je ne fuis point formé du fang afiatique ;
Né parmi les rochers, au fein de la Taurique,
Des Scythes mes aïeux je garde la fierté,
Leurs mœurs, leurs paffions, leur générofité :
Je confens qu'en partant Néreftan la revoie ;
Je veux que tous les cœurs foient heureux de ma joie.
Après ce peu d'inftans, volés à mon amour,
Tous fes momens, ami, font à moi fans retour.
Va, ce chrétien attend, et tu peux l'introduire.
Preffe fon entretien, obéis à Zaïre.

SCENE II.

CORASMIN, NERESTAN.

CORASMIN.

En ces lieux, un moment, tu peux encor refter.
Zaïre à tes regards viendra fe préfenter.

SCENE III.

NERESTAN *feul.*

En quel état, ô Ciel ! en quels lieux je la laiffe !
O ma Religion ! ô mon père ! ô tendreffe !
Mais je la vois.

E 3

SCENE IV.

ZAIRE, NERESTAN.

NERESTAN.

Ma sœur, je puis donc vous parler,
Ah! dans quel temps le ciel nous voulut raffembler!
Vous ne reverrez plus un trop malheureux père.

ZAIRE.

Dieu! Lufignan?

NERESTAN.

Il touche à fon heure dernière.
Sa joie, en nous voyant, par de trop grands efforts,
De fes fens affaiblis a rompu les refforts;
Et cette émotion, dont fon ame eft remplie,
A bientôt épuifé les fources de fa vie.
Mais, pour comble d'horreur, à ces derniers momens,
Il doute de fa fille et de fes fentimens;
Il meurt dans l'amertume, et fon ame incertaine
Demande en foupirant fi vous êtes chrétienne.

ZAIRE.

Quoi, je fuis votre fœur, et vous pouvez penfer
Qu'à mon fang, à ma loi j'aille ici renoncer?

NERESTAN.

Ah, ma fœur! cette loi n'eft pas la vôtre encore;
Le jour qui vous éclaire eft pour vous à l'aurore;
Vous n'avez point reçu ce gage précieux,
Qui nous lave du crime, et nous ouvre les cieux.

Jurez par nos malheurs, et par votre famille,
Par ces martyrs facrés, de qui vous êtes fille,
Que vous voulez ici recevoir aujourd'hui
Le fceau du Dieu vivant qui nous attache à lui.

ZAIRE.

Oui, je jure en vos mains, par ce Dieu que j'adore,
Par fa loi que je cherche, et que mon cœur ignore,
De vivre déformais fous cette fainte loi. . . .
Mais, mon cher frère. . . . . Hélas! que veut-elle de moi?
Que faut-il?

NERESTAN.

Détefter l'empire de vos maîtres,
Servir, aimer ce Dieu qu'ont aimé nos ancêtres, (c)
Qui, né près de ces murs, eft mort ici pour nous,
Qui nous a raffemblés, qui m'a conduit vers vous.
Eft-ce à moi d'en parler? moins inftruit que fidèle,
Je ne fuis qu'un foldat, et je n'ai que du zèle.
Un pontife facré viendra jufqu'en ces lieux
Vous apporter la vie, et deffiller vos yeux.
Songez à vos fermens, et que l'eau du baptême
Ne vous apporte point la mort et l'anathême.
Obtenez qu'avec lui je puiffe revenir.
Mais à quel titre, ô Ciel! faut-il donc l'obtenir?
A qui le demander dans ce férail profane? . . . .
Vous, le fang de vingt rois, efclave d'Orofmane!
Parente de Louis, fille de Lufignan!
Vous chrétienne, et ma fœur, efclave d'un foudan!
Vous m'entendez. . . . je n'ofe en dire davantage:
Dieu, nous réferviez-vous à ce dernier outrage?

ZAIRE.

Ah, cruel! pourfuivez, vous ne connaiffez pas
Mon fecret, mes tourmens, mes vœux, mes attentats.

E 4

Mon frère, ayez pitié d'une sœur égarée,
Qui brûle, qui gémit, qui meurt désespérée.
Je suis chrétienne, hélas!.... j'attends avec ardeur
Cette eau sainte, cette eau, qui peut guérir mon cœur.
Non, je ne serai point indigne de mon frère,
De mes aïeux, de moi, de mon malheureux père.
Mais parlez à Zaïre, et ne lui cachez rien,
Dites.... quelle est la loi de l'empire chrétien?....
Quel est le châtiment pour une infortunée,
Qui, loin de ses parens, aux fers abandonnée,
Trouvant chez un barbare un généreux appui,
Aurait touché son ame et s'unirait à lui?

NERESTAN.

O Ciel! que dites-vous? Ah! la mort la plus prompte
Devrait.....

ZAIRE.

C'en est assez, frappe et préviens ta honte.

NERESTAN.

Qui? vous! ma sœur?

ZAIRE.

C'est moi que je viens d'accuser.
Orosmane m'adore... et j'allais l'épouser.

NERESTAN.

L'épouser! est-il vrai, ma sœur? Est-ce vous-même?
Vous, la fille des rois?

ZAIRE.

Frappe, dis-je; je l'aime.

NERESTAN.

Opprobre malheureux du sang dont vous sortez,
Vous demandez la mort, et vous la méritez:
Et si je n'écoutais que ta honte et ma gloire,
L'honneur de ma maison, mon père, sa mémoire;

Si la loi de ton Dieu, que tu ne connais pas,
Si ma religion ne retenait mon bras;
J'irais dans ce palais, j'irais, au moment même,
Immoler de ce fer un barbare qui t'aime,
De son indigne flanc, le plonger dans le tien,
Et ne l'en retirer que pour percer le mien.
Ciel! tandis que Louis, l'exemple de la terre,
Au Nil épouvanté ne va porter la guerre
Que pour venir bientôt, frappant des coups plus surs,
Délivrer ton Dieu même, et lui rendre ces murs :
Zaïre, cependant, ma sœur, son alliée,
Au tyran d'un sérail par l'hymen est liée?
Et je vais donc apprendre à Lusignan trahi
Qu'un tartare est le dieu que sa fille a choisi?
Dans ce moment affreux, hélas! ton père expire,
En demandant à Dieu le salut de Zaïre.

ZAIRE.

Arrête, mon cher frère, ... arrête, connais-moi;
Peut-être que Zaïre est digne encor de toi.
Mon frère, épargne-moi cet horrible langage;
Ton courroux, ton reproche est un plus grand outrage,
Plus sensible pour moi, plus dur que ce trépas
Que je te demandais, et que je n'obtiens pas.
L'état où tu me vois accable ton courage;
Tu souffres, je le vois; je souffre davantage.
Je voudrais que du ciel le barbare secours
De mon sang, dans mon cœur, eût arrêté le cours ;
Le jour qu'empoisonné d'une flamme profane,
Ce pur sang des chrétiens brûla pour Orosmane,
Le jour que de ta sœur Orosmane charmé...
Pardonnez-moi, Chrétiens; qui ne l'aurait aimé!

Il fefait tout pour moi ; fon cœur m'avait choifie ;
Je voyais fa fierté pour moi feule adoucie.
C'eft lui qui des chrétiens a ranimé l'efpoir :
C'eft à lui que je dois le bonheur de te voir :
Pardonne ; ton courroux, mon père, ma tendreffe,
Mes fermens, mon devoir, mes remords, ma faibleffe,
Me fervent de fupplice ; et ta fœur en ce jour
Meurt de fon repentir, plus que de fon amour.

NERESTAN.

Je te blâme, et te plains ; crois-moi, la Providence
Ne te laiffera point périr fans innocence :
Je te pardonne, hélas ! ces combats odieux ;
Dieu ne t'a point prêté fon bras victorieux.
Ce bras qui rend la force aux plus faibles courages,
Soutiendra ce rofeau plié par les orages.
Il ne fouffrira pas qu'à fon culte engagé,
Entre un barbare et lui ton cœur foit partagé.
Le baptême éteindra ces feux dont il foupire,
Et tu vivras fidelle ou périras martyre.
Achève donc ici ton ferment commencé ;
Achève, et dans l'horreur dont ton cœur eft preffé,
Promets au roi Louis, à l'Europe, à ton père,
Au Dieu qui déjà parle à ce cœur fi fincère,
De ne point accomplir cet hymen odieux
Avant que le pontife ait éclairé tes yeux ;
Avant qu'en ma préfence il te faffe chrétienne,
Et que Dieu par fes mains t'adopte et te foutienne.
Le promets-tu, Zaïre ?...

ZAIRE.

Oui, je te le promets :
Rends-moi chrétienne et libre ; à tout je me foumets.

Va, d'un père expirant, va fermer la paupière;
Va, je voudrais te fuivre et mourir la première.

NERESTAN.

Je pars, adieu, ma fœur, adieu : puifque mes vœux
Ne peuvent t'arracher à ce palais honteux,
Je reviendrai bientôt par un heureux baptême
T'arracher aux enfers, et te rendre à toi-même.

SCENE V.

ZAIRE *feule*.

ME voilà feule, ô Dieu ! que vais-je devenir ?
Dieu, commande à mon cœur de ne te point trahir.
Hélas ! fuis-je en effet françaife, ou mufulmane ?
Fille de Lufignan, ou femme d'Orofmane ?
Suis-je amante ou chrétienne ? O fermens que j'ai faits !
Mon père, mon pays, vous ferez fatisfaits !
Fatime ne vient point. Quoi ! dans ce trouble extrême !
L'univers m'abandonne ! on me laiffe à moi-même !
Mon cœur peut-il porter, feul et privé d'appui,
Le fardeau des devoirs qu'on m'impofe aujourd'hui ?
A ta loi, Dieu puiffant ! oui, mon ame eft rendue;
Mais fais que mon amant s'éloigne de ma vue.
Cher amant ! ce matin l'aurais-je pu prévoir,
Que je duffe aujourd'hui redouter de te voir ?
Moi, qui, de tant de feux juftement poffédée,
N'avais d'autre bonheur, d'autre foin, d'autre idée,
Que de t'entretenir, d'écouter ton amour,
Te voir, te fouhaiter, attendre ton retour!
Hélas ! et je t'adore, et t'aimer eft un crime !

S C E N E V I.

Z A I R E, O R O S M A N E.

O R O S M A N E.

Paraissez, tout eſt prêt, et l'ardeur qui m'anime
Ne ſouffre plus, Madame, aucun retardement;
Les flambeaux de l'hymen brillent pour votre amant;
Les parfums de l'encens rempliſſent la moſquée ;
Du dieu de Mahomet la puiſſance invoquée
Confirme mes fermens, et préſide à mes feux.
Mon peuple conſterné pour vous offre ſes vœux,
Tout tombe à vos genoux; vos ſuperbes rivales,
Qui diſputaient mon cœur et marchaient vos égales,
Heureuſes de vous ſuivre et de vous obéir,
Devant vos volontés vont apprendre à fléchir.
Le trône, les feſtins, et la cérémonie,
Tout eſt prêt : commencez le bonheur de ma vie.

Z A I R E.

Où fuis-je? malheureuſe! ô tendreſſe! ô douleur!

O R O S M A N E.

Venez.

Z A I R E.

Où me cacher ?

O R O S M A N E.

Que dites-vous?

Z A I R E.

Seigneur!

O R O S M A N E.

Donnez-moi votre main; daignez, belle Zaïre....

Z A I R E.

Dieu de mon père ! hélas! que pourrai-je lui dire ?

OROSMANE.

Que j'aime à triompher de ce tendre embarras!
Qu'il redouble ma flamme, et mon bonheur!...

ZAIRE.

Hélas!

OROSMANE.

Ce trouble à mes défirs vous rend encor plus chère,
D'une vertu modefte il eft le caractère.
Digne et charmant objet de ma conftante foi,
Venez, ne tardez plus.

ZAIRE.

Fatime, foutiens-moi....
Seigneur.

OROSMANE.

O Ciel! eh quoi!

ZAIRE.

Seigneur, cet hyménée
Etait un bien fuprême à mon ame étonnée.
Je n'ai point recherché le trône et la grandeur.
Qu'un fentiment plus jufte occupait tout mon cœur!
Hélas! j'aùrais voulu qu'à vos vertus unie,
Et méprifant pour vous les trônes de l'Afie,
Seule et dans un défert, auprès de mon époux,
J'euffe pu fous mes pieds les fouler avec vous.
Mais... Seigneur... ces chrétiens...

OROSMANE.

Ces chrétiens... Quoi! Madame?
Qu'auraient donc de commun cette fecte et ma flamme?

ZAIRE.

Lufignan, ce vieillard, accablé de douleurs,
Termine en ces momens fa vie et fes malheurs.

OROSMANE.

Eh bien ! quel intérêt fi preffant et fi tendre,
A ce vieillard chrétien votre cœur peut-il prendre ?
Vous n'êtes point chrétienne ; élevée en ces lieux,
Vous fuivez dès long-temps la foi de mes aïeux.
Un vieillard qui fuccombe au poids de fes années,
Peut-il troubler ici vos belles deftinées ?
Cette aimable pitié, qu'il s'attire de vous,
Doit fe perdre avec moi dans des momens fi doux.

ZAIRE.

Seigneur, fi vous m'aimez, fi je vous étais chère...

OROSMANE.

Si vous l'êtes, ah Dieu !

ZAIRE.

Souffrez que l'on diffère...
Permettez que ces nœuds, par vos mains affemblés...

OROSMANE.

Que dites-vous ? ô Ciel ! eft-ce vous qui parlez ?
Zaïre !

ZAIRE.

Je ne puis foutenir fa colère.

OROSMANE.

Zaïre !

ZAIRE.

Il m'eft affreux, Seigneur, de vous déplaire ;
Excufez ma douleur... Non, j'oublie à la fois,
Et tout ce que je fuis, et tout ce que je dois.
Je ne puis foutenir cet afpect qui me tue.
Je ne puis... Ah ! fouffrez que loin de votre vue,
Seigneur, j'aille cacher mes larmes, mes ennuis,
Mes vœux, mon défefpoir, et l'horreur où je fuis.

(*elle fort.*)

SCENE VII.

OROSMANE, CORASMIN.

OROSMANE.

JE demeure immobile, et ma langue glacée
Se refuse aux tranſports de mon ame offenſée.
Eſt-ce à moi que l'on parle? ai-je bien entendu?
Eſt-ce moi qu'elle fuit? ô Ciel! et qu'ai-je vu?
Coraſmin, quel eſt donc ce changement extrême?
Je la laiſſe échapper! je m'ignore moi-même.

CORASMIN.

Vous ſeul cauſez ſon trouble, et vous vous en plaignez.
Vous accuſez, Seigneur, un cœur où vous régnez.

OROSMANE.

Mais pourquoi donc ces pleurs, ces regrets, cette fuite,
Cette douleur ſi ſombre en ſes regards écrite?
Si c'était ce français!... quel ſoupçon, quelle horreur!
Quelle lumière affreuſe a paſſé dans mon cœur!
Hélas! je repouſſais ma juſte défiance:
Un barbare, un eſclave, aurait cette inſolence?
Cher ami, je verrais un cœur comme le mien,
Réduit à redouter un eſclave chrétien?
Mais, parle, tu pouvais obſerver ſon viſage,
Tu pouvais de ſes yeux entendre le langage:
Ne me déguiſe rien, mes feux ſont-ils trahis?
Apprends-moi mon malheur... tu trembles... tu frémis...
C'en eſt aſſez.

CORASMIN.

Je crains d'irriter vos alarmes.
Il eſt vrai que ſes yeux ont verſé quelques larmes;
Mais, Seigneur, après tout, je n'ai rien obſervé
Qui doive...

OROSMANE.

A cet affront je ſerais réſervé?
Non, ſi Zaïre, ami, m'avait fait cette offenſe,
Elle eût avec plus d'art trompé ma confiance.
Le déplaiſir ſecret de ſon cœur agité,
Si ce cœur eſt perfide, aurait-il éclaté?
Ecoute, garde-toi de ſoupçonner Zaïre.
Mais, dis-tu, ce français gémit, pleure, ſoupire:
Que m'importe après tout le ſujet de ſes pleurs?
Qui ſait ſi l'amour même entre dans ſes douleurs?
Et qu'ai-je à redouter d'un eſclave infidelle,
Qui demain pour jamais ſe va ſéparer d'elle?

CORASMIN.

N'avez-vous pas, Seigneur, permis, malgré nos lois,
Qu'il jouît de ſa vue une ſeconde fois?
Qu'il revînt en ces lieux?

OROSMANE.

Qu'il revînt, lui, ce traître?
Qu'aux yeux de ma maîtreſſe il oſât reparaître?
Oui, je le lui rendrais, mais mourant, mais puni,
Mais verſant à ſes yeux le ſang qui ma trahi,
Déchiré devant elle : et ma main dégouttante
Confondrait dans ſon ſang le ſang de ſon amante....
Excuſe les tranſports de ce cœur offenſé;
Il eſt né violent, il aime, il eſt bleſſé.
Je connais mes fureurs, et je crains ma faibleſſe,
A des troubles honteux je ſens que je m'abaiſſe.

Non,

Non, c'eft trop fur Zaïre arrêter un foupçon ;
Non, fon cœur n'eft point fait pour une trahifon :
Mais ne crois pas non plus que le mien s'aviliffe
A fouffrir des rigueurs, à gémir d'un caprice,
A me plaindre, à reprendre, à redonner ma foi ;
Les éclairciffemens font indignes de moi.
Il vaut mieux fur mes fens reprendre un jufte empire ;
Il vaut mieux oublier jufqu'au nom de Zaïre.
Allons, que le férail foit fermé pour jamais ;
Que la terreur habite aux portes du palais ;
Que tout reffente ici le frein de l'efclavage.
Des rois de l'Orient fuivons l'antique ufage.
On peut, pour fon efclave, oubliant fa fierté,
Laiffer tomber fur elle un regard de bonté ;
Mais il eft trop honteux de craindre une maîtreffe ; (d)
Aux mœurs de l'Occident laiffons cette baffeffe.
Ce fexe dangereux, qui veut tout affervir,
S'il règne dans l'Europe, ici doit obéir.

Fin du troifième acte.

ACTE IV.

SCENE PREMIERE.

Z A I R E, F A T I M E.

F A T I M E.

Que je vous plains, Madame, et que je vous admire !
C'eſt le Dieu des chrétiens, c'eſt Dieu qui vous inſpire ;
Il donnera la force à vos bras languiſſans
De briſer des liens ſi chers et ſi puiſſans.

Z A I R E.

Eh ! pourrai-je achever ce fatal ſacrifice ?

F A T I M E.

Vous demandez ſa grâce, il vous doit ſa juſtice :
De votre cœur docile il doit prendre le ſoin.

Z A I R E.

Jamais de ſon appui je n'eus tant de beſoin.

F A T I M E.

Si vous ne voyez plus votre auguſte famille,
Le Dieu que vous ſervez vous adopte pour fille ;
Vous êtes dans ſes bras, il parle à votre cœur ;
Et quand ce ſaint pontife, organe du Seigneur,
Ne pourrait aborder dans ce palais profane....

Z A I R E.

Ah ! j'ai porté la mort dans le ſein d'Oroſmane.
J'ai pu déſeſpérer le cœur de mon amant !
Quel outrage, Fatime, et quel affreux moment !

Mon Dieu, vous l'ordonnez!… j'euffe été trop heureufe.

FATIME.

Quoi ! regretter encor cette chaîne honteufe !
Hafarder la victoire, ayant tant combattu !

ZAIRE.

Victoire infortunée! inhumaine vertu !
Non, tu ne connais pas ce que je facrifie.
Cet amour fi puiffant, ce charme de la vie,
Dont j'efpérais, hélas! tant de félicité,
Dans toute fon ardeur n'avait point éclaté.
Fatime, j'offre à Dieu mes bleffures cruelles ;
Je mouille devant lui de larmes criminelles
Ces lieux, où tu m'as dit qu'il choifit fon féjour ;
Je lui crie en pleurant : Ote-moi mon amour,
Arrache-moi mes vœux, remplis-moi de toi-même ;
Mais, Fatime, à l'inftant les traits de ce que j'aime,
Ces traits chers et charmans, que toujours je revoi,
Se montrent dans mon ame entre le ciel et moi.
Eh bien, race des rois, dont le ciel me fit naître,
Père, mère, chrétiens, vous mon Dieu, vous mon maître,
Vous qui de mon amant me privez aujourd'hui,
Terminez donc mes jours, qui ne font plus pour lui !
Que j'expire innocente, et qu'une main fi chère,
De ces yeux qu'il aimait ferme au moins la paupière !
Ah! que fait Orofmane? Il ne s'informe pas
Si j'attends loin de lui la vie ou le trépas ; (5)
Il me fuit, il me laiffe, et je n'y peux furvivre.

FATIME.

Quoi vous ! fille des rois, que vous prétendez fuivre,
Vous, dans les bras d'un Dieu, votre éternel appui.…

ZAIRE.

Eh! pourquoi mon amant n'eft-il pas né pour lui ?

F 2

Orofmane eft-il fait pour être fa victime?
Dieu pourrait-il haïr un cœur fi magnanime?
Généreux, bienfefant, jufte, plein de vertus,
S'il était né chrétien, que ferait-il de plus?
Et plût à Dieu du moins que ce faint interprète,
Ce miniftre facré que mon ame fouhaite,
Du trouble où tu me vois vînt bientôt me tirer!
Je ne fais; mais enfin, j'ofe encore efpérer
Que ce Dieu, dont cent fois on m'a peint la clémence,
Ne réprouverait point une telle alliance:
Peut-être de Zaïre en fecret adoré,
Il pardonne aux combats de ce cœur déchiré;
Peut-être, en me laiffant au trône de Syrie,
Il foutiendrait par moi les chrétiens de l'Afie.
Fatime, tu le fais, ce puiffant Saladin
Qui ravit à mon fang l'empire du Jourdain,
Qui fit comme Orofmane admirer fa clémence,
Au fein d'une chétienne il avait pris naiffance.

F A T I M E.

Ah! ne voyez-vous pas que pour vous confoler...

Z A I R E.

Laiffe-moi; je vois tout; je meurs fans m'aveugler:
Je vois que mon pays, mon fang, tout me condamne:
Que je fuis Lufignan, que j'adore Orofmane;
Que mes vœux, que mes jours à fes jours font liés.
Je voudrais quelquefois me jeter à fes pieds,
De tout ce que je fuis faire un aveu fincère.

F A T I M E.

Songez que cet aveu peut perdre votre frère,
Expofe les chrétiens, qui n'ont que vous d'appui,
Et va trahir le Dieu qui vous rappelle à lui.

ZAIRE.

Ah! fi tu connaiffais le grand cœur d'Orofmane!

FATIME.

Il eſt le protecteur de la loi muſulmane,
Et plus il vous adore, et moins il peut ſouffrir
Qu'on vous oſe annoncer un Dieu qu'il doit haïr.
Le pontife à vos yeux en ſecret va ſe rendre,
Et vous avez promis...

ZAIRE.

Eh bien, il faut l'attendre.
J'ai promis, j'ai juré de garder ce ſecret :
Hélas! qu'à mon amant je le tais à regret!
Et pour comble d'horreur je ne ſuis plus aimée.

SCENE II.

OROSMANE, ZAIRE.

OROSMANE.

Madame, il fut un temps où mon ame charmée,
Ecoutant ſans rougir des ſentimens trop chers,
Se fit une vertu de languir dans vos fers.
Je croyais être aimé, Madame, et votre maître,
Soupirant à vos pieds, devait s'attendre à l'être :
Vous ne m'entendrez point, amant faible et jaloux,
En reproches honteux éclater contre vous;
Cruellement bleſſé, mais trop fier pour me plaindre,
Trop généreux, trop grand, pour m'abaiſſer à feindre,
Je viens vous déclarer que le plus froid mépris
De vos caprices vains ſera le digne prix.

Ne vous préparez point à tromper ma tendreffe,
A chercher des raifons dont la flatteufe adreffe,
A mes yeux éblouis colorant vos refus,
Vous ramène un amant qui ne vous connaît plus;
Et qui, craignant fur-tout qu'à rougir on l'expofe,
D'un refus outrageant veut ignorer la caufe.
Madame, c'en eft fait, une autre va monter
Au rang que mon amour vous daignait préfenter;
Une autre aura des yeux, et va du moins connaître
De quel prix mon amour et ma main devaient être.
Il pourra m'en coûter, mais mon cœur s'y réfout.
Apprenez qu'Orofmane eft capable de tout;
Que j'aime mieux vous perdre, et loin de votre vue
Mourir défefpéré de vous avoir perdue,
Que de vous poffeder, s'il faut qu'à votre foi
Il en coûte un foupir qui ne foit pas pour moi.
Allez, mes yeux jamais ne reverront vos charmes.

ZAIRE.

Tu m'as donc tout ravi, Dieu, témoin de mes larmes!
Tu veux commander feul à mes fens éperdus...
Eh bien, puifqu'il eft vrai que vous ne m'aimez plus,
Seigneur...

OROSMANE.

Il eft trop vrai que l'honneur me l'ordonne,
Que je vous adorai, que je vous abandonne,
Que je renonce à vous, que vous le défirez,
Que fous une autre loi......... Zaïre, vous pleurez!

ZAIRE.

Ah! Seigneur! ah! du moins, gardez de jamais croire,
Que du rang d'un foudan je regrette la gloire;
Je fais qu'il faut vous perdre, et mon fort l'a voulu:
Mais, Seigneur, mais mon cœur ne vous eft pas connu.

Me puniſſe à jamais ce ciel qui me condamne,
Si je regrette rien que le cœur d'Oroſmane!

 O R O S M A N É.

Zaïre, vous m'aimez!

Z A I R E.

Dieu! ſi je l'aime, hélas!

O R O S M A N E.

Quel caprice étonnant, que je ne conçois pas! (e)
Vous m'aimez? Eh pourquoi vous forcez-vous, cruelle,
A déchirer le cœur d'un amant ſi fidelle?
Je me connaiſſais mal; oui, dans mon déſeſpoir
J'avais cru ſur moi-même avoir plus de pouvoir.
Va, mon cœur eſt bien loin d'un pouvoir ſi funeſte.
Zaïre, que jamais la vengeance céleſte
Ne donne à ton amant enchaîné ſous ta loi,
La force d'oublier l'amour qu'il a pour toi!
Qui, moi? que ſur mon trône une autre fût placée!
Non, je n'en eus jamais la fatale penſée.
Pardonne à mon courroux, à mes ſens interdits,
Ces dédains affectés et ſi bien démentis;
C'eſt le ſeul déplaiſir que jamais, dans ta vie,
Le ciel aura voulu que ta tendreſſe eſſuie.
Je t'aimerai toujours... Mais d'où vient que ton cœur,
En partageant mes feux, différait mon bonheur?
Parle. Etait-ce un caprice? eſt-ce crainte d'un maître,
D'un ſoudan, qui pour toi veut renoncer à l'être?
Serait-ce un artifice? épargne-toi ce ſoin;
L'art n'eſt pas fait pour toi, tu n'en as pas beſoin:
Qu'il ne ſouille jamais le ſaint nœud qui nous lie!
L'art le plus innocent tient de la perfidie.

F 4

Je n'en connus jamais, et mes sens déchirés,
Pleins d'un amour si vrai....

Z A I R E.

                         Vous me défespérez.
Vous m'êtes cher, sans doute, et ma tendresse extrême
Est le comble des maux pour ce cœur qui vous aime.

O R O S M A N E.

O Ciel! expliquez-vous. Quoi! toujours me troubler?
Se peut-il?...

Z A I R E.

            Dieu puissant, que ne puis-je parler?

O R O S M A N E.

Quel étrange secret me cachez-vous, Zaïre?
Est-il quelque chrétien qui contre moi conspire?
Me trahit-on? parlez.

Z A I R E.

           Eh! peut-on vous trahir?
Seigneur, entre eux et vous, vous me verriez courir:
On ne vous trahit point, pour vous rien n'est à craindre,
Mon malheur est pour moi, je suis la seule à plaindre.

O R O S M A N E.

Vous, à plaindre? grand Dieu!

Z A I R E.

                Souffrez qu'à vos genoux
Je demande en tremblant une grâce de vous.

O R O S M A N E.

Une grâce! ordonnez, et demandez ma vie.

Z A I R E.

Plût au ciel qu'à vos jours la mienne fût unie!
Orosmane... Seigneur... permettez qu'aujourd'hui,
Seule, loin de vous-même, et toute à mon ennui,

D'un œil plus recueilli contemplant ma fortune,
Je cache à votre oreille une plainte importune...
Demain, tous mes fecrets vous feront révélés.

OROSMANE.

De quelle inquiétude, ô Ciel ! vous m'accablez :
Pouvez-vous ?

ZAIRE.

Si pour moi l'amour vous parle encore,
Ne me refufez pas la grâce que j'implore.

OROSMANE.

Eh bien, il faut vouloir tout ce que vous voulez ;
J'y confens ; il en coûte à mes fens défolés.
Allez, souvenez-vous que je vous facrifie
Les momens les plus beaux, les plus chers de ma vie.

ZAIRE.

En me parlant ainfi, vous me percez le cœur.

OROSMANE.

Eh bien, vous me quittez, Zaïre ?

ZAIRE.

Hélas, Seigneur !

SCENE III.

OROSMANE, CORASMIN.

OROSMANE.

Ah ! c'eft trop tôt chercher ce folitaire afile,
C'eft trop tôt abufer de ma bonté facile ;
Et plus j'y penfe, ami, moins je puis concevoir
Le fujet fi caché de tant de défefpoir.

Quoi donc ! par ma tendreffe élevée à l'empire,
Dans le fein du bonheur que fon ame défire,
Près d'un amant qu'elle aime et qui brûle à fes pieds,
Ses yeux remplis d'amour, de larmes font noyés !
Je fuis bien indigné de voir tant de caprices :
Mais moi-même, après tout, eus je moins d'injuftices ?
Ai-je été moins coupable à fes yeux offenfés ?
Eft-ce à moi de me plaindre ? on m'aime, c'eft affez.
Il me faut expier, par un peu d'indulgence,
De mes tranfports jaloux l'injurieufe offenfe.
Je me rends : je le vois, fon cœur eft fans détours ;
La nature naïve anime fes difcours.
Elle eft dans l'âge heureux où règne l'innocence ;
A fa fincérité je dois ma confiance.
Elle m'aime, fans doute ; oui, j'ai lu devant toi,
Dans fes yeux attendris, l'amour qu'elle a pour moi ;
Et fon ame, éprouvant cette ardeur qui me touche,
Vingt fois pour me le dire a volé fur fa bouche.
Qui peut avoir un cœur affez traître, affez bas,
Pour montrer tant d'amour, et ne le fentir pas ?

S C È N E I V.

OROSMANE, CORASMIN, MELEDOR.

MELEDOR.

CETTE lettre, Seigneur, à Zaïre adreffée,
Par vos gardes faifie, et dans mes mains laiffée. . . .

OROSMANE.

Donne... qui la portait ? ... Donne.

MELEDOR.

Un de ces chrétiens,
Dont vos bontés, Seigneur, ont brifé les liens:
Au férail, en fecret, il allait s'introduire;
On l'a mis dans les fers.

OROSMANE.

Hélas! que vais-je lire?
Laiffe-nous... je frémis.

SCENE V.

OROSMANE, CORASMIN.

CORASMIN.

Cette lettre, Seigneur,
Pourra vous éclaircir, et calmer votre cœur.

OROSMANE.

Ah! lifons : ma main tremble, et mon ame étonnée.
Prévoit que ce billet contient ma deftinée.
Lifons... » Chère Zaïre, il eft temps de nous voir:
» Il eft vers la mofquée une fecrète iffue,
» Où vous pouvez fans bruit et fans être aperçue,
» Tromper vos furveillans, et remplir nòtre efpoir:
» Il faut tout hafarder; vous connaiffez mon zèle:
» Je vous attends; je meurs fi vous n'êtes fidèle. »
Eh bien, cher Corafmin, que dis-tu?

CORASMIN.

Moi, Seigneur?
Je fuis épouvanté de ce comble d'horreur.

O R O S M A N E.

Tu vois comme on me traite.

C O R A S M I N.

O trahifon horrible !

Seigneur, à cet affront vous êtes infenfible ?
Vous, dont le cœur tantôt, fur un fimple foupçon,
D'une douleur fi vive a reçu le poifon ?
Ah! fans doute, l'horreur d'une action fi noire
Vous guérit d'un amour qui bleffait votre gloire.

O R O S M A N E.

Cours chez elle à l'inftant, va, vole, Corafmin :
Montre-lui cet écrit... Qu'elle tremble... et foudain,
De cent coups de poignard que l'infidelle meure.
Mais avant de frapper... Ah! cher ami, demeure,
Demeure, il n'eft pas temps. Je veux que ce chrétien
Devant elle amené... non... je ne veux plus rien...
Je me meurs... je fuccombe à l'excès de ma rage.

C O R A S M I N.

On ne reçut jamais un fi fanglant outrage.

O R O S M A N E.

Le voilà donc connu, ce fecret plein d'horreur!
Ce fecret qui pefait à fon infame cœur !
Sous le voile emprunté d'une crainte ingénue,
Elle veut quelque temps fe fouftraire à ma vue.
Je me fais cet effort, je la laiffe fortir,
Elle part en pleurant... et c'eft pour me trahir.
Quoi, Zaïre!

C O R A S M I N.

Tout fert à redoubler fon crime.
Seigneur, n'en foyez pas l'innocente victime,
Et de vos fentimens rappelant la grandeur...

OROSMANE.

C'eft-là ce Néreftan, ce héros plein d'honneur,
Ce chrétien fi vanté, qui rempliffait Solyme
De ce fafte impofant de fa vertu fublime!
Je l'admirais moi-même, et mon cœur combattu
S'indignait qu'un chrétien m'égalât en vertu.
Ah! qu'il va me payer fa fourbe abominable!
Mais Zaïre, Zaïre eft cent fois plus coupable.
Une efclave chrétienne, et que j'ai pu laiffer
Dans les plus vils emplois languir fans l'abaiffer!
Une efclave! elle fait ce que j'ai fait pour elle!
Ah malheureux!

CORASMIN.

Seigneur, fi vous fouffrez mon zèle,
Si, parmi les horreurs qui doivent vous troubler,
Vous vouliez...

OROSMANE.

Oui, je veux la voir et lui parler.
Allez, volez, efclave, et m'amenez Zaïre.

CORASMIN.

Hélas! en cet état que pourrez-vous lui dire?

OROSMANE.

Je ne fais, cher ami, mais je prétends la voir.

CORASMIN.

Ah! Seigneur, vous allez, dans votre défefpoir,
Vous plaindre, menacer, faire couler fes larmes.
Vos bontés contre vous lui donneront des armes;
Et votre cœur féduit, malgré tous vos foupçons,
Pour la juftifier cherchera des raifons.
M'en croirez-vous? cachez cette lettre à fa vue,
Prenez pour la lui rendre une main inconnue :

Par-là, malgré la fraude et les déguisemens,
Vos yeux démêleront ses secrets sentimens,
Et des plis de son cœur verront tout l'artifice.

OROSMANE.

Penses-tu qu'en effet Zaïre me trahisse?...
Allons, quoi qu'il en soit, je vais tenter mon sort,
Et pousser la vertu jusqu'au dernier effort.
Je veux voir à quel point une femme hardie
Saura de son côté pousser la perfidie.

CORASMIN.

Seigneur, je crains pour vous ce funeste entretien;
Un cœur tel que le vôtre...

OROSMANE.

     Ah! n'en redoute rien.
A son exemple, hélas! ce cœur ne saurait feindre.
Mais j'ai la fermeté de savoir me contraindre:
Oui, puisqu'elle m'abaisse à connaître un rival...
Tiens, reçois ce billet à tous trois si fatal:
Va, choisis pour le rendre un esclave fidelle,
Mets en de sûres mains cette lettre cruelle;
Va, cours... Je ferai plus, j'éviterai ses yeux;
Qu'elle n'approche pas... C'est elle, justes Cieux!

SCENE VI.

OROSMANE, ZAIRE, CORASMIN.

ZAIRE.

Seigneur, vous m'étonnez; quelle raison soudaine,
Quel ordre si pressant près de vous me ramène?

OROSMANE.

Eh bien, Madame, il faut que vous m'éclaircissiez :
Cet ordre est important plus que vous ne croyez;
Je me suis consulté.... Malheureux l'un par l'autre,
Il faut régler d'un mot, et mon sort et le vôtre.
Peut-être qu'en effet ce que j'ai fait pour vous,
Mon orgueil oublié, mon sceptre à vos genoux,
Mes bienfaits, mon respect, mes soins, ma confiance,
Ont arraché de vous quelque reconnaissance.
Votre cœur, par un maître attaqué chaque jour,
Vaincu par mes bienfaits, crut l'être par l'amour.
Dans votre ame, avec vous, il est temps que je lise;
Il faut que ses replis s'ouvrent à ma franchise;
Jugez-vous : répondez avec la vérité
Que vous devez au moins à ma sincérité.
Si de quelque autre amour l'invincible puissance
L'emporte sur mes soins, ou même les balance,
Il faut me l'avouer, et dans ce même instant,
Ta grâce est dans mon cœur, prononce, elle t'attend.
Sacrifie à ma foi l'insolent qui t'adore :
Songe que je te vois, que je te parle encore,
Que ma foudre à ta voix pourra se détourner,
Que c'est le seul moment où je peux pardonner.

ZAIRE.

Vous, Seigneur! vous osez me tenir ce langage?
Vous, cruel!... apprenez que ce cœur qu'on outrage,
Et que par tant d'horreurs le ciel veut éprouver,
S'il ne vous aimait pas, est né pour vous braver.
Je ne crains rien ici que ma funeste flamme;
N'imputez qu'à ce feu qui brûle encor mon ame,
N'imputez qu'à l'amour, que je dois oublier,
La honte où je descends de me justifier.

J'ignore fi le ciel, qui m'a toujours trahie,
A deftiné pour vous ma malheureufe vie.
Quoi qu'il puiffe arriver, je jure par l'honneur,
Qui, non moins que l'amour, eft gravé dans mon cœur;
Je jure que Zaïre, à foi-même rendue,
Des rois les plus puiffans détefterait la vue;
Que tout autre, après vous, me ferait odieux.
Voulez-vous plus favoir et me connaître mieux?
Voulez-vous que ce cœur, à l'amertume en proie,
Ce cœur défefpéré devant vous fe déploie?
Sâchez donc qu'en fecret il penfait, malgré lui,
Tout ce que devant vous il déclare aujourd'hui;
Qu'il foupirait pour vous avant que vos tendreffes
Vinffent juftifier mes naiffantes faibleffes;
Qu'il prévint vos bienfaits, qu'il brûlait à vos pieds,
Qu'il vous aimait enfin lorfque vous m'ignoriez;
Qu'il n'eut jamais que vous, n'aura que vous pour maître.
J'en attefte le ciel, que j'offenfe peut-être;
Et fi j'ai mérité fon éternel courroux,
Si mon cœur fut coupable, ingrat, c'était pour vous.

OROSMANE.

Quoi! des plus tendres feux fa bouche encor m'affure!
Quel excès de noirceur! Zaïre! ah la parjure!
Quand de fa trahifon j'ai la preuve en ma main!

ZAIRE.

Que dites-vous? Quel trouble agite votre fein?

OROSMANE.

Je ne fuis point troublé. Vous m'aimez?

ZAIRE.

Votre bouche
Peut-elle me parler avec ce ton farouche,

D'un

D'un feu si tendrement déclaré chaque jour?
Vous me glacez de crainte, en me parlant d'amour.

OROSMANE.

Vous m'aimez?

ZAIRE.

Vous pouvez douter de ma tendresse!
Mais, encore une fois, quelle fureur vous presse?
Quels regards effrayans vous me lancez! hélas!
Vous doutez de mon cœur?

OROSMANE.

Non, je n'en doute pas,
Allez, rentrez, Madame.

SCENE VII.

OROSMANE, CORASMIN.

OROSMANE.

Ami, sa perfidie
Au comble de l'horreur ne s'est pas démentie;
Tranquille dans le crime, et fausse avec douceur,
Elle a jusques au bout soutenu sa noirceur.
As-tu trouvé l'esclave? as-tu servi ma rage?
Connaîtrai-je à la fois son crime et mon outrage?

CORASMIN.

Oui, je viens d'obéir; mais vous ne pouvez pas
Soupirer désormais pour ses traîtres appas:
Vous la verrez sans doute avec indifférence,
Sans que le repentir succède à la vengeance,
Sans que l'amour sur vous en repousse les traits.

OROSMANE.

Corasmin, je l'adore encor plus que jamais.

CORASMIN.

Vous? ô Ciel! vous?

OROSMANE.

Je vois un rayon d'espérance.
Cet odieux chrétien, l'élève de la France,
Est jeune, impatient, léger, présomptueux,
Il peut croire aisément ses téméraires vœux:
Son amour indiscret, et plein de confiance,
Aura de ses soupirs hasardé l'insolence:
Un regard de Zaïre aura pû l'aveugler:
Sans doute il est aisé de s'en laisser troubler.
Il croit qu'il est aimé, c'est lui seul qui m'offense;
Peut-être ils ne sont point tous deux d'intelligence.
Zaïre n'a point vu ce billet criminel,
Et j'en croyais trop tôt mon déplaisir mortel.
Corasmin, écoutez... dès que la nuit plus sombre
Aux crimes des mortels viendra prêter son ombre,
Sitôt que ce chrétien chargé de mes bienfaits,
Nérestan, paraîtra sous les murs du palais,
Ayez soin qu'à l'instant la garde le saisisse;
Qu'on prépare pour lui le plus honteux supplice,
Et que chargé de fers il me soit présenté.
Laissez, sur-tout, laissez Zaïre en liberté.
Tu vois mon cœur, tu vois à quel excès je l'aime!
Ma fureur est plus grande, et j'en tremble moi-même.
J'ai honte des douleurs où je me suis plongé,
Mais malheur aux ingrats qui m'auront outragé!

Fin du quatrième acte.

ACTE V.

SCENE PREMIERE.

OROSMANE, CORASMIN, UN ESCLAVE.

OROSMANE.

ON l'a fait avertir, l'ingrate va paraître.
Songe que dans tes mains eſt le fort de ton maître ;
Donne-lui ce billet de ce traître chrétien ;
Rends-moi compte de tout, examine-la bien :
Porte-moi ſa réponſe. On approche... c'eſt elle.

(*à Coraſmin.*)

Viens, d'un malheureux prince ami tendre et fidelle,
Viens m'aider à cacher ma ragé et mes ennuis.

SCENE II.

ZAIRE, FATIME, L'ESCLAVE.

ZAIRE.

EH ! qui peut me parler dans l'état où je ſuis ?
A tant d'horreurs, hélas ! qui pourra me ſouſtraire ?
Le ſérail eſt fermé ! Dieu ! ſi c'était mon frère !
Si la main de ce Dieu, pour ſoutenir ma foi,
Par des chemins cachés, le conduiſait vers moi !
Quel eſclave inconnu ſe préſente à ma vue ?

L'ESCLAVE.

Cette lettre, en ſecret dans mes mains parvenue,
Pourra vous aſſurer de ma fidélité.

ZAIRE.

Donne. (*elle lit.*)

FATIME *à part, pendant que Zaïre lit.*

Dieu tout-puiſſant, éclate en ta bonté ;

G 2

Fais defcendre ta grâce en ce féjour profane ;
Arrache ma princeffe au barbare Orofmane !

Z A I R E à *Fatime*.

Je voudrais te parler.

F A T I M E à *l'efclave*.

Allez, retirez - vous ;
On vous rappellera, foyez prêt, laiffez - nous.

S C E N E I I I.

Z A I R E, F A T I M E.

Z A I R E.

L is ce billet : hélas ! dis-moi ce qu'il faut faire ;
Je voudrais obéir aux ordres de mon frère.

F A T I M E.

Dites plutôt, Madame, aux ordres éternels
D'un Dieu qui vous demande aux pieds de fes autels.
Ce n'eft point Néreftan, c'eft Dieu qui vous appelle.

Z A I R E.

Je le fais, à fa voix je ne fuis point rebelle,
J'en ai fait le ferment : mais puis-je m'engager,
Moi, les chrétiens, mon frère, en un fi grand danger ?

F A T I M E.

Ce n'eft point leur danger dont vous êtes troublée ;
Votre amour parle feul à votre ame ébranlée.
Je connais votre cœur ; il penferait comme eux,
Il hafarderait tout, s'il n'était amoureux.
Ah ! connaiffez du moins l'erreur qui vous engage.
Vous tremblez d'offenfer l'amant qui vous outrage.

Quoi! ne voyez-vous pas toutes ſes cruautés,
Et l'ame d'un tartare à travers ſes bontés?
Ce tigre, encor farouche au ſein de ſa tendreſſe,
Même en vous adorant, menaçait ſa maîtreſſe...
Et votre cœur encor ne s'en peut détacher?
Vous ſoupirez pour lui?

ZAIRE.

Qu'ai-je à lui reprocher?
C'eſt moi qui l'offenſais, moi qu'en cette journée
Il a vu ſouhaiter ce fatal hyménée;
Le trône était tout prêt, le temple était paré,
Mon amant m'adorait, et j'ai tout différé.
Moi, qui devais ici trembler ſous ſa puiſſance,
J'ai de ſes ſentimens bravé la violence;
J'ai ſoumis ſon amour, il fait ce que je veux,
Il m'a ſacrifié ſes tranſports amoureux.

FATIME.

Ce malheureux amour, dont votre ame eſt bleſſée,
Peut-il en ce moment remplir votre penſée?

ZAIRE.

Ah! Fatime, tout ſert à me déſeſpérer:
Je ſais que du ſérail rien ne peut me tirer:
Je voudrais des chrétiens voir l'heureuſe contrée;
Quitter ce lieu funeſte à mon ame égarée,
Et je ſens qu'à l'inſtant, prompte à me démentir,
Je ſais des vœux ſecrets pour n'en jamais ſortir.
Quel état! quel tourment! non, mon ame inquiète
Ne fait ce qu'elle doit, ni ce qu'elle ſouhaite;
Une terreur affreuſe eſt tout ce que je ſens,
Dieu! détourne de moi ces noirs preſſentimens;
Prends ſoin de nos chrétiens, et veille ſur mon frère!
Prends ſoin, du haut des cieux, d'une tête ſi chère!

G 3

Oui, je le vais trouver, je lui vais obéir :
Mais dès que de Solyme il aura pu partir,
Par fon abfence alors à parler enhardie,
J'apprends à mon amant le fecret de ma vie :
Je lui dirai le culte où mon cœur eft lié,
Il lira dans ce cœur, il en aura pitié.
Mais duffé-je au fupplice être ici condamnée,
Je ne trahirai point le fang dont je fuis née.
Va, tu peux amener mon frère dans ces lieux.
Rappelle cet efclave.

SCENE IV.

Z A I R E *feule.*

O Dieu de mes aïeux !
Dieu de tous mes parens, de mon malheureux père,
Que ta main me conduife, et que ton œil m'éclaire !

SCENE V.

ZAIRE, L'ESCLAVE.

ZAIRE.

ALLEZ dire au chrétien qui marche fur vos pas,
Que mon cœur aujourd'hui ne le trahira pas,
Que Fatime en ces lieux va bientôt l'introduire.
(*à part.*)
Allons, raffure-toi, malheureufe Zaïre !

SCENE VI.

OROSMANE, CORASMIN, L'ESCLAVE.

OROSMANE.

QUE ces momens, grand Dieu, font lents pour ma fureur!
  (à l'esclave.)
Eh bien! que t'a-t-on dit? réponds, parle.

L'ESCLAVE.

Seigneur,
On n'a jamais senti de si vives alarmes.
Elle a pâli, tremblé, ses yeux versaient des larmes ;
Elle m'a fait sortir, elle m'a rappelé,
Et d'une voix tremblante, et d'un cœur tout troublé,
Près de ces lieux, Seigneur, elle a promis d'attendre
Celui qui cette nuit à ses yeux doit se rendre.

OROSMANE.

  (à l'esclave.)   (à Corasmin.)
Allez, il me suffit.... Ote-toi de mes yeux,
Laisse-moi : tout mortel me devient odieux.
Laisse-moi seul, te dis-je, à ma fureur extrême :
Je hais le monde entier, je m'abhorre moi-même.

SCENE VII.

OROSMANE seul.

OU fuis-je? ô Ciel! où fuis-je? où porté-je mes vœux?
Zaïre, Néreftan... couple ingrat, couple affreux !
Traîtres, arrachez-moi ce jour que je respire,
Ce jour souillé par vous !... misérable Zaïre,
Tu ne jouiras pas... Corasmin, revenez.

G 4

S C E N E　V I I I.

O R O S M A N E,　C O R A S M I N.

O R O S M A N E.

Aʜ! trop cruel ami, quoi, vous m'abandonnez!
Venez; a-t-il paru, ce rival, ce coupable?

C O R A S M I N.

Rien ne paraît encore.

O R O S M A N E.

　　　　　　O nuit! nuit effroyable!
Peux-tu prêter ton voile à de pareils forfaits?
Zaïre!... l'infidelle... après tant de bienfaits!
J'aurais d'un œil ferein, d'un front inaltérable,
Contemplé de mon rang la chute épouvantable:
J'aurais fu, dans l'horreur de la captivité,
Conferver mon courage et ma tranquillité;
Mais me voir à ce point trompé par ce que j'aime!

C O R A S M I N.

Eh! que prétendez-vous dans cette horreur extrême?
Quel eft votre deffein?

O R O S M A N E.

　　　　　　N'entends-tu pas des cris?

C O R A S M I N.

Seigneur....

O R O S M A N E.

　　　　Un bruit affreux a frappé mes efprits.
On vient.

C O R A S M I N.

　　　Non, jufqu'ici nul mortel ne s'avance;
Le férail eft plongé dans un profond filence;

Tout dort ; tout eft tranquille ; et l'ombre de la nuit...

 O R O S M A N E,

Hélas ! le crime veille, et fon horreur me fuit.

A ce coupable excès porter fa hardieffe !

Tu ne connaiffais pas mon cœur et ma tendreffe !

Combien je t'adorais ! quels feux ! Ah , Corafmin !

Un feul de fes regards aurait fait mon deftin :

Je ne puis être heureux, ni fouffrir que par elle.

Prends pitié de ma rage. Oui, cours... Ah la cruelle !

C O R A S M I N.

Eft-ce vous qui pleurez ? vous , Orofmane ? ô Cieux !

O R O S M A N E.

Voilà les premiers pleurs qui coulent de mes yeux.

Tu vois mon fort, tu vois la honte où je me livre :

Mais ces pleurs font cruels, et la mort va les fuivre :

Plains Zaïre, plains-moi ; l'heure approche, ces pleurs

Du fang qui va couler font les avant-coureurs.

C O R A S M I N.

Ah ! je tremble pour vous.

O R O S M A N E.

Frémis de mes fouffrances,

Frémis de mon amour, frémis de mes vengeances.

Approche, viens, j'entends.... je ne me trompe pas.

C O R A S M I N.

Sous les murs du palais quelqu'un porte fes pas.

O R O S M A N E.

Va faifir Néreftan, va, dis-je, qu'on l'enchaîne ;

Que tout chargé de fers à mes yeux on l'entraîne.

S C E N E IX.

OROSMANE, ZAIRE et FATIME *marchant pendant la nuit dans l'enfoncement du théâtre.*

Z A I R E.

Viens, Fatime.

O R O S M A N E.

Qu'entends-je! eſt-ce-là cette voix
Dont les ſons enchanteurs m'ont ſéduit tant de fois?
Cette voix qui trahit un feu ſi légitime?
Cette voix infidelle, et l'organe du crime?
Perfide!... vengeons-nous... quoi! c'eſt elle? ô Deſtin!
(*il tire ſon poignard.*)
Zaïre! ah Dieu!... ce fer échappe de ma main.

Z A I R E *à Fatime.*

C'eſt ici le chemin, viens, ſoutiens mon courage.

F A T I M E.

Il va venir.

O R O S M A N E.

Ce mot me rend toute ma rage.

Z A I R E.

Je marche en friſſonnant, mon cœur eſt éperdu....
Eſt-ce vous, Néreſtan, que j'ai tant attendu?

O R O S M A N E *courant à Zaïre.*

C'eſt moi que tu trahis: tombe à mes pieds, parjure!

Z A I R E *tombant dans la couliſſe.*

Je me meurs, ô mon Dieu!

O R O S M A N E.

J'ai vengé mon injure.

Otons-nous de ces lieux. Je ne puis.... Qu'ai-je fait?...
Rien que de jufte.... allons, j'ai puni fon forfait.
Ah ! voici fon amant que mon deftin m'envoie,
Pour remplir ma vengeance et ma cruelle joie.

SCENE X et dernière.

OROSMANE, ZAIRE, NERESTAN, CORASMIN, FATIME, Efclaves.

OROSMANE.

APPROCHE, malheureux, qui viens de m'arracher,
De m'ôter pour jamais ce qui me fut fi cher;
Méprifable ennemi, qui fais encor paraître
L'audace d'un héros avec l'ame d'un traître;
Tu m'impofais ici pour me déshonorer.
Va, le prix en eft prêt, tu peux t'y préparer.
Tes maux vont égaler les maux où tu m'expofes,
Et ton ingratitude, et l'horreur que tu caufes.
Avez-vous ordonné fon fupplice?

CORASMIN.

Oui, Seigneur.

OROSMANE.

Il commence déjà dans le fond de ton cœur.
Tes yeux cherchent par-tout, et demandent encore
La perfide qui t'aime, et qui me déshonore.
Regarde, elle eft ici.

NERESTAN.

Que dis-tu? Quelle erreur!...

OROSMANE.

Regarde-la, te dis-je.

NERESTAN.

Ah! que vois-je? Ah, ma fœur!

Zaïre!... elle n'eft plus! Ah, monftre! Ah, jour horrible!

OROSMANE.

Sa fœur! Qu'ai-je entendu? Dieu, ferait-il poffible?

NERESTAN.

Barbare, il eft trop vrai: viens épuifer mon flanc
Du refte infortuné de cet augufte fang.
Lufignan, ce vieillard, fut fon malheureux père,
Il venait dans mes bras d'achever fa mifère,
Et d'un père expiré j'apportais en ces lieux
La volonté dernière, et les derniers adieux;
Je venais, dans un cœur trop faible et trop fenfible,
Rappeler des chrétiens le culte incorruptible.
Hélas! elle offenfait notre Dieu, notre loi;
Et ce Dieu la punit d'avoir brûlé pour toi.

OROSMANE.

Zaïre!... Elle m'aimait? Eft-il bien vrai, Fatime?
Sa fœur?... J'étais aimé?

FATIME.

Cruel! voilà fon crime.
Tigre altéré de fang, tu viens de maffacrer
Celle qui, malgré foi conftante à t'adorer,
Se flattait, efpérait que le Dieu de fes pères
Recevrait le tribut de fes larmes fincères;
Qu'il verrait en pitié cet amour malheureux,
Que peut-être il voudrait vous réunir tous deux.
Hélas! à cet excès fon cœur l'avait trompée;
De cet efpoir trop tendre elle était occupée;
Tu balançais fon Dieu dans fon cœur alarmé.

OROSMANE.

Tu m'en as dit affez. O Ciel! j'étais aimé!
Va, je n'ai pas befoin d'en favoir davantage...

NERESTAN.

Cruel! qu'attends-tu donc pour affouvir ta rage?
Il ne refte que moi de ce fang glorieux
Dont ton père et ton bras ont inondé ces lieux,
Rejoins un malheureux à fa trifte famille,
Au héros dont tu viens d'affaffiner la fille.
Tes tourmens font-ils prêts? je puis braver tes coups;
Tu m'as fait éprouver le plus cruel de tous.
Mais la foif de mon fang, qui toujours te dévore,
Permet-elle à l'honneur de te parler encore?
En m'arrachant le jour, fouviens-toi des chrétiens,
Dont tu m'avais juré de brifer les liens;
Dans fa férocité, ton cœur impitoyable,
De ce trait généreux ferait-il bien capable?
Parle; à ce prix encor je bénis mon trépas.

OROSMANE *allant vers le corps de Zaïre.*

Zaïre!

CORASMIN.

Hélas! Seigneur, où portez-vous vos pas!
Rentrez, trop de douleur de votre ame s'empare,
Souffrez que Néreftan...

NERESTAN.

Qu'ordonnes-tu, barbare?

OROSMANE *après une longue paufe.*

Qu'on détache fes fers. Ecoutez, Corafmin,
Que tous fes compagnons foient délivrés foudain.
Aux malheureux chrétiens prodiguez mes largeffes;
Comblés de mes bienfaits, chargés de mes richeffes,
Jufqu'au port de Joppé vous conduirez leurs pas.

CORASMIN.

Mais, Seigneur....

OROSMANE.

Obéis, et ne réplique pas,

Vole, et ne trahis point la volonté fuprême
D'un foudan qui commande, et d'un ami qui t'aime;
Va, ne perds point de temps, fors, obéis...

(à Néreſtan.)
Et toi,

Guerrier infortuné, mais moins encor que moi,
Quitte ces lieux fanglans, remporte en ta patrie
Cet objet que ma rage a privé de la vie.
Ton roi, tous tes chrétiens, apprenant tes malheurs,
N'en parleront jamais fans répandre des pleurs.
Mais fi la vérité par toi fe fait connaître,
En déteſtant mon crime, on me plaindra peut-être.
Porte aux tiens ce poignard, que mon bras égaré
A plongé dans un fein qui dut m'être facré;
Dis-leur que j'ai donné la mort la plus affreufe
A la plus digne femme, à la plus vertueufe
Dont le ciel ait formé les innocens appas;
Dis-leur qu'à fes genoux j'avais mis mes Etats;
Dis-leur que dans fon fang cette main s'eſt plongée;
Dis que je l'adorais, et que je l'ai vengée. (il fe tue.)

  (aux fiens.)

Refpectez ce héros, et conduifez fes pas.

N E R E S T A N.

Guide-moi, Dieu puiffant, je ne me connais pas.
Faut-il qu'à t'admirer ta fureur me contraigne,
Et que, dans mon malheur, ce foit moi qui te plaigne?

Fin du cinquième et dernier acte.

VARIANTES

DE ZAIRE.

(a) EDITION de 1740 :

Peut-il fuivre une loi que mon amant abhorre ?
La coutume en ces lieux plia mes premiers ans.

(b) Ibid.

Des Lufignan ou moi l'empire de ces lieux.

(c) Ibid.

Qui naquit, qui fouffrit, qui mourut en ces lieux,
Qui nous a raffemblés, qui m'amène à vos yeux.

(d) Edition de 1738 :

Mais il eft trop honteux d'avoir une faibleffe.

(e) Ibid.

Quel caprice odieux , que je ne conçois pas.

NOTES.

(1) CES vers rappellent ceux de Bérénice :

Titus, ah ! plût au ciel, que fans bleffer ta gloire,
Un rival plus puiffant voulût tenter ma foi,
Et pût mettre à mes pieds plus d'empires que toi !
Que de fceptres fans nombre il pût payer ma flamme !
Que ton amour n'eût rien à donner que ton ame !
C'eft alors, cher Titus, qu'aimé, victorieux,
Tu verrais de quel prix ton cœur eft à mes yeux.

(2) *Molière*, dans la comédie des Fâcheux, dit, en parlant des jaloux :

De ces gens dont l'amour eft fait comme la haine.

On retrouve dans la fcène des deux amans du Dépit amoureux, plufieurs fentimens de la feconde fcène du quatrième acte entre *Orofmane* et *Zaïre* :

Madame, il fut un temps où mon ame charmée. . . .

Plufieurs des mouvemens paffionnés du rôle de *Vendôme* fe retrouvent auffi dans celui de *Don Garcie*, perfonnage d'une comédie héroïque de *Molière*, prefque oubliée. Il n'eft pas vraifemblable que M. de *Voltaire* ait fongé à imiter ces morceaux de *Molière* ; et nous n'avons fait ce rapprochement que pour faire remarquer comment les deux poëtes français qui ont le mieux connu les hommes, les deux feuls qui aient été philofophes, fe font rencontrés, lorfqu'ils ont eu à traiter des fituations analogues entre elles.

(3) Ce vers eft une imitation de celui de *Virgile* :

Nec ignara mali miferis fuccurrere difco.

(4) On trouve dans un poëme de l'abbé *du Jarry* :

Tandis que les fapins, les chênes élevés,
Satisfont en tombant aux vents qu'ils ont bravés.

(5) *Hermione* dit en parlant de *Pyrrhus* :

. . . . . . Il ne s'informe pas
Si l'on fouhaite ailleurs fa vie ou fon trépas.

ADELAIDE

Ah, cher Prince!... ah Seigneur, voyez à vos genoux

adelaide act. 3. Sc. 3.

J. M. Moreau le j.ᵉ inv.　　　1785.　　　Simonet Sculp.

ADELAÏDE

DU GUESCLIN,

TRAGEDIE.

Repréfentée en 1734, et reprife en 1765.

AVERTISSEMENT

CETTE pièce fut jouée en 1734 sans aucun succès. M. de *Voltaire* la fit reparaître au théâtre en 1752, sous le nom du *Duc de Foix*, avec des changemens. Elle réussit alors ; et c'est sous ce titre qu'elle a été d'abord inférée dans l'édition des Oeuvres de l'auteur, avec la préface suivante :

    ,, Le fond de cette tragédie n'est point une ,, fiction. Un duc de Bretagne, en 1387, com- ,, manda au seigneur de *Bavalan* d'assassiner le ,, connétable de *Clisson* : *Bavalan* le lendemain ,, dit au duc qu'il avait obéi : le duc alors, ,, voyant toute l'horreur de son crime, et en ,, redoutant les suites funestes, s'abandonna au ,, plus violent désespoir : *Bavalan* le laissa quel- ,, que temps sentir sa faute, et se livrer au ,, repentir ; enfin il lui apprit qu'il l'avait aimé ,, assez pour désobéir à ses ordres, &c.

    ,, On a transporté cet événement dans d'autres ,, temps et dans d'autres pays, pour des raisons ,, particulières. ,,

En 1765, on a donné cette pièce sous son véritable titre ; elle eut le plus grand succès : et c'est une des pièces de M. de *Voltaire* qui

font le plus d'effet au théâtre. Lorsqu'elle parut,
en 1734, il venait de publier *le Temple du Goût*:
on ne voulut point souffrir qu'il donnât à la
fois des leçons et des exemples. En 1765, on
ne fut que juste. Nous joignons ici le fragment
d'une lettre que M. de *Voltaire* écrivit alors à
un de ses amis à Paris.

,, Quand vous m'apprîtes, Monsieur, qu'on
,, jouait à Paris une Adélaïde du Guesclin avec
,, quelque succès, j'étais très-loin d'imaginer que
,, ce fût la mienne; et il importe fort peu au public
,, que ce soit la mienne ou celle d'un autre. Vous
,, savez ce que j'entends par le public. Ce n'est pas
,, l'*univers*, comme nous autres barbouilleurs de
,, papier l'avons dit quelquefois. Le public, en fait
,, de livres, est composé de quarante ou cinquante
,, personnes, si le livre est sérieux; de quatre ou
,, cinq cents, lorsqu'il est plaisant; et d'environ
,, onze ou douze cents, s'il s'agit d'une pièce de
,, théâtre. Il y a toujours dans Paris plus de cinq
,, cents mille ames qui n'entendent jamais parler
,, de tout cela.

,, Il y avait plus de trente ans que j'avais hasardé
,, devant ce public une Adélaïde du Guesclin,
,, escortée d'un duc de *Vendôme* et d'un duc de
,, *Nemours*, qui n'existèrent jamais dans l'histoire.
,, Le fond de la pièce était tiré des annales de
,, Bretagne, et je l'avais ajustée comme j'avais pu
,, au théâtre, sous des noms supposés. Elle fut sifflée

» dès le premier acte, les fifflets redoublèrent au
» fecond, quand on vit arriver le duc de *Nemours*
» bleffé, et le bras en écharpe ; ce fut bien pis
» lorfqu'on entendit au cinquième le fignal que le
» duc de *Vendôme* avait ordonné ; et lorfqu'à la fin,
» le duc de *Vendôme* difait : *Es-tu content, Coucy ?*
» plufieurs bons plaifans crièrent : *Couffi-couffi.*

» Vous jugez bien que je ne m'obftinai pas
» contre cette belle réception. Je donnai, quelques
» années après, la même tragédie fous le nom du
» *Duc de Foix*, mais je l'affaiblis beaucoup, par
» refpect pour le ridicule. Cette pièce, devenue plus
» mauvaife, réuffit affez, et j'oubliai entièrement
» celle qui valait mieux.

» Il reftait une copie de cette Adélaïde entre les
» mains des acteurs de Paris ; ils ont reffufcité,
» fans m'en rien dire, cette défunte tragédie ; ils
» l'ont repréfentée telle qu'ils l'avaient donnée en
» 1734, fans y changer un feul mot, et elle a été
» accueillie avec beaucoup d'applaudiffemens : les
» endroits qui avaient été le plus fifflés, ont été ceux
» qui ont excité le plus de battemens de mains.

» Vous me demanderez auquel des deux juge-
» mens je me tiens. Je vous répondrai ce que dit
» un avocat vénitien aux féréniffimes fénateurs
» devant lefquels il plaidait : *Il mefe paffato*, difait-il,
» *le voftre Excellenze hanno judicato cosi, e queflo mefe,*
» *nella medefima caufa, hanno judicato tutto l'contrario,*
» *e fempre ben.* Vos Excellences, le mois paffé,
» jugèrent de cette façon, et ce mois-ci, dans la

H 3

,, même caufe, elles ont jugé tout le contraire, et
,, toujours à merveille.

,, M. *Oghières*, riche banquier à Paris, ayant été
,, chargé de faire compofer une marche pour un des
,, régimens de *Charles XII*, s'adreſſa au muficien
,, *Mouret*. La marche fut exécutée chez le banquier,
,, en préfence de ſes amis, tous grands connaiſſeurs.
,, La mufique fut trouvée déteftable; *Mouret* rem-
,, porta ſa marche, et l'inféra dans un opéra qu'il
,, fit jouer. Le banquier et ſes amis allèrent à ſon
,, opéra : la marche fut très-applaudie. Eh ! voilà
,, ce que nous voulions, dirent-ils à *Mouret* ; que
,, ne nous donniez-vous une pièce dans ce goût-là ?
,, Meſſieurs, c'eft la même.

,, On ne tarit point fur ces exemples. Qui ne
,, fait que la même chofe eft arrivée aux idées
,, innées, à l'émétique et à l'inoculation ? Tour à
,, tour fifflées et bien reçues, les opinions ont ainfi
,, flotté dans les affaires férieufes, comme dans les
,, beaux arts et dans les fciences.

Quod petiit ſpernit, repetit quod nuper omifit.

,, La vérité et le bon goût n'ont remis leur fceau
,, que dans la main du temps. Cette réflexion doit
,, retenir les auteurs des Journaux dans les bornes
,, d'une grande circonfpection. Ceux qui rendent
,, compte des ouvrages, doivent rarement s'empreſſer
,, de les juger. Ils ne favent pas fi le public, à la
,, longue, jugera comme eux; et puifqu'il n'a un
,, fentiment décidé et irrévocable qu'au bout de

,, plufieurs années, que penfer de ceux qui jugent
,, de tout fur une lecture précipitée? (1)

(1) On a trouvé daus les papiers de M. de *Voltaire* une tragédie
d'Alamire ; et une autre intitulée *le Duc d'Alençon* ou *les Frères ennemis*.
Toutes deux font encore le même fujet qu'Adélaïde. La fcène de la première
eft en Efpagne , et reffemble beaucoup plus au Duc de Foix qu'à Adélaïde.
La feconde n'eft qu'en trois actes ; les rôles de femmes ont été fupprimés.
L'auteur l'avait faite pour les princes , frères du roi de Pruffe , qui s'amu-
faient à jouer des tragédies françaifes.

Nous n'avons pas cru devoir faire entrer ces pièces dans la collection des
Oeuvres de M. de *Voltaire ;* mais nous donnons le Duc de Foix , à la fin
d'Adélaïde.

PERSONNAGES.

Le duc de VENDOME.

Le duc de NEMOURS.

Le Sire de COUCY.

ADELAIDE DU GUESCLIN.

TAISE D'ANGLURE.

DANGESTE, confident du duc de *Nemours*.

Un Officier.

Un Garde, &c.

La scène est à Lille.

ADELAÏDE

DU GUESCLIN,

TRAGEDIE.

ACTE PREMIER.

SCENE PREMIERE.

Le Sire de COUCY, ADELAIDE.

COUCY.

Digne fang de Guefclin, vous qu'on voit aujourd'hui
Le charme des Français, dont il était l'appui,
Souffrez, qu'en arrivant dans ce féjour d'alarmes,
Je dérobe un moment au tumulte des armes :
Ecoutez-moi. Voyez d'un œil mieux éclairci
Les deffeins, la conduite, et le cœur de Coucy ;
Et que votre vertu ceffe de méconnaître
L'ame d'un vrai foldat, digne de vous, peut-être.

ADELAÏDE.

Je fais quel eft Coucy ; fa noble intégrité
Sur fes lèvres toujours plaça la vérité.
Quoi que vous m'annonciez, je vous croirai fans peine.

COUCY.

Sachez que fi ma foi dans Lille me ramène,

Si, du duc de Vendôme embraffant le parti,
Mon zèle en fa faveur ne s'eft pas démenti,
Je n'approuvai jamais la fatale alliance
Qui l'unit aux Anglais et l'enlève à la France;
Mais, dans ces temps affreux de difcorde et d'horreur,
Je n'ai d'autre parti que celui de mon cœur.
Non que pour ce héros mon ame prévenue,
Prétende à fes défauts fermer toujours ma vue;
Je ne m'aveugle pas; je vois avec douleur
De fes emportemens l'indifcrète chaleur :
Je vois que de fes fens l'impétueufe ivreffe
L'abandonne aux excès d'une ardente jeuneffe;
Et ce torrent fougueux, que j'arrête avec foin,
Trop fouvent me l'arrache, et l'emporte trop loin.
Il eft né violent, non moins que magnanime;
Tendre, mais emporté, mais capable d'un crime.
Du fang qui le forma je connais les ardeurs,
Toutes les paffions font en lui des fureurs :
Mais il a des vertus qui rachètent fes vices.
Et qui faurait, Madame, où placer fes fervices,
S'il ne nous fallait fuivre et ne chérir jamais
Que des cœurs fans faibleffe, et des princes parfaits ?
Tout mon fang eft à lui; mais enfin cette épée
Dans celui des Français à regret s'eft trempée;
Ce fils de Charles fix....

ADELAÏDE.

Ofez le nommer roi,

Il l'eft, il le mérite.

COUCY.

Il ne l'eft pas pour moi.

Je voudrais, il eft vrai, lui porter mon hommage;
Tous mes vœux font pour lui; mais l'amitié m'engage.

Mon bras eft à Vendôme, et ne peut aujourd'hui
Ni fervir, ni traiter, ni changer qu'avec lui.
Le malheur de nos témps, nos difcordes finiftres,
Charles qui s'abandonne à d'indignes miniftres,
Dans ce cruel parti tout l'a précipité;
Je ne peux à mon choix fléchir fa volonté.
J'ai fouvent, de fon cœur aigriffant les bleffures,
Révolté fa fierté par des vérités dures:
Vous feule à votre roi le pourriez rappeler,
Madame, et c'eft de quoi je cherche à vous parler.
J'afpirai jufqu'à vous, avant qu'aùx murs de Lille
Vendôme trop heureux vous donnât cet afile;
Je crus que vous pouviez, approuvant mon deffein,
Accepter fans mépris mon hommage et ma main;
Que je pouvais unir, fans une aveugle audace,
Les lauriers des Guefclins aux lauriers de ma race:
La gloire le voulait; et peut-être l'amour,
Plus puiffant et plus doux, l'ordonnait à fon tour;
Mais à de plus beaux nœuds je vous vois deftinée.
La guerre dans Cambrai vous avait amenée
Parmi les flots d'un peuple à foi-même livré,
Sans raifon, fans juftice, et de fang enivré.
Un ramas de mutins, troupe indigne de vivre,
Vous méconnut affez pour ofer vous pourfuivre.
Vendôme vint, parut, et fon heureux fecours
Punit leur infolence, et fauva vos beaux jours.
Quel Français, quel mortel eût pu moins entreprendre?
Et qui n'aurait brigué l'honneur de vous défendre?
La guerre en d'autres lieux égarait ma valeur,
Vendôme vous fauva, Vendôme eut ce bonheur:
La gloire en eft à lui, qu'il en ait le falaire;
Il a par trop de droits mérité de vous plaire,

Il eſt prince, il eſt jeune, il eſt votre vengeur;
Ses bienfaits et ſon nom, tout parle en ſa faveur.
La juſtice et l'amour vous preſſent de vous rendre:
Je n'ai rien fait pour vous; je n'ai rien à prétendre:
Je me tais.... mais fachez que, pour vous mériter,
A tout autre qu'à lui j'irais vous diſputer;
Je céderais à peine aux enfans des rois même;
Mais Vendôme eſt mon chef, il vous adore, il m'aime;
Coucy, ni vertueux, ni ſuperbe à demi,
Aurait bravé le prince, et cède à ſon ami.
Je fais plus; de mès ſens maîtriſant la faibleſſe,
J'oſe de mon rival appuyer la tendreſſe,
Vous montrer votre gloire, et ce que vous devez
Au héros qui vous ſert et par qui vous vivez.
Je verrai d'un œil ſec et d'un cœur ſans envie,
Cet hymen qui pouvait empoiſonner ma vie.
Je réunis pour vous mon ſervice et mes vœux;
Ce bras qui fut à lui combattra pour tous deux:
Voilà mes ſentimens. Si je me ſacrifie,
L'amitié me l'ordonne, et ſur-tout la patrie.
Songez que ſi l'hymen vous range ſous ſa loi,
Si ce prince eſt à vous, il eſt à votre roi.

A D E L A Ï D E.

Qu'avec étonnement, Seigneur, je vous contemple!
Que vous donnez au monde un rare et grand exemple!
Quoi, ce cœur, (je le crois ſans feinte et ſans détour)
Connaît l'amitié ſeule et peut braver l'amour!
Il faut vous admirer, quand on fait vous connaître:
Vous ſervez votre ami, vous ſervirez mon maître.
Un cœur ſi généreux doit penſer comme moi:
Tous ceux de votre ſang font l'appui de leur roi.
Eh bien, de vos vertus je demande une grâce.

COUCY.

Vos ordres font facrés : que faut-il que je faffe ?

ADELAÏDE.

Vos confeils généreux me preffent d'accepter
Ce rang dont un grand prince a daigné me flatter.
Je n'oublîrai jamais combien fon choix m'honore ;
J'en vois toute la gloire ; et quand je fonge encore
Qu'avant qu'il fût épris de cet ardent amour,
Il daigna me fauver, et l'honneur, et le jour,
Tout ennemi qu'il eft de fon roi légitime,
Tout vengeur des Anglais, tout protecteur du crime,
Accablée à fes yeux du poids de fes bienfaits,
Je crains de l'affliger, Seigneur, et je me tais.
Mais, malgré fon fervice et ma reconnaiffance,
Il faut par des refus répondre à fa conftance :
Sa paffion m'afflige, il eft dur à mon cœur,
Pour prix de tant de foins, de caufer fon malheur.
A ce prince, à moi-même, épargnez cet outrage,
Seigneur, vous pouvez tout fur ce jeune courage.
Souvent on vous a vu, par vos confeils prudens,
Modérer de fon cœur les tranfports turbulens.
Daignez débarraffer ma vie et ma fortune,
De ces nœuds trop brillans dont l'éclat m'importune.
De plus fières beautés, de plus dignes appas
Brigueront fa tendreffe, où je ne prétends pas.
D'ailleurs, quel appareil, quel temps pour l'hyménée !
Des armes de mon roi Lille eft environnée ;
J'entends de tous côtés les clameurs des foldats,
Et les fons de la guerre, et les cris du trépas.
La terreur me confume ; et votre prince ignore
Si Nemours... fi fon frere, hélas ! refpire encore !

Ce frère qu'il aima... ce vertueux Nemours....
On difait que la Parque avait tranché fes jours.
Que la France en aurait une douleur mortelle !
Seigneur, au fang des rois il fut toujours fidelle.
S'il eft vrai que fa mort... Excufez mes ennuis,
Mon amour pour mes rois et le trouble où je fuis.

C O U C Y.

Vous pouvez l'expliquer au prince qui vous aime,
Et de tous vos fecrets l'entretenir vous-même ;
Il va venir, Madame, et peut-être vos vœux....

A D E L A Ï D E.

Ah ! Coucy, prévenez le malheur de tous deux.
Si vous aimez ce prince, et fi, dans mes alarmes,
Avec quelque pitié vous regardez mes larmes,
Sauvez-le, fauvez-moi de ce trifte embarras,
Daignez tourner ailleurs fes deffeins et fes pas.
Pleurante et défolée, empêchez qu'il me voie.

C O U C Y.

Je plains cette douleur, où votre ame eft en proie.
Et loin de la gêner d'un regard curieux,
Je baiffe devant elle un œil refpectueux ;
Mais quel que foit l'ennui dont votre cœur foupire,
Je vous ai déjà dit ce que j'ai dû vous dire :
Je ne puis rien de plus : le prince eft foupçonneux ;
Je lui ferais fufpect en expliquant vos vœux.
Je fais à quel excès irait fa jaloufie,
Quel poifon mes difcours répandraient fur fa vie :
Je vous perdrais, peut-être, et mon foin dangereux,
Madame, avec un mot, ferait trois malheureux.
Vous, à vos intérêts rendez-vous moins contraire,
Pefez fans paffion l'honneur qu'il veut vous faire.

Moi, libre entre vous deux, fouffrez que, dès ce jour,
Oubliant à jamais le langage d'amour,
Tout entier à la guerre, et maître de mon ame,
J'abandonne à leur fort et vos vœux et fa flamme.
Je crains de l'affliger; je crains de vous trahir;
Et ce n'eft qu'aux combats que je dois le fervir.
Laiffez-moi d'un foldat garder le caractère,
Madame; et puifque enfin la France vous eft chère,
Rendez-lui ce héros qui ferait fon appui:
Je vous laiffe y penfer, et je cours près de lui.
Adieu, Madame.

SCENE II.

ADELAIDE, TAISE.

ADELAÏDE.

Ou fuis-je? hélas! tout m'abandonne.
Nemours... de tous côtés le malheur m'environne.
Ciel! qui m'arrachera de ce cruel féjour?

TAÏSE.

Quoi? du duc de Vendôme, et le choix, et l'amour,
Quoi? ce rang qui ferait le bonheur ou l'envie
De toutes les beautés dont la France eft remplie,
Ce rang qui touche au trône, et qu'on met à vos pieds,
Ferait couler les pleurs dont vos yeux font noyés?

ADELAÏDE.

Ici du haut des cieux, du Guefclin me contemple;
De la fidélité ce héros fut l'exemple,

Je trahirais le fang qu'il verfa pour nos lois,
Si j'acceptais la main du vainqueur de nos rois.

T A Ï S E.

Quoi ! dans ces triftes temps de ligues et de haines,
Qui confondent des droits les bornes incertaines ,
Où le meilleur parti femble encor fi douteux,
Où les enfans des rois font divifés entre eux ;
Vous, qu'un aftre plus doux femblait avoir formée
Pour unir tous les cœurs et pour en être aimée,
Vous refufez l'honneur qu'on offre à vos appas ,
Pour l'intérêt d'un roi qui ne l'exige pas ?

A D E L A Ï D E *en pleurant.*

Mon devoir me rangeait du parti de fes armes.

T A Ï S E.

Ah ! le devoir tout feul fait-il verfer des larmes ?
Si Vendôme vous aime, et fi, par fon fecours.....

A D E L A Ï D E.

Laiffe là fes bienfaits, et parle de Nemours.
N'en as-tu rien appris ? fait-on s'il vit encore ?

T A Ï S E.

Voilà donc en effet le foin qui vous dévore,
Madame ?

A D E L A Ï D E.

Il eft trop vrai : je l'avoue, et mon cœur
Ne peut plus foutenir le poids de fa douleur.
Elle échappe, elle éclate, elle fe juftifie ;
Et fi Nemours n'eft plus, fa mort finit ma vie.

T A Ï S E.

Et vous pouviez cacher ce fecret à ma foi ?

A D E L A Ï D E.

ADELAÏDE.

Le fecret de Nemours dépendait-il de moi?
Nos feux toujours brûlans dans l'ombre du filence
Trompaient de tous les yeux la trifte vigilance.
Séparés l'un de l'autre, et fans cesse préfens,
Nos cœurs de nos foupirs étaient feuls confidens;
Et Vendôme, fur-tout, ignorant ce myftère,
Ne fait pas fi mes yeux ont jamais vu fon frère.
Dans les murs de Paris... Mais, ô foins fuperflus!
Je te parle de lui, quand peut-être il n'eft plus.
O murs où j'ai vécu de Vendôme ignorée!
O temps où, de Nemours en fecret adorée,
Nous touchions l'un et l'autre au fortuné moment
Qui m'allait aux autels unir à mon amant!
La guerre a tout détruit. Fidèle au roi fon maître,
Mon amant me quitta, pour m'oublier peut-être;
Il partit, et mon cœur qui le fuivait toujours,
A vingt peuples armés redemanda Nemours.
Je portai dans Cambrai ma douleur inutile;
Je voulus rendre au roi cette fuperbe ville;
Nemours à ce deffein devait fervir d'appui,
L'amour me conduifait, je fefais tout pour lui.
C'eft lui qui, d'une fille animant le courage,
D'un peuple factieux me fit braver la rage.
Il expofa mes jours, pour lui feul réfervés,
Jours triftes! jours affreux, qu'un autre a confervés!
Ah! qui m'éclaircira d'un deftin que j'ignore?
Français, qu'avez-vous fait du héros que j'adore?
Ses lettres, autrefois, chers gages de fa foi,
Trouvaient mille chemins pour venir jufqu'à moi.
Son filence me tue; hélas! il fait peut-être,
Cet amour qu'à mes yeux fon frère a fait paraître.

Théâtre. Tome II.   I

Tout ce que j'entrevois confpire à m'alarmer ;
Et mon amant eft mort, ou ceffe de m'aimer !
Et pour comble de maux, je dois tout à fon frère !

TAÏSE.

Cachez bien à fes yeux ce dangereux myftère :
Pour vous, pour votre amant, redoutez fon courroux.
Quelqu'un vient.

ADELAÏDE.

C'eft lui même ! ô Ciel !

TAÏSE.

Contraignez-vous.

SCENE III.

Le Duc de VENDOME, ADELAIDE, TAISE.

VENDOME.

J'OUBLIE à vos genoux, charmante Adélaïde, (a)
Le trouble et les horreurs où mon deftin me guide.
Vous feule adouciffez les maux que nous fouffrons ;
Vous nous rendez plus pur l'air que nous refpirons.
La difcorde fanglante afflige ici la terre ;
Vos jours font entourés des piéges de la guerre.
J'ignore à quel deftin le ciel veut me livrer ; (1)
Mais fi d'un peu de gloire il daigne m'honorer,
Cette gloire, fans vous obfcure et languiffante,
Des flambeaux de l'hymen deviendra plus brillante.
Souffrez que mes lauriers, attachés par vos mains,
Ecartent le tonnerre et bravent les deftins ;
Ou fi le ciel jaloux a conjuré ma perte,
Souffrez que de nos noms ma tombe au moins couverte,

Apprenne à l'avenir que Vendôme amoureux
Expira votre époux et périt trop heureux.

ADELAÏDE.

Tant d'honneurs, tant d'amour, fervent à me confondre,
Prince.... Que lui dirai-je? et comment lui répondre?
Ainfi, Seigneur.... Coucy ne vous a point parlé?

VENDOME.

Non, Madame.... D'où vient que votre cœur troublé
Répond en frémiffant à ma tendreffe extrême?
Vous parlez de Coucy, quand Vendôme vous aime.

ADELAÏDE.

Prince, s'il était vrai que ce brave Nemours
De fes ans pleins de gloire eût terminé le cours,
Vous qui le chériffiez d'une amitié fi tendre,
Vous qui devez au moins des larmes à fa cendre,
Au milieu des combats, et près de fon tombeau,
Pourriez-vous de l'hymen allumer le flambeau?

VENDOME.

Ah! je jure par vous, vous qui m'êtes fi chère,
Par les doux noms d'amans, par le faint nom de frère,
Que Nemours, après vous, fut toujours à mes yeux
Le plus cher des mortels, et le plus précieux.
Lorfqu'à mes ennemis fa valeur fut livrée,
Ma tendreffe en fouffrit fans en être altérée.
Sa mort m'accablerait des plus horribles coups;
Et pour m'en confoler, mon cœur n'aurait que vous.
Mais on croit trop ici l'aveugle renommée,
Son infidelle voix vous a mal informée:
Si mon frère était mort, doutez-vous que fon roi,
Pour m'apprendre fa perte, eût dépêché vers moi?
Ceux que le ciel forma d'une race fi pure,
Au milieu de la guerre écoutant la nature,

I 2

Et protecteurs des lois que l'honneur doit dicter,
Même en se combattant, savent se respecter.
A sa perte, en un mot, donnons moins de créance :
Un bruit plus vraisemblable, et m'afflige et m'offense :
On dit que vers ces lieux il a porté ses pas.

ADELAÏDE.

Seigneur, il est vivant ?

VENDOME.

Je lui pardonne, hélas !
Qu'au parti de son roi son intérêt le range ;
Qu'il le défende ailleurs, et qu'ailleurs il le venge,
Qu'il triomphe pour lui, je le veux, j'y consens :
Mais se mêler ici parmi les assiégeans,
Me chercher, m'attaquer, moi, son ami, son frère.…

ADELAÏDE.

Le roi le veut, sans doute.

VENDOME.

Ah ! destin trop contraire !
Se pourrait-il qu'un frère, élevé dans mon sein,
Pour mieux servir le roi, levât sur moi sa main ?
Lui qui devrait plutôt, témoin de cette fête,
Partager, augmenter mon bonheur qui s'apprête.

ADELAÏDE.

Lui ?

VENDOME.

C'est trop d'amertume en des momens si doux.
Malheureux par un frère, et fortuné par vous,
Tout entier à vous seule, et bravant tant d'alarmes,
Je ne veux voir que vous, mon hymen et vos charmes
Qu'attendez-vous ? donnez à mon cœur éperdu
Ce cœur que j'idolâtre, et qui m'est si bien dû.

A D E L A Ï D E.

Seigneur, de vos bienfaits mon ame eſt pénétrée ;
La mémoire à jamais m'en eſt chère et ſacrée ;
Mais c'eſt trop prodiguer vos auguſtes bontés,
C'eſt mêler trop de gloire à mes calamités ;
Et cet honneur....

V E N D O M E.

Comment ! ô Ciel ! qui vous arrête ?

A D E L A Ï D E.

Je dois....

S C E N E   I V.

VENDOME, ADELAIDE, TAISE, COUCY.

C O U C Y.

Prince, il eſt temps, marchez à notre tête.
Déjà les ennemis ſont aux pieds des remparts,
Echauffez nos guerriers du feu de vos regards.
Venez vaincre.

V E N D O M E.

Ah ! courons : dans l'ardeur qui me preſſe,
Quoi ! vous n'oſez d'un mot raſſurer ma tendreſſe ?
Vous détournez les yeux ! vous tremblez ! et je voi
Que vous cachez des pleurs qui ne ſont pas pour moi !

C O U C Y.

Le temps preſſe.

V E N D O M E.

Il eſt temps que Vendôme périſſe.
Il n'eſt point de français que l'amour aviliſſe.

I 3

Amans aimés, heureux, ils cherchent les combats,
Ils courent à la gloire, et je vole au trépas.
Allons, brave Coucy, la mort la plus cruelle,
La mort que je défire eft moins barbare qu'elle.

ADELAÏDE.

Ah! Seigneur, modérez cet injufte courroux;
Autant que je le dois je m'intéreffe à vous.
J'ai payé vos bienfaits, mes jours, ma délivrance,
Par tous les fentimens qui font en ma puiffance;
Senfible à vos dangers, je plains votre valeur.

VENDOME.

Ah! que vous favez bien le chemin de mon cœur!
Que vous favez mêler la douceur à l'injure!
Un feul mot m'accablait, un feul mot me raffure.
Content, rempli de vous, j'abandonne ces lieux,
Et crois voir ma victoire écrite dans vos yeux.

SCENE V.

ADELAIDE, TAISE.

TAÏSE.

Vous voyez fans pitié fa tendreffe alarmée.

ADELAÏDE.

Eft-il bien vrai? Nemours ferait-il dans l'armée?
O difcorde fatale! amour plus dangereux!
Que vous coûterez cher à ce cœur malheureux!

Fin du premier acte.

ACTE II.

SCENE PREMIERE.

VENDOME, COUCY.

VENDOME.

Nous périffions fans vous, Coucy, je le confeffe.
Vos confeils ont guidé ma fougueufe jeuneffe ;
C'eft vous dont l'efprit ferme et les yeux pénétrans
M'ont porté des fecours en cent lieux différens.
Que n'ai-je, comme vous, ce tranquille courage,
Si froid dans le danger, fi calme dans l'orage !
Coucy m'eft néceffaire aux confeils, aux combats ;
Et c'eft à fa grande ame à diriger mon bras.

COUCY.

Ce courage brillant, qu'en vous on voit paraître,
Sera maître de tout quand vous en ferez maître :
Vous l'avez fu régler, et vous avez vaincu.
Ayez dans tous les temps cette utile vertu :
Qui fait fe poffëder, peut commander au monde.
Pour moi, de qui le bras faiblement vous feconde,
Je connais mon devoir, et je vous ai fuivi.
Dans l'ardeur du combat, je vous ai peu fervi ;
Nos guerriers fur vos pas marchaient à la victoire,
Et fuivre les Bourbons, c'eft voler à la gloire.
Vous feul, Seigneur, vous feul avez fait prifonnier
Ce chef des affaillans, ce fuperbe guerrier.

I 4

Vous l'avez pris vous-même, et maître de sa vie,
Vos secours l'ont sauvé de sa propre furie.

VENDOME.

D'où vient donc, cher Coucy, que cet audacieux,
Sous son casque fermé, se cachait à mes yeux?
D'où vient qu'en le prenant, qu'en saisissant ses armes,
J'ai senti, malgré moi, de nouvelles alarmes?
Un je ne sais quel trouble en moi s'est élevé;
Soit que ce triste amour, dont je suis captivé,
Sur mes sens égarés répandant sa tendresse,
Jusqu'au sein des combats m'ait prêté sa faiblesse,
Qu'il ait voulu marquer toutes mes actions
Par la molle douceur de ses impressions;
Soit plutôt que la voix de ma triste patrie
Parle encore en secret au cœur qui l'a trahie;
Qu'elle condamne encor mes funestes succès,
Et ce bras qui n'est teint que du sang des Français. (2)

COUCY.

Je prévois que bientôt cette guerre fatale,
Ces troubles intestins de la maison royale,
Ces tristes factions, céderont au danger
D'abandonner la France au fils de l'étranger.
Je vois que de l'Anglais la race est peu chérie;
Que leur joug est pesant; qu'on aime la patrie;
Que le sang des Capets est toujours adoré.
Tôt ou tard il faudra que de ce tronc sacré
Les rameaux divisés et courbés par l'orage,
Plus unis et plus beaux, soient notre unique ombrage.
Nous, Seigneur, n'avons-nous rien à nous reprocher?
Le sort au prince anglais voulut nous attacher;
De votre sang, du sien, la querelle est commune;
Vous suivez son parti, je suis votre fortune.

Comme vous aux Anglais le deftin m'a lié,
Vous, par le droit du fang, moi, par notre amitié ;
Permettez-moi ce mot... Eh ! quoi ! votre ame émue....

VENDOME.

Ah ! voilà ce guerrier qu'on amène à ma vue.

SCENE II.

VENDOME, le Duc de NEMOURS, COUCY,
Soldats, Suite.

VENDOME.

IL foupire, il paraît accablé de regrets.

COUCY.

Son fang fur fon vifage a confondu fes traits ;
Il eft bleffé fans doute.

NEMOURS *dans le fond du théâtre.*

Entreprife funefte !
Qui de ma trifte vie arrachera le refte ?
Où me conduifez-vous ?

VENDOME.

Devant votre vainqueur,
Qui fait d'un ennemi refpecter la valeur.
Venez, ne craignez rien.

NEMOURS *fe tournant vers fon écuyer.*

Je ne crains que de vivre ;
Sa préfence m'accable, et je ne puis pourfuivre.
Il ne me connaît plus, et mes fens attendris.....

VENDOME.

Quelle voix, quels accens ont frappé mes efprits ?

NEMOURS *le regardant.*

M'as-tu pu méconnaître?

VENDOME *l'embraffant.*

Ah Nemours ! ah mon frère!

NEMOURS.

Ce nom jadis fi cher, ce nom me défefpère.
Je ne le fuis que trop, ce frère infortuné,
Ton ennemi vaincu, ton captif enchaîné.

VENDOME.

Tu n'es plus que mon frère. Ah! moment plein de charmes!
Ah! laiffe-moi laver ton fang avec mes larmes.
 (*à fa fuite.*)
Avez-vous par vos foins....

NEMOURS.

Oui, leurs cruels fecours
Ont arrêté mon fang, ont veillé fur mes jours,
De la mort que je cherche ont écarté l'approche.

VENDOME.

Ne te détourne point, ne crains point mon reproche.
Mon cœur te fut connu; peux-tu t'en défier?
Le bonheur de te voir me fait tout oublier.
J'euffe aimé contre un autre à montrer mon courage.
Hélas! que je te plains!

NEMOURS.

Je te plains davantage,
De haïr ton pays, de trahir fans remords,
Et le roi qui t'aimait, et le fang dont tu fors. (3)

VENDOME.

Arrête : Epargne-moi l'infame nom de traître;
A cet indigne mot je m'oublîrais peut-être.
Frémis d'empoifonner la joie et les douceurs
Que ce tendre moment doit verfer dans nos cœurs.

Dans ce jour malheureux, que l'amitié l'emporte!

NEMOURS.

Quel jour!

VENDOME.

Je le bénis.

NEMOURS.

Il eſt affreux.

VENDOME.

N'importe;

Tu vis, je te revois; et je ſuis trop heureux.
O Ciel! de tous côtés vous rempliſſez mes vœux!

NEMOURS.

Je te crois. On diſait que d'un amour extrême,
Violent, effréné, (car c'eſt ainſi qu'on aime)
Ton cœur, depuis trois mois, s'occupait tout entier.

VENDOME.

J'aime; oui, la renommée a pu le publier;
Oui, j'aime avec fureur : une telle alliance,
Semblait pour mon bonheur attendre ta préſence;
Oui, mes reſſentimens, mes droits, mes alliés,
Gloire, amis, ennemis, je mets tout à ſes pieds.

(à un officier de ſa ſuite.)

Allez, et dites-lui que deux malheureux frères,
Jetés par le deſtin dans des partis contraires,
Pour marcher déſormais ſous le même étendard,
De ſes yeux ſouverains n'attendent qu'un regard.

(à Nemours.)

Ne blâme point l'amour où ton frère eſt en proie;
Pour me juſtifier il ſuffit qu'on la voie.

NEMOURS.

O Ciel.... elle vous aime!...

VENDOME.

Elle le doit, du moins;
Il n'était qu'un obstacle au succès de mes soins;
Il n'en est plus; je veux que rien ne nous sépare.

NEMOURS.

Quels effroyables coups le cruel me prépare!
Ecoute; à ma douleur ne veux-tu qu'insulter?
Me connais-tu? sais-tu ce que j'ose attenter?
Dans ces funestes lieux sais-tu ce qui m'amène?

VENDOME.

Oublions ces sujets de discorde et de haine.

SCENE III.

VENDOME, NEMOURS, ADELAIDE, COUCY.

VENDOME.

Madame, vous voyez que du sein du malheur,
Le ciel qui nous protége a tiré mon bonheur.
J'ai vaincu, je vous aime, et je retrouve un frère;
Sa présence à mon cœur vous rend encor plus chère.

ADELAÏDE.

Le voici? malheureuse! ah! cache au moins tes pleurs!

NEMOURS *entre les bras de son écuyer.*

Adélaïde.... ô Ciel!... c'en est fait, je me meurs.

VENDOME.

Que vois-je! Sa blessure à l'instant s'est rouverte!
Son sang coule.

NEMOURS.

Est-ce à toi de prévenir ma perte?

VENDOME.

Ah! mon frère!

NEMOURS.

Ote-toi, je chéris mon trépas.

ADÉLAÏDE.

Ciel!... Nemours!

NEMOURS à *Vendôme.*

Laisse-moi.

VENDOME.

Je ne te quitte pas.

SCENE IV.

ADELAIDE, TAISE.

ADELAÏDE.

ON l'emporte : il expire : il faut que je le suive.

TAÏSE.

Ah! que cette douleur se taise et se captive.
Plus vous l'aimez, Madame, et plus il faut songer
Qu'un rival violent....

ADELAÏDE.

Je songe à son danger.
Voilà ce que l'amour, et mon malheur lui coûte.
Taïse, c'est pour moi qu'il combattait sans doute.
C'est moi que dans ces murs il osait secourir ;
Il servait son monarque, il m'allait conquérir.
Quel prix de tant de soins! quel fruit de sa constance!
Hélas! mon tendre amour accusait son absence :

Je demandais Nemours, et le ciel me le rend :
J'ai revu ce que j'aime, et l'ai revu mourant,
Ces lieux font teints du fang qu'il verfait à ma vue.
Ah ! Taïfe, eft-ce ainfi que je lui fuis rendue ?
Va le trouver ; va, cours auprès de mon amant.

TAÏSE.

Eh ! ne craignez-vous pas que tant d'empreffement
N'ouvre les yeux jaloux d'un prince qui vous aime ;
Tremblez de découvrir...

ADELAÏDE.

J'y volerai moi-même.
D'une autre main, Taïfe, il reçoit des fecours !
Un autre a le bonheur d'avoir foin de fes jours !
Il faut que je le voie, et que de fon amante
La faible main s'uniffe à fa main défaillante.
Hélas ! des mêmes coups nos deux cœurs pénétrés....

TAÏSE.

Au nom de cet amour, arrêtez, demeurez ;
Reprenez vos efprits.

ADELAÏDE.

Rien ne m'en peut diftraire.

SCENE V.

VENDOME, ADELAIDE, TAISE.

ADELAIDE.

Ah, Prince, en quel état laiffez-vous votre frère ?

VENDOME.

Madame, par mes mains fon fang eft arrêté.
Il a repris fa force et fa tranquillité.

Je fuis le feul à plaindre, et le feul en alarmes ;
Je mouille en frémiffant mes lauriers de mes larmes ;
Et je hais ma victoire et mes profpérités,
Si je n'ai par mes foins vaincu vos cruautés ;
Si votre incertitude, alarmant mes tendreffes,
Ofe encor démentir la foi de vos promeffes.

ADELAÏDE.

Je ne vous promis rien : vous n'avez point ma foi ;
Et la reconnaiffance eft tout ce que je doi.

VENDOME.

Quoi ! lorfque de ma main je vous offrais l'hommage !...

ADELAÏDE.

D'un fi noble préfent j'ai vu tout l'avantage ;
Et fans chercher ce rang qui ne m'était pas dû,
Par de juftes refpects je vous ai répondu.
Vos bienfaits, votre amour, et mon amitié même,
Tout vous flattait fur moi d'un empire fuprême ;
Tout vous a fait penfer qu'un rang fi glorieux,
Préfenté par vos mains, éblouirait mes yeux.
Vous vous trompiez : il faut rompre enfin le filence.
Je vais vous offenfer ; je me fais violence ;
Mais, réduite à parler, je vous dirai, Seigneur,
Que l'amour de mes rois eft gravé dans mon cœur.
De votre fang au mien je vois la différence ;
Mais celui dont je fors a coulé pour la France.
Ce digne connétable en mon cœur a tranfmis
La haine qu'un français doit à fes ennemis ;
Et fa nièce jamais n'acceptera pour maître
L'allié des Anglais, quelque grand qu'il puiffe être.
Voilà les fentimens que fon fang m'a tracés,
Et s'ils vous font rougir, c'eft vous qui m'y forcez.

VENDOME.

Je fuis, je l'avoûrai, furpris de ce langage;
Je ne m'attendais pas à ce noùvel outrage ;
Et n'avais pas prévu que le fort en courroux,
Pour m'accabler d'affronts, dût fe fervir de vous.
Vous avez fait, Madame, une fecrète étude
Du mépris, de l'infulte et de l'ingratitude;
Et votre cœur, enfin, lent à fe déployer,
Hardi par ma faibleffe, a paru tout entier.
Je ne connaiffais pas tout ce zèle héroïque,
Tant d'amour pour vos rois, ou tant de politique.
Mais, vous qui m'outragez, me connaiffez-vous bien?
Vous refte-t-il ici de parti que le mien?
Vous qui me devez tout; vous qui, fans ma défenfe,
Auriez de ces Français affouvi la vengeance,
De ces mêmes Français, à qui vous vous vantez
De conferver la foi d'un cœur que vous m'ôtez!
Eft-ce donc là le prix de vous avoir fervie? (b)

ADELAÏDE.

Oui, vous m'avez fauvée; oui, je vous dois la vie;
Mais, Seigneur, mais, hélas! n'en puis-je difpofer?
Me la conferviez-vous pour la tyrannifer?

VENDOME.

Je deviendrai tyran; mais moins que vous, cruelle;
Mes yeux lifent trop bien dans votre ame rebelle;
Tous vos prétextes faux m'apprennent vos raifons,
Je vois mon déshonneur, je vois vos trahifons.
Quel que foit l'infolent que ce cœur me préfère,
Redoutez mon amour, tremblez de ma colère;
C'eft lui feul déformais que mon bras va chercher;
De fon cœur tout fanglant j'irai vous arracher;

Et

Et fi, dans les horreurs du fort qui nous accable,
De quelque joie encor ma fureur eft capable ;
Je la mettrai, perfide, à vous défefpérer.

ADELAÏDE.

Non, Seigneur, la raifon faura vous éclairer.
Non, votre ame eft trop noble, elle eft trop élevée
Pour opprimer ma vie, après l'avoir fauvée.
Mais fi votre grand cœur s'aviliffait jamais
Jufqu'à perfécuter l'objet de vos bienfaits,
Sachez que ces bienfaits, vos vertus, votre gloire,
Plus que vos cruautés, vivront dans ma mémoire.
Je vous plains, vous pardonne et veux vous refpecter ;
Je vous ferai rougir de me perfécuter ;
Et je conferverai, malgré votre menace,
Une ame fans courroux, fans crainte et fans audace.

VENDOME.

Arrêtez ; pardonnez aux tranfports égarés,
Aux fureurs d'un amant que vous défefpérez.
Je vois trop qu'avec vous Coucy d'intelligence,
D'une cour qui me hait embraffe la défenfe ;
Que vous voulez tous deux m'unir à votre roi ;
Et de mon fort enfin difpofer malgré moi.
Vos difcours font les fiens. Ah ! parmi tant d'alarmes,
Pourquoi recourez-vous à ces nouvelles armes ?
Pour gouverner mon cœur, l'affervir, le changer,
Aviez-vous donc befoin d'un fecours étranger ?
Aimez, il fuffira d'un mot de votre bouche.

ADELAÏDE.

Je ne vous cache point que du foin qui me touche,
A votre ami, Seigneur, mon cœur s'était remis ;
Je vois qu'il a plus fait qu'il ne m'avait promis.

Théâtre. Tome II.   K

Ayez pitié des pleurs que mes yeux lui confient;
Vous les faites couler, que vos mains les effuient.
Devenez affez grand pour m'apprendre à dompter
Des feux que mon devoir me force à rejeter.
Laiffez - moi toute entière à la reconnaiffance.

V E N D O M E.

Le feul Coucy, fans doute, a votre confiance;
Mon outrage eft connu; je fais vos fentimens.

A D E L A Ï D E.

Vous les pourrez, Seigneur, connaître avec le temps,
Mais vous n'aurez jamais le droit de les contraindre,
Ni de les condamner, ni même de vous plaindre.
D'un guerrier généreux j'ai recherché l'appui;
Imitez fa grande ame, et penfez comme lui.

S C E N E   V I.

V E N D O M E *feul.*

Eh bien, c'en eft donc fait; l'ingrate, la parjure,
A mes yeux fans rougir étale mon injure :
De tant de trahifons l'abyme eft découvert;
Je n'avais qu'un ami, c'eft lui feul qui me perd.
Amitié, vain fantôme, ombre que j'ai chérie,
Toi qui me confolais des malheurs de ma vie,
Bien que j'ai trop aimé, que j'ai trop méconnu,
Tréfor cherché fans ceffe, et jamais obtenu!
Tu m'as trompé, cruelle, autant que l'amour même;
Et maintenant, pour prix de mon erreur extrême,
Détrompé des faux biens trop faits pour me charmer,
Mon deftin me condamne à ne plus rien aimer.
Le voilà cet ingrat qui, fier de fon parjure,
Vient encor de fes mains déchirer ma bleffure.

SCENE VII.

VENDOME, COUCY.

COUCY.

PRINCE, me voilà prêt : difpofez de mon bras....
Mais d'où naît à mes yeux cet étrange embarras ?
Quand vous avez vaincu, quand vous fauvez un frère,
Heureux de tous côtés, qui peut donc vous déplaire?

VENDOME.

Je fuis défefpéré, je fuis haï, jaloux.

COUCY.

Eh bien, de vos foupçons quel eft l'objet, qui?

VENDOME.

Vous.

Vous, dis-je ; et du refus qui vient de me confondre,
C'eft vous, ingrat ami, qui devez me répondre.
Je fais qu'Adélaïde ici vous a parlé ;
En vous nommant à moi, la perfide a tremblé ;
Vous affectez fur elle un odieux filence,
Interprète muet de votre intelligence :
Elle cherche à me fuir, et vous à me quitter.
Je crains tout, je crois tout.

COUCY.

Voulez-vous m'écouter?

VENDOME.

Je le veux.

COUCY.

Penfez-vous que j'aime encor la gloire ?
M'eftimez-vous encore, et pourrez-vous me croire?

K 2

VENDOME.

Oui, jufqu'à ce moment je vous crus vertueux;
Je vous crus mon ami.

COUCY.

Ces titres glorieux
Furent toujours pour moi l'honneur le plus infigne,
Et vous allez juger fi mon ame en eft digne.
Sachez qu'Adélaïde avait touché mon cœur,
Avant que de fa vie heureux libérateur,
Vous euffiez par vos foins, par cet amour fincère,
Sur-tout par vos bienfaits, tant de droits de lui plaire.
Moi, plus foldat que tendre, et dédaignant toujours
Ce grand art de féduire inventé dans les cours,
Ce langage flatteur, et fouvent fi perfide,
Peu fait pour mon efprit, peut-être trop rigide;
Je lui parlai d'hymen, et ce nœud refpecté,
Refferré par l'eftime et par l'égalité,
Pouvait lui préparer des deftins plus propices
Qu'un rang plus élevé, mais fur des précipices.
Hier avec la nuit je vins dans vos remparts;
Tout votre cœur parut à mes premiers regards.
De cet ardent amour la nouvelle femée,
Par vos emportemens me fut trop confirmée.
Je vis de vos chagrins les funeftes accès;
J'en approuvai la caufe, et j'en blâmai l'excès.
Aujourd'hui j'ai revu cet objet de vos larmes;
D'un œil indifférent j'ai regardé fes charmes.
Libre et jufte auprès d'elle, à vous feul attaché,
J'ai fait valoir les feux dont vous êtes touché;
J'ai de tous vos bienfaits rappelé la mémoire,
L'éclat de votre rang, celui de votre gloire,

Sans cacher vos défauts vantant votre vertu,
Et pour vous contre moi j'ai fait ce que j'ai dû.
Je m'immole à vous seul, et je me rends justice;
Et si ce n'est assez d'un si grand sacrifice,
S'il est quelque rival qui vous ose outrager,
Tout mon sang est à vous, et je cours vous venger.

VENDOME.

Ah! généreux ami, qu'il faut que je révère,
Oui, le destin dans toi me donne un second frère;
Je n'en étais pas digne, il le faut avouer:
Mon cœur.....

COUCY.

Aimez-moi, Prince, au lieu de me louer;
Et si vous me devez quelque reconnaissance,
Faites votre bonheur, il est ma récompense.
Vous voyez quelle ardente et fière inimitié
Votre frère nourrit contre votre allié. (c)
Sur ce grand intérêt souffrez que je m'explique.
Vous m'avez soupçonné de trop de politique,
Quand j'ai dit que bientôt on verrait réunis
Les débris dispersés de l'empire des Lis.
Je vous le dis encore au sein de votre gloire;
Et vos lauriers brillans, cueillis par la victoire,
Pourront sur votre front se flétrir désormais,
S'ils n'y sont soutenus de l'olive de paix.
Tous les chefs de l'Etat, lassés de ces ravages,
Cherchent un port tranquille après tant de naufrages;
Gardez d'être réduit au hasard dangereux
De vous voir, ou trahir, ou prévenir par eux.
Passez-les en prudence, aussi-bien qu'en courage.
De cet heureux moment prenez tout l'avantage;

K 3

Gouvernez la fortune, et fachez l'afiervir;
C'eft perdre fes faveurs que tarder d'en jouir :
Ses retours font fréquens, vous devez les connaître.
Il eft beau de donner la paix à votre maître.
Son égal aujourd'hui, demain dans l'abandon,
Vous vous verrez réduit à demander pardon.
La gloire vous conduit, que la raifon vous guide.

VENDOME.

Brave et prudent Coucy, crois-tu qu'Adélaïde
Dans fon cœur amolli partagerait mes feux,
Si le même parti nous uniffait tous deux?
Penfes-tu qu'à m'aimer je pourrais la réduire?

COUCY.

Dans le fond de fon cœur je n'ai point voulu lire :
Mais qu'importent pour vous fes vœux et fes deffeins?
Faut-il que l'amour feul faffe ici nos deftins?
Lorfque Philippe-Augufte, aux plaines de Bovines,
De l'Etat déchiré répara les ruines;
Quand feul il arrêta dans nos champs inondés
De l'empire germain les torrens débordés;
Tant d'honneurs étaient-ils l'effet de fa tendreffe?
Sauva-t-il fon pays pour plaire à fa maîtreffe?
Verrai-je un fi grand cœur à ce point s'avilir?
Le falut de l'Etat dépend-il d'un foupir?
Aimez, mais en héros qui maîtrife fon ame,
Qui gouverne à la fois fes Etats et fa flamme.
Mon bras contre un rival eft prêt à vous fervir;
Je voudrais faire plus, je voudrais vous guérir.
On connaît peu l'amour, on craint trop fon amorce;
C'eft fur nos lâchetés qu'il a fondé fa force;
C'eft nous qui fous fon nom troublons notre repos;
Il eft tyran du faible, efclave du héros.

Puifque je l'ai vaincu, puifque je le dédaigne,
Dans l'ame d'un Bourbon fouffrirez-vous qu'il règne?
Vos autres ennemis par vous font abattus,
Et vous devez en tout l'exemple des vertus.

VENDOME.

Le fort en eft jeté, je ferai tout pour elle;
Il faut bien à la fin défarmer la cruelle;
Ses lois feront mes lois, fon roi fera le mien;
Je n'aurai de parti, de maître que le fien.
Poffeffeur d'un tréfor où s'attache ma vie,
Avec mes ennemis je me réconcilie,
Je lirai dans fes yeux mon fort et mon devoir:
Mon cœur eft enivré de cet heureux efpoir.
Enfin, plus de prétexte à fes refus injuftes;
Raifon, gloire, intérêt, et tous ces droits auguftes
Des princes de mon fang et de mes fouverains,
Sont des liens facrés, refferrés par fes mains.
Du roi, puifqu'il le faut, foutenons la couronne,
La vertu le confeille, et la beauté l'ordonne.
Je veux entre tes mains, en ce fortuné jour,
Sceller tous les fermens que je fais à l'amour:
Quant à mes intérêts, que toi feul en décide.

COUCY.

Souffrez donc, près du roi, que mon zèle me guide;
Peut-être il eût fallu que ce grand changement
Ne fût dû qu'au héros, et non pas à l'amant;
Mais fi d'un fi grand cœur une femme difpofe,
L'effet en eft trop beau pour en blâmer la caufe;
Et mon cœur, tout rempli de cet heureux retour,
Bénit votre faibleffe, et rend grâce à l'amour.

Fin du fecond acte.

K 4

ACTE III.

SCENE PREMIERE.

NEMOURS, DANGESTE.

NEMOURS.

COMBAT infortuné, deftin qui me pourfuis !
O mort, mon feul recours, douce mort qui me fuis !
Ciel ! n'as-tu confervé la trame de ma vie,
Que pour tant de malheurs, et tant d'ignominie ?
Adélaïde, au moins, pourrai-je la revoir ?

DANGESTE.

Vous la verrez, Seigneur.

NEMOURS.

              Ah ! mortel défefpoir !
Elle ofe me parler, et moi je le fouhaite !

DANGESTE.

Seigneur, en quel état votre douleur vous jette !
Vos jours font en péril, et ce fang agité. . . .

NEMOURS.

Mes déplorables jours font trop en fureté.
Ma bleffure eft légère, elle m'eft infenfible :
Que celle de mon cœur eft profonde et terrible !

DANGESTE.

Remerciez les cieux de ce qu'ils ont permis
Que vous ayez trouvé de fi chers ennemis.
Il eft dur de tomber dans des mains étrangères ;
Vous êtes prifonnier du plus tendre des frères.

NEMOURS.

Mon frère! ah! malheureux!

DANGESTE.

Il vous était lié
Par les nœuds les plus faints d'une pure amitié.
Que n'éprouvez-vous point de fa main fecourable!

NEMOURS.

Sa fureur m'eût flatté; fon amitié m'accable.

DANGESTE.

Quoi! pour être engagé dans d'autres intérêts,
Le haïffez-vous tant?

NEMOURS.

Je l'aime, et je me hais,
Et, dans les paffions de mon ame éperdue,
La voix de la nature eft encore entendue.

DANGESTE.

Si contre un frère aimé vous avez combattu,
J'en ai vu quelque temps frémir votre vertu:
Mais le roi l'ordonnait, et tout vous juftifie.
L'entreprife était jufte, auffi-bien que hardie.
Je vous ai vu remplir, dans cet affreux combat,
Tous les devoirs d'un chef, et tous ceux d'un foldat;
Et vous avez rendu, par des faits incroyables,
Votre défaite illuftre, et vos fers honorables.
On a perdu bien peu quand on garde l'honneur.

NEMOURS.

Non, ma défaite, ami, ne fait point mon malheur,
Du Guefclin, des Français l'amour et le modèle,
Aux Anglais fi terrible, à fon roi fi fidèle,
Vit fes honneurs flétris par de plus grands revers:
Deux fois fa main puiffante a langui dans les fers:

Il n'en fut que plus grand, plus fier et plus à craindre;
Et son vainqueur tremblant fut bientôt seul à plaindre.
Du Guesclin, nom sacré, nom toujours précieux!
Quoi, ta coupable nièce évite encor mes yeux!
Ah! sans doute, elle a dû redouter mes reproches;
Ainsi donc, cher Dangeste, elle fuit tes approches?
Tu n'as pu lui parler?

DANGESTE.

        Seigneur, je vous ai dit
Que bientôt....

NEMOURS.

        Ah! pardonne à mon cœur interdit.
Trop chère Adélaïde! Eh bien, quand tu l'as vue,
Parle, à mon nom du moins paraissait-elle émue?

DANGESTE.

Votre sort en secret paraissait la toucher;
Elle versait des pleurs, et voulait les cacher.

NEMOURS.

Elle pleure et m'outrage! elle pleure et m'opprime!
Son cœur, je le vois bien, n'est pas né pour le crime.
Pour me sacrifier elle aura combattu;
La trahison la gêne, et pèse à sa vertu:
Faible soulagement à ma fureur jalouse!
T'a-t-on dit en effet que mon frère l'épouse?

DANGESTE.

S'il s'en vantait lui-même, en pouvez-vous douter?

NEMOURS.

Il l'épouse! à ma honte elle vient insulter.
Ah Dieu!

SCENE II.

ADELAIDE, NEMOURS.

ADELAÏDE.

LE ciel vous rend à mon ame attendrie ;
En veillant fur vos jours il conferva ma vie.
Je vous revois, cher Prince, et mon cœur empreffé...
Jufte Ciel! quels regards, et quel accueil glacé !

NEMOURS.

L'intérêt qu'à mes jours vos bontés daignent prendre,
Eft d'un cœur généreux ; mais il doit me furprendre.
Vous aviez en effet befoin de mon trépas :
Mon rival plus tranquille eût paffé dans vos bras.
Libre dans vos amours, et fans inquiétude,
Vous jouiriez en paix de votre ingratitude ;
Et les remords honteux qu'elle traîne après foi,
S'il peut vous en refter, périffaient avec moi.

ADELAÏDE.

Hélas! que dites-vous ? Quelle fureur fubite...

NEMOURS.

Non, votre changement n'eft pas ce qui m'irrite.

ADELAÏDE.

Mon changement? Nemours !

NEMOURS.

À vous feule affervi,
Je vous aimai trop bien pour n'être point trahi ;
C'eft le fort des amans, et ma honte eft commune ;
Mais que vous infultiez vous-même à ma fortune !

Qu'en ces murs, où vos yeux ont vu couler mon sang,
Vous acceptiez la main qui m'a percé le flanc,
Et que vous osiez joindre à l'horreur qui m'accable,
D'une fausse pitié l'affront insupportable!
Qu'à mes yeux...

ADELAÏDE.

Ah! plutôt donnez-moi le trépas.
Immolez votre amante, et ne l'accusez pas.
Mon cœur n'est point armé contre votre colère,
Cruel, et vos soupçons manquaient à ma misère.
Ah! Nemours, de quels maux nos jours empoisonnés....

NEMOURS.

Vous me plaignez, cruelle, et vous m'abandonnez.

ADELAÏDE.

Je vous pardonne, hélas, cette fureur extrême,
Tout, jusqu'à vos soupçons, jugez si je vous aime.

NEMOURS.

Vous m'aimeriez? qui, vous! Et Vendôme à l'instant
Entoure de flambeaux l'autel qui vous attend.
Lui-même il m'a vanté sa gloire et sa conquête.
Le barbare! il m'invite à cette horrible fête.
Que plutôt...

ADELAÏDE.

Ah! cruel, me faut-il employer
Les momens de vous voir à me justifier?
Votre frère, il est vrai, persécute ma vie,
Et par un fol amour, et par sa jalousie,
Et par l'emportement dont je crains les effets,
Et le dirai-je encor, Seigneur? par ses bienfaits.
J'atteste ici le ciel, témoin de ma conduite...
Mais pourquoi l'attester? Nemours, suis-je réduite,

Pour vous perfuader de fi vrais fentimens,
Au fecours inutile et honteux des fermens ?
Non, non, vous connaiffez le cœur d'Adélaïde ;
C'eft vous qui conduifez ce cœur faible et timide.

NEMOURS.

Mais mon frère vous aime ?

ADELAÏDE.

Ah! n'en redoutez rien.

NEMOURS.

Il fauva vos beaux jours !

ADELAÏDE.

Il fauva votre bien.
Dans Cambrai, je l'avoue, il daigna me défendre.
Au roi que nous fervons il promit de me rendre ;
Et mon cœur fe plaifait, trompé par mon amour,
Puifqu'il eft votre frère, à lui devoir le jour.
J'ai répondu, Seigneur, à fa flamme funefte,
Par un refus conftant, mais tranquille et modefte,
Et mêlé du refpect que je devrai toujours
A mon libérateur, au frère de Nemours.
Mais mon refpect l'enflamme, et mon refus l'irrite.
J'anime en l'évitant l'ardeur de fa pourfuite.
Tout doit, fi je l'en crois, céder à fon pouvoir ; (d)
Lui plaire eft ma grandeur, l'aimer eft mon devoir.
Qu'il eft loin, jufte Dieu ! de penfer que ma vie,
Que mon ame à la vôtre eft pour jamais unie,
Que vous caufez les pleurs dont mes yeux font chargés,
Que mon cœur vous adore, et que vous m'outragez !
Oui, vous êtes tous deux formés pour mon fupplice,
Lui par fa paffion, vous par votre injuftice :
Vous, Nemours, vous, ingrat ! que je vois aujourd'hui,
Moins amoureux peut-être, et plus cruel que lui.

NEMOURS.

C'en eft trop... pardonnez... voyez mon ame en proie
A l'amour, aux remords, à l'excès de ma joie.
Digne et charmant objet d'amour et de douleur,
Ce jour infortuné, ce jour fait mon bonheur.
Glorieux, fatisfait, dans un fort fi contraire,
Tout captif que je fuis, j'ai pitié de mon frère.
Il eft le feul à plaindre avec votre courroux;
Et je fuis fon vainqueur, étant aimé de vous.

SCÈNE III.

VENDOME, NEMOURS, ADELAIDE.

VENDOME.

CONNAISSEZ donc enfin jufqu'où va ma tendreffe,
Et tout votre pouvoir, et toute ma faibleffe :
Et vous, mon frère, et vous, foyez ici témoin
Si l'excès de l'amour peut emporter plus loin.
Ce que votre amitié, ce que votre prière,
Les confeils de Coucy, le roi, la France entière,
Exigeaient de Vendôme, et qu'ils n'obtenaient pas ;
Soumis et fubjugué, je l'offre à fes appas.
L'amour, qui malgré vous nous a faits l'un pour l'autre,
Ne me laiffe de choix, de parti que le vôtre.
Je prends mes lois de vous, votre maître eft le mien ;
De mon frère, et de moi, foyez l'heureux lien.
Soyez-le de l'Etat, et que ce jour commence
Mon bonheur et le vôtre, et la paix de la France.
Vous, courez, mon cher frère, allez dès ce moment
Annoncer à la cour un fi grand changement.

Moi, fans perdre de temps, dans ce jour d'allégreffe,
Qui m'a rendu mon roi, mon frère et ma maîtreffe,
D'un bras vraiment français, je vais, dans nos remparts,
Sous nos lis triomphans brifer les léopards.
Soyez libre, partez, et de mes facrifices
Allez offrir au roi vos heureufes prémices.
Puiffé-je à fes genoux, préfenter aujourd'hui
Celle qui m'a dompté, qui me ramène à lui,
Qui d'un prince ennemi fait un fujet fidelle,
Changé par fes regards, et vertueux par elle!

NEMOURS.

(à part.)

Il fait ce que je veux, et c'eft pour m'accabler!

(à Adélaïde.)

Prononcez notre arrêt, Madame, il faut parler.

VENDOME.

Eh quoi! vous demeurez interdite et muette?
De mes foumiffions êtes-vous fatisfaite?
Eft-ce affez qu'un vainqueur vous implore à genoux?
Faut-il encor ma vie, ingrate? elle eft à vous.
Vous n'avez qu'à parler, j'abandonne fans peine
Ce fang infortuné, profcrit par votre haine.

ADELAÏDE.

Seigneur, mon cœur eft jufte; on ne m'a vu jamais
Méprifer vos bontés, et haïr vos bienfaits;
Mais je ne puis penfer qu'à mon peu de puiffance
Vendôme ait attaché le deftin de la France;
Qu'il n'ait lu fon devoir que dans mes faibles yeux;
Qu'il ait befoin de moi pour être vertueux.
Vos déffeins ont fans doute une fource plus pure;
Vous avez confulté le devoir, la nature;

L'amour a peu de part où doit régner l'honneur.

VENDOME.

L'amour feul a tout fait, et c'eft-là mon malheur;
Sur tout autre intérêt ce trifte amour l'emporte.
Accablez-moi de honte, accufez-moi, n'importe!
Duffé-je vous déplaire et forcer votre cœur,
L'autel eft prêt; venez.

NEMOURS.

Vous ofez?...

ADELAÏDE.

Non, Seigneur.

Avant que je vous cède, et que l'hymen nous lie,
Aux yeux de votre frère arrachez-moi la vie.
Le fort met entre nous un obftacle éternel.
Je ne puis être à vous.

VENDOME.

Nemours... ingrate... Ah Ciel!

C'en eft donc fait... mais non... mon cœur fait fe contraindre.
Vous ne méritez pas que je daigne m'en plaindre.
Vous auriez dû peut-être, avec moins de détour,
Dans fes premiers tranfports étouffer mon amour;
Et par un prompt aveu, qui m'eût guéri fans doute,
M'épargner les affronts que ma bonté me coûte.
Mais je vous rends juftice; et ces féductions,
Qui vont au fond des cœurs chercher nos paffions,
L'efpoir qu'on donne à peine, afin qu'on le faififfe,
Ce poifon préparé des mains de l'artifice,
Sont les armes d'un fexe auffi trompeur que vain,
Que l'œil de la raifon regarde avec dédain.
Je fuis libre par vous : cet art que je détefte,
Cet art qui m'enchaîna, brife un joug fi funefte;

Et

Et je ne prétends pas, indignement épris,
Rougir devant mon frère, et souffrir des mépris.
Montrez-moi seulement ce rival qui se cache ;
Je lui cède avec joie un poison qu'il m'arrache ; (4)
Je vous dédaigne assez tous deux pour vous unir,
Perfide ! et c'est ainsi que je dois vous punir.

ADELAÏDE.

Je devrais seulement vous quitter et me taire ;
Mais je suis accusée, et ma gloire m'est chère.
Votre frère est présent, et mon honneur blessé
Doit repousser les traits dont il est offensé.
Pour un autre que vous ma vie est destinée ;
Je vous en fais l'aveu, je m'y vois condamnée. (e)
Oui, j'aime ; et je serais indigne, devant vous,
De celui que mon cœur s'est promis pour époux,
Indigne de l'aimer, si, par ma complaisance,
J'avais à votre amour laissé quelque espérance.
Vous avez regardé ma liberté, ma foi,
Comme un bien de conquête, et qui n'est plus à moi.
Je vous devais beaucoup ; mais une telle offense
Ferme à la fin mon cœur à la reconnaissance :
Sachez que des bienfaits qui font rougir mon front,
A mes yeux indignés ne font plus qu'un affront.
J'ai plaint de votre amour la violence vaine ;
Mais après ma pitié, n'attirez point ma haine.
J'ai rejeté vos vœux, que je n'ai point bravés ;
J'ai voulu votre estime, et vous me la devez.

VENDOME.

Je vous dois ma colère, et sachez qu'elle égale
Tous les emportemens de mon amour fatale.
Quoi donc, vous attendiez, pour oser m'accabler,
Que Nemours fût présent, et me vît immoler ?

Théâtre. Tome II.   L

Vous vouliez ce témoin de l'affront que j'endure?
Allez, je le croirais l'auteur de mon injure,
Si... mais il n'a point vu vos funeftes appas;
Mon frère trop heureux ne vous connaiffait pas.
Nommez donc mon rival : mais gardez-vous de croire
Que mon lâche dépit lui cède la victoire.
Je vous trompais, mon cœur ne peut feindre long-temps :
Je vous traîne à l'autel, à fes yeux expirans;
Et ma main, fur fa cendre, à votre main donnée,
Va tremper dans le fang les flambeaux d'hyménée.
Je fais trop qu'on a vu, lâchement abufés,
Pour des mortels obfcurs, des princes méprifés;
Et mes yeux perceront, dans la foule inconnue,
Jufqu'à ce vil objet qui fe cache à ma vue.

NEMOURS.

Pourquoi d'un choix indigne ofez-vous l'accufer?

VENDOME.

Et pourquoi, vous, mon frère, ofez-vous l'excufer?
Eft-il vrai que de vous elle était ignorée?
Ciel! à ce piége affreux ma foi ferait livrée!
Tremblez.

NEMOURS.

　　　Moi, que je tremble! ah! j'ai trop dévoré
L'inexprimable horreur où toi feul m'as livré.
J'ai forcé trop long-temps mes tranfports au filence :
Connais-moi donc, barbare; et remplis ta vengeance.
Connais un défefpoir à tes fureurs égal.
Frappe, voilà mon cœur, et voilà ton rival.

VENDOME.

Toi, cruel! toi, Nemours?

NEMOURS.

Oui, depuis deux années,
L'amour la plus fecrète a joint nos deftinées.
C'eft toi dont les fureurs ont voulu m'arracher
Le feul bien fur la terre où j'ai pu m'attacher.
Tu fais depuis trois mois les horreurs de ma vie;
Les maux que j'éprouvais paffaient ta jaloufie :
Par tes égaremens juge de mes tranfports.
Nous puisâmes tous deux, dans ce fang dont je fors,
L'excès des paffions qui dévorent une ame ;
La nature à tous deux fit un cœur tout de flamme.
Mon frère eft mon rival, et je l'ai combattu ;
J'ai fait taire le fang, peut-être la vertu.
Furieux, aveuglé, plus jaloux que toi-même,
J'ai couru, j'ai volé, pour t'ôter ce que j'aime ;
Rien ne m'a retenu, ni tes fuperbes tours,
Ni le peu de foldats que j'avais pour fecours,
Ni le lieu, ni le temps, ni fur-tout ton courage ;
Je n'ai vu que ma flamme, et ton feu qui m'outrage.
L'amour fut dans mon cœur plus fort que l'amitié;
Sois cruel comme moi, punis-moi fans pitié :
Auffi-bien tu ne peux t'affurer ta conquête,
Tu ne peux l'époufer qu'aux dépens de ma tête.
A la face des cieux je lui donne ma foi;
Je te fais de nos vœux le témoin malgré toi.
Frappe, et qu'après ce coup, ta cruauté jaloufe
Traîne aux pieds des autels ta fœur et mon époufe.
Frappe, dis-je : ofes-tu ?

VENDOME.

Traître, c'en eft affez.
Qu'on l'ôte de mes yeux : Soldats, obéiffez.

ADELAÏDE.

(*aux soldats.*)

Non : demeurez, cruels. . . . Ah ! Prince, est-il possible
Que la nature en vous trouve une ame inflexible ?
Seigneur !

NEMOURS.

Vous, le prier ? plaignez-le plus que moi.
Plaignez-le : il vous offense, il a trahi son roi.
Va, je suis dans ces lieux plus puissant que toi-même ;
Je suis vengé de toi : l'on te hait, et l'on m'aime.

ADELAÏDE.

(*à Nemours.*)   (*à Vendôme.*)

Ah cher Prince ! . . . Ah Seigneur ! voyez à vos genoux...

VENDOME.

(*aux soldats.*)   (*à Adélaïde.*)

Qu'on m'en réponde, allez : Madame, levez-vous.
Vos prières, vos pleurs en faveur d'un parjure,
Sont un nouveau poison versé sur ma blessure :
Vous avez mis la mort dans ce cœur outragé ;
Mais, perfide, croyez que je mourrai vengé.
Adieu : si vous voyez les effets de ma rage,
N'en accusez que vous ; nos maux sont votre ouvrage.

ADELAÏDE.

Je ne vous quitte pas : Ecoutez-moi, Seigneur.

VENDOME.

Eh bien, achevez donc de décider mon cœur :
Parlez.

SCENE IV.

VENDOME, NEMOURS, ADELAIDE,
  COUCY, DANGESTE, un Officier,
Soldats.

COUCY.

J'ALLAIS partir : un peuple téméraire
Se foulève en tumulte au nom de votre frère.
Le défordre eft par-tout : vos foldats confternés
Défertent les drapeaux de leurs chefs étonnés ;
Et, pour comble de maux, vers la ville alarmée,
L'ennemi raffemblé fait marcher fon armée.

VENDOME.

Allez, cruelle, allez ; vous ne jouirez pas
Du fruit de votre haine, et de vos attentats :
Rentrez. Aux factieux je vais montrer leur maître.
  (à l'officier.)   (à Coucy.)
Qu'on la garde. Courons. Vous, veillez fur ce traître.

SCENE V.

NEMOURS, COUCY.

COUCY.

LE feriez-vous, Seigneur ? auriez-vous démenti
Le fang de ces héros dont vous êtes forti ?
Auriez-vous violé, par cette lâche injure,
Et les droits de la guerre, et ceux de la nature ?

Un prince à cet excès pourrait-il s'oublier !

NEMOURS.

Non ; mais suis-je réduit à me justifier ?
Coucy, ce peuple est juste, il t'apprend à connaître
Que mon frère est rebelle, et que Charle est son maître.

COUCY.

Ecoutez : ce ferait le comble de mes vœux,
De pouvoir aujourd'hui vous réunir tous deux.
Je vois avec regret la France défolée,
A nos dissentions la nature immolée,
Sur nos communs débris l'Anglais trop élevé,
Menaçant cet Etat par nous-même énervé.
Si vous avez un cœur digne de votre race,
Faites au bien public fervir votre difgrace.
Rapprochez les partis ; uniffez-vous à moi,
Pour calmer votre frère, et fléchir votre roi,
Pour éteindre le feu de nos guerres civiles.

NEMOURS.

Ne vous en flattez pas ; vos foins font inutiles.
Si la difcorde feule avait armé mon bras,
Si la guerre et la haine avaient conduit mes pas,
Vous pourriez efpérer de réunir deux frères,
L'un de l'autre écartés dans des partis contraires.
Un obftacle plus grand s'oppofe à ce retour.

COUCY.

Et quel eft-il, Seigneur ?

NEMOURS.

Ah ! reconnais l'amour ;
Reconnais la fureur qui de nous deux s'empare,
Qui m'a fait téméraire, et qui le rend barbare.

COUCY.

Ciel ! faut-il voir ainſi, par des caprices vains,
Anéantir le fruit des plus nobles deſſeins ?
L'amour ſubjuguer tout ? ſes cruelles faibleſſes
Du ſang qui ſe révolte étouffer les tendreſſes ?
Des frères ſe haïr, et naître, en tous climats,
Des paſſions des grands le malheur des Etats ? (5)
Prince, de vos amours laiſſons là le myſtère.
Je vous plains tous les deux ; mais je ſers votre frère.
Je vais le feconder ; je vais me joindre à lui
Contre un peuple infolent qui ſe fait votre appui.
Le plus preſſant danger eſt celui qui m'appelle.
Je vois qu'il peut avoir une fin bien cruelle :
Je vois les paſſions plus puiſſantes que moi ;
Et l'amour ſeul ici me fait frémir d'effroi.
Mon devoir a parlé ; je vous laiſſe, et j'y vole.
Soyez mon priſonnier, mais ſur votre parole ;
Elle me ſuffira.

NEMOURS.

Je vous la donne.

COUCY.

Et moi

Je voudrais de ce pas porter la ſienne au roi ;
Je voudrais cimenter, dans l'ardeur de lui plaire,
Du ſang de nos tyrans une union ſi chère.
Mais ces fiers ennemis ſont bien moins dangereux
Que ce fatal amour qui vous perdra tous deux.

Fin du troiſième acte.

L 4

ACTE IV.

SCENE PREMIERE.

NEMOURS, ADELAIDE, DANGESTE.

NEMOURS.

Non, non, ce peuple en vain s'armait pour ma défense;
Mon frère, teint de sang, enivré de vengeance,
Devenu plus jaloux, plus fier et plus cruel,
Va traîner à mes yeux sa victime à l'autel.
Je ne suis donc venu disputer ma conquête,
Que pour être témoin de cette horrible fête !
Et, dans le désespoir d'un impuissant courroux,
Je ne puis me venger qu'en me privant de vous !
Partez, Adélaïde.

ADELAÏDE.

Il faut que je vous quitte ! . . .
Quoi, vous m'abandonnez !... vous ordonnez ma fuite !

NEMOURS.

Il le faut : chaque instant est un péril fatal;
Vous êtes une esclave aux mains de mon rival.
Remercions le ciel, dont la bonté propice
Nous suscite un secours aux bords du précipice.
Vous voyez cet ami qui doit guider vos pas ;
Sa vigilance adroite a séduit des soldats.

(à Dangeste.)

Dangeste, ses malheurs ont droit à tes services ;
Je suis loin d'exiger d'injustes sacrifices ;

Je respecte mon frère, et je ne prétends pas
Conspirer contre lui dans ses propres Etats :
Ecoute seulement la pitié qui te guide ;
Ecoute un vrai devoir, et sauve Adélaïde.

ADELAÏDE.

Hélas ! ma délivrance augmente mon malheur.
Je détestais ces lieux, j'en sors avec terreur.

NEMOURS.

Privez-moi par pitié d'une si chère vue :
Tantôt à ce départ vous étiez résolue,
Le dessein était pris, n'osez-vous l'achever ?

ADELAÏDE.

Ah! quand j'ai voulu fuir, j'espérais vous trouver.

NEMOURS.

Prisonnier sur ma foi, dans l'horreur qui me presse,
Je suis plus enchaîné par ma seule promesse,
Que si de cet Etat les tyrans inhumains
Des fers les plus pesans avaient chargé mes mains.
Au pouvoir de mon frère ici l'honneur me livre ;
Je peux mourir pour vous, mais je ne peux vous suivre :
Vous suivrez cet ami par des détours obscurs,
Qui vous rendront bientôt sous ces coupables murs.
De la Flandre à sa voix on doit ouvrir la porte ;
Du roi sous les remparts il trouvera l'escorte.
Le temps presse, évitez un ennemi jaloux.

ADELAÏDE.

Je vois qu'il faut partir... cher Nemours, et sans vous !

NEMOURS.

L'amour nous a rejoints, que l'amour nous sépare.

ADELAÏDE.

Qui! moi ? que je vous laisse au pouvoir d'un barbare ?

Seigneur, de votre fang l'Anglais eft altéré ;
Ce fang à votre frère eft-il donc fi facré ?
Craindra-t-il d'accorder, dans fon courroux funefte,
Aux alliés qu'il aime, un rival qu'il detefte ?

NEMOURS.

Il n'oferait.

ADELAÏDE

Son cœur ne connaît point de frein ;
Il vous a menacé, menace-t-il en vain ?

NEMOURS.

Il tremblera bientôt ; le roi vient et nous venge ;
La moitié de ce peuple à fes drapeaux fe range.
Allez : fi vous m'aimez, dérobez-vous aux coups
Des foudres allumés grondant autour de nous,
Au tumulte, au carnage, au défordre effroyable,
Dans des murs pris d'affaut malheur inévitable :
Mais craignez encor plus mon rival furieux,
Craignez l'amour jaloux qui veille dans fes yeux.
Je frémis de vous voir encor fous fa puiffance ;
Redoutez fon amour autant que fa vengeance ;
Cédez à mes douleurs ; qu'il vous perde, partez.

ADELAÏDE.

Et vous vous expofez feul à fes cruautés !

NEMOURS.

Ne craignant rien pour vous, je craindrai peu mon frère ;
Et bientôt mon appui lui devient néceffaire.

ADELAÏDE.

Auffi-bien que mon cœur, mes pas vous font foumis.
Eh bien, vous l'ordonnez, je pars et je frémis !
Je ne fais... mais enfin, la fortune jaloufe
M'a toujours envié le nom de votre époufe.

NEMOURS.

Partez avec ce nom. La pompe des autels,
Ces voiles, ces flambeaux, ces témoins folennels
Inutiles garans d'une foi fi facrée,
La rendront plus connue, et non plus affurée.
Vous, Manes des Bourbons, Princes, Rois mes aïeux,
Du féjour des héros tournez ici les yeux.
J'ajoute à votre gloire, en la prenant pour femme;
Confirmez mes fermens, ma tendreffe et ma flamme:
Adoptez-la pour fille, et puiffe fon époux
Se montrer à jamais digne d'elle et de vous!

ADELAÏDE.

Rempli de vos bontés, mon cœur n'a plus d'alarmes,
Cher époux, cher amant....

NEMOURS.

   Quoi, vous verfez des larmes!
C'eft trop tarder, adieu.... Ciel! quel tumulte affreux!

SCENE II.

ADELAIDE, NEMOURS, VENDOME, Gardes.

VENDOME.

Je l'entends, c'eft lui-même: arrête, malheureux;
Lâche qui me trahis, rival indigne, arrête.

NEMOURS.

Il ne te trahit point; mais il t'offre fa tête.
Porte à tous les excès ta haine et ta fureur;
Va, ne perds point de temps, le ciel arme un vengeur.
Tremble, ton roi s'approche, il vient, il va paraître.
Tu n'as vaincu que moi, redoute encor ton maître.

VENDOME.

Il pourra te venger, mais non te fecourir ;
Et ton fang...

ADELAÏDE.

Non, cruel, c'eft à moi de mourir.
J'ai tout fait, c'eft par moi que ta garde eft féduite;
J'ai gagné tes foldats, j'ai préparé ma fuite.
Punis ces attentats, et ces crimes fi grands,
De fortir d'efclavage, et de fuir fes tyrans :
Mais refpecte ton frère, et fa femme, et toi-même;
Il ne t'a point trahi, c'eft un frère qui t'aime ;
Il voulait te fervir, quand tu veux l'opprimer.
Quel crime a-t-il commis, cruel, que de m'aimer ?
L'amour n'eft-il en toi qu'un juge inexorable ?

VENDOME.

Plus vous le défendez, plus il devient coupable ;
C'eft vous qui le perdez, vous qui l'affaffinez ;
Vous par qui tous nos jours étaient empoifonnés ;
Vous qui, pour leur malheur, armiez des mains fi chères.
Puiffe tomber fur vous tout le fang des deux frères !
Vous pleurez ! mais vos pleurs ne peuvent me tromper ;
Je fuis prêt à mourir, et prêt à le frapper.
Mon malheur eft au comble, ainfi que ma faibleffe.
Oui. je vous aime encor; le temps, le péril preffe ;
Vous pouvez à l'inftant parer le coup mortel;
Voilà ma main, venez : fa grâce eft à l'autel.

ADELAÏDE.

Moi, Seigneur?

VENDOME.

C'eft affez.

ADELAÏDE.

Moi, que je le trahiffe !

VENDOME.

Arrêtez... répondez...

ADELAÏDE.

Je ne puis.

VENDOME.

Qu'il périsse.

NEMOURS.

Ne vous laissez pas vaincre en ces affreux combats,
Osez m'aimer assez pour vouloir mon trépas ;
Abandonnez mon sort au coup qu'il me prépare.
Je mourrai triomphant des coups de ce barbare ;
Et si vous succombiez à son lâche courroux,
Je n'en mourrais pas moins, mais je mourrais par vous.

VENDOME.

Qu'on l'entraîne à la tour : allez : qu'on m'obéisse.

SCENE III.

VENDOME, ADELAIDE.

ADELAÏDE.

Vous, cruel ! vous feriez cet affreux sacrifice !
De son vertueux sang vous pourriez vous couvrir !
Quoi, voulez-vous...

VENDOME.

Je veux vous haïr et mourir,
Vous rendre malheureuse encor plus que moi-même,
Répandre devant vous tout le sang qui vous aime,
Et vous laisser des jours plus cruels mille fois,
Que le jour où l'amour nous a perdus tous trois.
Laissez-moi : votre vue augmente mon supplice.

SCENE IV.

VENDOME, ADELAIDE, COUCY.

ADELAÏDE à *Coucy.*

Ah ! je n'attends plus rien que de votre juſtice ,
Coucy, contre un cruel oſez me ſecourir.

VENDOME.

Garde-toi de l'entendre , ou tu vas me trahir.

ADELAÏDE.

J'atteſte ici le ciel…

VENDOME.

Qu'on l'ôte de ma vue.
Ami, délivre-moi d'un objet qui me tue.

ADELAIDE.

Va, tyran, c'en eſt trop ; va, dans mon déſeſpoir,
J'ai combattu l'horreur que je ſens à te voir ;
J'ai cru, malgré ta rage, à ce point emportée,
Qu'une femme du moins en ſerait reſpectée.
L'amour adoucit tout, hors ton barbare cœur ;
Tigre ! je t'abandonne à toute ta fureur.
Dans ton féroce amour, immole tes victimes ;
Compte dès ce moment ma mort parmi tes crimes ;
Mais compte encor la tienne ; un vengeur va venir,
Par ton juſte ſupplice il va tous nous unir.
Tombe avec tes remparts ; tombe , et péris ſans gloire,
Meurs, et que l'avenir prodigue à ta mémoire,
A tes feux, à ton nom , juſtement abhorrés,
La haine et le mépris que tu m'as inſpirés !

SCENE V.

VENDOME, COUCY.

VENDOME.

Oui, cruelle ennemie, et plus que moi farouche,
Oui, j'accepte l'arrêt prononcé par ta bouche ;
Que la main de la haine, et que les mêmes coups
Dans l'horreur du tombeau nous réuniſſent tous !

(*il tombe dans un fauteuil.*)

COUCY.

Il ne ſe connaît plus, il ſuccombe à ſa rage.

VENDOME.

Eh bien, ſouffriras-tu ma honte et mon outrage ?
Le temps preſſe ; veux-tu qu'un rival odieux
Enlève la perfide et l'épouſe à mes yeux ?
Tu crains de me répondre ! attends-tu que le traître
Ait ſoulevé mon peuple, et me livre à ſon maître ?

COUCY.

Je vois trop, en effet, que le parti du roi
Du peuple fatigué fait chanceler la foi.
De la ſédition la flamme réprimée
Vit encor dans les cœurs, en ſecret rallumée.

VENDOME.

C'eſt Nemours qui l'allume, il nous a trahi tous.

COUCY.

Je ſuis loin d'excuſer ſes crimes envers vous ;
La fuite en eſt funeſte, et me remplit d'alarmes.
Dans la plaine déjà les Français ſont en armes,

Et vous êtes perdu, fi le peuple excité
Croit dans la trahifon trouver fa fureté.
Vos dangers font accrus.

VENDOME.

Eh bien, que faut-il faire?

COUCY.

Les prévenir, dompter l'amour et la colère.
Ayons encor, mon Prince, en cette extrémité,
Pour prendre un parti sûr, affez de fermeté.
Nous pouvons conjurer, ou braver la tempête;
Quoi que vous décidiez, ma main eft toute prête.
Vous vouliez ce matin, par un heureux traité,
Apaifer avec gloire un monarque irrité;
Ne vous rebutez pas : ordonnez, et j'efpère
Signer en votre nom cette paix falutaire :
Mais s'il vous faut combattre, et courir au trépas,
Vous favez qu'un ami ne vous furvivra pas.

VENDOME.

Ami, dans le tombeau laiffe-moi feul defcendre;
Vis pour fervir ma caufe, et pour venger ma cendre;
Mon deftin s'accomplit, et je cours l'achever :
Qui ne veut que la mort eft fûr de la trouver :
Mais je la veux terrible, et lorfque je fuccombe,
Je veux voir mon rival entraîné dans ma tombe.

COUCY.

Comment! de quelle horreur vos fens font poffédés!

VENDOME.

Il eft dans cette tour, où vous feul commandez;
Et vous m'avez promis que contre un téméraire.....

COUCY.

De qui me parlez-vous, Seigneur? de votre frère?

VENDOME.

VENDOME.

Non, je parle d'un traître et d'un lâche ennemi,
D'un rival qui m'abhorre et qui m'a tout ravi.
L'Anglais attend de moi la tête du parjure.

COUCY.

Vous leur avez promis de trahir la nature?

VENDOME.

Dès long-temps du perfide ils ont proscrit le sang.

COUCY.

Et, pour leur obéir, vous lui percez le flanc?

VENDOME.

Non, je n'obéis point à leur haine étrangère;
J'obéis à ma rage, et veux la satisfaire.
Que m'importent l'Etat et mes vains alliés?

COUCY.

Ainsi donc à l'amour vous le sacrifiez?
Et vous me chargez, moi, du soin de son supplice!

VENDOME.

Je n'attends pas de vous cette prompte justice.
Je suis bien malheureux! bien digne de pitié!
Trahi dans mon amour, trahi dans l'amitié,
Ah! trop heureux Dauphin, c'est ton sort que j'envie!
Ton amitié, du moins, n'a point été trahie;
Et Tanguy du Châtel, quand tu fus offensé,
T'a servi sans scrupule, et n'a pas balancé. (f)
Allez : Vendôme encor, dans le sort qui le presse,
Trouvera des amis qui tiendront leur promesse;
D'autres me serviront, et n'allégueront pas
Cette triste vertu, l'excuse des ingrats.

COUCY, après un long silence.

Non; j'ai pris mon parti. Soit crime, soit justice,
Vous ne vous plaindrez pas que Coucy vous trahisse.

Je ne fouffrirai pas que d'un autre que moi,
Dans de pareils momens, vous éprouviez la foi.
Quand un ami fe perd, il faut qu'on l'avertiffe,
Il faut qu'on le retienne au bord du précipice;
Je l'ai dû, je l'ai fait malgré votre courroux;
Vous y voulez tomber, je m'y jette avec vous;
Et vous reconnaîtrez, au fuccès de mon zèle;
Si Coucy vous aimait, et s'il vous fut fidèle.

VENDOME.

Je revois mon ami.... vengeons-nous, vole.... attend....
Non, va, te dis-je, frappe, et je mourrai content.
Qu'à l'inftant de fa mort, à mon impatience
Le canon des remparts annonce ma vengeance.
J'irai, je l'apprendrai, fans trouble et fans effroi,
A l'objet odieux qui l'immole par moi.
Allons.

COUCY.

En vous rendant ce malheureux fervice,
Prince, je vous demande un autre facrifice.

VENDOME.

Parle.

COUCY.

Je ne veux pas que l'Anglais en ces lieux,
Protecteur infolent, commande foùs mes yeux;
Je ne veux pas fervir un tyran qui nous brave.
Ne puis-je vous venger fans être fon efclave?
Si vous voulez tomber, pourquoi prendre un appui?
Pour mourir avec vous ai-je befoin de lui?
Du fort de ce grand jour laiffez-moi la conduite:
Ce que je fais pour vous, peut-être le mérite.
Les Anglais avec moi pourraient mal s'accorder;
Jufqu'au dernier moment je veux feul commander.

VENDOME.

Pourvu qu'Adélaïde, au défefpoir réduite,
Pleure en larmes de fang l'amant qui l'a féduite;
Pourvu que de l'horreur de fes gémiffemens
Mon courroux fe repaiffe à mes derniers momens;
Tout le refte eft égal, et je te l'abandonne:
Prépare le combat, agìs, difpofe, ordonne.
Ce n'eft plus la victoire où ma fureur prétend;
Je ne cherche pas même un trépas éclatant.
Aux cœurs défefpérés qu'importe un peu de gloire?
Périffe ainfi que moi ma funefte mémoire!
Périffe avec mon nom le fouvenir fatal
D'une indigne maîtreffe, et d'un lâche rival!

COUCY.

Je l'avoue avec vous : une nuit éternelle
Doit couvrir, s'il fe peut, une fin fi cruelle.
C'était avant ce coup qu'il nous fallait mourir:
Mais je tiendrai parole, et je vais vous fervir.

Fin du quatrième acte.

ACTE V.

SCENE PREMIERE.

VENDOME, UN OFFICIER, Gardes.

VENDOME.

O Ciel! me faudra-t-il de momens en momens,
Voir et des trahifons et des foulèvemens?
Eh bien, de ces mutins l'audace eft terraffée?

L'OFFICIER.

Seigneur, ils vous ont vu, leur foule eft difperfée.

VENDOME.

L'ingrat de tous côtés m'opprimait aujourd'hui;
Mon malheur eft parfait, tous les cœurs font à lui.
Dangefte eft-il puni de fa fourbe cruelle?

L'OFFICIER.

Le glaive a fait couler le fang de l'infidelle.

VENDOME.

Ce foldat, qu'en fecret vous m'avez amené,
Va-t-il exécuter l'ordre que j'ai donné?

L'OFFICIER.

Oui, Seigneur, et déjà vers la tour il s'avance.

VENDOME.

Je vais donc à la fin jouir de ma vengeance!
Sur l'incertain Coucy mon cœur a trop compté;
Il a vu ma fureur avec tranquillité.
On ne foulage point des douleurs qu'on méprife;
Il faut qu'en d'autres mains ma vengeance foit mife.

Vous, que fur nos remparts on porte nos drapeaux ;
Allez, qu'on fe prépare à des périls nouveaux.
Vous fortez d'un combat, un autre vous appelle ;
Ayez la même audace, avec le même zèle :
Imitez votre maître : et s'il vous faut périr,
Vous recevrez de moi l'exemple de mourir.

(*feul.*)

Le fang, l'indigne fang qu'a demandé ma rage,
Sera du moins pour moi le fignal du carnage.
Un bras vulgaire et fûr va punir mon rival ;
Je vais être fervi : j'attends l'heureux fignal.
Nemours, tu vas périr, mon bonheur fe prépare....
Un frère affaffiné ! quel bonheur ! ah, barbare !
S'il eft doux d'accabler fes cruels ennemis,
Si ton cœur eft content, d'où vient que tu frémis ?
Allons.... mais quelle voix gémiffante et févère
Crie au fond de mon cœur : arrête, il eft ton frère ?
Ah ! prince infortuné ! dans ta haine affermi,
Songe à des droits plus faints ; Nemours fut ton ami !
O jours de notre enfance ! ô tendreffes paffées !
Il fut le confident de toutes mes penfées.
Avec quelle innocence, et quels épanchemens,
Nos cœurs fe font appris leurs premiers fentimens !
Que de fois, partageant mes naiffantes alarmes,
D'une main fraternelle effuya-t-il mes larmes !
Et c'eft moi qui l'immole ! et cette même main
D'un frère que j'aimai déchirerait le fein !
O paffion funefte ! ô douleur qui m'égare !
Non, je n'étais point né pour devenir barbare.
Je fens combien le crime eft un fardeau cruel.
Mais, que dis-je ? Nemours eft le feul criminel.

M 3

Je reconnais mon fang, mais c'eft à fa furie;
Il m'enlève l'objet dont dépendait ma vie;
Il aime Adélaïde.... Ah! trop jaloux tranfport!
Il l'aime; eft-ce un forfait qui mérite la mort?
Hélas! malgré le temps, et la guerre et l'abfence, (6)
Leur tranquille union croiffait dans le filence;
Ils nourriffaient en paix leur innocente ardeur,
Avant qu'un fol amour empoifonnât mon cœur.
Mais lui-même il m'attaque, il brave ma colère,
Il me trompe, il me hait; n'importe, il eft mon frère!
Il ne périra point. Nature, je me rends;
Je ne veux point marcher fur les pas des tyrans.
Je n'ai point entendu le fignal homicide,
L'organe des forfaits, la voix du parricide;
Il en eft encor temps.

SCENE II.

VENDOME, l'Officier des Gardes.

VENDOME.

Que l'on fauve Nemours;
Portez mon ordre, allez, répondez de fes jours.
L'OFFICIER.
Hélas, Seigneur! j'ai vu, non loin de cette porte,
Un corps fouillé de fang, qu'en fecret on emporte;
C'eft Coucy qui l'ordonne, et je crains que le fort....
VENDOME.
(on entend le canon.)
Quoi, déjà!... Dieu, qu'entends-je! Ah Ciel! mon frère
eft mort!

Il eſt mort, et je vis! et la terre entr'ouverte,
Et la foudre en éclats n'ont point vengé ſa perte !
Ennemi de l'Etat, factieux, inhumain,
Frère dénaturé, raviſſeur, aſſaſſin,
Voilà quel eſt Vendôme. Ah! vérité funeſte!
Je vois ce que je ſuis, et ce que je déteſte!
Le voile eſt déchiré, je m'étais mal connu.
Au comble des forfaits je ſuis donc parvenu!
Ah Nemours! ah, mon frère! ah, jour de ma ruine!
Je ſens que je t'aimais, et mon bras t'aſſaſſine.
Mon frère!

L'OFFICIER.

Adélaïde, avec empreſſement,
Veut, Seigneur, en ſecret vous parler un moment.

VENDOME.

Chers amis, empêchez que la cruelle avance;
Je ne puis ſoutenir ni ſouffrir ſa préſence.
Mais non; d'un parricide elle doit ſe venger;
Dans mon coupable ſang ſa main doit ſe plonger;
Qu'elle entre... Ah! je ſuccombe, et ne vis plus qu'à peine.

SCENE III.

VENDOME, ADELAIDE.

ADELAïDE.

Vous l'emportez, Seigneur, et puiſque votre haine,
(Comment puis-je autrement appeler en ce jour
Ces affreux ſentimens que vous nommez amour?)
Puiſqu'à ravir ma foi, votre haine obſtinée
Veut, ou le ſang d'un frère, ou ce triſte hymenée.....

M 4

Puifque je fuis réduite au déplorable fort
Ou de trahir Nemours, ou de hâter fa mort,
Et que de votre rage, et miniftre et victime,
Je n'ai plus qu'à choifir mon fupplice et mon crime,
Mon choix eft fait, Seigneur, et je me donne à vous :
Par le droit des forfaits vous êtes mon époux.
Brifez les fers honteux dont vous chargez un frère ;
De Lille fous fes pas abaiffez la barrière ;
Que je ne tremble plus pour des jours fi chéris ;
Je trahis mon amant ; je le perds à ce prix.
Je vous épargne un crime, et fuis votre conquête ;
Commandez, difpofez, ma main eft toute prête ;
Sachez que cette main, que vous tyrannifez,
Punira la faibleffe où vous me réduifez.
Sachez qu'au temple même, où vous m'allez conduire...
Mais vous voulez ma foi, ma foi doit vous fuffire.
Allons... Eh quoi ! d'où vient ce filence affecté ?
Quoi ! votre frère encor n'eft point en liberté ?

VENDOME.

Mon frère ?

ADELAÏDE.

Dieu puiffant ! diffipez mes alarmes.
Ciel ! de vos yeux cruels je vois tomber des larmes !

VENDOME.

Vous demandez fa vie....

ADELAÏDE.

Ah ! qu'eft-ce que j'entends ?
Vous qui m'aviez promis....

VENDOME.

Madame, il n'eft plus temps.

ADELAÏDE.

Il n'eſt plus temps ! Nemours !...

VENDOME.

Il eſt trop vrai, cruelle !
Oui , vous avez dicté ſa ſentence mortelle.
Coucy pour nos malheurs a trop ſu m'obéir.
Ah ! revenez à vous, vivez pour me punir,
Frappez : que votre main , contre moi ranimée ,
Perce un cœur inhumain qui vous a trop aimée ,
Un cœur dénaturé qui n'attend que vos coups.
Oui , j'ai tué mon frère , et l'ai tué pour vous.
Vengez ſur un amant coupable et ſanguinaire
Tous les crimes affreux que vous m'avez fait faire.

ADÉLAÏDE.

Nemours eſt mort ? barbare !...

VENDOME.

Oui : mais c'eſt de ta main.
Que ſon ſang veut ici le ſang de l'aſſaſſin.

ADELAÏDE ſoutenue par Taïſe , et preſque évanouie.
Il eſt mort !

VENDOME.

Ton reproche....

ADELAÏDE.

Epargne ma miſère :
Laiſſe-moi, je n'ai plus de reproche à te faire.
Va, porte ailleurs ton crime , et ton vain repentir.
Je veux encor le voir , l'embraſſer , et mourir.

VENDOME.

Ton horreur eſt trop juſte. Eh bien , Adélaïde,
Prends ce fer , arme-toi , mais contre un parricide :
Je ne mérite pas de mourir ſous tes coups ;
Que ma main les conduiſe.

SCENE IV.

VENDOME, ADELAIDE, COUCY.

COUCY.

AH Ciel! que faites-vous?

VENDOME.   (on le défarme.)

Laiffez-moi me punir, et me rendre juftice.

ADELAÏDE à Coucy.

Vous, d'un affaffinat vous êtes le complice?

VENDOME.

Miniftre de mon crime, as-tu pu m'obéir?

COUCY.

Je vous avais promis, Seigneur, de vous fervir.

VENDOME.

Malheureux que je fuis! ta févère rudeffe
A cent fois de mes fens combattu la faibleffe;
Ne devais-tu te rendre à mes triftes fouhaits
Que quand ma paffion t'ordonnait des forfaits?
Tu ne m'as obéi que pour perdre mon frère!

COUCY.

Lorfque j'ai refufé ce fanglant miniftère,
Votre aveugle courroux n'allait-il pas foudain
Du foin de vous venger charger une autre main?

VENDOME.

L'amour, le feul amour, de mes fens toùjours maître,
En m'ôtant ma raifon, m'eût excufé peut-être:
Mais toi, dont la fageffe et les réflexions
Ont calmé dans ton fein toutes les paffions,
Toi, dont j'avais tant craint l'efprit ferme et rigide,
Avec tranquillité permettre un parricide!

COUCY.

Eh bien, puisque la honte avec le repentir,
Par qui la vertu parle à qui peut la trahir,
D'un si juste remords ont pénétré votre ame ;
Puisque, malgré l'excès de votre aveugle flamme,
Au prix de votre sang vous voudriez sauver
Ce sang dont vos fureurs ont voulu vous priver ;
Je peux donc m'expliquer, je peux donc vous apprendre
Que de vous-même enfin Coucy sait vous défendre.
Connaissez-moi, Madame, et calmez vos douleurs.

   (*au Duc.*)   (*à Adélaïde.*)

Vous, gardez vos remords ; et vous, féchez vos pleurs.
Que ce jour à tous trois soit un jour salutaire.
Venez, paraissez, Prince, embrassez votre frère.

   (*le théâtre s'ouvre*, *Nemours paraît.*)

SCENE V.

VENDOME, ADELAIDE, NEMOURS, COUCY.

ADELAÏDE.

Nemours !

VENDOME.

Mon frère !

ADELAÏDE.

Ah Ciel !

VENDOME.

Qui l'aurait pu penser ?

NEMOURS *s'avançant du fond du théâtre.*

J'ose encor te revoir, te plaindre et t'embrasser.

VENDOME.

Mon crime en est plus grand, puisque ton cœur l'oublie.

ADELAÏDE.

Coucy, digne héros, qui me donnez la vie!

VENDOME.

Il la donne à tous trois.

COUCY.

     Un indigne affaffin
Sur Nemours à mes yeux avait levé la main ;
J'ai frappé le barbare ; et, prévenant encore
Les aveugles fureurs du feu qui vous dévore,
J'ai fait donner foudain le fignal odieux,
Sûr que le repentir vous ouvrirait les yeux.

VENDOME.

Après ce grand exemple, et ce fervice infigne,
Le prix que je t'en dois, c'eft de m'en rendre digne.
Le fardeau de mon crime eft trop pefant pour moi ;
Mes yeux, couverts d'un voile et baiffés devant toi,
Craignent de rencontrer, et les regards d'un frère,
Et la beauté fatale à tous les deux trop chère.

NEMOURS.

Tous deux auprès du roi, nous voulions te fervir.
Quel eft donc ton deffein ? parle.

VENDOME.

       De me punir,
De nous rendre à tous trois une égale juftice ;
D'expier devant vous, par le plus grand fupplice,
Le plus grand des forfaits, où la fatalité,
L'amour et le courroux m'avaient précipité.
J'aimais Adélaïde, et ma flamme cruelle,
Dans mon cœur défolé, s'irrite encor pour elle.
Coucy fait à quel point j'adorais fes appas,
Quand ma jaloufe rage ordonnait ton trépas ;

Dévoré, malgré moi, du feu qui me poſsède,
Je l'adore encor plus... et mon amour la cède.
Je m'arrache le cœur, je la mets dans tes bras ;
Aimez-vous : mais au moins ne me haïſſez pas.

NEMOURS *à ſes pieds.*

Moi vous haïr jamais ! Vendôme, mon cher frère !
J'oſai vous outrager.... vous me ſervez de père.

ADELAÏDE.

Oui, Seigneur, avec lui j'embraſſe vos genoux ;
La plus tendre amitié va me rejoindre à vous.
Vous me payez trop bien de ma douleur ſoufferte.

VENDOME.

Ah ! c'eſt trop me montrer mes malheurs et ma perte !
Mais vous m'apprenez tous à ſuivre la vertu.
Ce n'eſt point à demi que mon cœur eſt rendu.

(à *Nemours.*)

Trop fortunés époux, oui, mon ame attendrie
Imite votre exemple, et chérit ſa patrie.
Allez apprendre au roi, pour qui vous combattez,
Mon crime, mes remords, et vos félicités.
Allez ; ainſi que vous, je vais le reconnaître.
Sur nos remparts ſoumis amenez votre maître ;
Il eſt déjà le mien : nous, allons à ſes pieds
Abaiſſer ſans regret nos fronts humiliés.
J'égalerai pour lui votre intrépide zèle ;
Bon français, meilleur frère, ami, ſujet fidèle ;
Es-tu content, Coucy ?

COUCY.

J'ai le prix de mes ſoins,
Et du ſang des Bourbons je n'attendais pas moins.

Fin du cinquième et dernier acte.

VARIANTES

D'ADELAIDE.

(a) Dans l'édition de 1765, la fcène commençait
par ces vers :

Enfin c'eft trop attendre, enfin je dois connaître,
Dans les derniers momens qui me reftent peut-être,
Si, volant aux combats, j'y dois porter un cœur
Accablé d'infortune, ou fier de fon bonheur.

(b) VENDOME.

Vous qui me tenez lieu de rois et de patrie,
Vous dont les jours....

ADELAÏDE.

Je fais que je vous dois la vie.

(c) Edition de 1765.

Le Bourguignon, l'Anglais, dans leur trifte alliance,
Ont creufé par nos mains les tombeaux de la France ;
Votre fort eft douteux, vos jours font prodigués
Pour vos vrais ennemis qui nous ont fubjugués.
Songez qu'il a fallu trois cents ans de conftance
Pour faper par degrés cette vafte puiffance ;
Le dauphin vous offrait une honorable paix.

VENDOME.

Non, de fes favoris je ne l'aurai jamais ;
Ami, je hais l'Anglais, mais je hais davantage
Ces lâches confeillers dont la faveur m'outrage :
Ce fils de Charles fix, cette odieufe cour,
Ce miniftre infolent m'ont aigri fans retour ;
De leurs fanglans affronts mon ame eft trop frappée ;
Contre Charle, en un mot, quand j'ai tiré l'épée,
Ce n'eft pas, cher Coucy, pour la mettre à fes pieds,
Pour baiffer dans fa cour nos fronts humiliés,

Pour fervir lâchement un miniftre arbitraire.

C O U C Y.

Non, c'eft pour obtenir une paix néceffaire.
Gardez d'être réduit au hafard dangereux. . . .

(*d*) Enflé de fa victoire et teint de votre fang,
Il m'ofe offrir la main qui vous perça le flanc.

(*e*) Mais je mériterais la haine et le mépris
Du héros dont mon cœur en fecret eft épris,
Si jamais d'un coup d'œil l'indigne complaifance
Avait à votre amour laiffé quelque efpérance.
Vous penfez que ma foi, ma liberté, mes jours,
Vous étaient affervis pour prix de vos fecours.

(*f*) C O U C Y.

Il a payé bien cher ce fatal facrifice.

V E N D O M E.

Le mien coûtera plus; mais je veux ce fervice:
Oui je le veux, ma mort à l'inftant le fuivra;
Mais du moins avant moi mon rival périra.

N O T E S.

(1) IMITATION de ces vers de Cinna.

> Si le ciel me réferve un deftin rigoureux,
> Je mourrai tout enfemble, heureux et malheureux.
> Heureux pour vous fervir d'avoir perdu la vie,
> Malheureux de mourir fans vous avoir fervie.

(2) Vers de la Henriade.

(3) C'eft la réponfe du chevalier *Bayard* mourant, au connétable de *Bourbon*.

(4) Il y a dans la Sophonisbe de *Corneille :*

> Je lui cède avec joie un poifon qu'il me vole.

(5) *Quidquid delirant reges plectuntur Achivi.*

(6) Ces vers rappellent ceux de Phèdre :

> Hélas ! ils fe voyaient avec pleine licence ;
> Le ciel de leurs foupirs approuvait l'innocente ;
> Ils fuivaient fans remords leur penchant amoureux ;
> Tous les jours fe levaient clairs et fereins pour eux.

VARIANTES

Ordonne, tu peux tout, hors m'infpirer l'effroi.
Mais apprends tous nos maux : écoute et connais-moi.
Oui, je fuis ton rival; et depuis deux années,
Le plus fecret amour unit nos deftinées.
C'eft toi, dont les fureurs ont voulu m'arracher
Le feul bien fur la terre où j'ai pu m'attacher.
Tu fais depuis trois mois les horreurs de ma vie :
Les maux que j'éprouvais paffaient ta jaloufie.
Juge de mes tranfports par tes égaremens ;
J'ai voulu dérober à tes emportemens,
A l'amour effréné, dont tu l'as pourfuivie,
Celle qui te détefte et que tu m'as ravie.
C'eft pour te l'arracher que je t'ai combattu ;
J'ai fait taire le fang, peut-être la vertu ;
Malheureux, aveuglé, jaloux comme toi-même,
J'ai tout fait, tout tenté pour t'ôter ce que j'aime.
Je ne te dirai point que, fans ce même amour,
J'aurais pour te fervir voulu perdre le jour ;
Que fi tu fuccombais à tes deftins contraires,
Tu trouverais en moi le plus tendre des frères ;
Que Nemours qui t'aimait, aurait quitté pour toi,
Tout dans le monde entier, tout, hors elle et mon roi.
Je ne veux point en lâche apaifer ta vengeance ;
Je fuis ton ennemi, je fuis en ta puiffance,
L'amour fut dans mon cœur plus fort que l'amitié,
Sois cruel comme moi, punis-moi fans pitié.
Auffi-bien, tu ne peux t'affurer ta conquête,
Tu ne peux l'époufer qu'aux dépens de ma tête.
A la face des cieux je lui donne ma foi ;
Je te fais de nos vœux le témoin malgré toi.
Frappe, et qu'après ce coup, ta cruauté jaloufé
Traîne aux pieds des autels ta fœur et mon époufe.
Frappe, dis-je : ofes-tu ?

VENDOME.

Traître !.. c'en eft affez ;
Qu'on l'ôte de mes yeux ; Soldats, obéiffez.

ADELAÏDE.

Non, demeurez, cruels. Ah ! Prince, eft-il poffible
Que la nature en vous trouve une ame inflexible ?

Théâtre. Tome II.   O

(*à Vendôme.*)

Nemours....... frère inhumain, pouvez-vous oublier...

NEMOURS *à Adélaïde.*

Vous êtes mon époufe et daignez le prier !

(*à Vendôme.*)

Va, je fuis dans ces lieux plus puiffant que toi-même ;
Je fuis vengé de toi : l'on te hait, et l'on m'aime.

ADELAÏDE.

Ah ! cher Prince !... ah ! Seigneur, voyez à vos genoux...

VENDOME.

(*aux gardes.*)   (*à Adélaïde.*)

Qu'on m'en réponde : allez. Madame, levez-vous ;
Je fuis affez inftruit du foin qui vous engage,
Je n'en demande point un nouveau témoignage.
Vos pleurs auprès de moi font d'un puiffant fecours ;
Allez, rentrez, Madame.

ADELAÏDE.

O Ciel, fauvez Nemours !

SCENE IV.

VENDOME.

Sur qui faut-il d'abord que ma vengeance éclate ?
Que je te vais punir... Adélaïde, ingrate,
Qui joins la haine au crime, et la fourbe aux rigueurs.
Eh quoi ? je te détefte, et verfe encor des pleurs !
Quoi, même en m'irritant tu m'attendris encore,
Tu déchires mon ame, et ma fureur t'adore !
Frère indigne du jour, tu m'as feul outragé ;
Et mon bras dans ton fang n'eft point encor plongé !

. . . .

. . . .

Ainfi donc ma bonté, ma flamme était trahie.
Par qui ? par des ingrats dont j'ai fauvé la vie !
Par un frère ! ah, perfide ! ah, déplaifir mortel !
Qui des deux dans mon cœur eft le plus criminel ?

. . . .

. . . .

Qu'il meure ; vengeons-nous : c'eft lui, c'eft le perfide ,
Dont les mains m'ont frayé la route au parricide.
Et toi , le prix du crime, et que j'aimais en vain ,
Je cours te retrouver, mais fa tête à la main.

SCENE V.

VENDOME, COUCY.

COUCY.

QUE votre vertu , Prince , ici fe renouvelle :
Recevez de ma bouche une trifte nouvelle ,
Apprenez. . .

VENDOME.

Je fais tout : je fais qu'on me trahit.
Nemours , l'ingrat , le traître !

COUCY.

Eh quoi ? qui vous a dit ?

VENDOME.

Avec quel artifice , avec quelle baffeffe
Ils ont trompé tous deux ma crédule tendreffe !
Cruelle Adélaïde !

COUCY.

Ah ! qu'entends-je à mon tour ?
Je vous parle de guerre , et vous parlez d'amour ?
Votre fort fe décide , et vous brûlez encore ?
Le roi fous ces remparts arrive avec l'aurore ;
La force et l'artifice ont uni leurs efforts ;
Le trouble eft au-dedans , le péril au-dehors.
Je vois des citoyens la conftance ébranlée,
Leur ame vers le roi femble être rappelée ;
Soit qu'enfin le malheur et le nom de ce roi
Dans leurs cœurs fatigués retrouve un peu de foi,
Soit que plutôt Nemours , en faveur de fon maître,
Ait préparé ce feu qui commence à paraître.

VENDOME.

Nemours! de tous côtés le perfide me nuit.
Par-tout il m'a trompé , par-tout il me pourfuit.
Mon frère !

COUCY.

Il n'a rien fait que votre heureuse audace
N'eût tenté dans la guerre, et n'eût fait à sa place.
Mais, quoi qu'il ait osé, quels que soient ses desseins,
Songez à vous, Seigneur, et faites vos destins.
Vous pouvez conjurer ou braver la tempête ;
Quoi que vous ordonniez, ma main est toute prête.
Commandez : voulez-vous, par un secret traité,
Apaiser avec gloire un monarque irrité ;
Je me rends dans son camp, je lui parle, et j'espère
Signer en votre nom cette paix salutaire.
Voulez-vous sur ces murs attendre son courroux ?
Je revole à la brèche, et j'y meurs près de vous.
Prononcez, mais sur-tout, songez que le temps presse.

VENDOME.

Oui, je me fie à vous, et j'ai votre promesse
Que vous immolerez à mon amour trahi
Le rival insolent pour qui j'étais haï.
Allez venger ma flamme, allez servir ma haine.
Le lâche est découvert, on l'arrête, on l'entraine ;
Je le mets dans vos mains, et vous m'en répondez.
Conduisez-le à la tour où vous seul commandez ;
Là, sans perdre de temps, qu'on frappe ma victime,
Dans son indigne sang lavez son double crime.
On l'aime, il est coupable, il faut qu'il meure ; et moi,
Je vais chercher la mort, ou la donner au roi.

COUCY.

L'arrêt est-il porté ?... Ferme en votre colère,
Voulez-vous en effet la mort de votre frère ?

VENDOME.

Si je la veux, grand Dieu, s'il la sut mériter ;
Si ma vengeance est juste ! en pouvez-vous douter ?

COUCY.

Et vous me chargez, moi, du soin de son supplice !

VENDOME.

Oui, j'attendais de vous une prompte justice,
Mais je n'en veux plus rien, puisque vous hésitez ;
Vos froideurs font un crime à mes vœux irrités.

J'attendais plus de zèle, et veux moins de prudence,
Et qui doit me venger, me trahit s'il balance.
Je fuis bien malheureux, bien digne de pitié !
Trahi dans mon amour, trahi dans l'amitié !
Ah ! trop heureux Dauphin, que je te porte envie !
Ton amitié du moins n'a pas été trahie ;
Et Tanguy du Châtel, quand tu fus offenfé,
T'a fervi fans fcrupule, et n'a pas balancé.
Allez, Vendôme encor, dans le fort qui le preffe,
Trouvera des amis qui tiendront leur promeffe.
D'autres me vengeront et n'allègueront pas
Une fauffe vertu, l'excufe des ingrats.

COUCY.

Non, Prince, je me rends, et foit crime ou juftice,
Vous ne vous plaindrez pas que Coucy vous trahiffe.
Je ne fouffrirai pas que d'un autre que moi,
Dans de pareils momens, vous éprouviez la foi ;
Et vous reconnaîtrez, au fuccès de mon zèle,
Si Coucy vous aimait, et s'il vous fut fidèle.

VENDOME.

Ah ! je vous reconnais : vengez-moi, vengez-vous.
Perdez un ennemi qui nous trahiffait tous.
Qu'à l'inflant de fa mort, à mon impatience
Le canon des remparts annonce ma vengeance.
Courez : j'irai moi-même annoncer fon trépas
A l'odieux objet dont j'aimai les appas.
Volez : que vois-je ? arrête. Hélas ! c'eft elle encore.

SCENE VI.

VENDOME, COUCY, ADELAIDE.

ADELAÏDE.

Ecoutez-moi, Coucy, c'eft vous feul que j'implore.

VENDOME à Coucy.

Non ; fuis, ne l'entends pas, ou tu vas me trahir ;
Fuis... mais attends mon ordre avant de me fervir.

O 3

ADELAÏDE à *Coucy*.

Quel eft cet ordre affreux ? cruel ! qu'allez-vous faire ?

COUCY.

Croyez-moi , c'eft à vous de fléchir fa colère ;
Vous pouvez tout.

SCENE VII.

VENDOME, ADELAIDE.

ADELAÏDE.

Cruel ! pardonnez à l'effroi
Qui me ramène à vous , qui parle malgré moi.
Je n'en fuis pas maîtreffe , éplorée et confufe,
Ce n'eft pas que d'un crime , hélas ! je vous accufe :
Non , vous ne ferez point , Seigneur , affez cruel
Pour tremper votre main dans le fang fraternel.
Je le crains cependant : vous voyez mes alarmes ;
Ayez pitié d'un frère , et regardez mes larmes.
Vous baiffez devant moi ce vifage interdit !
Ah Ciel ! fur votre front fon trépas eft écrit !
Auriez-vous réfolu ce meurtre abominable ?

VENDOME.

Oui , tout eft préparé pour la mort du coupable.

ADELAÏDE.

Quoi, fa mort !

VENDOME.

Vous pouvez difpofer de fes jours :
Sauvez-le, fauvez-moi. . .

ADELAÏDE.

Je fauverais Nemours !
Ah ! parlez, j'obéis : parlez, que faut-il faire ?

VENDOME.

Je ne puis vous haïr , et , malgré ma colère,
Je fens que vous régnez dans ce cœur ulcéré,
Par vous toujours vaincu , toujours défefpéré.

Je brûle encor pour vous , cruelle que vous êtes.
Ecoutez ; mes fureurs vont être satisfaites ;
Et votre ordre à l'instant suspend le coup mortel.
Voilà ma main : venez, sa grâce est à l'autel.

ADELAÏDE.

Moi, Seigneur !

VENDOME.

Il mourra.

ADELAÏDE.

Moi, que je le trahisse !

Arrêtez...

VENDOME.

Répondez.

ADELAÏDE.

Je ne puis.

VENDOME.

Qu'il périsse.

ADELAÏDE.

Arrêtez... je consens...

VENDOME.

Un mot fait nos destins ;

Achevez.

ADELAÏDE.

Je consens... de périr par vos mains.
Rien ne vous lie à moi, je vous suis étrangère ;
Baignez-vous dans mon sang , mais sauvez votre frère ;
Ce frère en son enfance avec vous élevé ,
Qu'au péril de vos jours vous eussiez conservé,
Que vous aimiez, hélas ! qui sans doute vous aime.
Que dis-je ? en ce moment n'en croyez que vous-même
Rentrez dans votre cœur, examinez les traits
Que la main du devoir y grava pour jamais.
Regardez-y Nemours... voyez s'il est possible
Qu'on garde à ce héros un courroux inflexible,
Si l'on peut le haïr...

VENDOME.

Ah! c'est trop me braver :
Et c'est trop me forcer moi-même à m'en priver.

O 4

Votre amour le condamne, et ce dernier outrage
A redoublé fon crime, et ma honte et ma rage.
Je vais...

ADELAÏDE.

Au nom du Dieu que nous adorons tous,
Seigneur, écoutez-moi...

SCENE VIII.

VENDOME, ADELAIDE, un Officier.

L'OFFICIER.

SEIGNEUR, fongez à vous:
De lâches citoyens une foule ennemie,
Par vos périls nouveaux contre vous enhardie,
Lève enfin dans ces murs un front féditieux.
La trahifon éclate, elle marche en ces lieux;
Ils s'affèmblent en foule, ils veulent reconnaître
Et Nemours pour leur chef, et Charles pour leur maître.
Au pied de la tour même ils demandent Nemours.

VENDOME.

Il leur fera rendu, c'en eft fait, et j'y cours.
Il vous faut donc, cruelle, immoler vos victimes,
Et je vais commencer votre ouvrage et mes crimes.

SCENE IX.

ADELAIDE, TAISE.

ADELAÏDE.

AH, barbare! ah, tyran! que faire, où recourir?
Quel fecours implorer! Nemours, tu vas périr?
On me retient : on craint la douleur qui m'enflamme.
(aux foldats.)
Cruels, fi la pitié peut entrer dans votre ame,

Allez chercher Coucy, courez fans différer ;
Allez, que je lui parle avant que d'expirer.

TAÏSE.

Hélas ! et de Coucy que pouvez-vous attendre ?

ADELAÏDE.

Puifqu'il a vu Nemours, il le faura défendre.
Je fais quel eft Coucy, fon cœur eft vertueux,
Le crime s'épouvante et fuit devant fes yeux ;
Il ne permettra pas cette horrible injuftice.

TAÏSE.

Eh ! qui fait fi lui-même il n'en eft point complice ?
Vous voyez qu'à Vendôme il veut tout immoler ;
Sa froide politique a craint de vous parler.
Il foupira pour vous, et fa flamme outragée
Par les crimes d'un autre aime à fe voir vengée.

ADELAÏDE.

Quoi ! de tous les côtés on me perce le cœur !
Quoi ! chez tous les humains l'amour devient fureur !
Cher Nemours, cher amant, ma bouche trop fidelle
Vient donc de prononcer ta fentence mortelle !
(aux gardes.)
Eh bien, fouffrez du moins que ma timide voix
S'adreffe à votre maître une feconde fois,
Que je lui parle.

TAÏSE.

Eh quoi ? votre main fe prépare
A s'unir aux autels à la main d'un barbare ?
Pourriez-vous ?...

ADELAÏDE.

Je peux tout dans cet affreux moment,
Et je faurai fauver ma gloire et mon amant.

ACTE V.

SCENE PREMIERE.

VENDOME, Suite.

VENDOME.

Eh bien, leur troupe indigne eſt-elle terraſſée ?

UN OFFICIER.

Seigneur, ils vous ont vu ; leur foule eſt diſperſée.

VENDOME.

Ce ſoldat qu'en ſecret vous m'avez amené,
Va-t-il exécuter l'ordre que j'ai donné ?

L'OFFICIER.

Vers la tour, à grands pas, vous voyez qu'il s'avance.

VENDOME.

Je vais donc à la fin jouir de ma vengeance.
Allez, qu'on ſe prépare à des périls nouveaux :
Que ſur nos murs ſanglans on porte nos drapeaux.
Hâtez-vous, déployez l'appareil de la guerre :
Qu'on allume ces feux renfermés ſous la terre.
Que l'on vole à la brèche, et s'il nous faut périr,
Vous recevrez de moi l'exemple de mourir.

(*il reſte ſeul.*)

Le ſang, l'indigne ſang qu'a demandé ma rage,
Sera du moins pour moi le ſignal du carnage.
Vainement à Coucy je m'étais confié :
Ai-je pu m'en remettre à ſa faible amitié,
A ſon eſprit tranquille, à ſa vertu ſauvage,
Qui ne ſait ni ſentir ni venger mon outrage ?
Un bras vulgaire et ſûr va punir mon rival.

. . . .

. . . .

. . . .

Et cette même main va chercher dans ſon flanc
La moitié de moi-même, et le ſang de mon ſang.

Autour de moi, grand Dieu, que j'ai creufé d'abymes !
Que l'amour m'a changé, qu'il me coûte de crimes !
Remords toujours puiffans, toujours en vain bannis,
Je voulais me venger, c'eft moi que je punis.
Funefte paffion dont la fureur m'égare !
Non, je n'étais pas né pour devenir barbare.
Je fens combien le crime eft un fardeau cruel,

. . . .
. . . .

SCENE III.

VENDOME, ADELAIDE.

. . . .
. . . .
. . . .

VENDOME.

Oui, j'ai tué mon frère, et l'ai tué pour vous.
Sans vous je l'euffe aimé, fans ma funefte flamme,
La nature et le fang triomphaient dans mon ame.
Je n'ai pris qu'en vos yeux le malheureux poifon
Qui m'ôta l'innocence, ainfi que la raifon.
Vengez fur ce barbare, indigne de vous plaire,
Tous les crimes affreux que vous m'avez fait faire.

ADELAIDE.

Nemours eft mort..... Nemours !

VENDOME.

Oui, mais c'eft de ta main
Que fon fang veut ici le fang de l'affaffin.

ADELAIDE.

Ote-toi de ma vue....

VENDOME.

Achève ta vengeance :
Ma mort doit la finir, mon remords la commence.

ADELAÏDE.

Va, porte ailleurs ton crime et ton vain défespoir,
Et laiffe-moi mourir fans l'horreur de te voir.

VENDOME.

Cette horreur eft trop jufte, elle m'eft trop bien due,
Je vais te délivrer de ma funefte vue;
Je vais, plein d'un amour qui, même en ce moment,
Eft de tous mes forfaits le plus grand châtiment,
Je vais mêler ce fang qu'Adélaïde abhorre,
Au fang que j'ai verfé, mais qui m'eft cher encore.

ADELAÏDE.

Nemours n'eft plus; arrête, exécrable affaffin,
Réunis deux amans : tu me retiens en vain;
Monftre, que cette épée. . . .

VENDOME.

                    Eh bien, Adélaïde,
Prends ce fer, arme-toi. . . . mais contre un parricide :
Je ne méritais pas de mourir de tes coups . . .
Que ma main les conduife. . . .

S C E N E V.

VENDOME, ADELAIDE, COUCY.

. . . .
. . . .
. . . .

VENDOME.

Hélas ! je te l'avoue, oui, dans ma frénéfie,
Moi-même à mon rival j'euffe arraché la vie.
Je n'étais plus à moi ; ce délire odieux
Précipitait ma rage, et m'aveuglait les yeux.
L'amour, le fol amour, de mes fens toujours maître,
En m'ôtant la raifon, m'eût excufé peut-être.
Mais toi, dont la fageffe et les réflexions
Ont calmé dans ton fein toutes les paffions,
Toi, dont j'ai craint cent fois l'efprit ferme et rigide,
Avec tranquillité commettre un parricide !

ADELAÏDE.

Barbare !

COUCY.

Ainsi l'horreur et l'exécration,
Qui suivent de si près cette indigne action,
D'un repentir utile ont pénétré votre ame ;
Et, malgré tout l'excès de votre injuste flamme,
Au prix de votre sang vous voudriez sauver
Ce sang dont vos fureurs ont voulu vous priver ?

VENDOME.

Plût au ciel être mort avant ce coup funeste !

ADELAÏDE.

Ah ! cessez des regrets que ma douleur déteste :
Tournez sur moi vos mains , achevez vos fureurs.

COUCY.

(à Vendôme.)   (à Adélaïde.)
Conservez vos remords : et vous , séchez vos pleurs.

VENDOME.

Coucy , que dites-vous ?

ADELAÏDE.

Quel bonheur , quel mystère ?

COUCY, *en fesant avancer Nemours.*

Venez , paraissez , Prince , embrassez votre frère.

. . . .
. . . .
. . . .
. . . .

VENDOME.

Ah ! mon appui, mon père !

COUCY.

Que j'aime à voir en vous cette douleur sincère.

VENDOME.

Nemours... mon frère... hélas ! mon crime est devant moi :
Mes yeux n'osent encor se retourner vers toi :
De quel œil revois-tu ce monstre parricide ?

NEMOURS.

Je fuis entre tes mains avec Adélaïde.

Nos cœurs te font connus ; et tu vas décider
De quel œil déformais je te dois regarder.

ADELAïDE.

J'ai vu vos fentimens fi purs , fi magnanimes.

VENDOME.

J'étais né vertueux , vous avez fait mes crimes.

COUCY.

Ah ! ne rappelez plus cet affreux fouvenir.

NEMOURS.

Quel eft donc ton deffein ? parle.

VENDOME.

De me punir.

. . . .
. . . .
. . . .

VENDOME.

Ah ! c'eft trop me montrer mes malheurs et ma perte !
Eloignez-vous plutôt , et fuyez-moi tous deux ;
Je m'arrache le cœur en vous rendant heureux.
De ce cœur malheureux ménagez la bleffure ;
Ce n'eft qu'en frémiffant qu'il cède à la nature.
Craignez mon repentir , profitez d'un effort
Plus douloureux pour moi , plus cruel que la mort.

SCENE VI et dernière.

VENDOME, NEMOURS , COUCY , Officier des Gardes.

L'OFFICIER.

SEIGNEUR , qu'à vos guerriers votre ordre fe déclare :
Le roi paraît , il marche , et l'affaut fe prépare.

COUCY.

Eh bien , Seigneur ?

NEMOURS.

Mon frère, à quoi te réfous-tu ?
N'eft-ce donc qu'à demi que ton cœur s'eft rendu ?
Ta générofité vient de me faire grâce,
Ne veux-tu pas fouffrir que ton roi te la faffe ?
Veux-tu haïr la France et perdre ton pays,
Pour de fiers étrangers qui nous ont tant haïs ?
Es-tu notre ennemi ? ton maître eft à tes portes :
Eh bien ?...

VENDOME.

Je fuis français, mon frère, tu l'emportes.
Va, mon cœur eft vaincu, je me rends tout entier.
Je veux oublier tout, et tout facrifier.
Trop fortunés époux ! oui, mon ame attendrie, &c.

Fin des Variantes d'Adélaïde du Guefclin.

AMELIE

VARIANTES

D'ADELAIDE DU GUESCLIN,

D'après le manuscrit de 1734.

ACTE PREMIER.

SCENE PREMIERE.

. . . .

L'ame d'un vrai foldat, digne de vous peut-être.

ADELAÏDE.

Vous pouvez tout : parlez.

COUCY.

J'ai, dans les champs de Mars
De Vendôme en tout temps fuivi les étendards ;
Pour lui feul au dauphin j'ai déclaré la guerre.
C'eft Vendôme que j'aime, et non pas l'Angleterre.
L'amitié fut mon guide, et l'honneur fut ma loi :
Et jufqu'à ce moment je n'eus pas d'autre roi.
Non qu'après tout, pour lui mon ame prévenue
Prétende à fes défauts fermer ma faible vue ;
Je ne m'aveugle pas . . . &c.

. . . .

Ni fervir, ni traiter, ni changer qu'avec lui ;
Le temps réglera tout : mais, quoi qu'il en puiffe être,
Prenez moins de fouci fur l'intérêt d'un maître.
Nos bras, et non vos vœux, font faits pour les régler,
Et d'un autre intérêt je cherche à vous parler.
J'afpirai jufqu'à vous . . . &c.

COUCY.

. . . .

Ce bras qui fut à lui combattra pour tous deux.

Théâtre. Tome II.   N

Dans Cambrai votre amant, dans Lille ami fidèle,
Soldat de tous les deux et plein du même zèle,
Je servirai sous lui, comme il faudra qu'un jour,
Quand je commanderai, l'on me serve à mon tour.
Voilà mes sentimens. Confidérez, Madame,
Le nom de cet amant, ses services, sa flamme;
J'ose lui souhaiter un cœur tel que le mien :
Oubliez mon amour, et répondez au sien.

ADELAÏDE.

. . . .

. . . .

Connaît l'amitié seule, et fait braver l'amour.
Pourrais-tu, Dieu puissant, qu'à mon secours j'appelle,
Laisser tant de vertu dans l'ame d'un rebelle !
Pardonnez-moi ce mot, il échappe à ma foi.
Puis-je autrement nommer les sujets de mon roi,
Quand, détruisant un trône affermî par leurs pères,
Ils ont livré la France à des mains étrangères ?
C'est en vain que j'en parle; hélas ! dans ces horreurs,
Ma voix, ma faible voix ne peut rien fur vos cœurs.
Mais puis-je au moins de vous obtenir une grâce ?

SCENE IV.

VENDOME.

. . . . JE voi
Que vous cachez des pleurs qui ne font pas pour moi.

ADELAÏDE.

Non, ne doutez jamais de ma reconnaissance.

VENDOME.

Et vous pouvez le dire avec indifférence !
Ingrate, attendiez-vous ce temps pour m'affliger ?
Est-ce donc près de vous qu'est mon plus grand danger ?
Ah Dieux !

COUCY.

Le temps nous presse.

VENDOME.

Oui, j'aurais dû vous suivre.
J'ai honte de tarder, de l'aimer et de vivre.
Allez, cruel objet dont je fus trop épris,
Dans vos yeux, malgré vous, je lis tous vos mépris.
Marchons, brave Coucy ; la mort la plus cruelle,
A mon cœur malheureux est moins barbare qu'elle.

SCENE V.

ADELAÏDE.

Est-il bien vrai, Nemours serait-il dans l'armée ?
Vendôme, et toi, cher Prince, objet de tous mes vœux,
Qui de nous trois, ô Ciel ! est le plus malheureux ?

ACTE II.

SCENE PREMIERE.

VENDOME.

. . . . Teint du sang des Français.

COUCY.

Quant aux traits dont votre ame a senti la puissance,
Tous les conseils sont vains, agréez mon silence.
Quant à ce sang français que nos mains font couler,
A cet Etat, au trône, il faut vous en parler.
Je prévois que bientôt, &c.

SCENE II.

VENDOME.

. . . .
A cet indigne mot je m'oublirais peut-être.
Ne corromps point ici la joie et les douceurs
Que ce tendre moment doit verser dans nos cœurs.

Donnons, donnons, mon frère, à ces triftes provinces,
Aux enfans de nos rois, au refte de nos princes,
L'exemple augufte et faint de la réunion,
Comme ils nous l'ont donné de la divifion.
Dans ce jour malheureux, que l'amitié l'emporte.

SCENE V.

ADELAÏDE.

. . . .

Par de juftes refpects je vous ai répondu.
Seigneur, fi votre cœur moins prévenu, moins tendre,
Moins plein de confiance, avait daigné m'entendre,
Vous auriez honoré de plus dignes beautés
Par des foins plus heureux et bien mieux mérités.
Votre amour vous trompa, votre fatale flamme
Vous promit aifément l'empire de mon ame ;
J'étais entre vos mains, et, fans me confulter,
Vous ne foupçonniez pas qu'on pût vous réfifter.
Mais puifqu'il faut enfin dévoiler ce myftère,
Puifque je dois répondre, et qu'il faut vous déplaire ;
Réduite à m'expliquer, je vous dirai, Seigneur,
Que l'amour de mes rois eft gravé dans mon cœur.

. . . .
. . . .

ADELAÏDE.

. . . .

Me la conferviez-vous pour la tyrannifer ?

VENDOME.

Quoi! vous ofez. . . mais non. . . j'ai tort. . . je le confeffe;
De mes emportemens ne voyez point l'ivreffe ;
Pardonnez un reproche où j'ai pu m'abaiffer.
L'amour qui vous parlait doit-il vous offenfer ?
Excufe mes fureurs, toi feule en es la caufe.
Ce que j'ai fait pour toi fans doute eft peu de chofe :
Non, tu ne me dois rien ; dans tes fers arrêté,
J'attends tout de toi feule, et n'ai rien mérité.

Te fervir, t'adorer eft ma grandeur fuprême,
C'eft moi qui te dois tout, puifque c'eft moi qui t'aime,
Tyran que j'idolâtre, à qui je fuis foumis,
Ennemi plus cruel que tous mes ennemis,
Au nom de tes attraits, de tes yeux dont la flamme
Sait calmer, fait troubler, pouffe et retient mon ame,
Ne réduis point Vendôme au dernier défefpoir;
Crains d'étendre trop loin l'excès de ton pouvoir.
Tu tiens entre tes mains le deftin de ma vie,
Mes fentimens, ma gloire et mon ignominie ;
Toutes les paffions font en moi des fureurs,
Et tu vois ma vengeance à travers mes douleurs.
Dans mes foumiffions, crains-moi, crains ma colère ;
J'ai chéri la vertu, mais c'était pour te plaire :
Laiffe-la dans mon cœur; c'eft affez qu'à jamais
Ta beauté dangereufe en ait chaffé la paix.

ADELAÏDE.

Je plains votre tendreffe, et je plains davantage
Les excès où s'emporte un fi noble courage.
Votre amour eft barbare, il eft rempli d'horreurs ;
Il reffemble à la haine, il s'exhale en fureurs :
Seigneur, il nous rendrait malheureux l'un et l'autre.
Abandonnez un cœur fi peu fait pour le vôtre,
Qui gémit de vous plaire et de vous affliger.

VENDOME.

Eh bien, c'en eft donc fait?

ADELAÏDE.

Oui, je ne peux changer.
Calmez cette colère où votre ame eft ouverte;
Refpectez-vous affez pour dédaigner ma perte.
Pour vous, pour votre honneur encor plus que pour moi,
Renvoyez-moi plutôt à la cour de mon roi ;
Loin de fes ennemis fouffrez qu'il me revoie.

VENDOME.

Me puniffe le ciel fi je vous y renvoie !
Apprenez que ce roi, l'objet de mon courroux,
Je le hais d'autant plus qu'il eft fervi par vous.
Un rival infolent à fa cour vous rappelle !
Quel qu'il foit, frémiffez, tremblez pour lui, cruelle, &c.

N 3

SCENE VI.

VENDOME *seul.*

ADELAÏDE! ingrate! ah! tant de fermeté,
Sa funeste douceur, sa tranquille fierté,
L'orgueil de ses vertus redoublent mon injure.
Quel amant, quel héros contre moi la rassure?
Par qui mon tendre amour est-il donc traversé?
Ce n'est point le dauphin, d'autres yeux l'ont blessé.
Ce n'est point Richemont, la Trimouille, la Hire;
On sait de quels appas ils ont suivi l'empire:
C'est encor moins mon frère; et d'ailleurs, à ses yeux
Le sort n'offrit jamais ses charmes odieux.
Que l'on cherche Coucy; je ne sais, mais peut-être,
Sous les traits d'un héros, mon ami n'est qu'un traître.
Mon cœur de noirs soupçons se sent empoisonner.
Quoi! toujours vers son prince elle veut retourner?
Quoi! dans le même instant, Coucy, plus infidelle,
Vient me parler de paix, et s'entend avec elle?
L'aime-t-il? pourrait-il à ce point m'insulter?
Puisqu'il l'a vue, il l'aime; il n'en faut point douter.
Les conseils de Coucy, les vœux d'Adélaïde,
Leurs secrets entretiens, tout m'annonce.... ah, perfide!

SCENE VII.

COUCY.

AIMEZ-MOI, Prince, au lieu de me louer:
Et sur vos intérêts souffrez que je m'explique.
Vous m'avez soupçonné de trop de politique,
Quand j'ai dit que bientôt on verrait réunis
Les débris dispersés de l'empire des lys.

. . . .

COUCY.

Mais qu'importe pour vous ses vœux et ses desseins?
Est-ce donc à l'amour à régler nos destins?

Ce bras victorieux met-il dans la balance
Le plaifir et la gloire , une femme et la France ?
Verrai-je un fi grand cœur à ce point s'avilir ?
Le falut de l'Etat dépend-il d'un foupir ?
Aimez , mais en héros qui pofsède fon ame ,
Qui gouverne à la fois fa maîtreffe et fa flamme.
. . . .
Et vous devez en tout l'exemple des vertus.

VENDOME.

Ah ! je n'en puis donner jamais que de faibleffe.
Mon cœur défefpéré cherche et craint la fageffe ;
Je la vois, je la fuis, j'aime en vain fes attraits ,
Et j'embraffe en pleurant les erreurs que je hais.
Ma chaîne eft trop pefante , elle eft affreufe et chère ;
Si tu brifas la tienne, elle fut bien légère ;
D'un feu peu violent ton cœur fut enflammé ;
Non , tu n'as point vaincu , tu n'avais pas aimé.
De la pure amitié l'amour eût été maître ,
Par moi , par mon fupplice , apprends à le connaître ;
Vois à quel défefpoir il peut nous entraîner ;
Sers-moi , plains-moi du moins , mais fans me condamner.
Malgré tous tes confeils , il faut qu'Adélaïde
Gouverne mes deftins , ou m'égare , ou me guide.

ACTE III.

SCENE II.

ADELAÏDE.

. . . .
. . . .
Jufte Ciel ! quel regard et quel accueil glacé !

NEMOURS.

Vous prenez trop de foin de mon deftin funefte.
Que vous importe , ô Dieux ! ce déplorable refte
De ces jours confervés par le ciel en courroux,
De ces jours déteftés , qui ne font plus à vous ?

N 4

ADELAÏDE.

Qui ne font plus pour moi ! Nemours, pouvez-vous croire...

NEMOURS.

J'ai trop vécu pour vous , trop vécu pour ma gloire.
Mes yeux qui fe fermaient fe rouvrent-ils au jour
Pour voir trahir mon roi , la France et mon amour ?
Grand Dieu ! qui m'as rendu ma chère Adélaïde ,
Me la rends-tu fans foi , me la rends-tu perfide ?
Inftruite en l'art affreux des infidélités ,
Après tant de fermens....

ADELAÏDE.

Non , Nemours, arrêtez.
Je vous pardonne , hélas ! cette fureur extrême,
Tout , jufqu'à vos foupçons ; jugez fi je vous aime.

NEMOURS.

. . . .
Et je fuis fon vainqueur , étant aimé de vous.
Mais qui peut enhardir fa fuperbe efpérance ?
Qui de fes vœux ardens nourrit la confiance ?
Comment à cet hymen fe peut-il préparer ?
Qu'avez-vous répondu ? Qu'ofe-t-il efpérer ?

ADELAÏDE.

Prince, j'ai renfermé dans le fond de mon ame
Le fecret de ma vie , et celui de ma flamme.
Tremblante , j'ai parlé de la conftante foi
Que le fang de Guefclin doit garder à fon roi.
Mais , hélas ! cette foi , plus tendre et plus facrée,
Que je dois à vos feux, que je vous ai jurée ,
Qui de tous mes devoirs eft le plus précieux,
Voilà ce que je crains qui n'éclate à fes yeux.

S C E N E   I I I.

VENDOME.

. . . .
Et par un prompt aveu , qui m'eût guéri fans doute,
M'épargner les affronts que ma bonté me coûte.

Vous avez attendu que ce cœur défolé
Eût tout quitté pour vous, vous eût tout immolé.
Vous vouliez à loifir confommer mon outrage ;
Jouir de mon opprobre et de mon efclavage ;
Appefantir mes fers, quand vous les dédaignez ;
Et déchirer en paix un cœur où vous régnez.
Mes maux vous ont inftruit du pouvoir de vos charmes ;
Votre orgueil s'eft nourri du tribut de mes larmes.
Je n'en fuis point furpris : et ces féductions
Qui vont au fond des cœurs chercher nos paffions,
Tous ces piéges fecrets, tendus à nos faibleffes,
L'art de nous captiver, d'engager fans promeffes,
Sont les armes d'un fexe auffi trompeur que vain.

ADELAÏDE.

. . . .

Je vous en fais l'aveu ; je m'y vois condamnée.
Mais je mériterais la haine et le mépris
Du héros dont mon cœur en fecret eft épris,
Si jamais d'un coup d'œil l'indigne complaifance
Avait à votre amour laiffé quelqu'efpérance.
Vous le favez, Seigneur ; et malgré ce courroux,
Votre eftime eft encor ce que j'attends de vous.
Trop tôt pour tous les trois, vous apprendrez peut-être
Quel héros de mon cœur en effet eft le maître,
De quel feu vertueux nos cœurs font embrafés,
Et vous m'en punirez alors, fi vous l'ofez.

SCENE IV.

VENDOME, NEMOURS.

VENDOME.

Elle me fuit, l'ingrate ! elle emporte ma vie :
O honte qui m'accable ! ô ma bonté trahie !
Rappelez-la, mon frère, apaifez fon courroux ;
Je prétends lui parler, foyez juge entre nous.
Mes difcours imprudens l'ont fans doute offenfée ;
Fléchiffez-la pour moi.

N E M O U R S.

Quelle eft votre penfée ?
Parlez , que voulez-vous ?

V E N D O M E.

Qui , moi ! ce que je veux !
Je veux…. je dois brifer ce joug impérieux.
Je prétends qu'elle parte , et qu'une fuite prompte
Emporte mon amour, et m'arrache à ma honte.
Qu'elle étale à la cour fes charmes dangereux ,
Qu'elle me laiffe.

N E M O U R S.

Eh bien , votre cœur généreux
Ecoute fon devoir , et cède à la juftice :
Je lui vais annoncer ce jufte facrifice.
Sans doute que fon cœur , fenfible à vos bontés ,
Se fouviendra toujours….

V E N D O M E.

Non , Nemours , arrêtez,
Je n'y puis confentir; Nemours , qu'elle demeure.
Je fens qu'en la perdant il faudrait que je meure.
Eh quoi ! vous rougiffez des contrariétés
Dont le flux orageux trouble mes volontés !
Vous en étonnez-vous ? Je perds tout ce que j'aime.
Je me hais, je me crains, je me combats moi-même.
Mon frère , fi l'amour a jamais eu vos foins,
Si vous avez aimé; vous m'excufez du moins.

N E M O U R S.

Mon frère, de l'amour j'ai trop fenti les charmes :
J'éprouvai , comme vous , fes cruelles alarmes :
J'ai combattu long-temps, j'ai cédé fous fes coups;
Et je me crois peut-être à plaindre autant que vous.

V E N D O M E.

Vous, mon frère ?

N E M O U R S.

Après tout , puifqu'il eft impoffible
Que jamais à vos feux fon cœur foit acceffible ,
Ecoutez votre gloire et vos premiers deffeins.
Raffermiffez un trône ébranlé par vos mains ;

Empêchez que l'Anglais n'opprime et ne partage
De nos rois, nos aïeux , le sanglant héritage :
Et que par les Bourbons tout l'Etat soutenu.....

VENDOME.

Adélaïde, hélas ! aurait tout obtenu.
Je cédais à l'ingrate une entière victoire.
Mon frère, vous m'aimez, du moins j'aime à le croire :
Vous avez , il est vrai, combattu contre moi ;
Telle était, dites-vous, la volonté du roi ;
Telle était sa fureur , et vous l'avez servie ;
Je vous l'ai pardonné, pour jamais je l'oublie.
Dans ces lieux, s'il le faut, partagez mon pouvoir ;
Mais si mon infortune a pu vous émouvoir ,
Si vous plaignez ma peine, apprenez-moi, mon frère,
Quel est l'heureux amant qu'à Vendôme on préfère.
Ne connaîtrai-je point l'objet de mon courroux ?
Porterai-je au hasard ma vengeance et mes coups ?
Ne soupçonnez-vous point à qui je dois ma rage ?
Vous connaissez la cour , ses mœurs et son langage ;
Vous savez que sur nous , sur nos secrets amours ,
Des oisifs courtisans les yeux veillent toujours.
Qui nomme-t-on ? du moins qui pense-t-on qu'elle aime ?

NEMOURS.

Eh , de quels nouveaux traits vous percez-vous vous-même !
De quelqu'heureux objet dont son cœur soit charmé,
Ne vous suffit-il pas qu'un autre en soit aimé ?

VENDOME.

Quel plaisir vous sentez, cruel , à me le dire !
Je ne suis point aimé ! quoi ? lâche, je soupire !
Mais, encore une fois, qui puis-je soupçonner ?
Aidez ma jalousie à se déterminer.
Je ne suis point aimé ! Malheur à qui peut l'être !
Malheur à l'ennemi que je pourrai connaître !
J'ai soupçonné Coucy : sa fausse probité
Peut-être se jouait de ma crédulité.
A tout ce que je dis vous détournez la vue ;
L'ingrate, je le sais, vous était inconnue ;
Vous n'avez vu qu'ici ses funestes appas,
Et ma tendre amitié ne vous soupçonne pas.

Peut-être qu'elle aura, pour combler mon injure,
Choisi mon ennemi dans une foule obscure.
Dans son abaissement elle a mis son honneur ;
Sa fierté s'applaudit de braver ma grandeur,
Et de sacrifier au rang le plus vulgaire
Tout l'orgueil de mon rang, oublié pour lui plaire.

NEMOURS.

Pourquoi d'un choix indigne osez-vous l'accuser ?

VENDOME.

Ah! pourquoi dans mon cœur osez-vous l'excuser ?
Quoi ? toujours de vos mains déchirer ma blessure !
Allez, je vous croirais l'auteur de mon injure,
Si.... Mais est-il bien vrai, n'aviez-vous vu jamais
Cet objet dangereux que j'aime et que je hais ?
Est-il vrai ?.. Pardonnez ma jalouse furie.

NEMOURS.

Au nom de la nature et du sang qui nous lie,
Mon frère, permettez que, dès ce même jour,
Pour vous unir au roi, je revole à la cour :
Ces soins détourneront le soin qui vous dévore.

VENDOME.

Non, périsse plutôt cette cour que j'abhorre ;
Périsse l'univers dont mon cœur est jaloux.

NEMOURS.

Eh bien ! où courez-vous, mon frère ?

VENDOME.

                              Loin de vous,
Loin de tous les témoins des affronts que j'endure.
Laissez-moi me cacher à toute la nature ;
Laissez-moi....

S C E N E V.

NEMOURS.

Que veut-il ? quel serait son dessein ?
Ses yeux fermés sur nous s'ouvriraient-ils enfin ?
Allons, n'attendons pas que son inquiétude
De ses premiers soupçons passe à la certitude :

Arrachons ce que j'aime à ses transports affreux ,
Dussions-nous pour jamais nous en priver tous deux.
Guerre civile , amour, attentats nécessaires,
Hélas ! à quel état réduisez-vous deux frères !

ACTE IV.

SCENE PREMIERE.

ADELAIDE, TAISE.

ADELAÏDE.

Eh bien ! c'en est donc fait , ma fuite est assurée.

TAÏSE.

Votre heureuse retraite est déjà préparée.

ADELAÏDE.

Déjà quitter Nemours !

TAÏSE.

Vous partez cette nuit.

ADELAÏDE.

Ma gloire me l'ordonne , et l'amour me conduit.
Je fuis d'un furieux l'empressement farouche ;
Moi-même je me fuis, je tremble que ma bouche,
Mon silence , mes yeux ne vinssent à trahir
Un secret que mon cœur ne peut plus contenir.
Alors je reverrai le parti le plus juste ,
J'implorerai l'appui de ce monarque auguste,
D'un roi qui , comme moi par le sort combattu ,
Dans les calamités épura sa vertu.
Enfin Nemours le veut , ce nom seul doit suffire :
Ma faible volonté fléchit sous son empire.
Il le veut ; ah ! Taïse. . . . ah ! trop fatal amour !
Combien de changemens , que de maux en un jour !
Mon amant expirait, et quand la destinée
Conserve cette vie à la mienne enchaînée ,
Quand mon cœur loin de moi vole pour le chercher,
Quand je le vois, lui parle , il faut m'en arracher.

S C E N E I I.

NEMOURS, ADELAÏDE, D'ANGESTE.

NEMOURS.

Oui, je viens vous preſſer de combler ma misère,
D'accabler votre amant d'un malheur néceſſaire,
De me priver de vous : au nom de nos liens,
Au nom de tant d'amour, de vos pleurs et des miens,
Partez, Adélaïde.

ADELAÏDE.

Il faut que je vous quitte ?

NEMOURS.

Il le faut.

ADELAÏDE.

Ah ! Nemours. . . .

NEMOURS.

De cette heureuſe fuite,
Dans l'ombre de la nuit, cet ami prendra ſoin ;
Ceux qu'il a ſu gagner vous conduiront plus loin.
De la Flandre à ſa voix on doit ouvrir la porte ;
Du roi ſous les remparts il trouvera l'eſcorte ;
Le temps preſſe, évitez un ennemi jaloux.

ADELAÏDE,

Je vois qu'il faut partir. . . . mais ſitôt. . . . et ſans vous !

NEMOURS.

Priſonnier ſur ma foi, dans l'horreur qui me preſſe,
Je ſuis plus enchaîné par ma ſeule promeſſe,
Que ſi de cet Etat les tyrans inhumains
Des fers les plus peſans avaient chargé mes mains.
Au pouvoir de mon frère ici l'honneur me livre.
Je peux mourir pour vous, mais je ne peux vous ſuivre ;
Et j'ai du moins la gloire, en des malheurs ſi grands,
De ſauver vos vertus des mains de vos tyrans.
Allez, le juſte ciel, qui pour vous ſe déclare,
Prêt à nous réunir, un moment nous ſépare.

Demain le roi s'avance et vient venger mes fers.
Aux étendards des lys ces murs feront ouverts ;
Pour lui des citoyens la moitié s'intéreffe ;
Leurs bras feconderont fa fidelle nobleffe.
Hélas ! fi vous m'aimez, dérobez-vous aux traits
De la foudre qui gronde autour de ce palais,
Au tumulte, au carnage, au défordre effroyable,
Dans des murs pris d'affaut malheur inévitable ;
Mais craignez encor plus les fureurs d'un jaloux,
Dont les yeux alarmés femblent veiller fur nous.
Vendôme eft violent, non moins que magnanime,
Inftruit à la vertu, mais capable du crime :
Prévenez fa vengeance, éloignez-vous, partez.

ADELAÏDE.

Vous reftez expofé feul à fes cruautés.

NEMOURS.

Ne craigant rien pour vous, je craindrai peu mon frère.
Que dis-je ? mon appui lui devient néceffaire ;
Son captif aujourd'hui, demain fon protecteur,
Je faurai de mon roi lui rendre la faveur ;
Et fidèle à la fois aux lois de la nature,
Fidèle à vos bontés, à cette ardeur fi pure,
A ces facrés liens qui m'attachent à vous,
J'attendrai mon bonheur de mon frère et de vous.

ADELAÏDE.

Je vous crois, j'y confens, j'accepte un tel augure.
Favorifez, ô Ciel, une flamme fi pure !
Je ne m'en défends plus : mes pas vous font foumis.
Je l'ai voulu, je pars... cependant je frémis :
Je ne fais, mais enfin, la fortune jaloufe
M'a toujours envié le nom de votre époufe.

NEMOURS.

Ah ! que m'avez-vous dit ? vous doutez de ma foi !
Ne fuis-je plus à vous ? n'êtes-vous plus à moi ?
Toutes nos factions, et tous les rois enfemble
Pourraient-ils affaiblir le nœud qui nous raffemble ?
Non : je fuis votre époux. La pompe des autels,
Ces voiles, ces flambeaux, ces témoins folennels,

Inutiles garants d'une foi fi facrée,
La rendront plus connue, et non plus affurée.
Vous, Manes des Bourbons, Princes, Rois mes aïeux,
Du féjour des héros tournez ici les yeux !
J'ajoute à votre gloire en la prenant pour femme.
Confirmez mes fermens, ma tendreffe et ma flamme ;
Adoptez-la pour fille ; et puiffe fon époux
Se montrer à jamais digne d'elle et de vous!

A D E L A Ï D E.

Tous mes vœux font comblés ; mes fincères tendreffes
Sont loin de foupçonner la foi de vos promeffes ;
Je n'ai craint que le fort qui va nous féparer ;
Mais je ne le crains plus, j'ofe tout efpérer.
Rempli de vos bontés, mon cœur n'a plus d'alarmes.
Cher amant, cher époux....

N E M O U R S.

Quoi ! vous verfez des larmes ?
C'eft trop tarder, adieu. Ciel ! quel tumulte affreux !

S C E N E   I I I.

VENDOME, Gardes, ADELAIDE, NEMOURS.

V E N D O M E.

Je l'entends, c'eft lui-même... arrête, malheureux :
Lâche qui me trahis, lâche rival, arrête.

N E M O U R S.

Ton frère eft fans défenfe ; il t'offre ici fa tête.
Frappe.

A D E L A Ï D E.

C'eft votre frère... ah, Prince, pouvez-vous...

V E N D O M E.

Perfide ! il vous fied bien de fléchir mon courroux....
Vous-même, frémiffez... Soldats, qu'on le faififfe.

N E M O U R S.

Va, tu peux te venger au gré de ton caprice :

Ordonne,

Mais je la veux terrible, et, lorsque je succombe,
Je veux voir mon rival entraîné dans la tombe.

Le Duc de Foix Acte 4.e Sce 5.e

J. M. Moreau, le jeune, Del.　　　1785.　　　L. M. Halbou, Sculp.

AMELIE

OU

LE DUC DE FOIX,

TRAGEDIE.

Repréfentée au mois de décembre 1752.

PERSONNAGES.

LE DUC DE FOIX.

AMELIE.

VAMIR, frère du duc de Foix.

LISOIS.

TAISE, confidente d'*Amélie*.

Un officier du duc de Foix.

EMAR, confident de *Vamir*.

La scène est dans le palais du duc de Foix.

AMELIE

O U

LE DUC DE FOIX,

TRAGEDIE.

ACTE PREMIER.

SCENE PREMIERE.

AMELIE, LISOIS.

LISOIS.

* SOUFFREZ qu'en arrivant dans ce féjour d'alarmes,
* Je dérobe un moment au tumulte des armes.
Le grand cœur d'Amélie eft du parti des rois;
Contre eux, vous le favez, je fers le duc de Foix;
Ou plutôt je combats ce redoutable maire,
Ce Pepin qui du trône heureux dépofitaire,
En fubjuguant l'Etat, en foutient la fplendeur,
Et de Thierri fon maître ofe être protecteur.
Le duc de Foix ici vous tient fous fa puiffance :
J'ai de fa paffion prévu la violence;
Et fur lui, fur moi-même, et fur votre intérêt,
Je viens ouvrir mon cœur, et dicter mon arrêt.
* Ecoutez-moi, Madame, et vous pourrez connaître
* L'ame d'un vrai foldat, digne de vous, peut-être.

P 2

AMELIE.

* Je fais quel eſt Liſois : ſa noble intégrité
* Sur ſes lèvres toujours plaça la vérité.
* Quoi que vous m'annonciez, je vous croirai ſans peine.

LISOIS.

* Sachez que ſi dans Foix mon zèle me ramène,
Si de ce prince altier j'ai ſuivi les drapeaux,
Si je cours pour lui ſeul à des périls nouveaux,
* Je n'approuvai jamais la fatale alliance
* Qui le ſoumet au Maure et l'enlève à la France.
* Mais dans ces temps affreux de diſcorde et d'horreur,
* Je n'ai d'autre parti que celui de mon cœur :
* Non que pour ce héros mon ame prévenue
* Prétende à ſes défauts fermer toujours ma vue ;
* Je ne m'aveugle pas, je vois avec douleur
* De ſes emportemens l'indiſcrète chaleur ;
* Je vois que de ſes ſens l'impétueuſe ivreſſe
* L'abandonne aux excès d'une ardente jeuneſſe ;
* Et ce torrent fougueux, que j'arrête avec ſoin,
* Trop ſouvent me l'arrache, et l'emporte trop loin.
* Mais il a des vertus qui rachètent ſes vices :
* Eh ! qui ſaurait, Madame, où placer ſes ſervices,
* S'il ne nous fallait ſuivre, et ne chérir jamais
* Que des cœurs ſans faibleſſe, et des princes parfaits ?
* Tout le mien eſt à lui ; mais enfin cette épée
* Dans le ſang des Français à regret s'eſt trempée.
Je voudrais à l'Etat rendre le duc de Foix.

AMELIE.

Seigneur, qui le peut mieux que le ſage Liſois ?
Si ce prince égaré chérit encor ſa gloire,
C'eſt à vous de parler, et c'eſt vous qu'il doit croire.
Dans quel affreux parti s'eſt-il précipité !

LISOIS.

* Je ne peux à mon choix fléchir fa volonté.
* J'ai fouvent, de fon cœur aigriffant les bleffures,
* Révolté fa fierté par des vérités dures;
* Vous feule à votre roi le pourriez rappeler,
* Et c'eft de quoi fur-tout je cherche à vous parler.
Dans des temps plus heureux j'ofai, belle Amélie,
Confacrer à vos lois le refte de ma vie;
* Je crus que vous pouviez, approuvant mon deffein,
* Accepter fans mépris mon hommage et ma main;
Mais à d'autres deftins je vous vois réfervée.
Par les Maures cruels dans Leucate enlevée,
Lorfque le fort jaloux portait ailleurs mes pas,
Cet heureux duc de Foix vous fauva de leurs bras:
* La gloire en eft à lui, qu'il en ait le falaire;
* Il a par trop de droits mérité de vous plaire:
* Il eft prince, il eft jeune, il eft votre vengeur;
* Ses bienfaits et fon nom, tout parle en fa faveur:
* La juftice et l'amour vous preffent de vous rendre.
* Je n'ai rien fait pour vous, je n'ai rien à prétendre:
* Je me tais... Cependant s'il faut vous mériter,
* A tout autre qu'à lui j'irais vous difputer.
* Je céderais à peine aux enfans des rois même;
* Mais ce prince eft mon chef: il me chérit, je l'aime:
* Lifois, ni vertueux, ni fuperbe à demi,
* Aurait bravé le prince, et cède à fon ami.
* Je fais plus, de mes fens maîtrifant la faibleffe,
* J'ofe de mon rival appuyer la tendreffe,
* Vous montrer votre gloire, et ce que vous devez
* Au héros qui vous fert, et par qui vous vivez.
* Je verrai d'un œil fec, et d'un cœur fans envie,
* Cet hymen qui pouvait empoifonner ma vie.

P 3

* Je réunis pour vous mon fervice et mes vœux ;
* Ce bras qui fut à lui combattra pour tous deux :
* Voilà mes fentimens. Si je me facrifie,
* L'amitié me l'ordonne , et fur-tout ma patrie.
* Songez que fi l'hymen vous range fous fa loi,
* Si le prince eft à vous , il eft à votre roi.

A M E L I E.

* Qu'avec étonnement, Seigneur, je vous contemple!
* Que vous donnez au monde un rare et grand exemple!
* Quoi, ce cœur (je le crois fans feinte et fans détour)
* Connaît l'amitié feule , et peut braver l'amour !
* Il faut vous admirer , quand on fait vous connaître ;
* Vous fervez votre ami , vous fervirez mon maître ;
* Un cœur fi généreux doit penfer comme moi :
* Tous ceux de votre fang font l'appui de leur roi.
* Eh bien , de vos vertus je demande une grâce.

L I S O I S.

* Vos ordres font facrés, que faut-il que je faffe ?

A M E L I E.

* Vos confeils généreux me preffent d'accepter
* Ce rang dont un grand prince a daigné me flatter.
* Je ne me cache point combien fon choix m'honore ;
* J'en vois toute la gloire ; et quand je fonge encore ,
* Qu'avant qu'il fût épris de ce funefte amour,
* Il daigna me fauver et l'honneur et le jour ;
* Tout ennemi qu'il eft de fon roi légitime ,
* Tout allié du Maure , et protecteur du crime,
* Accablée à fes yeux du poids de fes bienfaits,
* Je crains de l'affliger , Seigneur , et je me tais.
* Mais , malgré fon fervice et ma reconnaiffance,
* Il faut par des refus répondre à fa conftance.

* Sa paffion m'afflige; il eft dur à mon cœur,

* Pour prix de fes bontés, de caufer fon malheur:

Non, Seigneur, il lui faut épargner cet outrage.

Qui pourrait mieux que vous gouverner fon courage ?

Eft-ce à ma faible voix d'annoncer fon devoir?

Je fuis loin de chercher ce dangereux pouvoir.

Quel appareil affreux! quel temps pour l'hyménée !

* Des armes de mon roi la ville environnée

N'attend que des affauts, ne voit que des combats ;

Le fang de tous côtés coule ici fous mes pas.

Armé contre mon maître, armé contre fon frère!

Que de raifons!... Seigneur, c'eft en vous que j'efpère.

Pardonnez ... achevez vos deffeins généreux;

Qu'il me rende à mon roi, c'eft tout ce que je veux.

Ajoutez cet effort à l'effort que j'admire ;

Vous devez fur fon cœur avoir pris quelque empire.

Un efprit mâle et ferme, un ami refpecté,

Fait parler le devoir avec autorité ;

Ses confeils font des lois.

LISOIS.

Il en eft peu, Madame,

Contre les paffions qui fubjuguent fon ame;

Et fon emportement a droit de m'alarmer.

Le prince eft foupçonneux, et j'ofai vous aimer.

Quels que foient les ennuis dont votre cœur foupire,

Je vous ai déjà dit ce que j'ai dû vous dire.

Laiffez-moi ménager fon efprit ombrageux;

Je crains d'effaroucher fes feux impétueux ;

* Je fais à quels excès irait fa jaloufie,

* Quel poifon mes difcours répandraient fur fa vie:

* Je vous perdrais peut-être, et mes foins dangereux,

* Madame, avec un mot feraient trois malheureux.

P 4

* Vous, à vos intérêts rendez-vous moins contraire,
* Pesez sans passion l'honneur qu'il vous veut faire :
* Moi, libre entre vous deux, souffrez que dès ce jour,
* Oubliant à jamais le langage d'amour,
* Tout entier à la guerre, et maître de mon ame,
* J'abandonne à leur sort, et vos vœux, et sa flamme :
* Je crains de l'outrager, je crains de vous trahir ;
* Et ce n'est qu'aux combats que je dois le servir.
* Laissez-moi d'un soldat garder le caractère,
* Madame ; et puisqu'enfin la France vous est chère,
* Rendez-lui ce héros, qui ferait son appui.
* Je vous laisse y penser, et je cours près de lui.

SCENE II.

AMELIE, TAISE.

AMELIE.

Ah ! s'il faut à ce prix le donner à la France,
Un si grand changement n'est pas en ma puissance,
Taïse, et cet hymen est un crime à mes yeux.

TAÏSE.

Quoi ! le prince à ce point vous ferait odieux ?
* Quoi ! dans ces tristes temps de ligues et de haines,
* Qui confondent des droits les bornes incertaines,
* Où le meilleur parti semble encor si douteux,
* Où les enfans des rois sont divisés entre eux,
* Vous qu'un astre plus doux semblait avoir formée
Pour l'unique douceur d'aimer et d'être aimée,

Pouvez-vous n'oppofer qu'un fentiment d'horreur
Aux foupirs d'un héros, qui fut votre vengeur?
Vous favez que ce prince au rang de fes ancêtres
Compte les premiers rois que la France eut pour maîtres.
D'un puiffant apanage il eft né fouverain ;
Il vous aime, il vous fert, il vous offre fa main.
Ce rang à qui tout cède, et pour qui tout s'oublie,
Brigué par tant d'appas, objet de tant d'envie,
* Ce rang qui touche au trône, et qu'on met à vos pieds,
* Peut-il caufer les pleurs dont vos yeux font noyés?

A M E L I E.

Quoi, pour m'avoir fauvée, il faudra qu'il m'opprime!
Dé fon fatal fecours je ferai la victime !
Je lui dois tout fans doute, et c'eft pour mon malheur.

T A Ï S E.

C'eft être trop injufte.

A M E L I E.

Eh bien, connais mon cœur,
Mon devoir, mes douleurs, le deftin qui me lie ;
Je mets entre tes mains le fecret de ma vie :
De ta foi déformais c'eft trop me défier,
Et je me livre à toi pour me juftifier.
Vois combien mon devoir à fes vœux eft contraire;
Mon cœur n'eft point à moi, ce cœur eft à fon frère.

T A Ï S E.

Quoi! ce vaillant Vamir ?

A M E L I E.

Nos fermens mutuels
Devançaient les fermens réfervés aux autels.
J'attendais, dans Leucate en fecret retirée,
Qu'il y vînt dégager la foi qu'il m'a jurée,

Quand les Maures cruels, inondant nos déserts,
Sous mes toits embrasés me chargèrent de fers.
Le duc est l'allié de ce peuple indomptable;
Il me sauva, Taïse, et c'est ce qui m'accable.
Mes jours à mon amant feront-ils réservés?
* Jours tristes, jours affreux, qu'un autre a conservés!

TAÏSE.

Pourquoi donc, avec lui vous obstinant à feindre,
Nourrir en lui des feux qu'il vous faudrait éteindre?
Il eût pu respecter ces saints engagemens;
Vous eussiez mis un frein à ses emportemens.

AMELIE.

Je ne le puis; le ciel, pour combler mes misères,
Voulut l'un contre l'autre animer les deux frères.
Vamir toujours fidèle à son maître, à nos lois,
A contre un révolté vengé l'honneur des rois.
De son rival altier tu vois la violence;
J'oppose à ses fureurs un douloureux silence.
Il ignore du moins qu'en des temps plus heureux,
Vamir a prévenu ses desseins amoureux:
S'il en était instruit, sa jalousie affreuse
Le rendrait plus à craindre, et moi plus malheureuse.
C'en est trop, il est temps de quitter ses Etats:
Fuyons des ennemis, mon roi me tend les bras.
Ces prisonniers, Taïse, à qui le sang te lie,
De ces murs en secret méditent leur sortie:
Ils pourront me conduire, ils pourront m'escorter;
Il n'est point de péril que je n'ose affronter.
Je hasarderai tout, pourvu qu'on me délivre
De la prison illustre où je ne saurais vivre.

TAÏSE.

Madame, il vient à vous.

AMELIE.

Je ne puis lui parler,
Il verrait trop mes pleurs toujours prêts à couler,
Que ne puis-je à jamais éviter fa pourfuite !

SCENE III.

LE DUC DE FOIX, LISOIS, TAISE.

LE DUC à *Taïfe.*

Est-ce elle qui m'échappe ? eft-ce elle qui m'évite ?
Taïfe, demeurez ; vous connaiffez trop bien
Les tranfports douloureux d'un cœur tel que le mien.
Vous favez fi je l'aime, et fi je l'ai fervie,
Si j'attends d'un regard le deftin de ma vie.
Qu'elle n'étende pas l'excès de fon pouvoir
Jufqu'à porter ma flamme au dernier défefpoir :
Je hais ces vains refpects, cette reconnaiffance,
Que fa froideur timide oppofe à ma conftance.
Le plus léger délai m'eft un cruel refus,
Un affront que mon cœur ne pardonnera plus.
C'eft en vain qu'à la France, à fon maître fidèle,
Elle étale à mes yeux le fafte de fon zèle ;
Il eft temps que tout cède à mon amour, à moi,
Qu'elle trouve en moi feul fa patrie et fon roi.
Elle me doit la vie, et jufqu'à l'honneur même ;
Et moi je lui dois tout, puifque c'eft moi qui l'aime.
Unis par tant de droits, c'eft trop nous féparer ;
L'autel eft prêt, j'y cours ; allez l'y préparer.

SCENE IV.

LE DUC, LISOIS.

LISOIS.

Seigneur, fongez-vous bien que de cette journée
Peut-être de l'Etat dépend la deſtinée?

LE DUC.

Oui, vous me verrez vaincre ou mourir fon époux.

LISOIS.

L'ennemi s'avançait, et n'eſt pas loin de nous.

LE DUC.

Je l'attends fans le craindre, et je vais le combattre.
Crois-tu que ma faibleſſe ait pu jamais m'abattre?
Penſes-tu que l'amour, mon tyran, mon vainqueur,
De la gloire en mon ame ait étouffé l'ardeur?
Si l'ingrate me hait, je veux qu'elle m'admire;
Elle a fur moi fans doute un fouverain empire;
Et n'en a point aſſez pour flétrir ma vertu.
Ah! trop févère ami, que me reproches-tu?
Non, ne me juge point avec tant d'injuſtice.
* Eſt-il quelque Français que l'amour aviliſſe?
* Amans, aimés, heureux, ils vont tous aux combats,
Et du fein du bonheur ils volent au trépas.
Je mourrai digne au moins de l'ingrate que j'aime.

LISOIS.

Que mon prince plutôt foit digne de lui-même!
Le falut de l'Etat m'occupait en ce jour;
Je vous parle du vôtre, et vous parlez d'amour!

Seigneur, des ennemis j'ai vifité l'armée;
Déjà de tous côtés la nouvelle eft femée
Que Vamir votre frère eft armé contre nous.
Je fais que dès long-temps il s'éloigna de vous.
Vamir ne m'eft connu que par la renommée :
Mais, fi par le devoir, par la gloire animée,
Son ame écoute encor ces premiers fentimens
Qui l'attachaient à vous dans la fleur de vos ans,
Il peut vous ménager une paix néceffaire;
Et mes foins. ...

LE DUC.

   Moi, devoir quelque chofe à mon frère!
Près de mes ennemis mendier fa faveur !
Pour le haïr fans doute il en coûte à mon cœur;
Je n'ai point oublié notre amitié paffée;
Mais puifque ma fortune eft par lui traverfée,
Puifque mes ennemis l'ont détaché de moi;
Qu'il refte au milieu d'eux, qu'il ferve fous un roi.
Je ne veux rien de lui.

LISOIS.

    Votre fière conftance
D'un monarque irrité brave trop la vengeance.

LE DUC.

Quel monarque? un fantôme, un prince efféminé,
Indigne de fa race, efclave couronné,
Sur un trône avili foumis aux lois d'un maire?
De Pepin fon tyran je crains peu la colère;
Je détefte un fujet qui croit m'intimider,
Et je méprife un roi qui n'ofe commander :
Puifqu'il laiffe ufurper fa grandeur fouveraine,
Dans mes Etats au moins je foutiendrai la mienne.

Ce cœur eſt trop altier pour adorer les lois
De ce maire inſolent, l'oppreſſeur de ſes rois ;
Et Clovis que je compte au rang de mes ancêtres,
N'apprit point à ſes fils à ramper ſous des maîtres.
Les Arabes du moins s'arment pour me venger,
Et tyran pour tyran, j'aime mieux l'étranger.

LISOIS.

Vous haïſſez un maire, et votre haine eſt juſte ;
Mais ils ont des Français ſauvé l'empire auguſte,
Tandis que nous aidons l'Arabe à l'opprimer ;
Cette triſte alliance a de quoi m'alarmer ;
Nous préparons peut-être un avenir horrible.
L'exemple de l'Eſpagne eſt honteux et terrible ;
Ces brigands africains ſont des tyrans nouveaux,
Qui ſont ſervir nos mains à creuſer nos tombeaux.
Ne vaudrait-il pas mieux fléchir avec prudence ?

LE DUC.

Non, je ne peux jamais implorer qui m'offenſe.

LISOIS.

Mais vos vrais intérêts, oubliés trop long-temps....

LE DUC.

Mes premiers intérêts ſont mes reſſentimens.

LISOIS.

Ah ! vous écoutez trop l'amour et la colère.

LE DUC.

Je le fais, je ne peux fléchir mon caractère.

LISOIS.

On le peut, on le doit, je ne vous flatte pas ;
Mais, en vous condamnant, je ſuivrai tous vos pas.
Il faut à ſon ami montrer ſon injuſtice,
* L'éclairer, l'arrêter au bord du précipice.

* Je l'ai dû, je l'ai fait, malgré votre courroux,
* Vous y voulez tomber; et j'y cours avec vous.

LE DUC.

Ami, que m'as-tu dit?

LISOIS.

Ce que j'ai dû vous dire.
Ecoutez un peu plus l'amitié qui m'infpire.
Quel parti prendrez-vous?

LE DUC.

Quand mes brûlans défirs
Auront foumis l'objet qui brave mes foupirs;
Quand l'ingrate Amélie, à fon devoir rendue,
Aura remis la paix dans cette ame éperdue;
Alors j'écouterai tes confeils généreux.
Mais jufqu'à ce moment fais-je ce que je veux?
Tant d'agitations, de tumulte, d'orages,
Ont fur tous les objets répandu des nuages.
Puis-je prendre un parti? puis-je avoir un deffein?
Allons près du tyran qui feul fait mon deftin;
Que l'ingrate à fon gré décide de ma vie,
Et nous déciderons du fort de la patrie.

Fin du premier acte.

ACTE II.

SCENE PREMIERE.

LE DUC DE FOIX *seul.*

Osera-t-elle encor refuser de me voir ?
Ne craindra-t-elle point d'aigrir mon défespoir ?
Ah ! c'eft moi feul ici qui tremble de déplaire.
Ame fuperbe et faible ! efclave volontaire !
Cours aux pieds de l'ingrate abaiffer ton orgueil ;
Vois tes jours dépendans d'un mot et d'un coup d'œil,
Lâche, confume-les dans l'éternel paffage
Du dépit aux refpects, et des pleurs à la rage.
Pour la dernière fois je prétends lui parler.
Allons....

SCENE II.

LE DUC, AMELIE et TAISE *dans le fond.*

AMELIE.

J'espere encore, et tout me fait trembler.
Vamir tenterait-il une telle entreprife ?
Que de dangers nouveaux ! Ah ! que vois-je, Taïfe ?

LE DUC.

J'ignore quel objet attire ici vos pas ;
Mais vos yeux difent trop qu'ils ne me cherchent pas ;
Quoi ! vous les détournez ? Quoi ! vous voulez encore
Infulter aux tourmens d'un cœur qui vous adore ?

Et

Et de la tyrannie exerçant le pouvoir,
Nourrir votre fierté de mon vain défefpoir?
C'eft à ma trifte vie ajouter trop d'alarmes,
Trop flétrir des lauriers arrofés de mes larmes,
Et qui me tiendront lieu de malheur et d'affront,
S'ils ne font par vos mains attachés fur mon front;
* Si votre incertitude, alarmant mes tendreffes,
* Peut encor démentir la foi de vos promeffes.

AMELIE.

* Je ne vous promis rien, vous n'avez point ma foi;
* Et la reconnaiffance eft tout ce que je doi.

LE DUC.

* Quoi? lorfque de ma main je vous offrais l'hommage?

AMELIE.

* D'un fi noble préfent j'ai vu tout l'avantage;
* Et fans chercher ce rang, qui ne m'était pas dû,
* Par de juftes refpects je vous ai répondu.
* Vos bienfaits, votre amour, et mon amitié même,
* Tout vous flattait fur moi d'un empire fuprême;
* Tout vous a fait penfer qu'un rang fi glorieux,
* Préfenté par vos mains, éblouirait mes yeux.
* Vous vous trompiez: il faut rompre enfin le filence:
* Je vais vous offenfer, je me fais violence;
* Mais réduite à parler, je vous dirai, Seigneur,
* Que l'amour de mes rois eft gravé dans mon cœur.
Votre fang eft augufte, et le mien eft fans crime;
Il coula pour l'Etat, que l'étranger opprime.
Cominge, mon aïeul, dans mon cœur a tranfmis
* La haine qu'un français doit à fes ennemis;
* Et fa fille jamais n'acceptera pour maître
* L'ami de nos tyrans, quelque grand qu'il puiffe être.

Théâtre. Tome II.   Q

* Voilà les fentimens que fon fang m'a tracés,
* Et s'ils vous font rougir, c'eft vous qui m'y forcez.

LE DUC.

* Je fuis, je l'avoûrai, furpris de ce langage;
* Je ne m'attendais pas à ce nouvel outrage,
* Et n'avais pas prévu que le fort en courroux,
* Pour m'accabler d'affronts, dût fe fervir de vous.
* Vous avez fait, Madame, une fecrète étude
* Du mépris, de l'infulte, et de l'ingratitude;
* Et votre cœur enfin, lent à fe déployer,
* Hardi par ma faibleffe, a paru tout entier.
* Je ne connaiffais pas tout ce zèle héroïque,
* Tant d'amour pour l'Etat, et tant de politique.
* Mais vous qui m'outragez, me connaiffez-vous bien?
* Vous refte-t-il ici de parti que le mien?
   M'ofez-vous reprocher une heureufe alliance,
   Qui fait ma fureté, qui foutient ma puiffance,
   Sans qui vous gémiriez dans la captivité,
   A qui vous avez dû l'honneur, la liberté?
* Eft-ce donc là le prix de vous avoir fervie?

AMELIE.

* Oui, vous m'avez fauvée; oui, je vous dois la vie;
* Mais de mes triftes jours ne puis-je difpofer?
* Me les conferviez-vous pour les tyrannifer?

LE DUC.

* Je deviendrai tyran, mais moins que vous, cruelle;
* Mes yeux lifent trop bien dans votre ame rebelle;
* Tous vos prétextes faux m'apprennent vos raifons;
* Je vois mon déshonneur, je vois vos trahifons.
* Quel que foit l'infolent que ce cœur me préfère,
* Redoutez mon amour, tremblez de ma colère:

* C'eft lui feul déformais que mon bras va chercher;
* De fon cœur tout fanglant j'irai vous arracher;
* Et fi, dans les horreurs du fort qui nous accable,
* De quelque joie encor ma fureur eft capable,
* Je la mettrai, perfide, à vous déféfpérer.

AMELIE.

* Non, Seigneur, la raifon faura vous éclairer;
* Non, votre ame eft trop noble, elle eft trop élevée
* Pour opprimer ma vie, après l'avoir fauvée.
* Mais fi votre grand cœur s'aviliffait jamais
* Jufqu'à perfécuter l'objet de vos bienfaits,
* Sachez que ces bienfaits, vos vertus, votre gloire,
* Plus que vos cruautés vivront dans ma mémoire.
* Je vous plains, vous pardonne, et veux vous refpecter;
* Je vous ferai rougir de me perfécuter;
* Et je conferverai, malgré votre menace,
* Une ame fans courroux, fans crainte, et fans audace.

LE DUC.

* Arrêtez, pardonnez aux tranfports égarés,
* Aux fureurs d'un amant que vous défefpérez.
* Je vois trop qu'avec vous Lifois d'intelligence,
* D'une cour qui me hait embraffe la défenfe;
* Que vous voulez tous deux m'unir à votre roi,
* Et de mon fort enfin difpofer malgré moi.
* Vos difcours font les fiens. Ah! parmi tant d'alarmes,
* Pourquoi recourez-vous à ces nouvelles armes?
* Pour gouverner mon cœur, l'affervir, le changer,
* Aviez-vous donc befoin d'un fecours étranger?
* Aimez: il fuffira d'un mot de votre bouche.

AMELIE.

* Je ne vous cache point que du foin qui me touche,

Q 2

* A votre ami, Seigneur, mon cœur s'était remis.
* Je vois qu'il a plus fait qu'il ne m'avait promis.
* Ayez pitié des pleurs que mes yeux lui confient ;
* Vous les faites couler, que vos mains les essuient ;
* Devenez assez grand pour apprendre à dompter
* Des feux que mon devoir me force à rejeter.
* Laissez - moi toute entière à la reconnaissance.

LE DUC.

* Ainsi le seul Lisois a votre confiance !
* Mon outrage est connu, je fais vos sentimens.

AMELIE.

* Vous les pourrez, Seigneur, connaître avec le temps ;
* Mais vous n'aurez jamais le droit de les contraindre,
* Ni de les condamner, ni même de vous plaindre.
* Du généreux Lisois j'ai recherché l'appui ;
* Imitez sa grande ame, et pensez comme lui.

SCENE III.

LE DUC seul.

* En bien, c'en est donc fait ; l'ingrate, la parjure,
* A mes yeux sans rougir étale mon injure ;
* De tant de trahisons l'abyme est découvert.
* Je n'avais qu'un ami, c'est lui seul qui me perd.
* Amitié, vain fantôme, ombre que j'ai chérie,
* Toi qui me consolais des malheurs de ma vie,
* Bien que j'ai trop aimé, que j'ai trop méconnu,
* Trésor cherché sans cesse, et jamais obtenu !
* Tu m'as trompé, cruelle, autant que l'amour même ;
* Et maintenant pour prix de mon erreur extrême,

* Détrompé des faux biens trop faits pour me charmer,
* Mon deftin me condamne à ne plus rien aimer.
* Le voilà cet ingrat, qui, fier de fon parjure,
* Vient encor de fes mains déchirer ma bleffure.

SCENE IV.

LE DUC, LISOIS.

LISOIS.

A vos ordres, Seigneur, vous me voyez rendu.
D'où vient fur votre front ce chagrin répandu?
Votre ame, aux paffions long-temps abandonnée,
A-t-elle en liberté pefé fa deftinée?

LE DUC.

Oui.

LISOIS.

Quel eft le projet où vous vous arrêtez?

LE DUC.

D'ouvrir enfin les yeux aux infidélités,
De fentir mon malheur, et d'apprendre à connaître
La perfide amitié d'un rival et d'un traître.

LISOIS.

Comment?

LE DUC.

C'en eft affez.

LISOIS.

C'en eft trop entre nous.
Ce traître, quel eft-il?

LE DUC.

Me le demandez-vous?

Q 3

De l'affront inoui qui vient de me confondre,
Quel autre était inftruit, quel autre en doit répondre?
Je fais trop qu'Amélie ici vous a parlé;
* En vous nommant à moi, l'infidelle a tremblé.
* Vous affectez fur elle un odieux filence,
* Interprète muet de votre intelligence.
Je ne fais qui des deux je dois plus détefter.

L I S O I S.

Vous fentez-vous capable au moins de m'écouter?

L E D U C.

* Je le veux.

L I S O I S.

Penfez-vous que j'aime encor la gloire?
* M'eftimez-vous encore, et pouvez-vous me croire?

L E D U C.

* Oui, jufqu'à ce moment je vous crus vertueux,
* Je vous crus mon ami.

L I S O I S.

Ces titres précieux
Ont été jufqu'ici la règle de ma vie;
Mais vous, méritez-vous que je me juftifie?
* Apprenez qu'Amélie avait touché mon cœur,
* Avant que de fa vie heureux libérateur,
* Vous euffiez par vos foins, par cet amour fincère,
* Sur-tout par vos bienfaits, tant de droits de lui plaire.
* Moi, plus foldat que tendre, et dédaignant toujours
* Ce grand art de féduire inventé dans les cours,
* Ce langage flatteur et fouvent fi perfide,
* Peu fait pour mon efprit, peut-être trop rigide,
* Je lui parlai d'hymen; et ce nœud refpecté,
* Refferré par l'eftime et par l'égalité,

* Pouvait lui préparer des deſtins plus propices
* Qu'un rang plus élevé, mais ſur des précipices.
* Hier avec.la nuit, je vins dans vos remparts ;
* Tout votre cœur parut à mes premiers regards.
* Aujourd'hui j'ai revu cet objet de vos larmes,
* D'un œil indifférent j'ai regardé ſes charmes,
Et je me ſuis vaincu, ſans rendre de combats ;
J'ai fait valoir vos feux, que je n'approuve pas.
* J'ai de tous vos bienfaits rappelé la mémoire,
* L'éclat de votre rang, celui de votre gloire,
* Sans cacher vos défauts vantant votre vertu,
* Et pour vous, contre moi, j'ai fait ce que j'ai dû.
* Je m'immole à vous ſeul et je me rends juſtice ;
* Et ſi ce n'eſt aſſez d'un pareil ſacrifice,
* S'il eſt quelque rival qui vous oſe outrager,
* Tout mon ſang eſt à vous, et je cours vous venger.

LE DUC.

Que tout ce que j'entends t'élève et m'humilie!
Ah! tu devais ſans doute adorer Amélie ;
Mais qui peut commander à ſon cœur enflammé ?
Non, tu n'as pas vaincu ; tu n'avais point aimé.

LISOIS.

J'aimais ; et notre amour ſuit notre caractère.

LE DUC

Je ne peux t'imiter : mon ardeur m'eſt trop chère.
Je t'admire avec honte, il le faut avouer.
* Mon cœur.....

LISOIS.

Aimez-moi, Prince, au lieu de me louer ;
* Et ſi vous me devez quelque reconnaiſſance,
* Faites votre bonheur, il eſt ma récompenſe.

Q 4

* Vous voyez quelle ardente et fière inimitié
* Votre frère nourrit contre votre allié,
 La fuite, croyez-moi, peut en être funeste ;
 Vous êtes sous un joug que ce peuple déteste.
 Je prévois que bientôt on verra réunis
* Les débris dispersés de l'empire des Lis.
 Chaque jour nous produit un nouvel adversaire,
 Hier le Béarnois, aujourd'hui votre frère.
* Le pur sang de Clovis est toujours adoré ;
* Tôt ou tard il faudra que de ce tronc sacré
* Les rameaux divisés et courbés par l'orage,
* Plus unis et plus beaux, soient notre unique ombrage.
 Vous, placé près du trône, à ce trône attaché,
 Si les malheurs des temps vous en ont arraché,
 A des nœuds étrangers s'il fallut vous résoudre,
 L'intérêt qui les forme a droit de les dissoudre.
 On pourrait balancer avec dextérité
 Des maires du palais la fière autorité ;
 Et bientôt par vos mains leur puissance affaiblie...

LE DUC.

 Je le souhaite au moins ; mais crois-tu qu'Amélie
* Dans son cœur amolli partagerait mes feux,
* Si le même parti nous unissait tous deux ?
* Penses-tu qu'à m'aimer je pourrais la réduire ?

LISOIS.

* Dans le fond de son cœur je n'ai point voulu lire ;
* Mais qu'importent pour vous ses vœux et ses desseins ?
* Faut-il que l'amour seul fasse ici nos destins ?
 Lorsque le grand Clovis, aux champs de la Touraine,
 Détruisit les vainqueurs de la grandeur romaine,
 Quand son bras arrêta dans nos champs inondés,
 Des Ariens sanglans les torrens débordés,

* Tant d'honneurs étaient-ils l'effet de fa tendreffe ?

* Sauva-t-il fon pays pour plaire à fa maîtreffe ?

Mon bras contre un rival eft prêt à vous fervir ;

* Je voudrais faire plus, je voudrais vous guérir.

* On connaît peu l'amour, on craint trop fon amorce ;

* C'eft fur nos paffions qu'il a fondé fa force ;

* C'eft nous qui fous fon nom troublons notre repos ;

* Il eft tyran du faible, efclave du héros.

* Puifque je l'ai vaincu, puifque je le dédaigne,

Sur le fang de nos rois fouffrirez-vous qu'il règne ?

* Vos autres ennemis par vous font abattus ;

* Et vous devez en tout l'exemple des vertus.

LE DUC.

* Le fort en eft jeté, je ferai tout pour elle :

* Il faut bien à la fin défarmer la cruelle.

* Ses lois feront mes lois : fon roi fera le mien ;

* Je n'aurai de parti, de maître que le fien.

* Poffeffeur d'un tréfor où s'attache ma vie,

* Avec mes ennemis je me réconcilie.

* Je lirai dans fes yeux mon fort et mon devoir.

* Mon cœur eft enivré de cet heureux efpoir.

Je n'ai point de rival, j'avais tort de me plaindre ;

Si tu n'es point aimé, quel mortel ai-je à craindre ?

Qui pourrait dans ma cour avoir pouffé l'orgueil,

Jufqu'à laiffer vers elle échapper un coup d'œil ?

* Enfin, plus de prétexte à fes refus injuftes ;

* Raifon, gloire, intérêt, et tous ces droits auguftes

* Des princes de mon fang, et de mes fouverains,

* Sont des liens facrés refferrés par fes mains.

* Du roi, puifqu'il le faut, foutenons la couronne ;

* La vertu le confeille, et la beauté l'ordonne.

* Je veux entre tes mains, dans ce fortuné jour,
* Sceller tous les fermens que je fais à l'amour.
* Quant à mes intérêts, que toi feul en décide.

LISOIS.

* Souffrez donc près du roi que mon zèle me guide.
* Peut-être il eût fallu que ce grand changement
* Ne fût dû qu'au héros, et non pas à l'amant;
* Mais fi d'un fi grand cœur une femme difpofe,
* L'effet en eft trop beau pour en blâmer la caufe;
* Et mon cœur, tout rempli de cet heureux retour,
* Bénit votre faibleffe, et rend grâce à l'amour.

SCENE V.

LE DUC, LISOIS, un Officier.

L'OFFICIER

Seigneur, auprès des murs les ennemis paraiffent;
On prépare l'affaut, le temps, les périls preffent:
Nous attendons votre ordre.

LE DUC.

Eh bien! cruels deftins,
Vous l'emportez fur moi, vous trompez mes deffeins.
Plus d'accord, plus de paix, je vole à la victoire;
Méritons Amélie en me couvrant de gloire.
Je ne fuis pas en peine, Ami, de réfifter
Aux téméraires mains qui m'ofent infulter.
De tous les ennemis qu'il faut combattre encore,
Je n'en redoute qu'un, c'eft celui que j'adore.

Fin du fecond acte.

ACTE III.

SCENE PREMIERE.

LE DUC DE FOIX, LISOIS.

LE DUC.

La victoire eſt à nous, vos ſoins l'ont aſſurée.
Vous avez ſu guider ma jeuneſſe égarée.
* Liſois m'eſt néceſſaire aux conſeils, aux combats,
* Et c'eſt à ſa grande ame à diriger mon bras.

LISOIS.

* Prince, ce feu guerrier, qu'en vous on voit paraître,
* Sera maître de tout, quand vous en ſerez maître :
* Vous l'avez pu régler, et vous avez vaincu.
* Ayez dans tous les temps cette heureuſe vertu :
L'effet en eſt illuſtre, autant qu'il eſt utile.
Le faible eſt inquiet, le grand homme eſt tranquille.

LE DUC.

Ah! l'amour eſt-il fait pour la tranquillité ?
Mais le chef inconnu ſur nos remparts monté,
Qui tint ſeul ſi long-temps la victoire en balance,
Qui m'a rendu jaloux de ſa haute vaillance,
Que devient-il ?

LISOIS.

Seigneur, environné de morts,
Il a ſeul repouſſé nos plus puiſſans efforts.
Mais ce qui me confond, et qui doit vous ſurprendre,
Pouvant nous échapper, il eſt venu ſe rendre;

Sans vouloir fe nommer, et fans fe découvrir,
Il accufait le ciel, et cherchait à mourir.
Un feul de fes fuivans auprès de lui partage
La douleur qui l'accable, et le fort qui l'outrage.

LE DUC.

Quel eft donc, cher Ami, ce chef audacieux,
Qui cherchant le trépas fe càchait à nos yeux?
Son cafque était fermé. Quel charme inconcevable,
Quand je l'ai combattu, le rendait refpectable?
* Un je ne fais quel trouble en moi s'eft élevé ;
* Soit que ce trifte amour, dont je fuis captivé,
* Sur mes fens égarés répandant fa tendreffe,
* Jufqu'au fein des combats m'ait prêté fa faibleffe ;
* Qu'il ait voulu marquer toutes mes actions
* Par la molle douceur de fes impreffions ;
* Soit plutôt que la voix de ma trifte patrie
* Parle encore en fecret au cœur qui l'a trahie,
Ou que le trait fatal enfoncé dans ce cœur,
Corrompe en tous les temps ma gloire et mon bonheur.

LISOIS.

Quant aux traits dont votre ame a fenti la puiffance,
Tous les confeils font vains, agréez mon filence.
Mais ce fang des Français, que nos mains font couler,
Mais l'Etat, la patrie, il faut vous en parler.
Vos nobles fentimens peuvent encor paraître :
* Il eft beau de donner la paix à votre maître :
* Son égal aujourd'hui, demain dans l'abandon,
* Vous vous verriez réduit à demander pardon.
Sûr enfin d'Amélie et de votre fortune,
Fondez votre grandeur fur la caufe commune ;
Ce guerrier, quel qu'il foit, remis entre vos mains,
Pourra fervir lui-même à vos juftes deffeins :

* De cet heureux moment faififfons l'avantage.

LE DUC.

Ami, de ma parole Amélie eft le gage ;
Je la tiendrai : je vais dès ce même moment
Préparer les efprits à ce grand changement.
A tes confeils heureux tous mes fens s'abandonnent ;
La gloire, l'hyménée et la paix me couronnent ;
Et libre des chagrins où mon cœur fut noyé,
Je dois tout à l'amour, et tout à l'amitié.

SCENE II.

LISOIS, VAMIR, EMAR *dans le fond du théâtre.*

LISOIS.

Je me trompe, ou je vois ce captif qu'on amène ;
Un des fiens l'accompagne ; il fe foutient à peine ;
Il paraît accablé d'un défefpoir affreux.

VAMIR.

Où fuis-je ? où vais-je ? ô Ciel !

LISOIS.

     Chevalier généreux,
Vous êtes dans des murs où l'on chérit la gloire,
Où l'on n'abufe point d'une faible victoire,
Où l'on fait refpecter de braves ennemis :
C'eft en de nobles mains que le fort vous a mis.
Ne puis-je vous connaître ? et faut-il qu'on ignore
De quel grand prifonnier le duc de Foix s'honore ?

VAMIR.

Je fuis un malheureux, le jouet des deftins,
Dont la moindre infortune eft d'être entre vos mains.

Souffrez qu'au souverain de ce séjour funeste
Je puisse au moins cacher un sort que je déteste :
Me faut-il des témoins encor de mes douleurs?
On apprendra trop tôt mon nom et mes malheurs.

LISOIS.

Je ne vous presse point, Seigneur, je me retire;
Je respecte un chagrin dont votre cœur soupire.
Croyez que vous pourrez retrouver parmi nous
Un destin plus heureux et plus digne de vous.

SCENE III.

VAMIR, EMAR.

VAMIR.

Un destin plus heureux! mon cœur en désespère :
J'ai trop vécu.

EMAR.

Seigneur, dans un sort si contraire,
Rendez grâces au ciel, de ce qu'il a permis
Que vous soyez tombé sous de tels ennemis,
Non sous le joug affreux d'une main étrangère.

VAMIR.

Qu'il est dur bien souvent d'être aux mains de son frère!

EMAR.

Mais ensemble élevés, dans les temps plus heureux,
La plus tendre amitié vous unissait tous deux.

VAMIR.

Il m'aimait autrefois, c'est ainsi qu'on commence;
Mais bientôt l'amitié s'envole avec l'enfance :

Il ne fait pas encor ce qu'il me fait fouffrir,
Et mon cœur déchiré ne faurait le haïr.

E M A R.

Il ne foupçonne pas qu'il ait en fa puiffance
Un frère infortuné qu'animait la vengeance.

V A M I R.

Non, la vengeance, Ami, n'entra point dans mon cœur ;
Qu'un foin trop différent égara ma valeur !
Jufte Ciel! eft - il vrai ce que la renommée
Annonçait dans la France à mon ame alarmée ?
Eft - il vrai qu'Amélie, après tant de fermens,
Ait violé la foi de fes engagemens ?
Et pour qui ? jufte Ciel! ô comble de l'injure !
O nœuds du tendre amour! ô lois de la nature !
Liens facrés des cœurs, êtes-vous tous trahis ?
Tous les maux dans ces lieux font fur moi réunis.
Frère injufte et cruel !

E M A R.

Vous difiez qu'il ignore
Que parmi tant de biens, qu'il vous enlève encore,
Amélie en effet eft le plus précieux ;
Qu'il n'avait jamais fu le fecret de vos feux.

V A M I R.

Elle le fait, l'ingrate ; elle fait que ma vie
Par d'éternels fermens à la fienne eft unie ;
Elle fait qu'aux autels nous allions confirmer
Ce devoir que nos cœurs s'étaient fait de s'aimer,
Quand le Maure enleva mon unique efpérance :
Et je n'ai pu fur eux achever ma vengeance !
Et mon frère a ravi le bien que j'ai perdu !
Il jouit des malheurs dont je fuis confondu.

Quel eft donc en ces lieux le deffein qui m'entraîne ?
La confolation, trop funefte et trop vaine,
De faire avant ma mort à fes traîtres appas
Un reproche inutile, et qu'on n'entendra pas ?
Allons; je périrai, quoi que le ciel décide,
Fidèle au roi mon maître, et même à la perfide.
Peut-être en apprenant ma conftance et mon fort,
Dans les bras de mon frère elle plaindra ma mort.

EMAR.

Cachez vos fentimens; c'eft lui qu'on voit paraître.

VAMIR.

Des troubles de mon cœur puis-je me rendre maître ?

SCENE IV.

LE DUC DE FOIX, VAMIR, EMAR.

LE DUC.

CE myftère m'irrite; et je prétends favoir
Quel guerrier les deftins ont mis en mon pouvoir :
Il femble avec horreur qu'il détourne la vue.

VAMIR.

O lumière du jour, pourquoi m'es-tu rendue ?
Te verrai-je, infidelle ! en quels lieux ? à quel prix ?

LE DUC.

Qu'entends-je ? et quels accens ont frappé mes efprits ?

VAMIR.

M'as-tu pu méconnaître ?

LE DUC.

Ah ! Vamir ! ah ! mon frère !

VAMIR.

VAMIR.

* Ce nom jadis fi cher, ce nom me défefpère.
* Je ne le fuis que trop ce frère infortuné,
* Ton ennemi vaincu, ton captif enchaîné.

LE DUC.

* Tu n'es plus que mon frère, et mon cœur te pardonne,
Mais je te l'avoûrai, ta cruauté m'étonne.
Si ton roi me pourfuit, Vamir, était-ce à toi
A briguer, à remplir cet odieux emploi?
Que t'ai-je fait?

VAMIR.

Tu fais le malheur de ma vie;
Je voudrais qu'aujourd'hui ta main me l'eût ravie.

LE DUC.

De nos troubles civils quels effets malheureux!

VAMIR.

Les troubles de mon cœur font encor plus affreux.

LE DUC.

* J'euffe aimé contre un autre à montrer mon courage.
* Vamir, que je te plains!

VAMIR.

Je te plains davantage,
* De haïr ton pays, de trahir fans remords,
* Et le roi qui t'aimait, et le fang dont tu fors.

LE DUC.

* Arrête: Epargne-moi l'infame nom de traître;
* A cet indigne mot je m'oublîrais peut-être.
Non, mon frère, jamais je n'ai moins mérité
Le reproche odieux de l'infidélité.
Je fuis prêt de donner à nos triftes provinces,
A la France fanglante, au refte de nos princes,

Théâtre. Tome II.   R

L'exemple augufte et faint de la réunion,
Après l'avoir donné de la divifion.

V A M I R.

Toi, tu pourrais....

L E D U C.

Ce jour, qui femble fi funefte,
Des feux de la difcorde éteindra ce qui refte.

V A M I R.

Ce jour eft trop horrible.

L E D U C.

Il va combler mes vœux.

V A M I R.

Comment?

L E D U C.

Tout eft changé ; ton frère eft trop heureux.

V A M I R.

* Je le crois ; on difait que d'un amour extrême,
* Violent, effréné (car c'eft ainfi qu'on aime),
* Ton cœur depuis trois mois s'occupait tout entier.

L E D U C.

* J'aime ; oui, la renommée a pu le publier :
* Oui, j'aime avec fureur. Une telle alliance,
* Semblait pour mon bonheur attendre ta préfence.
* Oui, mes reffentimens, mes droits, mes alliés,
* Gloire, amis, ennemis, je mets tout à fes pieds.
       (à fa fuite.)
* Allez, et dites-lui que deux malheureux frères,
* Jetés par le deftin dans des partis contraires,
* Pour marcher déformais fous le même étendard,
* De fes yeux fouverains n'attendent qu'un regard.

(à *Vamir*.)

* Ne blâme point l'amour où ton frère eft en proie :
* Pour me juftifier, il fuffit qu'on la voie.

VAMIR.

* Cruel!.... elle vous aime?...

LE DUC.

Elle le doit du moins :
* Il n'était qu'un obftacle au fuccès de mes foins ;
* Il n'en eft plus, je veux que rien ne nous fépare.

VAMIR.

* Quels effroyables coups le cruel me prépare !
* Ecoute ; à ma douleur ne veux-tu qu'infulter ?
* Me connais-tu ? fais-tu ce que j'ofais tenter ?
* Dans ces funeftes lieux fais-tu ce qui m'amène ?

LE DUC.

* Oublions ces fujets de difcorde et de haine.

SCENE V.

LE DUC DE FOIX, VAMIR, AMELIE.

AMELIE.

Ciel ! qu'eft-ce que je vois ? Je me meurs.

LE DUC.

Ecoutez.
Mon bonheur eft venu de nos calamités ;
J'ai vaincu ; je vous aime, et je retrouve un frère,
Sa préfence à mes yeux vous rend encor plus chère.
* Et vous, mon frère, et vous, foyez ici témoin
* Si l'excès de l'amour peut emporter plus loin.

R 2

* Ce que votre reproche, ou bien votre prière,

* Le généreux Lifois, le roi, la France entière,

Demanderaient enfemble, et qu'ils n'obtiendraient pas,

* Soumis et fubjugué, je l'offre à fes appas.

De l'ennemi des rois vous avez craint l'hommage.

Vous aimez, vous fervez une cour qui m'outrage;

Eh bien, il faut céder; vous difpofez de moi;

Je n'ai plus d'alliés; je fuis à votre roi.

* L'amour, qui malgré vous nous a faits l'un pour l'autre,

* Ne me laiffe de choix, de parti que le vôtre.

* Vous, courez, mon cher frère, allez dès ce moment

* Annoncer à la cour un fi grand changement.

* Soyez libre, partez, et de mes facrifices

* Allez offrir au roi les heureufes prémices.

* Puiffé-je à fes genoux préfenter aujourd'hui

* Celle qui m'a dompté, qui me ramène à lui,

* Qui d'un prince ennemi fait un fujet fidelle,

* Changé par fes regards et vertueux par elle!

V A M I R à part.

* Il fait ce que je veux, et c'eft pour m'accabler.

(à Amélie.)

* Prononcez notre arrêt, Madame, il faut parler.

L E D U C.

* Eh quoi! vous demeurez interdite et muette!

* De mes foumiffions êtes-vous fatisfaite?

* Eft-ce affez qu'un vainqueur vous implore à genoux?

* Faut-il encor ma vie? ingrate, elle eft à vous.

Un mot peut me l'ôter: la fin m'en fera chère.

Je vivais pour vous feule, et mourrai pour vous plaire.

A M E L I E.

Je demeure éperdue, et tout ce que je vois

Laiffe à peine à mes fens l'ufage de la voix.

Ah! Seigneur, fi votre ame, en effet attendrie,
Plaint le fort de la France, et chérit la patrie ;
Un fi noble deffein, des foins fi vertueux,
Ne feront point l'effet du pouvoir de mes yeux :
Ils auront dans vous - même une fource plus pure.
* Vous avez écouté la voix de la nature ;
* L'amour a peu de part où doit régner l'honneur.

LE DUC.

Non, tout eft votre ouvrage, et c'eft-là mon malheur.
* Sur tout autre intérêt ce trifte amour l'emporte.
* Accablez - moi de honte, accufez - moi, n'importe !
* Duffé - je vous déplaire, et forcer votre cœur,
* L'autel eft prêt ; venez.

VAMIR.
Vous ofez !

AMELIE.
Non, Seigneur.
* Avant que je vous cède, et que l'hymen nous lie,
* Aux yeux de votre frère arrachez-moi la vie.
* Le fort met entre nous un obftacle éternel.
* Je ne puis être à vous.

LE DUC.
Vamir… ingrate… Ah ! Ciel !
* C'en eft donc fait…mais non…mon cœur fait fe contraindre.
* Vous ne méritez pas que je daigne m'en plaindre :
* Je vous rends trop juftice ; et ces féductions,
* Qui vont au fond des cœurs chercher nos paffions,
* L'efpoir qu'on donne à peine afin qu'on le faififfe,
* Ce poifon préparé des mains de l'artifice,
Sont les effets d'un charme auffi trompeur que vain,
* Que l'œil de la raifon regarde avec dédain.

R 3

* Je fuis libre par vous : cet art que je détefte ,
* Cet art qui m'enchaîna, brife un joug fi funefte :
* Et je ne prétends pas , indignement épris ,
* Rougir devant mon frère, et fouffrir des mépris.
* Montrez-moi feulement ce rival qui fe cache ;
* Je lui cède avec joie un poifon qu'il m'arrache.
* Je vous dédaigne affez tous deux pour vous unir,
* Perfide ! et c'eft ainfi que je dois vous punir.

                    AMELIE.

* Je devrais feulement vous quitter et me taire ;
* Mais je fuis accufée, et ma gloire m'eft chère.
* Votre frère eft préfent , et mon honneur bleffé
* Doit repouffer les traits dont il eft offenfé.
* Pour un autre que vous ma vie eft deftinée ;
* Je vous en fais l'aveu, je m'y vois condamnée.
* Oui, j'aime ; et je ferais indigne, devant vous ,
* De celui que mon cœur s'eft promis pour époux,
* Indigne de l'aimer, fi par ma complaifance
* J'avais à votre amour laiffé quelque efpérance.
* Vous avez regardé ma liberté , ma foi ,
* Comme un bien de conquête, et qui n'eft plus à moi.
* Je vous devais beaucoup ; mais une telle offenfe
* Ferme à la fin mon cœur à la reconnaiffance.
* Sachez que des bienfaits qui font rougir mon front,
* A mes yeux indignés ne font plus qu'un affront.
* J'ai plaint de votre amour la violence vaine ;
* Mais, après ma pitié, n'attirez point ma haine.
* J'ai rejeté vos vœux, que je n'ai point bravés ;
* J'ai voulu votre eftime, et vous me la devez.

                    LE DUC.

* Je vous dois ma colère, et fachez qu'elle égale
* Tous les emportemens de mon amour fatale.

* Quoi donc, vous attendiez, pour ofer m'accabler,
* Que Vamir fût préfent, et me vît immoler ?
* Vous vouliez ce témoin de l'affront que j'endure ?
* Aliez, je le croirais l'auteur de mon injure,
* Si... mais il n'a point vu vos funeftes appas;
* Mon frère trop heureux ne vous connaiffait pas.
* Nommez donc mon rival ; mais gardez-vous de croire
* Que mon lâche dépit lui cède la victoire.
* Je vous trompais: mon cœur ne peut feindre long-temps.
* Je vous traîne à l'autel à fes yeux expirans;
* Et ma main, fur fa cendre à votre main donnée,
* Va tremper dans le fang les flambeaux d'hyménée.
* Je fais trop qu'on a vu, lâchement abufés,
* Pour des mortels obfcurs des princes méprifés;
* Et mes yeux perceront, dans la foule inconnue,
* Jufqu'à ce vil objet qui fe cache à ma vue.

VAMIR.

* Pourquoi d'un choix indigne ofez-vous l'accufer ?

LE DUC.

* Et pourquoi, vous, mon frère, ofez-vous l'excufer ?
* Eft-il vrai que de vous elle était ignorée ?
* Ciel ! à ce piége affreux ma foi ferait livrée !
* Tremblez.

VAMIR.

Moi, que je tremble! ah! j'ai trop dévoré
* L'inexprimable horreur où toi feul m'as livré :
* J'ai forcé trop long-temps mes tranfports au filence.
* Connais-moi donc, barbare, et remplis ta vengeance :
* Connais un défefpoir à tes fureurs égal ;
* Frappe, voilà mon cœur, et voilà ton rival.

LE DUC.

* Toi, cruel ! toi, Vamir !

R 4

VAMIR.

                              Oui, depuis deux années,
* L'amour la plus fecrète a joint nos deftinées.
* C'eft toi dont les fureurs ont voulu m'arracher
* Le feul bien fur la terre où j'ai pu m'attacher.
* Tu fais depuis trois mois les horreurs de ma vie.
* Les maux que j'éprouvais paffaient ta jaloufie.
* Par tes égaremens juge de mes tranfports.
* Nous puisâmes tous deux dans ce fang dont je fors
* L'excès des paffions qui dévorent une ame ;
* La nature à tous deux fit un cœur tout de flamme.
* Mon frère eft mon rival, et je l'ai combattu ;
* J'ai fait taire le fang, peut-être la vertu.
* Furieux, aveuglé, plus jaloux que toi-même,
* J'ai couru, j'ai volé, pour t'ôter ce que j'aime ;
* Rien ne m'a retenu, ni tes fuperbes tours,
* Ni le peu de foldats que j'avais pour fecours,
* Ni le lieu, ni le temps, ni fur-tout ton courage ;
* Je n'ai vu que ma flamme, et ton feu qui m'outrage.
* L'amour fut dans mon cœur plus fort que l'amitié ;
* Sois cruel comme moi, punis-moi fans pitié :
* Auffi-bien tu ne peux t'affurer ta conquête,
* Tu ne peux l'époufer qu'aux dépens de ma tête.
* A la face des cieux je lui donne ma foi ;
* Je te fais de nos vœux le témoin malgré toi.
* Frappe, et qu'après ce coup, ta cruauté jaloufe
* Traîne aux pieds des autels ta fœur, et mon époufe.
* Frappe, dis-je : ofes-tu ?

                    LE DUC.

                         Traître, c'en eft affez.
* Qu'on l'ôte de mes yeux ; Soldats, obéiffez.

AMELIE.

(aux foldats.)   (au Duc.)

* Non, demeurez, cruels.... Ah! Prince, eft-il poffible
* Que la nature en vous trouve une ame inflexible?
* Seigneur!

VAMIR.

Vous, le prier? plaignez-le plus que moi.

* Plaignez-le ; il vous offenfe, il a trahi fon roi.
* Va, je fuis dans ces lieux plus puiffant que toi-même;
* Je fuis vengé de toi : l'on te hait, et l'on m'aime.

AMELIE.

(à Vamir.)   (au Duc.)

* Ah, cher Prince!... Ah, Seigneur! voyez à vos genoux...

LE DUC.

(aux gardes.)   (à Amélie.)

* Qu'on m'en réponde, allez. Madame, levez-vous.
* Vos prières, vos pleurs en faveur d'un parjure,
* Sont un nouveau poifon verfé fur ma bleffure:
* Vous avez mis la mort dans ce cœur outragé ;
* Mais, perfide, croyez que je mourrai vengé.
* Adieu : fi vous voyez les effets de ma rage,
* N'en accufez que vous, nos maux font votre ouvrage.

AMELIE.

* Je ne vous quitte pas ; écoutez-moi, Seigneur.

LE DUC.

* Eh bien! achevez donc de déchirer mon cœur :
* Parlez.

SCENE VI.

LE DUC, VAMIR, AMELIE, LISOIS,
un Officier, &c.

LISOIS.

* J'ALLAIS partir : un peuple téméraire
* Se foulève en tumulte au nom de votre frère.
* Le défordre eft par-tout : vos foldats confternés
* Défertent les drapeaux de leurs chefs étonnés ;
* Et, pour comble de maux, vers la ville alarmée,
* L'ennemi raffemblé fait marcher fon armée.

LE DUC.

* Allez, cruelle, allez ; vous ne jouirez pas
* Du fruit de votre haine, et de vos attentats :
* Rentrez. Aux factieux je vais montrer leur maître.
  (à l'officier.)   (à Lifois.)
* Qu'on la garde. Courons. Vous, veillez fur ce traître.

SCENE VII.

VAMIR, LISOIS.

LISOIS.

* LE feriez-vous, Seigneur ? auriez-vous démenti
* Le fang de ces héros dont vous êtes forti ?
* Auriez-vous violé, par cette lâche injure,
* Et les droits de la guerre, et ceux de la nature ?

* Un prince à cet excès pourrait-il s'oublier ?

VAMIR.

* Non ; mais fuis-je réduit à me juftifier ?
* Lifois, ce peuple eft jufte ; il t'apprend à connaître
* Que mon frère eft rebelle, et qu'il trahit fon maître.

LISOIS.

* Ecoutez ; ce ferait le comble de mes vœux,
* De pouvoir aujourd'hui vous réunir tous deux.
* Je vois avec regret la France défolée,
* A nos diffentions la nature immolée,
* Sur nos communs débris l'Africain élevé,
* Menaçant cet Etat, par nous-même énervé.
* Si vous avez un cœur digne de votre race,
* Faites au bien public fervir votre difgrace.
* Rapprochez les partis ; uniffez-vous à moi
* Pour calmer votre frère, et fléchir votre roi,
* Pour éteindre le feu de nos guerres civiles.

VAMIR.

* Ne vous en flattez pas : vos foins font inutiles.
* Si la difcorde feule avait armé mon bras,
* Si la guerre et la haine avaient conduit mes pas ;
* Vous pourriez efpérer de réunir deux frères,
* L'un de l'autre écartés dans des partis contraires :
* Un obftacle plus grand s'oppofe à ce retour.

LISOIS.

* Et quel eft-il, Seigneur ?

VAMIR.

Ah ! reconnais l'amour ;
* Reconnais la fureur qui de nous deux s'empare,
* Qui m'a fait téméraire, et qui le rend barbare.

LISOIS.

* Ciel! faut-il voir ainſi, par des caprices vains,
* Anéantir le fruit des plus nobles deſſeins?
* L'amour ſubjuguer tout? ſes cruelles faibleſſes
* Du ſang qui ſe révolte étouffer les tendreſſes?
* Des frères ſe haïr? et naître, en tous climats,
* Des paſſions des grands le malheur des Etats?
* Prince, de vos amours laiſſons là le myſtère;
* Je vous plains tous les deux, mais je ſers votre frère;
* Je vais le ſeconder; je vais me joindre à lui,
* Contre un peuple inſolent qui ſe fait votre appui.
* Le plus preſſant danger eſt celui qui m'appelle;
* Je vois qu'il peut avoir une fin bien cruelle:
* Je vois les paſſions plus puiſſantes que moi,
* Et l'amour ſeul ici me fait frémir d'effroi.
* Je lui dois mon ſecours; je vous laiſſe, et j'y vole.
* Soyez mon priſonnier, mais ſur votre parole;
* Elle me ſuffira.

VAMIR.

Je vous la donne.

LISOIS.

Et moi

* Je voudrais de ce pas porter la ſienne au roi;
* Je voudrais cimenter, dans l'ardeur de lui plaire,
* Du ſang de nos tyrans unè union ſi chère.
* Mais ces fiers ennemis ſont bien moins dangereux
* Que ce fatal amour qui vous perdra tous deux.

Fin du troiſième acte.

ACTE IV.

SCENE PREMIERE.

VAMIR, AMELIE, EMAR.

AMELIE.

QUELLE fuite, grand Dieu, d'affreufes deftinées !
Quel tiffu de douleurs l'une à l'autre enchaînées !
Un orage imprévu m'enlève à votre amour :
Un orage nous joint : et dans le même jour,
Quand je vous fuis rendue, un autre nous fépare !
Vamir, frère adoré d'un frère trop barbare,
Vous le voulez, Vamir ; je pars, et vous reftez.

VAMIR.

Voyez par quels liens mes pas font arrêtés.
* Au pouvoir d'un rival ma parole me livre :
* Je puis mourir pour vous, et je ne puis vous fuivre :

AMELIE.

Vous l'osâtes combattre, et vous n'ofez le fuir.

VAMIR.

L'honneur eft mon tyran : je lui dois obéir.
Profitez du tumulte où la ville eft livrée ;
La retraite à vos pas déjà femble affurée ;
On vous attend : le ciel a calmé fon courroux.
Efpérez....

AMELIE.

Et que puis-je efpérer loin de vous ?

VAMIR.

Ce n'eſt qu'un jour.

AMELIE.

Ce jour eſt un ſiècle funeſte.
Rendez vains mes ſoupçons, Ciel vengeur que j'atteſte!
* Seigneur, de votre ſang le Maure eſt altéré.
* Ce ſang à votre frère eſt-il donc ſi ſacré?
Il aime en furieux; mais il hait plus encore.
Il eſt votre rival, & l'allié du Maure.
Je crains...

VAMIR.

* Il n'oſerait....

AMELIE.

Son cœur n'a point de frein.
* Il vous a menacé, menace-t-il en vain?

VAMIR.

* Il tremblera bientôt : le roi vient, et nous venge.
* La moitié de ce peuple à ſes drapeaux ſe range.
* Allez : ſi vous m'aimez, dérobez-vous aux coups
* Des foudres allumés, grondans autour de nous;
* Au tumulte, au carnage, au déſordre effroyable;
* Dans des murs pris d'aſſaut, malheur inévitable :
* Mais redoutez encor mon rival furieux;
* Craignez l'amour jaloux qui veille dans ſes yeux :
Cet amour mépriſé ſe tournerait en rage.
Fuyez ſa violence : évitez un outrage
Qu'il me faudrait laver de ſon ſang et du mien.
Seul eſpoir de ma vie, et mon unique bien,
Mettez en ſureté ce ſeul bien qui me reſte :
Ne vous expoſez pas à cet éclat funeſte.

* Cédez à mes douleurs. Qu'il vous perde : partez.

AMELIE.

* Et vous vous expofez feul à fes cruautés !

VAMIR.

* Ne craignant rien pour vous , je craindrai peu mon frère.
* Que dis-je ? mon appui lui devient néceffaire.
Son captif aujourd'hui, demain fon bienfaiteur ,
Je pourrai de fon roi lui rendre la faveur.
Protéger mon rival eft la gloire où j'afpire.
Arrachez-vous fur-tout à fon fatal empire :
Songez que ce matin vous quittiez fes Etats.

AMELIE.

Ah ! je quittais des lieux que vous n'habitiez pas.
Dans quelque afile affreux que mon deftin m'entraîne ,
Vamir, j'y porterai mon amour et ma haine.
Je vous adorerai dans le fond des déferts ,
Au milieu des combats, dans l'exil, dans les fers ,
Dans la mort que j'attends de votre feule abfence.

VAMIR.

C'en eft trop : vos douleurs ébranlent ma conftance :
Vous avez trop tardé.... Ciel ! quel tumulte affreux !

SCENE II.

AMELIE, VAMIR, LE DUC DE FOIX, Gardes.

LE DUC.

* JE l'entends ; c'eft lui-même. Arrête , malheureux :
* Lâche qui me trahis, rival indigne, arrête.

VAMIR.

* Il ne te trahit point , mais il t'offre fa tête.

* Porte à tous les excès ta haine et ta fureur.
* Va, ne perds point de temps : le ciel arme un vengeur.
* Tremble, ton roi s'approche : il vient, il va paraître;
* Tu n'as vaincu que moi, redoute encor ton maître.

LE DUC.

* Il pourra te venger, mais non te secourir;
* Et ton sang...

AMELIE.

Non, cruel; c'est à moi de mourir.
* J'ai tout fait; c'est par moi que ta garde est séduite.
* J'ai gagné tes soldats, j'ai préparé ma fuite.
* Punis ces attentats, et ces crimes si grands
* De sortir d'esclavage et de fuir ses tyrans :
* Mais respecte ton frère, et sa femme, et toi-même.
* Il ne t'a point trahi, c'est un frère qui t'aime.
* Il voulait te servir, quand tu veux l'opprimer.
* Quel crime a-t-il commis, cruel, que de m'aimer?
* L'amour n'est-il en toi qu'un juge inexorable?

LE DUC.

* Plus vous le défendez, plus il devient coupable.
* C'est vous qui le perdez, vous qui l'assassinez;
* Vous, par qui tous nos jours étaient empoisonnés;
* Vous, qui pour leur malheur armiez des mains si chères.
* Puisse tomber sur vous tout le sang des deux frères!
* Vous pleurez ! mais vos pleurs ne peuvent me tromper.
* Je suis prêt à mourir, et prêt à le frapper.
* Mon malheur est au comble, ainsi que ma faiblesse.
* Oui, je vous aime encor : le temps, le péril presse;
* Vous pouvez à l'instant parer le coup mortel :
* Voilà ma main, venez : sa grâce est à l'autel.

AMELIE.

* Moi, Seigneur?

LE DUC.

LE DUC.

C'eſt aſſez.

AMELIE.

Moi, que je le trahiſſe !

LE DUC.

* Arrêtez... répondez...

AMELIE.

Je ne puis.

LE DUC.

Qu'il périſſe.

VAMIR.

* Ne vous laiſſez pas vaincre en ces affreux combats.
* Oſez m'aimer aſſez pour vouloir mon trépas :
* Abandonnez mon ſort au coup qu'il me prépare.
* Je mourrai triomphant des mains de ce barbare ;
* Et ſi vous ſuccombiez à ſon lâche courroux,
* Je n'en mourrais pas moins, mais je mourrais par vous.

LE DUC.

* Qu'on l'entraîne à la tour ; allez, qu'on m'obéiſſe.

SCENE III.

LE DUC, AMELIE.

AMELIE.

* Vous, cruel, vous feriez cet affreux ſacrifice ?
* De ſon vertueux ſang vous pourriez vous couvrir ?
* Quoi ! voulez-vous. ...

LE DUC.

Je veux vous haïr et mourir ;

Théâtre. Tome II. S

Vous rendre malheureuse encor plus que moi-même,
Répandre devant vous tout le sang qui vous aime,
Et vous laisser des jours plus cruels mille fois
Que le jour où l'amour nous a perdus tous trois.
Laissez-moi : votre vue augmente mon supplice.

SCENE IV.

LE DUC, AMELIE, LISOIS.

AMELIE à *Lisois*.

Ah ! je n'attends plus rien que de votre justice :
Lisois, contre un cruel osez me secourir.

LE DUC.

Garde-toi de l'entendre, ou tu vas me trahir.

AMELIE.

J'atteste ici le ciel. . . .

LE DUC.

Eloignez de ma vue . . . .
Amis, délivrez-moi d'un objet qui me tue.

AMELIE.

Va, tyran, c'en est trop : va, dans mon désespoir,
J'ai combattu l'horreur que je sens à te voir.
J'ai cru, malgré ta rage à ce point emportée,
Qu'une femme du moins en serait respectée :
L'amour adoucit tout, hors ton barbare cœur ;
Tigre, je t'abandonne à toute ta fureur.
Dans ton féroce amour immole tes victimes ;
Compte dès ce moment ma mort parmi tes crimes ;
Mais compte encor la tienne. Un vengeur va venir ;
Par ton juste supplice il va tous nous unir.

* Tombe avec tes remparts, tombe et péris fans gloire;
* Meurs, et que l'avenir prodigue à ta mémoire,
* A tes feux, à ton nom juftement abhorrés,
* La haine et le mépris que tu m'as infpirés!

SCÈNE V.

LE DUC DE FOIX, LISOIS.

LE DUC.

* Oui, cruelle ennemie, et plus que moi farouche,
* Oui, j'accepte l'arrêt prononcé par ta bouche.
* Que la main de la haine, et que les mêmes coups
* Dans l'horreur du tombeau nous réuniffent tous.

(*il tombe dans un fauteuil.*)

LISOIS.

* Il ne fe connaît plus; il fuccombe à fa rage.

LE DUC.

* Eh bien! fouffriras-tu ma honte et mon outrage?
* Le temps preffe: veux-tu qu'un rival odieux
* Enlève la perfide, et l'époufe à mes yeux?
* Tu crains de me répondre! attends-tu que le traître
* Ait foulevé le peuple, et me livre à fon maître?

LISOIS.

* Je vois trop en effet que le parti du roi
* Des peuples fatigués fait chanceler la foi.
* De la fédition la flamme réprimée
* Vit encor dans les cœurs, en fecret rallumée.

S 2

LE DUC.

* C'eſt Vamir qui l'allume : il nous a trahis tous.

LISOIS.

* Je ſuis loin d'excuſer ſes crimes envers vous.
* La ſuite en eſt funeſte, et me remplit d'alarmes.
* Dans la plaine déjà les Français ſont en armes;
* Et vous êtes perdu, ſi le peuple excité
* Croit dans la trahiſon trouver ſa ſureté.
* Vos dangers ſont accrus.

LE DUC.

Eh bien, que faut-il faire?

LISOIS.

* Les prévenir, dompter l'amour et la colère.
* Ayons encor, mon Prince, en cette extrémité,
* Pour prendre un parti ſûr aſſez de fermeté.
* Nous pouvons conjurer ou braver la tempête:
* Quoi que vous décidiez, ma main eſt toute prête.
* Vous vouliez ce matin, par un heureux traité,
* Apaiſer avec gloire un monarque irrité,
* Ne vous rebutez pas : ordonnez, et j'eſpère
* Signer en votre nom cette paix ſalutaire.
* Mais s'il vous faut combattre, et courir au trépas,
* Vous ſavez qu'un ami ne vous ſurvivra pas.

LE DUC.

* Ami, dans le tombeau laiſſe-moi ſeul deſcendre:
* Vis pour ſervir ma cauſe, et pour venger ma cendre.
* Mon deſtin s'accomplit, et je cours l'achever.
* Qui ne veut que la mort eſt ſûr de la trouver;
* Mais je la veux terrible; et lorſque je ſuccombe,
* Je veux voir mon rival entraîné dans ma tombe.

LISOIS.

* Comment ? de quelle horreur vos fens font poffédés !

LE DUC.

* Il eft dans cette tour, où vous feul commandez ;
* Et vous m'avez promis que contre un téméraire. ...

LISOIS.

* De qui me parlez-vous, Seigneur ? de votre frère ?

LE DUC.

* Non, je parle d'un traître, et d'un lâche ennemi,
* D'un rival qui m'abhorre, et qui m'a tout ravi.
* Le Maure attend de moi la tête du parjure.

LISOIS.

* Vous leur avez promis de trahir la nature ?

LE DUC.

* Dès long-temps du perfide ils ont profcrit le fang.

LISOIS.

* Et pour leur obéir, vous lui percez le flanc ?

LE DUC.

* Non, je n'obéis point à leur haine étrangère ;
* J'obéis à ma rage, et veux la fatisfaire.
* Que m'importent l'Etat, et mes vains alliés ?

LISOIS.

* Ainfi donc à l'amour vous le facrifiez ?
* Et vous me chargez, moi, du foin de fon fupplice !

LE DUC.

* Je n'attends pas de vous cette prompte juftice.
* Je fuis bien malheureux ! bien digne de pitié !
* Trahi dans mon amour, trahi dans l'amitié !
* Allez ; je puis encor, dans le fort qui me preffe,
* Trouver de vrais amis, qui tiendront leur promeffe.
* D'autres me ferviront, et n'allégueront pas
* Cette trifte vertu, l'excufe des ingrats.

S 3

LISOIS, *après un long silence.*

* Non ; j'ai pris mon parti. Soit crime , soit justice ,
* Vous ne vous plaindrez plus qu'un ami vous trahisse.
Vamir est criminel : vous êtes malheureux ;
Je vous aime , il suffit : je me rends à vos vœux.
Je vois qu'il est des temps pour les partis extrêmes ,
Que les plus saints devoirs peuvent se taire eux-mêmes.
* Je ne souffrirai pas que d'un autre que moi ,
* Dans de pareils momens , vous éprouviez la foi ;
* Et vous reconnaîtrez , au succès de mon zèle ,
* Si Lisois vous aimait , et s'il vous fut fidèle.

LE DUC.

Je te retrouve enfin dans mon adversité :
L'univers m'abandonne , et toi seul m'es resté.
Tu ne souffriras pas que mon rival tranquille
Insulte impunément à ma rage inutile ;
Qu'un ennemi vaincu , maître de mes Etats
Dans les bras d'une ingrate insulte à mon trépas.

LISOIS.

* Non, mais en vous rendant ce malheureux service,
* Prince, je vous demande un autre sacrifice.

LE DUC.

* Parle.

LISOIS.

Je ne veux pas que le Maure en ces lieux,
* Protecteur insolent , commande sous mes yeux :
* Je ne veux pas servir un tyran qui nous brave.
* Ne puis-je vous venger , sans être son esclave ?
* Si vous voulez tomber, pourquoi prendre un appui ?
* Pour mourir avec vous ai-je besoin de lui ?
* Du fort de ce grand jour laissez-moi la conduite :
* Ce que je fais pour vous peut-être le mérite.

* Les Maures avec moi pourraient mal s'accorder ,
* Jufqu'au dernier moment je veux feul commander.

LE DUC.

* Oui, pourvu qu'Amélie , au défefpoir réduite,
* Pleure en larmes de fang l'amant qui l'a féduite;
* Pourvu que de l'horreur de fes gémiffemens
* Ma douleur fe repaiffe à mes derniers momens ;
* Tout le refte eft égal, et je te l'abandonne.
* Prépare le combat ; agis , difpofe , ordonne.
* Ce n'eft plus la victoire où ma fureur prétend ;
* Je ne cherche pas même un trépas éclatant.
* Aux cœurs défefpérés qu'importe un peu de gloire?
* Périffe ainfi que moi ma funefte mémoire !
* Périffe avec mon nom le fouvenir fatal
* D'une indigne maîtreffe et d'un lâche rival !

LISOIS.

* Je l'avoue avec vous : une nuit éternelle
* Doit couvrir , s'il fe peut , une fin fi cruelle.
* C'était avant ce coup qu'il nous fallait mourir :
* Mais je tiendrai parole , et je vais vous fervir.

Fin du quatrième acte.

S 4

ACTE V.

SCENE PREMIERE.

LE DUC DE FOIX, un Officier, Gardes.

LE DUC.

* O Ciel! me faudra-t-il, de momens en momens,
* Voir, et des trahisons, et des soulèvemens?
* Eh bien, de ces mutins l'audace est terrassée?

L'OFFICIER.

* Seigneur, ils vous ont vu: leur foule est dispersée.

LE DUC.

* L'ingrat de tous côtés m'opprimait aujourd'hui,
* Mon malheur est parfait, tous les cœurs sont à lui.
Que fait Lisois?

L'OFFICIER.

      Seigneur, sa prompte vigilance
A par-tout des remparts assuré la défense.

LE DUC.

* Ce soldat, qu'en secret vous m'avez amené,
* Va-t-il exécuter l'ordre que j'ai donné?

L'OFFICIER.

* Oui, Seigneur, et déjà vers la tour il s'avance.

LE DUC.

Ce bras vulgaire et sûr va remplir ma vengeance.
* Sur l'incertain Lisois mon cœur a trop compté:
* Il a vu ma fureur avec tranquillité.

* On ne foulage point des douleurs qu'on méprise :
* Il faut qu'en d'autres mains ma vengeance soit mise.
* Vous, que sur nos remparts on porte nos drapeaux ;
* Allez, qu'on se prépare à des périls nouveaux.
* Vous sortez d'un combat, un autre vous appelle :
* Ayez la même audace, avec le même zèle ;
* Imitez votre maître ; et s'il vous faut périr,
* Vous recevrez de moi l'exemple de mourir.

(*il reste seul.*)

Eh bien, c'en est donc fait : une femme perfide
Me conduit au tombeau chargé d'un parricide.
Qui ? moi, je tremblerais des coups qu'on va porter ?
J'ai chéri la vengeance, et ne puis la goûter.
* Je frissonne : une voix gémissante et sévère,
* Crie au fond de mon cœur : Arrête, il est ton frère.
* Ah ! Prince infortuné, dans ta haine affermi,
* Songe à des droits plus saints, Vamir fut ton ami.
* O jours de notre enfance ! ô tendresses passées !
* Il fut le confident de toutes mes pensées.
* Avec quelle innocence, et quels épanchemens,
* Nos cœurs se font appris leurs premiers sentimens !
* Que de fois, partageant mes naissantes alarmes,
* D'une main fraternelle essuya-t-il mes larmes !
* Est c'est moi qui l'immole ! et cette même main
* D'un frère que j'aimai déchirerait le sein !
* O passion funeste ! ô douleur qui m'égare !
* Non, je n'étais point né pour devenir barbare.
* Je sens combien le crime est un fardeau cruel !
* Mais que dis-je ? Vamir est le seul criminel.
* Je reconnais mon sang ; mais c'est à sa furie :
* Il m'enlève l'objet dont dépendait ma vie.

Ah ! de mon défespoir injufte et vain tranfport !
* Il l'aime, eft-ce un forfait qui mérite la mort ?
* Hélas, malgré le temps , et la guerre , et l'abfence,
* Leur tranquille union croiffait dans le filence.
* Ils nourriffaient en paix leur innocente ardeur,
* Avant qu'un fol amour empoifonnât mon cœur.
* Mais lui-même il m'attaque , il brave ma colère ;
* Il me trompe, il me hait. N'importe, il eft mon frère,
C'eft à lui feul de vivre ; on l'aime , il èft heureux :
C'eft à moi de mourir , mais mourons généreux.
La pitié m'ébranlait , la nature décide.
Il en eft temps encor.

SCENE II.

LE DUC DE FOIX , l'Officier.

LE DUC.

Préviens un parricide,
Ami , vole à la tour : que tout foit fufpendu ;
Que mon frère. . . .

L' OFFICIER.

Seigneur. . . .

LE DUC.

De quoi t'alarmes-tu ?

Cours , obéis.

L' OFFICIER.

* J'ai vu , non loin de cette porte,
* Un corps fouillé de fang qu'en fecret on emporte,

* C'eſt Liſois qui l'ordonne, et je crains que le ſort....

LE DUC.

* Qu'entends-je?...malheureux!AhCiel!mon frère eſt mort!

* Il eſt mort, et je vis! et la terre entr'ouverte,

* Et la foudre en éclats n'ont point vengé ſa perte!

* Ennemi de l'Etat, factieux, inhumain,

* Frère dénaturé, raviſſeur, aſſaſſin :

O Ciel! autour de moi que j'ai creuſé d'abymes!

Que l'amour m'a changé! qu'il me coûte de crimes!

* Le voile eſt déchiré; je m'étais mal connu.

* Au comble des forfaits je ſuis donc parvenu!

* Ah! Vamir! ah! mon frère! ah! jour de ma ruine!

* Je ſens que je t'aimais, et mon bras t'aſſaſſine!

* Quoi, mon frère!

L'OFFICIER.
Amélie avec empreſſement

* Veut, Seigneur, en ſecret vous parler un moment.

LE DUC.

* Chers amis, empêchez que la cruelle avance,

* Je ne puis ſoutenir ni ſouffrir ſa préſence :

* Mais non. D'un parricide elle doit ſe venger;

* Dans mon coupable ſang ſa main doit ſe plonger :

* Qu'elle entre... Ah! je ſuccombe, et ne vis plus qu'à peine.

SCENE III.

LE DUC, AMELIE, TAISE.

AMELIE.

* Vous l'emportez, Seigneur; et puiſque votre haine,

* (Comment puis-je autrement appeler en ce jour

* Ces affreux ſentimens que vous nommez amour?)

* Puifqu'à ravir ma foi votre haine obftinée
* Veut, ou le fang d'un frère, ou ce trifte hyménée...
* Mon choix eft fait, Seigneur; et je me donne à vous:
* A force de forfaits vous êtes mon époux.
* Brifez les fers honteux dont vous chargez un frère;
* De vos murs fous fes pas abaiffez la barrière.
* Que je ne tremble plus pour des jours fi chéris;
* Je trahis mon amant, je le perds à ce prix:
* Je vous épargne un crime, et fuis votre conquête.
* Commandez, difpofez, ma main eft toute prête.
* Sachez que cette main, que vous tyrannifez,
* Punira la faibleffe où vous me réduifez.
* Sachez qu'au temple même où vous m'allez conduire....
* Mais vous voulez ma foi, ma foi doit vous fuffire.
* Allons... Eh quoi! d'où vient ce filence affecté?
* Quoi! votre frère encor n'eft point en liberté?

LE DUC.

* Mon frère?

AMELIE.

Dieu puiffant! diffipez mes alarmes.
* Ciel! de vos yeux cruels je vois tomber des larmes!

LE DUC.

* Vous demandez fa vie!

AMELIE.

Ah! qu'eft-ce que j'entends?
* Vous qui m'aviez promis....

LE DUC.

Madame, il n'eft plus temps.

AMELIE.

* Il n'eft plus temps! Vamir....

LE DUC.

Il eſt trop vrai , cruelle,
Que l'amour a conduit cette main criminelle :
* Liſois , pour mon malheur , a trop ſu m'obéir.
* Ah ! revenez à vous , vivez pour me punir.
* Frappez : que votre main contre moi ranimée
* Perce un cœur inhumain qui vous a trop aimée ,
* Un cœur dénaturé qui n'attend que vos coups.
* Oui , j'ai tué mon frère , et l'ai tué pour vous.
Vengez ſur un coupable , indigne de vous plaire ,
* Tous les crimes affreux que vous m'avez fait faire.

AMELIE , ſe jetant entre les bras de Taïſe.

* Vamir eſt mort ! barbare !

LE DUC.

Oui , mais c'eſt de ta main
* Que ſon ſang veut ici le ſang de l'aſſaſſin.

AMELIE, ſoutenue par Taïſe , et preſque évanouie.

* Il eſt mort !

LE DUC.

Ton reproche....

AMELIE.

Epargne ma misère.
* Laiſſe-moi , je n'ai plus de reproche à te faire.
* Va , porte ailleurs ton crime , et ton vain repentir;
Laiſſe-moi l'adorer , l'embraſſer et mourir.

LE DUC.

* Ton horreur eſt trop juſte. Eh bien , chère Amélie,
Par pitié , par vengeance , arrache-moi la vie.
* Je ne mérite pas de mourir de tes coups;
* Que ma main les conduiſe....

S C E N E IV.

LE DUC, AMELIE, LISOIS.

LISOIS.

Ah, Ciel, que faites-vous?

LE DUC. (*on le défarme.*)

* Laiffez-moi me punir et me rendre juftice.

AMELIE *à Lifois.*

* Vous, d'un affaffinat vous êtes le complice?

LE DUC.

* Miniftre de mon crime, as-tu pu m'obéir?

LISOIS.

* Je vous avais promis, Seigneur, de vous fervir.

LE DUC.

* Malheureux que je fuis! ta févère rudeffe
* A cent fois de mes fens combattu la faibleffe.
* Ne devais-tu te rendre à mes triftes fouhaits,
* Que quand ma paffion t'ordonnait des forfaits?
* Tu ne m'as obéi que pour perdre mon frère!

LISOIS.

* Lorfque j'ai refufé ce fanglant miniftère,
* Votre aveugle courroux n'allait-il pas foudain
* Du foin de vous venger charger une autre main?

LE DUC.

* L'amour, le feul amour, de mes fens toujours maître,
* En m'ôtant ma raifon, m'eût excufé peut-être;

* Mais toi, dont la fageſſe et les réflexions
* Ont calmé dans ton ſein toutes les paſſions,
* Toi, dont j'avais tant craint l'eſprit ferme et rigide,
* Avec tranquillité permettre un parricide !

LISOIS.

* Eh bien, puiſque la honte avec le repentir,
* Par qui la vertu parle à qui peut la trahir,
* D'un ſi juſte remords ont pénétré votre ame ;
* Puiſque, malgré l'excès de votre aveugle flamme,
* Au prix de votre ſang vous voudriez ſauver
* Le ſang dont vos fureurs ont voulu vous priver ;
* Je puis donc m'expliquer : je puis donc vous apprendre
* Que de vous-même enfin Liſois ſait vous défendre.
* Connaiſſez-moi, Madame, et calmez vos douleurs.

(au Duc.)   (à Amélie.)

* Vous, gardez vos remords ; et vous, ſéchez vos pleurs.
* Que ce jour à tous trois ſoit un jour ſalutaire.
* Venez, paraiſſez, Prince, embraſſez votre frère.

(le théâtre s'ouvre, Vamir paraît.)

SCENE V et dernière.

LE DUC, AMELIE, VAMIR, LISOIS.

AMELIE.

* Qui ! vous ?

LE DUC.

Mon frère ?

AMELIE.

Ah Ciel !

LE DUC.

Qui l'aurait pu penser ?

VAMIR, s'avançant du fond du théâtre.

* J'ose encor te revoir, te plaindre et t'embrasser.

LE DUC.

* Mon crime en est plus grand, puisque ton cœur l'oublie.

AMELIE.

* Lisois, digne héros qui me donnez la vie....

LE DUC.

* Il la donne à tous trois.

LISOIS.

Un indigne assassin

* Sur Vamir à mes yeux avait levé la main ;
* J'ai frappé le barbare ; et, prévenant encore
* Les aveugles fureurs du feu qui vous dévore,
  J'ai feint d'avoir versé ce sang si précieux,
* Sûr que le repentir vous ouvrirait les yeux.

LE DUC.

LE DUC.

* Après ce grand exemple, et ce service insigne,
* Le prix que je t'en dois, c'est de m'en rendre digne.
* Le fardeau de mon crime est trop pesant pour moi ;
* Mes yeux couverts d'un voile, et baissés devant toi,
* Craignent de rencontrer, et les regards d'un frère,
* Et la beauté fatale à tous les deux trop chère.

VAMIR.

* Tous deux auprès du roi nous voulions te servir.
* Quel est donc ton dessein ? parle.

LE DUC.

                    De me punir ;
* De nous rendre à tous trois une égale justice ;
* D'expier devant vous, par le plus grand supplice,
* Le plus grand des forfaits, où la fatalité,
* L'amour et le courroux m'avaient précipité.
* J'adorais Amélie, et ma flamme cruelle
* Dans mon cœur désolé s'irrite encor pour elle.
* Lisois sait à quel point j'adorais ses appas,
* Quand ma jalouse rage ordonnait ton trépas.
* Dévoré, malgré moi, du feu qui me possède,
* Je l'adore encor plus . . . et mon amour la cède.
* Je m'arrache le cœur en vous rendant heureux :
* Aimez-vous ; mais au moins, pardonnez-moi tous deux.

VAMIR.

Ah ! ton frère à tes pieds, digne de ta clémence,
Egale tes bienfaits par sa reconnaissance.

AMELIE.

* Oui, Seigneur, avec lui j'embrasse vos genoux,
* La plus tendre amitié va me rejoindre à vous.

Théâtre. Tome II.   T

* Vous me payez trop bien de mes douleurs fouffertes.

LE DUC.

* Ah ! c'eft trop me montrer mes malheurs et mes pertes.

* Mais vous m'apprenez tous à fuivre la vertu.

* Ce n'eft point à demi que mon cœur eft rendu :

    (*à Vamir.*)

Je fuis en tout ton frère ; et mon ame attendrie

* Imite votre exemple, et chérit fa patrie.

* Allons apprendre au roi, pour qui vous combattez,

* Mon crime, mes remords et vos félicités.

Oui, je veux égaler votre foi, votre zèle,

Au fang, à la patrie, à l'amitié fidèle ;

Et vous faire oublier, après tant de tourmens,

A force de vertus, tous mes égaremens.

Fin du cinquième et dernier acte.

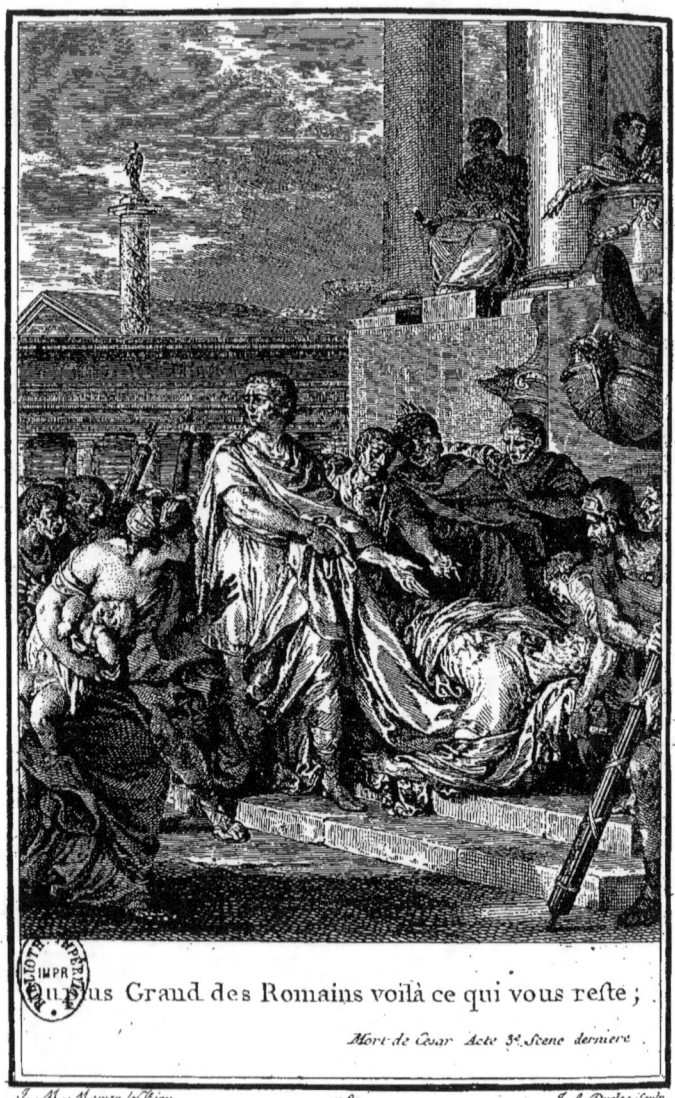

... Plus Grand des Romains voilà ce qui vous reſte ;

Mort de César Acte 3.ᵉ Scene derniere.

J. M. Moreau le J.ᵉ inv.   1782   J. A. Duclos Sculp.

LA MORT
DE CESAR,

TRAGEDIE.

Publiée en 1735, et repréfentée, pour la
première fois, le 29 augufte 1743.

PREFACE (*)

DE L'EDITION DE 1738.

Nous donnons cette édition de la tragédie
de la Mort de Céfar, de M. de *Voltaire* ; et nous
pouvons dire qu'il eft le premier qui ait fait
connaître les Mufes anglaifes en France. Il traduifit en vers, il y a quelques années, plufieurs
morceaux des meilleurs poëtes d'Angleterre, pour
l'inftruction de fes amis, et par-là il engagea
beaucoup de perfonnes à apprendre l'anglais ;
en forte que cette langue eft devenue familière
aux gens de lettres. C'eft rendre fervice à l'efprit
humain de l'orner ainfi des richeffes des pays
étrangers.

Parmi les morceaux les plus finguliers des
poëtes anglais que notre ami nous traduifit, il
nous donna la fcène d'*Antoine* et du *peuple romain*,
prife de la tragédie de Jules-Céfar, écrite il y a
cent cinquante ans par le fameux *Shakefpeare* ;
et jouée encore aujourd'hui avec un très-grand
concours fur le théâtre de Londres. Nous le
priâmes de nous donner le refte de la pièce,
mais il était impoffible de la traduire.

Shakefpeare était un grand génie, mais il vivait
dans un fiècle groffier ; et l'on retrouve dans
fes pièces la groffièreté de ce temps, beaucoup

(*) On croit que cette préface eft de l'abbé de *la Marre*.

plus que le génie de l'auteur. M. de *Voltaire*, au lieu de traduire l'ouvrage monftrueux de *Shakefpeare*, compofa, dans le goût anglais, ce Jules-Céfar que nous donnons au public.

Ce n'eft pas ici une pièce telle que le Sir Politick de M. de *Saint-Evremont*, qui, n'ayant aucune connaiffance du théâtre anglais, et n'en fachant pas même la langue, donna fon Sir Politick pour faire connaître la comédie de Londres aux Français. On peut dire que cette comédie du Sir Politick n'était, ni dans le goût des Anglais, ni dans celui d'aucune autre nation.

Il eft aifé d'apercevoir dans la tragédie de la Mort de Céfar, le génie et le caractère des écrivains anglais, auffi-bien que celui du peuple romain. On y voit cet amour dominant de la liberté, et ces hardieffes que les auteurs français ont rarement.

Il y a encore en Angleterre une autre tragédie de la Mort de Céfar, compofée par le duc de *Buckingham*. Il y en a une en italien, de l'abbé *Conti*, noble vénitien. Ces pièces ne fe reffemblent qu'en un feul point, c'eft qu'on n'y trouve point d'amour. Aucun de ces auteurs n'a avili ce grand fujet par une intrigue de galanterie. Mais il y a environ trente-cinq ans qu'un des plus beaux génies de France, s'étant affocié avec mademoifelle *Barbier* pour compofer un Jules-Céfar, il ne manqua pas de repréfenter

Céfar et *Brutus* amoureux et jaloux. Cette peti-
teffe ridicule eft un des plus grands exemples
de la force de l'habitude : perfonne n'ofe guérir
le théâtre français de cette contagion. Il a fallu
que dans *Racine*, *Mithridate*, *Alexandre*, *Porus*,
aient été galans. *Corneille* n'a jamais évité cette
faibleffe : il n'a fait aucune pièce fans amour ;
et il faut avouer que dans fes tragédies, fi vous
exceptez le Cid et Polyeucte, cette paffion eft
auffi mal peinte qu'elle y eft étrangère.

Notre auteur a donné peut-être ici dans un
autre excès. Bien des gens trouvent dans fa
pièce trop de férocité : ils voient avec horreur
que *Brutus* facrifie à l'amour de fa patrie, non-
feulement fon bienfaiteur, mais encore fon père.
On n'a autre chofe à répondre finon que tel
était le caractère de *Brutus*, et qu'il faut peindre
les hommes tels qu'ils étaient. On a encore une
lettre de ce fier romain, dans laquelle il dit
qu'il tuerait fon père pour le falut de la république. On fait que *Céfar* était fon père ; il n'en
faut pas davantage pour juftifier cette hardieffe.

On imprime au-devant de cette tragédie
une lettre du comte *Algarotti*, jeune homme déjà
connu pour un bon poëte et pour un bon
philofophe, ami de M. de *Voltaire*.

T 4

LETTRE

DE M. ALGAROTTI

A M. L'ABBÉ FRANCHINI,

ENVOYÉ DE FLORENCE;

Sur la tragédie de Jules-César, par M. de Voltaire.

J'AI différé jufqu'à préfent, Monfieur, de vous envoyer le Jules-Céfar que vous me demandez, pour vous faire part de celui de M. de *Voltaire*. L'édition qu'on a faite à Paris eft très-informe; on y reconnaît affez la main de quelqu'un du genre de ceux que *Pétrone* appelle *Doctores umbratici*; elle eft défectueufe au point qu'on y trouve des vers qui n'ont pas le nombre de fyllabes néceffaire : cependant la critique a jugé cette pièce avec la même févérité que fi M. de *Voltaire* l'eût donnée lui-même au public. Ne ferait-il pas injufte d'imputer au *Titien* le mauvais coloris d'un de fes tableaux, barbouillé par un peintre moderne? J'ai été affez heureux pour qu'il m'en foit tombé entre les mains un manufcrit digne de vous être envoyé; et voilà enfin le tableau tel qu'il eft forti des mains du maître; j'ofe même l'accompagner des réflexions que vous m'avez demandées.

Il faudrait ignorer qu'il y a une langue françaife et un théâtre pour ne pas favoir à quel degré de perfection *Corneille* et *Racine* ont porté l'art dramatique; il femblait qu'après ces grands hommes il ne reſtait plus rien à ſouhaiter, et que tâcher de les imiter était tout ce que l'on pouvait faire de mieux. Défirait-on quelque choſe dans la peinture, après la *Galathée* de *Raphaël*? Cependant la célèbre tête de *Michel-Ange*, dans le petit Farnèſe, donna l'idée d'un genre plus terrible et plus fier, auquel cet art pouvait être élevé.

Il femble que dans les beaux arts on ne s'aper-çoit qu'il y avait des vides, qu'après qu'ils font remplis. La plupart des tragédies de ces maîtres, foit que l'action ſe paſſe à Rome, à Athènes ou à Conſtantinople, ne contiennent qu'un mariage concerté, traverſé ou rompu. On ne peut s'attendre à rien de mieux dans ce genre, où l'amour donne avec un fouris ou la paix ou la guerre. Il me paraît qu'on pourrait donner au drame un ton ſupérieur à celui-ci. Le Jules-Céſar en eſt une preuve; l'auteur de la tendre *Zaïre* ne reſpire ici que des ſentimens d'ambition, de vengeance et de liberté.

La tragédie doit être l'imitation des grands hommes ; c'eſt ce qui la diſtingue de la comédie : mais ſi les actions qu'elle repréſente font auſſi des plus grandes, cette diſtinction n'en ſera que plus marquée, et l'on peut atteindre par ce moyen à un genre ſupérieur. N'admire-t-on pas davantage *Marc-Antoine* à Philippes, qu'à Actium? Je ne doute pourtant pas que ces raiſons ne puiſſent eſſuyer de fortes contradictions. Il faudrait avoir bien peu de con-naiſſance de l'homme, pour ne pas ſavoir que les préjugés l'emportent preſque toujours ſur la raiſon, et fur-tout les préjugés autorifés par un fexe qui impofe une loi qu'on fuit toujours avec plaifir.

L'amour eft depuis trop long-temps en poffeffion du théâtre français pour fouffrir que d'autres paffions y prennent fa place. C'eft ce qui me fait croire que le *Jules-Céfar* pourrait bien avoir le même fort que les *Thémiftocle*, les *Alcibiade*, et les autres grands hommes d'Athènes, admirés de toute la terre pendant que l'oftracifme les banniffait de leur patrie.

M. de *Voltaire* a imité, en quelques endroits, *Shakefpeare*, poëte anglais, qui a réuni dans la même pièce les puérilités les plus ridicules et les morceaux les plus fublimes ; il en a fait le même ufage que *Virgile* fefait des ouvrages d'*Ennius* : il a imité de l'auteur anglais les deux dernières fcènes, qui font les plus beaux modèles d'éloquence qu'il y ait au théâtre.

Quùm flueret lutulentus, erat quod tollere velles.

N'eft-ce point un refte de barbarie en Europe de vouloir que les bornes que la politique et la fantaifie des hommes ont prefcrites pour la féparation des Etats, fervent auffi de limites aux fciences et aux beaux arts, dont les progrès pourraient s'étendre par un commerce mutuel des lumières de fes voifins ? Cette réflexion convient même mieux à la nation françaife qu'à toute autre : elle eft dans le cas de ces auteurs dont le public exige plus, à mefure qu'il en a plus reçu ; elle eft fi généralement polie et cultivée, que cela met en droit d'exiger d'elle que non-feulement elle approuve, mais qu'elle cherche

même à s'enrichir de ce qu'elle trouve de bon chez
fes voifins :

Tros, Rutulufve fuat, nullo difcrimine habeto.

Une objection dont je ne vous parlerais pas , fi
je ne l'euffe entendu faire, eft fur ce que cette tragédie n'eft qu'en trois actes : c'eft , dit-on, pécher
contre le théâtre, qui veut que le nombre des actes
foit fixé à cinq. Il eft vrai qu'une des règles eft
qu'à toute rigueur la repréfentation ne dure pas
plus de temps que n'aurait duré l'action , fi véritablement elle fût arrivée. On a borné avec raifon
le temps à trois heures, parce qu'une plus longue
durée lafferait l'attention , et empêcherait qu'on ne
pût réunir aifément dans le même point de vue les
différentes circonftances de l'action qui les paffe. Sur
ce principe, on a divifé les pièces en cinq actes, pour
la commodité des fpectateurs et de l'auteur, qui peut
faire arriver dans ces intervalles quelque événement
néceffaire au nœud ou au dénouement de la pièce :
toute l'objection fe réduit donc à n'avoir fait durer
l'action du Céfar que deux heures au lieu de trois.
Si ce n'eft pas un défaut, le nombre des actes n'en
doit pas être un non plus; puifque la même raifon
qui veut qu'une action de trois heures foit partagée
en cinq actes, demande auffi qu'une action de deux
heures ne le foit qu'en trois. Il ne s'enfuit pas de
ce que la plus grande étendue qui a été prefcrite
eft de trois heures, qu'on ne puiffe pas la rendre
moindre ; et je ne vois point pourquoi une tragédie
affujettie aux trois unités, d'ailleurs pleine d'intérêt ,
excitant la terreur et la compaffion, enfin produifant

en deux heures le même effet que les autres en trois,
ne ferait pas une excellente tragédie.

Une ſtatue dans laquelle les belles proportions
et les autres règles de l'art font obſervées, ne laiſſe
pas d'être une belle ſtatue, quoiqu'elle ſoit plus
petite qu'une autre faite ſur les mêmes règles.
Je ne crois pas que perſonne trouve la *Vénus* de
Médicis moins belle dans ſon genre que le *Gladiateur*,
parce qu'elle n'a que quatre pieds de haut, et que
le *Gladiateur* en a ſix.

M. de *Voltaire* a peut-être voulu donner à ſon
Céſar moins d'étendue que l'on n'en donne commu-
nément aux pièces dramatiques, pour ſonder le
goût du public par un eſſai, ſi l'on peut appeler
de ce nom une pièce auſſi achevée. Il s'agit pour
cela d'une révolution dans le théâtre français, et
c'eût été peut-être trop haſarder que de commencer
par parler de liberté et de politique trois heures
de ſuite à une nation accoutumée à voir ſoupirer
Mithridate, ſur le point de marcher au capitole. On
doit tenir compte à M. de *Voltaire* de ce ménagement,
et ne lui point faire d'ailleurs un crime de n'avoir
mis ni amour ni femmes dans ſa pièce : nées pour
inſpirer la molleſſe et les ſentimens tendres, elles ne
pourraient jouer qu'un rôle ridicule entre *Brutus* et
Caſſius, *atroces animæ*. Elles en jouent de ſi brillans
par-tout ailleurs, qu'elles ne doivent pas ſe plaindre
de n'en avoir aucun dans Céſar.

Je ne vous parlerai point des beautés de détail
qui ſont ſans nombre dans cette pièce, ni de la
force de la poëſie, pleine d'images et de ſentimens.

Que ne doit-on pas attendre de l'auteur de Brutus
et de la Henriade? La fcène de la confpiration me
paraît des plus belles et des plus fortes qu'on ait
encore vues fur le théâtre ; elle fait voir en action
ce qui jufqu'à préfent ne s'était prefque toujours
paffé qu'en récit :

> *Segniùs irritant animos demiffa per aures*
> *Quàm quæ funt oculis fubjecta fidelibus, et quæ*
> *Ipfe fibi tradit fpectator....*

La mort même de *Céfar* fe paffe prefque à la vue
des fpectateurs ; ce qui nous épargne un récit qui,
quelque beau qu'il fût, ne pourrait qu'être froid,
les événemens et les circonftances qui l'accompagnent
étant trop connus de tout le monde.

Je ne puis affez admirer combien cette tragédie
eft pleine de chofes, et combien les caractères font
grands et foutenus. Quel prodigieux contrafte entre
Céfar et *Brutus !* Ce qui d'ailleurs rend ce fujet
extrêmement difficile à traiter, c'eft l'art qu'il faut
pour peindre d'un côté *Brutus* avec une vertu féroce,
à la vérité, et prefque ingrat, mais ayant en main la
bonne caufe, au moins felon les apparences et par
rapport au temps où l'auteur nous tranfporte ; et
de l'autre, *Céfar* rempli de clémence et des vertus
les plus aimables ; mais voulant opprimer la
liberté de fa patrie. Il faut s'intéreffer également
pour tous les deux pendant le cours de la pièce,
quoiqu'il femble que ces paffions doivent s'entre-
nuire et fe détruire réciproquement, comme feraient
deux forces égales et oppofées, et par conféquent

ne produire aucun effet, et renvoyer les ſpectateurs
ſans agitation.

Ce ſont ces réflexions qui ont fait dire à un
homme du métier (*), qu'il regardait ce ſujet comme
l'écueil des poëtes tragiques, et qu'il l'aurait propoſé
volontiers à quelqu'un de ſes rivaux.

Il ſemble que M. de *Voltaire*, non content de
ces difficultés, en ait voulu faire naître de nouvelles
en feſant *Brutus* fils de *Céſar*, ce qui d'ailleurs eſt
fondé ſur l'hiſtoire. Il a auſſi trouvé par-là le moyen
de ſe ménager de très-belles ſituations, et de jeter
dans ſa pièce un nouvel intérêt, qui ſe réunit tout
entier à la fin pour *Céſar*. La harangue d'*Antoine*
produit cet effet; et elle eſt à mon avis un modèle
de l'éloquence la plus ſéduiſante; enfin je crois que
l'on peut dire avec vérité, que M. de *Voltaire* a
ouvert une nouvelle carrière et qu'il a atteint le but
en même temps.

(*) M. *Martelli*, qui a écrit beaucoup de tragédies en Italien. Il s'eſt
ſervi d'une nouvelle eſpèce de vers rimés, qu'il avait imaginée d'après les
vers alexandrins. Cette nouveauté n'a pas été favorable à ſes pièces.

LETTERA

DEL SIGNOR
CONTE ALGAROTTI
AL SIGNORE

ABBATE FRANCHINI,

Inviato del Gran Duca di Tofcana à Parigi. (*)

Io non fo per che cagione cotefti Signori fi abbiano a maravigliar tanto che io mi fia per alcune fettimane ritirato alla campagna, e in un angolo di una provincia comme e' dicono. Ella no che non fe ne maraviglia punto; la qual pur fa a che fine io mi vada cercando varj paefi, e quali cofe io m'abbia potuto trovare in quefta campagna. Qui, lungi dal tumulto di Parigi, fi gode una vita condita da' piaceri della mente; e ben fi può dire che a quefte cene non manca nè *Lambert* nè *Molière*. Io do l'ultima mano a' miei *Dialoghi*, i quali han trovata molta grazia innanzi gli occhi così della bella *Emilia*, come del dotto *Voltaire*; e quafi direi allo fpecchio di effi io vo ftudiando i bei modi della culta converfazione; che vorrei pur trasferire nella mia operetta. Ma

---

(*) La lettre françaife qui précède celle-ci n'en eft pas une traduction; nous avons cru devoir les conferver toutes deux dans la langue où vraifemblablement chacune a été écrite.

che dirà ella, se dal fondo di questa provincia io le
manderò cosa che dovriano pur tanto desiderare
cotesti Signori *inter beatæ fumum et opes strepitumque
Romæ?* Questa si è il *Cesare* del nostro *Voltaire* non
alterato o manco, ma quale è uscito delle mani
dell' autor suo. Io non dubito che ella non sia per
prendere, in leggendo questa tragedia, un piacer
grandissimo; e credo che anch' ella vi ravviserà
dentro un nuovo genere di perfezione, a cui si può
recare il teatro tragico francese. Benchè un gran
paradosso parrà cotesto a coloro che credono spenta
la fortuna di quello insieme con *Cornelio* e *Racine*, e
nulla sanno immaginare sopra le costoro produzioni.
Ma certo niente pareva, non sono ancora molti
anni passati, che si avesse a desiderare nella musica
vocale dopo *Scarlatti*, o nella strumentale dopo *Corelli*.
Pur nondimeno il *Marcello* ed il *Tartini* ne han fatto
sentire che vi avea così nell' una, come nell' altra alcun
termine più là : intantochè egli pare non accorgersi
l'uomo de' luoghi che rimangono ancora vacui nelle
arti se non dopo occupati. Così interverrà nel teatro;
e la morte di Giulio Cesare mostrerà *nescio quid majus*
quanto al genere delle tragedie francesi. Che se la
tragedia, a distinzione della comedia, è la imitazione
di un' azione che abbia in se del terribile e del com-
passionevole, è facile à vedere, quanto questa, che
non è intorno a un matrimonio o ad un amoretto,
ma che è intorno a un fatto atrocissimo e alla più
gran rivoluzione che sia avvenuta nel più grande

imperio

imperio del mondo, è facile, dico, a vedere quanto
ella venga ad essere più distinta dalla commedia
delle altre tragedie francesi, e monti, dirò così, sopra
un coturno più alto di quelle. Ma non è già per
tutto ciò che io credo che i più non sieno per sentirla
altrimenti. Non fa mestieri aver veduto *mores hominum
multorum & urbes*, per sapere che i più bei ragionamenti
del mondo se ne vanno quasi sempre con la peggio
quando egli hanno a combattere contra le opinioni
radicate dall' usanza e dall' autorità di quel sesso,
il cui imperio si stende fino alle provincie scientifiche.
L'amore, che è signor dispotico delle scene francesi,
vorrà difficilmente comportare, che altre passioni
vogliano partire il regno con esso lui; e non so come
una tragedia, dove non entran donne, tutta senti-
menti di libertà e pratiche di politica, potrà piacere
là dove odono *Mitridate* fare il galante sul punto di
muovere il campo verso Roma, e dove odono *Cesare*
medesimo che, novello *Orlando*, si vanta di aver fatto
giostra con *Pompeo* in Farsaglia per li begli occhi di
Cleopatra. E forse che il *Cesare* del *Voltaire* potrà
correre la medesima fortuna a Parigi che *Temistocle*,
Alcibiade e quegli altri grandi uomini della Grecia
corsero in Atene; i quali erano ammirati da tutta
la terra e sbanditi a un tempo medesimo della patria
loro.

Come che sia, il *Voltaire* ha preso in questa tragedia ad
imitare la severità del theatro inglese, e segnatamente

Théâtre. Tome II.   V

Shakespeare, uno de' loro poeti, in cui dicesi, e non a torto, che vi sono errori innumerabili e pensieri inimitabili, *faults innumerable and toughts inimitable*. Del che il suo *Cesare* medesimo ne fa pienissima fede. E ben ella può credere che il nostro poeta ha fatto quell' uso di *Shakespeare* che *Virgilio* faceva di *Ennio*. Egli ha espresso in francese le due scene ultime della tragedia inglese, le quali, toltone alcune mende, sono come quelle due di *Burro* e di *Narcisso* con *Nerone* nel *Britannico*, due specchi cioè di eloquenza nel persuadere altrui le cose le più contrarie tra loro sullo stesso argomento. Ma chi sa se anche da questo lato, voglio dire a cagion della imitazione di *Shakespeare*, questa tragedia non sia per piacere meno che non si vorrebbe? A niuno è nascosto come la Francia e l'Inghilterra sono rivali nella politica, nel commercio, nella gloria delle armi e delle lettere.

Littora littoribus contraria, fluctibus undæ.

E si potrebbe dare il caso che la poesia inglese fosse accolta a Parigi allo stesso modo della filosofia che è stata loro recata dal medesimo paese. Ma certo dovranno sapere i Francesi non picciolo grado a chi è venuto ad arricchire in certa maniera il loro Parnasso di una sorgente novella. Tanto più che grandissima è la discrezione con che ad imitare gl' Inglesi s'è fatto il nostro poeta, come colui che ha

tranfportato nel teatro di Francia la feverità delle
loro tragedie fenza la ferocità. Nella quale idea
d'imitazione egli ha di gran lunga fuperato *Addiffono*,
il quale nel fuo *Catone* ha moftrato a' fuoi non tanto
la regolarità del teatro francefe, quanto la impor-
tunità degli amori di quello. E con ciò egli è venuto
a corrompere uno de' pochiffimi drammi moderni,
in cui lo ftile fia veramente tragico, e in cui i Romani
parlino latino, a dir così, e non fpagnuolo.

Ma un romore fenza dubbio grandiffimo ella
fentirà levarfi contro quefta tragedia, perchè ella
fia di tre atti folamente. *Ariftotile*, egli è il vero,
parlando nella poetica della lunghezza dell' azione
teatrale, non fi fpiega così chiaramente fopra quefta
tal divifione in cinque atti, ma ognuno fa quei verfi
della poetica latina :

Neve minor, neu fit quinto productior actu
Fabula, quæ pofci vult et fpectata reponi.

Il qual precetto dà *Orazio* per la commedia egual-
mente che per la tragedia. Ma fe pur vi ha delle
commedie di *Molière* di tre atti e non più, e che ciò
non oftante fon tenute buone, non fo perchè non
vi poffa ancora effere una buona tragedia che fia
di tre atti, e non di cinque.

. . . . *Quid autem*
Cæcilio Plautoque dabit Romanus ademptum
Virgilio Varioque?

V 2

E forfe che farebbe per lo migliore fe la maggior parte delle tragedie di oggidì fi riduceffero a tre atti folamente ; dacchè fi vede che per aggiungere i cinque, il più degli autori fono pur ftati coftretti ad appicarvi degli epifodj, i quali allungano il componimento e ne fceman l'effetto, fnervando come fanno l'azione principale. E il *Racine* medefimo per fomiglianti ragioni compofe già l'*Efter* di tre atti e non più. Che fe i Greci nelle loro tragedie, benchè fempliciffime, furono religiofi offervatori della divifione in cinque atti, è da far confiderazione, oltre che per lo più gli atti fono anzi brevi che no, che il coro vi occupa una grandiffima parte del dramma.

Io non fo fe quivi io bene m'apponga ; quefto fo certo che mi giova parlare di poefia con effo lei che ne potrebbe effer maeftro, come ella n'è talora leggiadriffimo artefice. *Pollio et ipfe facit nova carmina.* Sicchè ella ben faprà fcorgere la bellezza di quefta tragedia, molti verfi della quale hanno di già occupato un luogo nella mia memoria, e vi rifuonan dentro in maniera che io non gli potrei far tacere. E pigliando principalmente ad efaminare la coftituzione della favola, ella potrà meglio giudicare di chicchefia fe il *Voltaire*, ficcome ha aperto tra' fuoi una nuova carriera, così ancora ne fia giunto alla meta. Ma che non vien ella medefima a Cirey a communicarci le dotte fue rifleffioni?

Ora maffimamente che ne afficurano effere per la pace già fegnata compofte le cofe di Europa. Niente allora qui mancherebbe al defiderio mio, ea niuno potrebbe parer nuòvo in Parigi che io mi rimaneffi in una provincia.

Cirey, 12 ottobre 1735.

PERSONNAGES.

JULES-CESAR, dictateur.

MARC-ANTOINE, conful.

JUNIUS-BRUTUS, préteur.

CASSIUS,

CIMBER,

DECIME, } fénateurs.

DOLABELLA,

CASCA,

Les Romains.

Licteurs.

La fcène eft à Rome, au capitole.

LA MORT

DE CESAR,

TRAGEDIE.

ACTE PREMIER.

SCENE PREMIERE.

CESAR, ANTOINE.

ANTOINE.

Cesar, tu vas régner; voici le jour augufte
Où le peuple romain, pour toi toujours injufte,
Changé par tes vertus, va reconnaître en toi
Son vainqueur, fon appui, fon vengeur et fon roi.
Antoine, tu le fais, ne connaît point l'envie:
J'ai chéri plus que toi la gloire de ta vie;
J'ai préparé la chaîne où tu mets les Romains,
Content d'être fous toi le fecond des humains;
Plus fier de t'attacher ce nouveau diadême,
Plus grand de te fervir, que de régner moi-même.
Quoi! tu ne me réponds que par de longs foupirs!
Ta grandeur fait ma joie, et fait tes déplaifirs!
Roi de Rome et du monde, eft-ce à toi de te plaindre?
Céfar peut-il gémir, ou Céfar peut-il craindre?
Qui peut à ta grande ame infpirer la terreur?

V 4

C E S A R.

L'amitié, cher Antoine : il faut t'ouvrir mon cœur.
Tu fais que je te quitte, et le deftin m'ordonne
De porter nos drapeaux aux champs de Babylone.
Je pars, et vais venger fur le Parthe inhumain
La honte de Craffus et du peuple romain.
L'aigle des légions, que je retiens encore,
Demande à s'envoler vers les mers du Bofphore ;
Et mes braves foldats n'attendent pour fignal,
Que de revoir mon front ceint du bandeau royal.
Peut-être avec raifon Céfar peut entreprendre
D'attaquer un pays qu'a foumis Alexandre :
Peut-être les Gaulois, Pompée et les Romains
Valent bien les Perfans fubjugués par fes mains :
J'ofe au moins le penfer ; et ton ami fe flatte
Que le vainqueur du Rhin peut l'être de l'Euphrate.
Mais cet efpoir m'anime et ne m'aveugle pas :
Le fort peut fe laffer de marcher fur mes pas,
La plus haute fageffe en eft fouvent trompée ;
Il peut quitter Céfar ayant trahi Pompée ;
Et dans les factions, comme dans les combats,
Du triomphe à la chute il n'eft fouvent qu'un pas.
J'ai fervi, commandé, vaincu quarante années ;
Du monde entre mes mains j'ai vu les deftinées ;
Et j'ai toujours connu, qu'en chaque événement
Le deftin des Etats dépendait d'un moment.
Quoi qu'il puiffe arriver, mon cœur n'a rien à craindre ;
Je vaincrai fans orgueil, ou mourrai fans me plaindre.
Mais j'exige en partant, de ta tendre amitié,
Qu'Antoine à mes enfans foit pour jamais lié ;
Que Rome par mes mains défendue et conquife,
Que la terre à mes fils, comme à toi, foit foumife :

Et qu'emportant d'ici le grand titre de roi,
Mon fang et mon ami le prennent après moi.
Je te laiffe aujourd'hui ma volonté dernière ;
Antoine, à mes enfans il faut fervir de père.
Je ne veux point de toi demander des fermens,
De la foi des humains facrés et vains garans ;
Ta promeffe fuffit, et je la crois plus pure
Que les autels des dieux entourés du parjure.

ANTOINE.

C'eft déjà pour Antoine une affez dure loi,
Que tu cherches la guerre et le trépas fans moi ;
Et que ton intérêt m'attache à l'Italie,
Quand la gloire t'appelle aux bornes de l'Afie.
Je m'afflige encor plus de voir que ton grand cœur
Doute de fa fortune, et préfage un malheur :
Mais je ne comprends point ta bonté qui m'outrage.
Céfar, que me dis-tu de tes fils, de partage?
Tu n'as de fils qu'Octave, et nulle adoption
N'a d'un autre Céfar appuyé ta maifon.

CESAR.

Il n'eft plus temps, ami, de cacher l'amertume
Dont mon cœur paternel en fecret fe confume :
Octave n'eft mon fang qu'à la faveur des lois,
Je l'ai nommé Céfar, il eft fils de mon choix.
Le deftin, (dois-je dire, ou propice, ou févère?)
D'un véritable fils en effet m'a fait père ;
D'un fils que je chéris, mais qui, pour mon malheur,
A ma tendre amitié répond avec horreur.

ANTOINE.

Et quel eft cet enfant? Quel ingrat peut-il être
Si peu digne du fang dont les dieux l'ont fait naître?

CESAR.

Ecoute : tu connais ce malheureux Brutus,
Dont Caton cultiva les farouches vertus.
De nos antiques lois ce défenfeur auftère,
Ce rigide ennemi du pouvoir arbitraire,
Qui toujours contre moi les armes à la main,
De tous mes ennemis a fuivi le deftin ;
Qui fut mon prifonnier aux champs de Theffalie,
A qui j'ai malgré lui fauvé deux fois la vie ;
Né, nourri loin de moi chez mes fiers ennemis.....

ANTOINE.

Brutus ! il fe pourrait....

CESAR.

Ne m'en crois pas : tiens, lis.

ANTOINE.

Dieux ! la fœur de Caton, la fière Servilie !

CESAR.

Par un hymen fecret elle me fut unie.
Ce farouche Caton, dans nos premiers débats,
La fit prefqu'à mes yeux paffer en d'autres bras :
Mais le jour qui forma ce fecond hyménée,
De fon nouvel époux trancha la deftinée.
Sous le nom de Brutus mon fils fut élevé.
Pour me haïr, ô Ciel ! était-il réfervé ?
Mais lis : tu fauras tout par cet écrit funefte.

ANTOINE lit.

» Céfar, je vais mourir. La colère célefte
» Va finir à la fois ma vie et mon amour.
» Souviens-toi qu'à Brutus Céfar donna le jour.
» Adieu : puiffe ce fils éprouver pour fon père
» L'amitié qu'en mourant te confervait fa mère !
》 SERVILIE.》

Quoi! faut-il que du fort la tyrannique loi,
Céfar, te donne un fils fi peu femblable à toi?

CESAR.

Il a d'autres vertus : fon fuperbe courage
Flatte en fecret le mien, même alors qu'il l'outrage.
Il m'irrite, il me plaît; fon cœur indépendant
Sur mes fens étonnés prend un fier afcendant.
Sa fermeté m'impofe, et je l'excufe même
De condamner en moi l'autorité fuprême.
Soit qu'étant homme et père , un charme féducteur,
L'excufant à mes yeux, me trompe en fa faveur ;
Soit qu'étant né romain, la voix de ma patrie
Me parle malgré moi contre ma tyrannie ;
Et que la liberté que je viens d'opprimer,
Plus forte encor que moi, me condamne à l'aimer.
Te dirai-je encor plus? fi Brutus me doit l'être,
S'il eft fils de Céfar , il doit haïr un maître.
J'ai penfé comme lui, dès mes plus jeunes ans;
J'ai détefté Sylla, j'ai haï les tyrans.
J'euffe été citoyen, fi l'orgueilleux Pompée
N'eût voulu m'opprimer fous fa gloire ufurpée.
Né fier, ambitieux, mais né pour les vertus,
Si je n'étais Céfar, j'aurais été Brutus.

Tout homme à fon état doit plier fon courage. (1).
Brutus tiendra bientôt un différent langage,
Quand il aura connu de quel fang il eft né.
Crois-moi, le diadème à fon front deftiné,
Adoucira dans lui fa rudeffe importune;
Il changera de mœurs en changeant de fortune.
La nature, le fang, mes bienfaits, tes avis,
Le devoir , l'intérêt , tout me rendra mon fils.

ANTOINE.

J'en doute. Je connais fa fermeté farouche :
La fecte dont il eft n'admet rien qui la touche.
Cette fecte intraitable, et qui fait vanité
D'endurcir les efprits contre l'humanité,
Qui dompte et foule aux pieds la nature irritée,
Parle feule à Brutus, et feule eft écoutée.
Ces préjugés affreux, qu'ils appellent devoir,
Ont fur ces cœurs de bronze un abfolu pouvoir.
Caton même, Caton, ce malheureux ftoïque,
Ce héros forcené, la victime d'Utique,
Qui, fuyant un pardon qui l'eût humilié,
Préféra la mort même à ta tendre amitié ;
Caton fut moins altier, moins dur, et moins à craindre
Que l'ingrat, qu'à t'aimer ta bonté veut contraindre.

CESAR.

Cher ami, de quels coups tu viens de me frapper !
Que m'as-tu dit ?

ANTOINE.

Je t'aime, et ne te puis tromper.

CESAR.

Le temps amollit tout.

ANTOINE.

Mon cœur en défefpère.

CESAR.

Quoi ! fa haine !...

ANTOINE.

Crois-moi.

CESAR.

N'importe, je fuis père.

J'ai chéri, j'ai fauvé mes plus grands ennemis :
Je veux me faire aimer de Rome et de mon fils ;

Et conquérant des cœurs vaincus par ma clémence,
Voir la terre et Brutus adorer ma puiffance.
C'eft à toi de m'aider dans de fi grands deffeins :
Tu m'as prêté ton bras , pour dompter les humains ;
Dompte aujourd'hui Brutus , adoucis fon courage,
Prépare par degrés cette vertu fauvage
Au fecret important qu'il lui faut révéler ,
Et dont mon cœur encore héfite à lui parler.

ANTOINE.

Je ferai tout pour toi ; mais j'ai peu d'efpérance.

SCENE II.

CESAR, ANTOINE, DOLABELLA.

DOLABELLA.

Cesar , les fénateurs attendent audience ;
A ton ordre fuprême ils fe rendent ici.

CESAR.

Ils ont tardé long-temps.... Qu'ils entrent.

ANTOINE.

Les voici.

Que je lis fur leur front de dépit et de haine !

SCENE III.

CESAR, ANTOINE, BRUTUS, CASSIUS,
CIMBER, DECIME, CINNA, CASCA, &c.
Licteurs.

CESAR *assis.*

Venez, dignes soutiens de la grandeur romaine,
Compagnons de César. Approchez, Cassius,
Cimber, Cinna, Décime, et toi, mon cher Brutus.
Enfin voici le temps, si le ciel me seconde,
Où je vais achever la conquête du monde;
Et voir dans l'Orient le trône de Cyrus
Satisfaire, en tombant, aux manes de Crassus. (2)
Il est temps d'ajouter, par le droit de la guerre,
Ce qui manque aux Romains des trois parts de la terre.
Tout est prêt, tout prévu pour ce vaste dessein :
L'Euphrate attend César, et je pars dès demain.
Brutus et Cassius me suivront en Asie;
Antoine retiendra la Gaule et l'Italie.
De la mer Atlantique, et des bords du Bétis,
Cimber gouvernera les rois assujettis.
Je donne à Marcellus la Gréce et la Lycie,
A Décime le Pont, à Casca la Syrie.
Ayant ainsi réglé le sort des nations,
Et laissant Rome heureuse et sans divisions,
Il ne reste au Sénat, qu'à juger sous quel titre
De Rome et des humains je dois être l'arbitre.
Sylla fut honoré du nom de dictateur,
Marius fut consul, et Pompée empereur.

J'ai vaincu ce dernier ; et c'eſt aſſez vous dire ,
Qu'il faut un nouveau nom pour un nouvel empire ,
Un nom plus grand , plus ſaint , moins ſujet aux revers ,
Autrefois craint dans Rome , et cher à l'univers.
Un bruit trop confirmé ſe répand ſur la terre ,
Qu'en vain Rome aux Perſans oſe faire la guerre ;
Qu'un roi ſeul peut les vaincre et leur donner la loi :
Céſar va l'entreprendre , et Céſar n'eſt pas roi.
Il n'eſt qu'un citoyen connu par ſes ſervices , (a)
Qui peut du peuple encore eſſuyer les caprices....
Romains , vous m'entendez , vous ſavez mon eſpoir ;
Songez à mes bienfaits , ſongez à mon pouvoir.

CIMBER.

Céſar , il faut parler. Ces ſceptres , ces couronnes ,
Ce fruit de nos travaux , l'univers que tu donnes ,
Seraient aux yeux du peuple , et du Sénat jaloux ,
Un outrage à l'Etat , plus qu'un bienfait pour nous.
Marius ni Sylla , ni Carbon ni Pompée ,
Dans leur autorité ſur le peuple uſurpée ,
N'ont jamais prétendu diſpoſer à leur choix
Des conquêtes de Rome , et nous parler en rois.
Céſar , nous attendions de ta clémence auguſte
Un don plus précieux , une faveur plus juſte ,
Au-deſſus des Etats donnés par ta bonté....

CESAR.

Qu'oſes-tu demander , Cimber ?

CIMBER.

La liberté.

CASSIUS.

Tu nous l'avais promiſe : et tu juras toi-même
D'abolir pour jamais l'autorité ſuprême ;

Et je croyais toucher à ce moment heureux,
Où le vainqueur du monde allait combler nos vœux.
Fumante de son sang, captive, désolée,
Rome dans cet espoir renaissait consolée.
Avant que d'être à toi nous sommes ses enfans :
Je songe à ton pouvoir ; mais songe à tes fermens.

BRUTUS.

Oui, que Céfar soit grand : mais que Rome soit libre.
Dieux ! maîtresse de l'Inde, esclave au bord du Tibre !
Qu'importe que son nom commande à l'univers,
Et qu'on l'appelle reine, alors qu'elle est aux fers ?
Qu'importe à ma patrie, aux Romains que tu braves,
D'apprendre que Céfar a de nouveaux esclaves ?
Les Perfans ne font pas nos plus fiers ennemis ;
Il en est de plus grands. Je n'ai point d'autre avis.

CESAR.

Et toi, Brutus, aussi ? (3)

ANTOINE à Céfar.

Tu connais leur audace :
Vois si ces cœurs ingrats font dignes de leur grâce.

CESAR.

Ainsi vous voulez donc, dans vos témérités,
Tenter ma patience, et laffer mes bontés ?
Vous qui m'appartenez par le droit de l'épée,
Rampans fous Marius, esclaves de Pompée ;
Vous qui ne respirez qu'autant que mon courroux
Retenu trop long-temps, s'est arrêté fur vous :
Républicains ingrats, qu'enhardit ma clémence,
Vous qui devant Sylla garderiez le silence ;
Vous que ma bonté feule invite à m'outrager,
Sans craindre que Céfar s'abaisse à se venger.

Voilà

Voilà ce qui vous donne une ame affez hardie
Pour ofer me parler de Rome et de patrie ;
Pour affecter ici cette illuftre hauteur
Et ces grands fentimens devant votre vainqueur.
Il les fallait avoir aux plaines de Pharfale.
La fortune entre nous devient trop inégale :
Si vous n'avez fu vaincre, apprenez à fervir.

BRUTUS.

Céfar, aucun de nous n'apprendra qu'à mourir.
Nul ne m'en défavoue, et nul, en Theffalie,
N'abaiffa fon courage à demander la vie.
Tu nous laiffas le jour, mais pour nous avilir :
Et nous le déteftons, s'il te faut obéir.
Céfar, qu'à ta colère aucun de nous n'échappe ;
Commence ici par moi : fi·tu veux régner, frappe.

CESAR.

Ecoute... et vous, fortez. * Brutus m'ofe offenfer !
Mais fais-tu de quels traits tu viens de me percer ?
Va, Céfar eft bien loin d'en vouloir à ta vie.
Laiffe là du Sénat l'indifcrète furie ;
Demeure : c'eft toi feul qui peux me défarmer ;
Demeure : c'eft toi feul que Céfar veut aimer.

BRUTUS.

Tout mon fang eft à toi, fi tu tiens ta promeffe ;
Si tu n'es qu'un tyran, j'abhorre ta tendreffe ;
Et je ne peux refter avec Antoine et toi,
Puifqu'il n'eft plus romain, et qu'il demande un roi.

* *Les fénateurs fortent.*

Théâtre. Tome II.   X

SCENE IV.

CESAR, ANTOINE.

ANTOINE.

Eh bien, t'ai-je trompé ? Crois-tu que la nature
Puisse amollir une ame, et si fière, et si dure?
Laisse, laisse à jamais dans son obscurité
Ce secret malheureux qui pèse à ta bonté.
Que de Rome, s'il veut, il déplore la chute ;
Mais qu'il ignore au moins quel sang il persécute ;
Il ne mérite pas de te devoir le jour.
Ingrat à tes bontés, ingrat à ton amour,
Renonce-le pour fils.

CESAR.

   Je ne le puis : je l'aime.

ANTOINE.

Ah ! cesse donc d'aimer l'éclat du diadème : (b)
Descends donc de ce rang où je te vois monté;
La bonté convient mal à ton autorité ;
De ta grandeur naissante elle détruit l'ouvrage.
Quoi ! Rome est sous tes lois, et Cassius t'outrage !
Quoi Cimber! quoi Cinna ! ces obscurs sénateurs
Aux yeux du roi du monde affectent ces hauteurs !
Ils bravent ta puissance, et ces vaincus respirent !

CESAR.

Ils sont nés mes égaux, mes armes les vainquirent ;
Et trop au-dessus d'eux, je leur puis pardonner
De frémir sous le joug que je veux leur donner.

ANTOINE.

Marius de leur fang eût été moins avare ;
Sylla les eût punis.

CESAR.

Sylla fut un barbare,
Il n'a fu qu'opprimer. Le meurtre et la fureur
Fefaient fa politique, ainfi que fa grandeur.
Il a gouverné Rome au milieu des fupplices ;
Il en était l'effroi, j'en ferai les délices.
Je fais quel eft le peuple, on le change en un jour :
Il prodigue aifément fa haine et fon amour.
Si ma grandeur l'aigrit, ma clémence l'attire.
Un pardon politique à qui ne peut me nuire,
Dans mes chaînes qu'il porte un air de liberté,
Ont ramené vers moi fa faible volonté.
Il faut couvrir de fleurs l'abyme où je l'entraîne,
Flatter encor ce tigre à l'inftant qu'on l'enchaîne,
Lui plaire en l'accablant, l'affervir, le charmer,
Et punir mes rivaux en me fefant aimer.

ANTOINE.

Il faudrait être craint : c'eft ainfi que l'on règne.

CESAR.

Va, ce n'eft qu'aux combats que je veux qu'on me craigne.

ANTOINE.

Le peuple abufera de ta facilité.

CESAR.

Le peuple a jufqu'ici confacré ma bonté.
Vois ce temple que Rome élève à la clémence.

ANTOINE.

Crains qu'elle n'en élève un autre à la vengeance :
Crains des cœurs ulcérés, nourris du défefpoir,
Idolâtrés de Rome, et cruels par devoir.

X 2

Cassius alarmé prévoit qu'en ce jour même,
Ma main doit sur ton front mettre le diadême:
Déjà même à tes yeux on ose en murmurer.
Des plus impétueux tu devrais t'assurer;
A prévenir leurs coups daigne au moins te contraindre.

CESAR.

Je les aurais punis, si je les pouvais craindre.
Ne me conseille point de me faire haïr.
Je fais combattre, vaincre, et ne fais point punir.
Allons, et n'écoutant ni soupçon ni vengeance,
Sur l'univers soumis régnons sans violence.

Fin du premier acte.

ACTE II.

SCENE PREMIERE.

BRUTUS, ANTOINE, DOLABELLA.

ANTOINE.

CE superbe refus, cette animofité
Marquent moins de vertu que de férocité.
Les bontés de Céfar, et fur-tout fa puiffance
Méritaient plus d'égards et plus de complaifance :
A lui parler du moins vous pourriez confentir.
Vous ne connaiffez pas qui vous ofez haïr ;
Et vous en frémiriez, fi vous pouviez apprendre...

BRUTUS.

Ah! je frémis déjà, mais c'eft de vous entendre.
Ennemi des Romains, que vous avez vendus,
Penfez-vous ou tromper, ou corrompre Brutus ?
Allez ramper fans moi fous la main qui vous brave ;
Je fais tous vos deffeins, vous brûlez d'être efclave.
Vous voulez un monarque, et vous êtes romain !

ANTOINE.

Je fuis ami, Brutus, et porte un cœur humain.
Je ne recherche point une vertu plus rare :
Tu veux être un héros, va, tu n'es qu'un barbare ;
Et ton farouche orgueil, que rien ne péut fléchir,
Embraffa la vertu pour la faire haïr.

X 3

SCENE II.

BRUTUS *feul.*

QUELLE baffeffe, ô Ciel! et quelle ignominie!
Voilà donc les foutiens de ma trifte patrie!
Voilà vos fucceffeurs, Horace, Décius,
Et toi, vengeur des lois; toi, mon fang; toi, Brutus!
Quels reftes, juftes Dieux! de la grandeur romaine!
Chacun baife en tremblant la main qui nous enchaîne.
Céfar nous a ravi jufques à nos vertus,
Et je cherche ici Rome, et ne la trouve plus.
Vous que j'ai vus périr, vous, immortels courages,
Héros, dont en pleurant j'aperçois les images,
Famille de Pompée, et toi, divin Caton,
Toi, dernier des héros du fang de Scipion,
Vous ranimez en moi ces vives étincelles
Des vertus dont brillaient vos ames immortelles.
Vous vivez dans Brutus, vous mettez dans mon fein
Tout l'honneur qu'un tyran ravit au nom romain.
Que vois-je, grand Pompée, au pied de ta ftatue?
Quel billet, fous mon nom, fe préfente à ma vue?
Lifons : *Tu dors, Brutus, et Rome eft dans les fers!*
Rome, mes yeux fur toi feront toujours ouverts;
Ne me reproche point des chaînes que j'abhorre.
Mais quel autre billet à mes yeux s'offre encore!
Non, tu n'es pas Brutus. Ah! reproche cruel! (4)
Céfar! tremble, tyran, voilà ton coup mortel.
Non, tu n'es pas Brutus! Je le fuis, je veux l'être.
Je périrai, Romains, ou vous ferez fans maître.

Je vois que Rome encore a des cœurs vertueux.
On demande un vengeur, on a fur moi les yeux;
On excite cette ame, et cette main trop lente;
On demande du fang... Rome fera contente.

S C E N E I I I.

BRUTUS, CASSIUS, CINNA, CASCA, DECIME, Suite.

C A S S I U S.

Je t'embraffe, Brutus, pour la dernière fois.
Amis, il faut tomber fous les débris des lois.
De Céfar déformais je n'attends plus de grâce;
Il fait mes fentimens, il connaît notre audace.
Notre ame incorruptible étonne fes deffeins;
Il va perdre dans nous les derniers des Romains.
C'en eft fait, mes amis, il n'eft plus de patrie,
Plus d'honneur, plus de lois, Rome eft anéantie:
De l'univers et d'elle il triomphe aujourd'hui;
Nos imprudens aïeux n'ont vaincu que pour lui.
Ces dépouilles des rois, ce fceptre de la terre,
Six cents ans de vertus, de travaux et de guerre,
Céfar jouit de tout, et dévore le fruit
Que fix fiècles de gloire à peine avaient produit.
Ah Brutus! es-tu né pour fervir fous un maître?
La liberté n'eft plus.

B R U T U S.

Elle eft prête à renaître.

X 4

CASSIUS.

Que dis-tu ? mais quel bruit vient frapper mes efprits ?

BRUTUS.

Laiffe là ce vil peuple et fes indignes cris.

CASSIUS.

La liberté, dis-tu ? . . . Mais quoi ! . . . le bruit redouble.

SCENE IV.

BRUTUS, CASSIUS, CIMBER, DECIME.

CASSIUS.

Aн! Cimber, eft-ce toi ? parle, quel eft ce trouble ?

DECIME.

Trame-t-on contre Rome un nouvel attentat ?
Qu'a-t-on fait ? qu'as-tu vu ?

CIMBER.

La honte de l'Etat. (5)

Céfar était au temple, et cette fière idole
Semblait être le dieu qui tonne au Capitole.
C'eft là qu'il annonçait fon fuperbe deffein
D'aller joindre la Perfe à l'empire romain.
On lui donnait les noms de foudre de la guerre,
De vengeur des Romains, de vainqueur de la terre :
Mais parmi tant d'éclat, fon orgueil imprudent
Voulait un autre titre, et n'était pas content.
Enfin, parmi ces cris et ces chants d'allégreffe,
Du peuple qui l'entoure Antoine fend la preffe :
Il entre : ô honte ! ô crime indigne d'un romain !
Il entre, la couronne et le fceptre à la main.
On fe tait, on frémit : lui, fans que rien l'étonne,
Sur le front de Céfar attache la couronne,

Et foudain, devant lui fe mettànt à genoux,
Céfar règne, dit-il, fur la terre et fur nous.
Des Romains, à ces mots, les vifages pâliffent :
De leurs cris douloureux les voûtes retentiffent :
J'ai vu des citoyens s'enfuir avec horreur,
D'autres rougir de honte et pleurer de douleur.
Céfar, qui cependant lifait fur leur vifage
De l'indignation l'éclatant témoignage,
Feignant des fentimens long-temps étudiés,
Jette et fceptre et couronne, et les foule à fes pieds.
Alors tout fe croit libre, alors tout eft en proie
Au fol enivrement d'une indifcrète joie.
Antoine eft alarmé ; Céfar feint et rougit :
Plus il cèle fon trouble, et plus on l'applaudit :
La modération fert de voile à fon crime :
Il affecte à regret un refus magnanime.
Mais malgré fes efforts, il frémiffait tout bas
Qu'on applaudît en lui les vertus qu'il n'a pas. (6)
Enfin, ne pouvant plus retenir fa colère,
Il fort du capitole avec un front févère ;
Il veut que dans une heure on s'affemble au Sénat.
Dans une heure, Brutus, Céfar change l'Etat.
De ce Sénat facré la moitié corrompue,
Ayant acheté Rome, à Céfar l'a vendue :
Plus lâche que ce peuple à qui, dans fon malheur,
Le nom de roi du moins fait toujours quelque horreur ;
Céfar, déjà trop roi, veut encor la couronne :
Le peuple la refufe, et le Sénat la donne.
Que faut-il faire enfin, Héros qui m'écoutez ?

CASSIUS.

Mourir, finir des jours dans l'opprobre comptés.

J'ai traîné les liens de mon indigne vie,
Tant qu'un peu d'efpérance a flatté ma patrie :
Voici fon dernier jour, et du moins Caffius
Ne doit plus refpirer, lorfque l'Etat n'eft plus.
Pleure qui voudra Rome, et lui refte fidelle ;
Je ne peux la venger, mais j'expire avec elle.
Je vais où font nos dieux..... Pompée et Scipion,

(en regardant leurs ftatues.)

Il eft temps de vous fuivre, et d'imiter Caton.

B R U T U S.

Non, n'imitons perfonne, et fervons tous d'exemple :
C'eft nous, braves amis, que l'univers contemple :
C'eft à nous de répondre à l'admiration
Que Rome en expirant conferve à notre nom.
Si Caton m'avait cru, plus jufte en fa furie,
Sur Céfar expirant il eût perdu la vie :
Mais il tourna fur foi fes innocentes mains ;
Sa mort fut inutile au bonheur des humains.
Fefant tout pour la gloire, il ne fit rien pour Rome,
Et c'eft la feule faute où tomba ce grand homme.

C A S S I U S.

Que veux-tu donc qu'on faffe en un tel défefpoir ?

B R U T U S montrant le billet.

Voilà ce qu'on m'écrit, voilà notre devoir.

C A S S I U S.

On m'en écrit autant, j'ai reçu ce reproche.

B R U T U S.

C'eft trop le mériter.

C I M B E R.

L'heure fatale approche.

Dans une heure un tyran détruit le nom romain.

BRUTUS.

Dans une heure à Céfar il faut percer le fein.

CASSIUS.

Ah ! je te reconnais à cette noble audace.

DECIME.

Ennemi des tyrans, et digne de ta race,
Voilà les fentimens que j'avais dans mon cœur.

CASSIUS.

Tu me rends à moi-même, et je t'en dois l'honneur ;
C'eft là ce qu'attendaient ma haine et ma colère
De la mâle vertu qui fait ton caractère.
C'eft Rome qui t'infpire en des deffeins fi grands :
Ton nom feul eft l'arrêt de la mort des tyrans.
Lavons, mon cher Brutus, l'opprobre de la terre ;
Vengeons ce capitole, au défaut du tonnerre.
Toi, Cimber ; toi, Cinna ; vous, Romains indomptés ;
Avez-vous une autre ame et d'autres volontés ?

CIMBER.

Nous penfons comme toi, nous méprifons la vie ;
Nous déteftons Céfar, nous aimons la patrie ;
Nous la vengerons tous ; Brutus et Caffius
De quiconque eft romain raniment les vertus.

DECIME.

Nés juges de l'Etat, nés les vengeurs du crime,
C'eft fouffrir trop long-temps la main qui nous opprime ;
Et quand fur un tyran nous fufpendons nos coups,
Chaque inftant qu'il refpire eft un crime pour nous.

CIMBER.

Admettons-nous quelque autre à ces honneurs fuprêmes ?

BRUTUS.

Pour venger la patrie il fuffit de nous-mêmes.

Dolabella, Lépide, Emile, Bibulus,
Ou tremblent fous Céfar, ou bien lui font vendus.
Cicéron, qui d'un traître a puni l'infolence, (7)
Ne fert la liberté que par fon éloquence :
Hardi dans le Sénat, faible dans le danger,
Fait pour haranguer Rome, et non pour la venger.
Laiffons à l'orateur, qui charme fa patrie,
Le foin de nous louer, quand nous l'aurons fervie.
Non, ce n'eft qu'avec vous que je veux partager
Cet immortel honneur et ce preffant danger.
Dans une heure au Sénat le tyran doit fe rendre:
Là, je le punirai ; là, je le veux furprendre ;
Là, je veux que ce fer, enfoncé dans fon fein,
Venge Caton, Pompée, et le peuple romain.
C'eft hafarder beaucoup. Ses ardens fatellites
Par-tout du capitole occupent les limites ;
Ce peuple mou, volage, et facile à fléchir,
Ne fait s'il doit encor l'aimer ou le haïr.
Notre mort, mes amis, paraît inévitable,
Mais qu'une telle mort eft noble et défirable !
Qu'il eft beau de périr dans des deffeins fi grands !
De voir couler fon fang dans le fang des tyrans !
Qu'avec plaifir alors on voit fa dernière heure !
Mourons, braves amis, pourvu que Céfar meure,
Et que la liberté, qu'oppriment fes forfaits,
Renaiffe de fa cendre, et revive à jamais.

CASSIUS.

Ne balançons donc plus, courons au capitole:
C'eft là qu'il nous opprime, et qu'il faut qu'on l'immole.
Ne craignons rien du peuple, il femble encor douter;
Mais fi l'idole tombe, il va la détefter.

BRUTUS.

Jurez donc avec moi, jurez fur cette épée,
Par le fang de Caton, par celui de Pompée,
Par les manes facrés de tous ces vrais Romains
Qui dans les champs d'Afrique ont fini leurs deſtins,
Jurez par tous les dieux, vengeurs de la patrie,
Que Céfar fous vos coups va terminer fa vie.

CASSIUS.

Fefons plus, mes amis, jurons d'exterminer
Quiconque ainfi que lui prétendra gouverner :
Fuffent nos propres fils, nos frères ou nos pères ;
S'ils font tyrans, Brutus, ils font nos adverfaires.
Un vrai républicain n'a pour père et pour fils,
Que la vertu, les dieux, les lois et fon pays.

BRUTUS.

Oui, j'unis pour jamais mon fang avec le vôtre.
Tous dès ce moment même adoptés l'un par l'autre,
Le falut de l'Etat nous a rendus parens.
Scellons notre union du fang de nos tyrans.
(*il s'avance vers la ſtatue de Pompée.*)
Nous le jurons par vous, Héros, dont les images
A ce preffant devoir excitent nos courages ;
Nous promettons, Pompée, à tes facrés genoux,
De faire tout pour Rome, et jamais rien pour nous ;
D'être unis pour l'Etat, qui dans nous fe raffemble,
De vivre, de combattre, et de mourir enfemble.
Allons, préparons-nous : c'eſt trop nous arrêter.

S C E N E V.

CESAR, BRUTUS.

CESAR.

Demeure. C'eſt ici que tu dois m'écouter ;
Où vas - tu, malheureux ?

BRUTUS.

Loin de la tyrannie.

CESAR.

Licteurs, qu'on le retienne.

BRUTUS.

Achève, et prends ma vie.

CESAR.

Brutus, ſi ma colère en voulait à tes jours,
Je n'aurais qu'à parler, j'aurais fini leur cours.
Tu l'as trop mérité. Ta fière ingratitude
Se fait de m'offenſer une farouche étude.
Je te retrouve encore avec ceux des Romains
Dont j'ai plus ſoupçonné les perfides deſſeins ;
Avec ceux qui tantôt ont oſé me déplaire,
Ont blâmé ma conduite, ont bravé ma colère.

BRUTUS.

Ils parlaient en romains, Céſar ; et leurs avis,
Si les dieux t'inſpiraient, feraient encor ſuivis.

CESAR.

Je ſouffre ton audace, et conſens à t'entendre :
De mon rang avec toi je me plais à deſcendre.
Que me reproches - tu ?

BRUTUS.

Le monde ravagé,
Le fang des nations, ton pays faccagé :
Ton pouvoir, tes vertus, qui font tes injuftices,
Qui de tes attentats font en toi les complices ;
Ta funefte bonté, qui fait aimer tes fers,
Et qui n'eft qu'un appât pour tromper l'univers.

CESAR.

Ah! c'eft ce qu'il fallait reprocher à Pompée.
Par fa feinte vertu la tienne fut trompée.
Ce citoyen fuperbe, à Rome plus fatal,
N'a pas même voulu Céfar pour fon égal.
Crois-tu, s'il m'eût vaincu, que cette ame hautaine
Eût laiffé refpirer la liberté romaine?
Sous un joug defpotique il t'aurait accablé.
Qu'eût fait Brutus alors?

BRUTUS.

Brutus l'eût immolé.

CESAR.

Voilà donc ce qu'enfin ton grand cœur me deftine?
Tu ne t'en défends point. Tu vis pour ma ruine,
Brutus!

BRUTUS.

Si tu le crois, préviens donc ma fureur.
Qui peut te retenir?

CESAR *lui préfentant la lettre de Servilie.*

La nature et mon cœur.
Lis, ingrat, lis, connais le fang que tu m'oppofes ;
Vois qui tu peux haïr, et pourfuis fi tu l'ofes.

BRUTUS.

Où fuis-je? Qu'ai-je lu? me trompez-vous, mes yeux?

CESAR.

Eh bien! Brutus, mon fils!

BRUTUS.

Lui, mon père! grands Dieux!

CESAR.

Oui, je le fuis, ingrat. Quel filence farouche!
Que dis-je? quels fanglots échappent de ta bouche?
Mon fils... Quoi, je te tiens muet entre mes bras!
La nature t'étonne, et ne t'attendrit pas!

BRUTUS.

O fort épouvantable, et qui me défefpère!
O ferment! ô patrie! ô Rome toujours chère!
Céfar!... Ah, malheureux! j'ai trop long-temps vécu.

CESAR.

Parle. Quoi, d'un remords ton cœur eft combattu?
Ne me déguife rien. Tu gardes le filence?
Tu crains d'être mon fils, ce nom facré t'offenfe?
Tu crains de me chérir, de partager mon rang;
C'eft un malheur pour toi d'être né de mon fang!
Ah! ce fceptre du monde, et ce pouvoir fuprême,
Ce Céfar que tu hais, les voulait pour toi-même.
Je voulais partager, avec Octave et toi,
Le prix de cent combats, et le titre de roi.

BRUTUS.

Ah! Dieux!

CESAR.

Tu veux parler, et te retiens à peine?
Ces tranfports font-ils donc de tendreffe ou de haine?

Quel

Quel eft donc le fecret qui femble t'accabler?

BRUTUS.

Céfar....

CESAR.

Eh bien, mon fils?

BRUTUS.

Je ne puis lui parler.

CESAR.

Tu n'ofes me nommer du tendre nom de père?

BRUTUS.

Si tu l'es, je te fais une unique prière.

CESAR.

Parle : en te l'accordant, je croirai tout gagner.

BRUTUS.

Fais-moi mourir fur l'heure, ou ceffe de régner.

CESAR.

Ah! barbare ennemi, tigre que je careffe!
Ah! cœur dénaturé qu'endurcit ma tendreffe!
Va, tu n'es plus mon fils. Va, cruel citoyen,
Mon cœur défefpéré prend l'exemple du tien :
Ce cœur, à qui tu fais cette effroyable injure,
Saura bien comme toi vaincre enfin la nature.
Va, Céfar n'eft pas fait pour te prier en vain ;
J'apprendrai de Brutus à ceffer d'être humain :
Je ne te connais plus. Libre dans ma puiffance,
Je n'écouterai plus une injufte clémence.
Tranquille, à mon courroux je vais m'abandonner;
Mon cœur trop indulgent eft las de pardonner.
J'imiterai Sylla, mais dans fes violences ;
Vous tremblerez, ingrats, au bruit de mes vengeances.
Va, cruel, va trouver tes indignes amis :
Tous m'ont ofé déplaire, ils feront tous punis.

On fait ce que je puis, on verra ce que j'ofe :
Je deviendrai barbare , et toi feul en es caufe.

BRUTUS.

Ah ! ne le quittons point dans fes cruels deffeins ,
Et fauvons, s'il fe peut, Céfar et les Romains.

Fin du fecond acte.

ACTE III.

SCENE PREMIERE.

CASSIUS, CIMBER, DECIME, CINNA,
CASCA, les Conjurés.

CASSIUS.

Enfin donc l'heure approche où Rome va renaître.
La maîtresse du monde est aujourd'hui sans maître :
L'honneur en est à vous, Cimber, Casca, Probus,
Décime. Encore une heure, et le tyran n'est plus.
Ce que n'ont pu Caton, et Pompée, et l'Asie,
Nous seuls l'exécutons, nous vengeons la patrie ;
Et je veux qu'en ce jour on dise à l'univers :
Mortels, respectez Rome, elle n'est plus aux fers.

CIMBER.

Tu vois tous nos amis, ils sont prêts à te suivre,
A frapper, à mourir, à vivre s'il faut vivre ;
A servir le Sénat dans l'un ou l'autre sort,
En donnant à Céfar, ou recevant la mort.

DECIME.

Mais d'où vient que Brutus ne paraît point encore ?
Lui, ce fier ennemi du tyran qu'il abhorre ;
Lui qui prit nos fermens, qui nous rassembla tous ;
Lui qui doit sur Céfar porter les premiers coups ?
Le gendre de Caton tarde bien à paraître.
Serait-il arrêté ? Céfar peut-il connaître...
Mais le voici. Grands Dieux ! qu'il paraît abattu !

Y 2

SCENE II.

CASSIUS, BRUTUS, CIMBER, CASCA,
DECIME, les Conjurés.

CASSIUS.

Brutus, quelle infortune accable ta vertu?
Le tyran fait-il tout? Rome est-elle trahie?

BRUTUS.

Non, César ne sait point qu'on va trancher sa vie.
Il se confie à vous.

DECIME.

Qui peut donc te troubler?

BRUTUS.

Un malheur, un secret, qui vous fera trembler.

CASSIUS.

De nous ou du tyran c'est la mort qui s'apprête.
Nous pouvons tous périr; mais trembler, nous!

BRUTUS.

Arrête:

Je vais t'épouvanter par ce secret affreux.
Je dois sa mort à Rome, à vous, à nos neveux,
Au bonheur des mortels; et j'avais choisi l'heure,
Le lieu, le bras, l'instant, où Rome veut qu'il meure:
L'honneur du premier coup à mes mains est remis;
Tout est prêt. Apprenez que Brutus est son fils.

CIMBER.

Toi, son fils!

CASSIUS.

De César!

DECIME.

O Rome!

BRUTUS.

Servilie
Par un hymen fecret à Céfar fut unie;
Je fuis de cet hymen le fruit infortuné.

CIMBER.

Brutus, fils d'un tyran !

CASSIUS.

Non, tu n'en es pas né;
Ton cœur eft trop romain.

BRUTUS.

Ma honte eft véritable.
Vous, amis, qui voyèz le deftin qui m'accable,
Soyez par mes fermens les maîtres de mon fort.
Eft-il quelqu'un de vous d'un efprit affez fort,
Affez ftoïque, affez au-deffus du vulgaire,
Pour ofer décider ce que Brutus doit faire ?
Je m'en remets à vous. Quoi ! vous baiffez les yeux !
Toi, Caffius, auffi, tu te tais avec eux !
Aucun ne me foutient au bord de cet abyme !
Aucun ne m'encourage, ou ne m'arrache au crime !
Tu frémis, Caffius ! et prompt à t'étonner....

CASSIUS.

Je frémis du confeil que je vais te donner.

BRUTUS.

Parle.

CASSIUS.

Si tu n'étais qu'un citoyen vulgaire,
Je te dirais : Va, fers, fois tyran fous ton père;
Ecrafe cet Etat que tu dois foutenir;
Rome aura déformais deux traîtres à punir :

Y 3

Mais je parle à Brutus, à ce puiffant génie,
A ce héros armé contre la tyrannie,
Dont le cœur inflexible, au bien déterminé,
Epura tout le fang que Céfar t'a donné.
Ecoute : tu connais avèc quelle furie
Jadis Catilina menaça fa patrie ?

BRUTUS.

Oui.

CASSIUS.

Si, le même jour que ce grand criminel
Dut à la liberté porter le coup mortel ;
Si, lorfque le Sénat eut condamné ce traître,
Catilina pour fils t'eût voulu reconnaître,
Entre ce monftre et nous forcé de décider,
Parle : qu'aurais-tu fait ?

BRUTUS.

Peux-tu le demander ?
Penfes-tu qu'un inftant ma vertu démentie
Eût mis dans la balance un homme et la patrie ?

CASSIUS.

Brutus, par ce feul mot ton devoir eft dicté.
C'eft l'arrêt du Sénat, Rome eft en fureté.
Mais, dis, fens-tu ce trouble, et ce fecret murmure
Qu'un préjugé vulgaire impute à la nature ?
Un feul mot de Céfar a-t-il éteint dans toi
L'amour de ton pays, ton devoir et ta foi ?
En difant ce fecret, ou faux ou véritable,
Et t'avouant pour fils, en eft-il moins coupable ?
En es-tu moins Brutus ? en es-tu moins romain ?
Nous dois-tu moins ta vie, et ton cœur, et ta main ?
Toi, fon fils ! Rome enfin n'eft-elle plus ta mère ?
Chacun des conjurés n'eft-il donc plus ton frère ?

Né dans nos murs facrés, nourri par Scipion,
Elève de Pompée, adopté par Caton,
Ami de Caffius, que veux-tu davantage ?
Ces titres font facrés, tout autre les outrage.
Qu'importe qu'un tyran, efclave de l'amour,
Ait féduit Servilie, et t'ait donné le jour ?
Laiffe là les erreurs et l'hymen de ta mère ;
Caton forma tes mœurs, Caton feul eft ton père ;
Tu lui dois ta vertu, ton ame eft toute à lui :
Brife l'indigne nœud que l'on t'offre aujourd'hui ;
Qu'à nos fermens communs ta fermeté réponde ;
Et tu n'as de parens que les vengeurs du monde.

BRUTUS.

Et vous, braves amis, parlez, que penfez-vous ?

CIMBER.

Jugez de nous par lui, jugez de lui par nous.
D'un autre fentiment fi nous étions capables,
Rome n'aurait point eu des enfans plus coupables.
Mais à d'autres qu'à toi pourquoi t'en rapporter ?
C'eft ton cœur, c'eft Brutus qu'il te faut confulter.

BRUTUS.

Eh bien, à vos regards mon ame eft dévoilée ;
Lifez-y les horreurs dont elle eft accablée.
Je ne vous cèle rien, ce cœur s'eft ébranlé ;
De mes ftoïques yeux des larmes ont coulé.
Après l'affreux ferment que vous m'avez vu faire,
Prêt à fervir l'Etat, mais à tuer mon père ;
Pleurant d'être fon fils, honteux de fes bienfaits ;
Admirant les vertus, condamnant fes forfaits ;
Voyant en lui mon père, un coupable, un grand homme ;
Entraîné par Céfar, et retenu par Rome,

Y 4

D'horreur et de pitié mes efprits déchirés,
Ont fouhaité la mort que vous lui préparez.
Je vous dirai bien plus, fachez que je l'eftime:
Son grand cœur me féduit au fein même du crime;
Et fi fur les Romains quelqu'un pouvait régner,
Il eft le feul tyran que l'on dût épargner.
Ne vous alarmez point; ce nom que je détefte,
Ce nom feul de tyran l'emporte fur le refte.
Le Sénat, Rome et vous, vous avez tous ma foi:
Le bien du monde entier me parle contre un roi.
J'embraffe avec horreur une vertu cruelle;
J'en friffonne à vos yeux; mais je vous fuis fidelle.
Céfar me va parler; que ne puis-je aujourd'hui
L'attendrir, le changer, fauver l'Etat et lui!
Veuillent les immortels, s'expliquant par ma bouche,
Prêter à mon organe un pouvoir qui le touche!
Mais fi je n'obtiens rien de cet ambitieux,
Levez le bras, frappez, je détourne les yeux.
Je ne trahirai point mon pays pour mon père:
Que l'on approuve, ou non, ma fermeté févère,
Qu'à l'univers furpris cette grande action
Soit un objet d'horreur ou d'admiration;
Mon efprit, peu jaloux de vivre en la mémoire,
Ne confidère point le reproche ou la gloire:
Toujours indépendant, et toujours citoyen,
Mon devoir me fuffit, tout le refte n'eft rien.
Allez, ne fongez plus qu'à fortir d'efclavage.

CASSIUS.

Du falut de l'Etat ta parole eft le gage.
Nous comptons tous fur toi, comme fi dans ces lieux
Nous entendions Caton, Rome même et nos dieux.

SCENE III.

BRUTUS *feul.*

Voici donc le moment où Céfar va m'entendre ;
Voici ce capitole où la mort va l'attendre.
Epargnez-moi, grands Dieux, l'horreur de le haïr.
Dieux, arrêtez ces bras levés pour le punir !
Rendez, s'il fe peut, Rome à fon grand cœur plus chère,
Et faites qu'il foit jufte, afin qu'il foit mon père.
Le voici. Je demeure immobile, éperdu.
O Manes de Caton, foutenez ma vertu !

SCENE IV.

CESAR, BRUTUS.

CESAR.

Eh bien, que veux-tu ? Parle. As-tu le cœur d'un homme ?
Es-tu fils de Céfar ?

BRUTUS.

Oui, fi tu l'es de Rome.

CESAR.

Républicain farouche, où vas-tu t'emporter ?
N'as-tu voulu me voir que pour mieux m'infulter ?
Quoi ! tandis que fur toi mes faveurs fe répandent,
Que du monde foumis les hommages t'attendent,

L'empire, mes bontés, rien ne fléchit ton cœur?
De quel œil vois-tu donc le fceptre?

BRUTUS.

Avec horreur.

CESAR.

Je plains tes préjugés, je les excufe même.
Mais peux-tu me haïr?

BRUTUS.

Non, Céfar, et je t'aime.
Mon cœur par tes exploits fut pour toi prévenu,
Avant que pour ton fang tu m'euffes reconnu.
Je me fuis plaint aux dieux de voir qu'un fi grand homme
Fût à la fois la gloire et le fléau de Rome.
Je détefte Céfar avec le nom de roi :
Mais Céfar citoyen ferait un dieu pour moi ;
Je lui facrifîrais ma fortune et ma vie.

CESAR.

Que peux-tu donc haïr en moi?

BRUTUS.

La tyrannie.
Daigne écouter les vœux, les larmes, les avis
De tous les vrais Romains, du Sénat, de ton fils.
Veux-tu vivre en effet le premier de la terre?
Jouir d'un droit plus faint que celui de la guerre?
Etre encor plus que roi, plus même que Céfar?

CESAR.

Eh bien?

BRUTUS.

Tu vois la terre enchaînée à ton char :

Romps nos fers, fois romain, renonce au diadême.

CESAR.

Ah ! que propofes-tu ?

BRUTUS.

Ce qu'a fait Sylla même.
Long-temps dans notre fang Sylla s'était noyé ;
Il rendit Rome libre, et tout fut oublié.
Cet affaffin illuftre, entouré de victimes,
En defcendant du trône effaça tous fes crimes.
Tu n'eus point fes fureurs, ofe avoir fes vertus.
Ton cœur fut pardonner ; Céfar, fais encor plus.
Que fervent déformais les grâces que tu donnes ?
C'eft à Rome, à l'Etat qu'il faut que tu pardonnes :
Alors, plus qu'à ton rang nos cœurs te font foumis ;
Alors tu fais régner, alors je fuis ton fils.
Quoi! je te parle en vain ?

CESAR.

Rome demande un maître ;
Un jour à tes dépens tu l'apprendras peut-être.
Tu vois nos citoyens plus puiffans que des rois :
Nos mœurs changent, Brutus ; il faut changer nos lois.
La liberté n'eft plus que le droit de fe nuire :
Rome, qui détruit tout, femble enfin fe détruire.
Ce coloffe effrayant, dont le monde eft foulé,
En preffant l'univers, eft lui-même ébranlé.
Il penche vers fa chute, et contre la tempête
Il demande mon bras pour foutenir fa tête. (8)
Enfin depuis Sylla, nos antiques vertus,
Les lois, Rome, l'Etat, font des noms fuperflus.
Dans nos temps corrompus, pleins de guerres civiles,
Tu parles comme au temps des Dèces, des Emiles.

Caton t'a trop séduit, mon cher fils, je prévoi
Que ta triste vertu perdra l'Etat et toi.
Fais céder, si tu peux, ta raison détrompée
Au vainqueur de Caton, au vainqueur de Pompée,
A ton père qui t'aime, et qui plaint ton erreur.
Sois mon fils en effet, Brutus, rends-moi ton cœur:
Prends d'autres sentimens, ma bonté t'en conjure;
Ne force point ton ame à vaincre la nature.
Tu ne me réponds rien : tu détournes les yeux?

BRUTUS.

Je ne me connais plus. Tonnez sur moi, grands Dieux!
César...

CESAR.

Quoi! tu t'émeus? ton ame est amollie?
Ah! mon fils....

BRUTUS.

Sais-tu bien qu'il y va de ta vie?
Sais-tu que le Sénat n'a point de vrai romain
Qui n'aspire en secret à te percer le sein?
Que le salut de Rome et que le tien te touche!
Ton génie alarmé te parle par ma bouche;
Il me pousse, il me presse, il me jette à tes pieds.

(il se jette à ses genoux.)

César, au nom des dieux, dans ton cœur oubliés;
Au nom de tes vertus, de Rome, et de toi-même,
Dirai-je au nom d'un fils qui frémit et qui t'aime,
Qui te préfère au monde, et Rome seule à toi,
Ne me rebute pas!

CESAR.

Malheureux, laisse-moi.
Que me veux-tu?

BRUTUS.

Crois-moi; ne fois point infenfible.

CESAR.

L'univers peut changer; mon ame eft inflexible.

BRUTUS.

Voilà donc ta réponfe?

CESAR.

Oui, tout eft réfolu.

Rome doit obéir, quand Céfar a voulu.

BRUTUS, *d'un air confterné.*

Adieu, Céfar.

CESAR.

Eh quoi! d'où viennent tes alarmes!

Demeure encor, mon fils. Quoi, tu verfes des larmes!

Quoi! Brutus peut pleurer! Eft-ce d'avoir un roi?

Pleures-tu les Romains?

BRUTUS.

Je ne pleure que toi.

Adieu, te dis-je.

CESAR.

O Rome! ô rigueur héroïque!

Que ne puis-je à ce point aimer ma république!

SCENE V.

CESAR, DOLABELLA, Romains.

DOLABELLA.

LE Sénat par ton ordre au temple eft arrivé:

On n'attend plus que toi, le trône eft élevé.

Tous ceux qui t'ont vendu leur vie et leurs fuffrages,

Vont prodiguer l'encens au pied de tes images.

J'amène devant toi la foule des Romains,
Le Sénat va fixer leurs efprits incertains;
Mais fi Céfar croyait un citoyen qui l'aime, (9)
Nos préfages affreux, nos devins, nos dieux même,
Céfar diffèrerait ce grand événement.

C E S A R.

Quoi! lorfqu'il faut régner, différer d'un moment!
Qui pourrait m'arrêter, moi?

D O L A B E L L A.

Toute la nature

Confpire à t'avertir par un finiftre augure.
Le ciel qui fait les rois redoute ton trépas.

C E S A R.

Va, Céfar n'eft qu'un homme, et je ne penfe pas
Que le ciel de mon fort à ce point s'inquiète;
Qu'il anime pour moi la nature muette,
Et que les élémens paraiffent confondus,
Pour qu'un mortel ici refpire un jour de plus.
Les dieux du haut du ciel ont compté nos années;
Suivons fans reculer nos hautes deftinées.
Céfar n'a rien à craindre.

D O L A B E L L A.

Il a des ennemis,

Qui fous un joug nouveau font à peine affervis.
Qui fait s'ils n'auraient point confpiré leur vengeance?

C E S A R.

Ils n'oferaient.

D O L A B E L L A.

Ton cœur a trop de confiance.

C E S A R.

Tant de précautions contre mon jour fatal
Me rendraient méprifable, et me défendraient mal.

DOLABELLA.

Pour le falut de Rome il faut que Céfar vive ;
Dans le Sénat au moins permets que je te fuive.

CESAR.

Non, pourquoi changer l'ordre entre nous concerté ?
N'avançons point, ami, le moment arrêté ;
Qui change fes deffeins découvre fa faibleffe.

DOLABELLA.

Je te quitte à regret. Je crains, je le confeffe :
Ce nouveau mouvement dans mon cœur eft trop fort.

CESAR.

Va, j'aime mieux mourir que de craindre la mort. (10)
Allons.

SCENE VI.

DOLABELLA, Romains.

Chers Citoyens, quel héros, quel courage
De la terre et de vous méritait mieux l'hommage ?
Joignez vos vœux aux miens, peuples qui l'admirez;
Confirmez les honneurs qui lui font préparés.
Vivez pour le fervir, mourez pour le défendre....
Quelles clameurs, ô Ciel ! quels cris fe font entendre !

LES CONJURÉS, *derrière le théâtre.*

Meurs, expire, tyran. Courage, Caffius.

DOLABELLA.

Ah ! courons le fauver.

SCENE VII.

CASSIUS, *un poignard à la main*, DOLABELLA,
Romains.

CASSIUS.

C'EN eſt fait, il n'eſt plus.

DOLABELLA.

Peuples, ſecondez-moi, frappons, perçons ce traître.

CASSIUS.

Peuples, imitez-moi, vous n'avez plus de maître.
Nation de héros, vainqueurs de l'univers,
Vive la liberté; ma main briſe vos fers.

DOLABELLA.

Vous trahiſſez, Romains, le ſang de ce grand homme?

CASSIUS.

J'ai tué mon ami pour le ſalut de Rome : (11)
Il vous aſſervit tous, ſon ſang eſt répandu.
Eſt-il quelqu'un de vous de ſi peu de vertu,
D'un eſprit ſi rampant, d'un ſi faible courage,
Qu'il puiſſe regretter Céſar et l'eſclavage?
Quel eſt ce vil romain qui veut avoir un roi?
S'il en eſt un, qu'il parle, et qu'il ſe plaigne à moi.
Mais vous m'applaudiſſez, vous aimez tous la gloire.

ROMAINS.

Céſar fut un tyran, périſſe ſa mémoire.

CASSIUS.

Maîtres du monde entier, de Rome heureux enfans,
Conſervez à jamais ces nobles ſentimens.

Je

Je fais que devant vous Antoine va paraître,
Amis, fouvenez-vous que Céfar fut fon maître,
Qu'il a fervi fous lui, dès fes plus jeunes ans,
Dans l'école du crime et dans l'art des tyrans.
Il vient juftifier fon maître et fon empire;
Il vous méprife affez pour penfer vous féduire.
Sans doute il peut ici faire entendre fa voix :
Telle eft la loi de Rome; et j'obéis aux lois.
Le peuple eft déformais leur organe fuprême,
Le juge de Céfar, d'Antoine, de moi-même.
Vous rentrez dans vos droits indignement perdus ;
Céfar vous les ravit, je vous les ai rendus :
Je les veux affermir. Je rentre au capitole,
Brutus eft au Sénat, il m'attend, et j'y vole.
Je vais avec Brutus, en ces murs défolés,
Rappeler la juftice, et nos dieux exilés,
Etouffer des méchans les fureurs inteftines,
Et de la liberté réparer les ruines.
Vous, Romains, feulement confentez d'être heureux,
Ne vous trahiffez pas, c'eft tout ce que je veux;
Redoutez tout d'Antoine, et fur-tout l'artifice.

ROMAINS.

S'il vous ofe accufer, que lui-même il périffe.

CASSIUS.

Souvenez-vous, Romains, de ces fermens facrés.

ROMAINS,

Aux vengeurs de l'Etat nos cœurs font affurés.

SCENE VIII et dernière.

ANTOINE, Romains, DOLABELLA.

UN ROMAIN.

Mais Antoine paraît.

AUTRE ROMAIN.

Qu'ofera-t-il nous dire?

UN ROMAIN.

Ses yeux verfent des pleurs, il fe trouble, il foupire.

UN AUTRE.

Il aimait trop Céfar.

ANTOINE, *montant à la tribune aux harangues.*

Oui, je l'aimais, Romains;
Oui, j'aurais de mes jours prolongé fes deftins.
Hélas! vous avez tous penfé comme moi-même;
Et lorfque de fon front ôtant le diadême,
Ce héros à vos lois s'immolait aujourd'hui,
Qui de vous en effet n'eût expiré pour lui?
Hélas! je ne viens point célébrer fa mémoire;
La voix du monde entier parle affez de fa gloire;
Mais de mon défefpoir ayez quelque pitié,
Et pardonnez du moins des pleurs à l'amitié.

UN ROMAIN.

Il les fallait verfer quand Rome avait un maître.
Céfar fut un héros; mais Céfar fut un traître.

AUTRE ROMAIN.

Puifqu'il était tyran, il n'eut point de vertus.

UN TROISIEME.

Oui, nous approuvons tous Caffius et Brutus.

ANTOINE.

Contre fes meurtriers je n'ai rien à vous dire ;
C'eft à fervir l'Etat que leur grand cœur afpire.
De votre dictateur ils ont percé le flanc ;
Comblés de fes bienfaits, ils font teints de fon fang.
Pour forcer des Romains à ce coup déteftable,
Sans doute il fallait bien que Céfar fût coupable ;
Je le crois. Mais enfin Céfar a-t-il jamais
De fon pouvoir fur vous appefanti le faix ?
A-t-il gardé pour lui le fruit de fes conquêtes ?
Des dépouilles du monde il couronnait vos têtes.
Tout l'or des nations qui tombaient fous fes coups,
Tout le prix de fon fang fut prodigué pour vous.
De fon char de triomphe il voyait vos alarmes :
Céfar en defcendait pour effuyer vos larmes.
Du monde qu'il foumit vous triomphez en paix,
Puiffans par fon courage, heureux par fes bienfaits.
Il payait le fervice : il pardonnait l'outrage.
Vous le favez, grands Dieux! vous dont il fut l'image;
Vous, Dieux, qui lui laiffiez le monde à gouverner,
Vous favez fi fon cœur aimait à pardonner !

ROMAINS.

Il eft vrai que Céfar fit aimer fa clémence.

ANTOINE.

Hélas! fi fa grande ame eût connu la vengeance,
Il vivrait, et fa vie eût rempli nos fouhaits.
Sur tous fes meurtriers il verfa fes bienfaits ;
Deux fois à Caffius il conferva la vie.
Brutus... où fuis-je? ô Ciel ! ô crime ! ô barbarie!
Chers amis, je fuccombe ; et mes fens interdits....
Brutus fon affaffin !... ce monftre était fon fils.

Z 2

ROMAINS.

Ah ! Dieux !

ANTOINE.

Je vois frémir vos généreux courages ;
Amis, je vois les pleurs qui mouillent vos visages.
Oui, Brutus est son fils ; mais vous qui m'écoutez,
Vous étiez ses enfans dans son cœur adoptés.
Hélas ! si vous saviez sa volonté dernière !

ROMAINS.

Quelle est-elle ? parlez.

ANTOINE.

Rome est son héritière.
Ses trésors font vos biens ; vous en allez jouir :
Au-delà du tombeau César veut vous servir.
C'est vous seuls qu'il aimait : c'est pour vous qu'en Asie
Il allait prodiguer sa fortune et sa vie.
O Romains, disait-il, Peuple-roi que je sers,
Commandez à César, César à l'univers.
Brutus ou Cassius eût-il fait davantage ?

ROMAINS.

Ah ! nous les détestons. Ce doute nous outrage.

UN ROMAIN.

César fut en effet le père de l'Etat.

ANTOINE.

Votre père n'est plus ; un lâche assassinat
Vient de trancher ici les jours de ce grand homme,
L'honneur de la nature et la gloire de Rome.
Romains, priverez-vous des honneurs du bûcher
Ce père, cet ami, qui vous était si cher ?

On l'apporte à vos yeux.

(*Le fond du théâtre s'ouvre ; des licteurs apportent le corps de* *Céfar, couvert d'une robe fanglante ; Antoine defcend de la* *tribune, et fe jette à genoux auprès du corps.*)

ROMAINS;

O fpectacle funefte !

ANTOINE.

Du plus grand des Romains voilà ce qui vous refte ;
Voilà ce dieu vengeur, idolâtré par vous,
Que fes affaffins même adoraient à genoux :
Qui toujours votre appui, dans la paix, dans la guerre,
Une heure auparavant fefait trembler la terre ;
Qui devait enchaîner Babylone à fon char ;
Amis, en cet état connaiffez-vous Céfar ?
Vous les voyez, Romains, vous touchez ces bleffures,
Ce fang qu'ont fous vos yeux verfé des mains parjures.
Là, Cimber l'a frappé ; là, fur le grand Céfar
Caffius et Décime enfonçaient leur poignard.
Là, Brutus éperdu, Brutus, l'ame égarée,
A fouillé dans fes flancs fa main dénaturée.
Céfar, le regardant d'un œil tranquille et doux,
Lui pardonnait encóre en tombant fous fes coups.
Il l'appelait fon fils, et ce nom cher et tendre
Eft le feul qu'en mourant Céfar ait fait entendre :
O mon fils ! difait-il.

UN ROMAIN.

O monftre que les dieux
Devaient exterminer avant ce coup affreux !

AUTRES ROMAINS, *en regardant le corps dont ils*
font proche.

Dieux ! fon fang coule encore.

Z 3

ANTOINE.

                 Il demande vengeance,
Il l'attend de vos mains et de votre vaillance.
Entendez-vous fa voix ? Réveillez-vous, Romains;
Marchez, fuivez-moi tous contre fes affaffins :
Ce font là les honneurs qu'à Céfar on doit rendre.
Des brandons du bûcher qui va le mettre en cendre,
Embrafons les palais de ces fiers conjurés :
Enfonçons dans leur fein nos bras défefpérés.
Venez, dignes amis; venez, vengeurs des crimes,
Au dieu de la patrie immoler ces victimes.

ROMAINS.

Oui, nous les punirons; oui, nous fuivrons vos pas.
Nous jurons par fon fang de venger fon trépas.
Courons.

ANTOINE à *Dolabella.*

       Ne laiffons pas leur fureur inutile;
Précipitons ce peuple inconftant et facile :
Entraînons-le à la guerre, et fans rien ménager,
Succédons à Céfar, en courant le venger.

Fin du troifième et dernier acte.

NOTES ET VARIANTES

SUR LA MORT DE CESAR.

(1) D A N S Alzire , *Montèze* dit à fa fille :

Tu dois à ton état plier ton caractère.

(2) Voyez les notes fur Zaïre.

(3) C'eft le mot de *Céfar* , lorfqu'il aperçut *Brutus* à la tête des conjurés. M. de *Voltaire* l'a placé dans cette fcène , et y a fubftitué dans le récit de la mort de *Céfar* ce tableau touchant :

Céfar , le regardant d'un œil tranquille et doux ,
Lui pardonnait encore en mourant par fes coups.
O mon fils , difait-il , &c.

(4) *Brutus* trouva en effet des billets dans lefquels on lui reprochait de n'être pas digne de fon nom , et ces reproches achevèrent de le déterminer à la conjuration.

(5) Nous invitons les partifans du beau naturel de *Shakefpeare* à comparer ce récit avec celui de la tragédie anglaife ; et nous prenons la liberté de leur demander fi les plates bouffonneries de *Cafca* leur paraiffent bien propres à augmenter l'illufion de la fcène et l'effet théâtral.

(6) *Cornélie* , dans la Mort de Pompée , dit , en parlant de la douleur que *Céfar* montrait du malheur de fon ennemi :

Une maligne joie en fon cœur s'élevait ,
Dont fa gloire indignée à peine le fauvait.

(7) C'était ainfi que *Brutus* devait penfer de *Cicéron*. Ce portrait d'ailleurs eft conforme à l'hiftoire ; il y avait loin de *Catilina* à *Céfar* ; il fallait alors un autre courage et d'autres vertus. Ce vers : *Hardi dans le Sénat , faible dans le danger* : eft très-vrai : non que *Cicéron* manquât de courage perfonnel , mais fon courage d'efprit l'abandonnait , lorfqu'il n'était ni dans le Sénat , ni dans la tribune aux harangues. Sa force était dans fon éloquence , et il fe livrait à toute fa faibleffe dans les conjonctures où l'éloquence devenait inutile.

Z 4

(8) *Corneille*, dans la Mort de Pompée, emploie une image semblable, il dit que *Pompée* a espéré que l'Egypte

> Ayant sauvé le ciel pourra sauver la terre ;
> Et dans son désespoir à la fin se mêlant,
> Pourra prêter l'épaule au monde chancelant.

(9) Il y avait dans les premières éditions, un *vieux soldat qui t'aime* : mais *Dolabella*, gendre de *Cicéron*, n'était point un vieux soldat ; c'était un jeune sénateur très-aimable, très-intrigant et très-ambitieux. Comme *Clodius*, il s'était fait adopter par un plébéïen, afin de pouvoir être tribun. Lorsque *César* fut tué, *Dolabella* avait été nommé consul avant l'âge prescrit par les lois ; mais *Antoine*, qui était jaloux de sa faveur, déclara son élection nulle en qualité d'augure. Ils se réconcilièrent après la mort de *César* ; et *Dolabella* se tua en Asie quelque temps après, pour ne pas tomber entre les mains de *Cassius* ; il avait alors environ vingt-sept ans.

(10) C'est un mot de *César* : une autre fois on disputait devant lui sur l'espèce de mort la moins fâcheuse : *la plus courte et la moins prévue*, répondit-il.

(11) Il y a dans cette scène, dans celle de la conspiration, dans le discours d'*Antoine*, quelques morceaux imités de *Shakespeare*. Voyez, dans le neuvième tome de cette édition, les trois premiers actes du Jules-César anglais, traduits par M. de *Voltaire*.

(*a*) Dans toutes les anciennes éditions on lisait :

> Il n'est qu'un citoyen *fameux* par ses services ;

connu est plus simple et convient mieux à *César* parlant de lui-même.

(*b*) Dans les éditions précédentes il y avait :

> Ah ! cesse donc d'aimer l'orgueil du diadème.

Fin des notes et variantes de la Mort de César.

non ; je revis pour toi ;

Je réclame à tes pieds tes sermens & ta foi *alzire act 3 sc 4*

J. M. Moreau le J.^r inv.   1783   Romanet sculp.

ALZIRE

OU

LES AMERICAINS,

TRAGEDIE.

Repréfentée, pour la première fois, le 27
janvier 1736.

EPITRE

A MADAME LA MARQUISE

DU CHATELET.

MADAME,

Q UEL faible hommage pour vous, qu'un de ces ouvrages de poëſie qui n'ont qu'un temps, qui doivent leur mérite à la faveur paſſagère du public, et à l'illuſion du théâtre, pour tomber enſuite dans la foule et dans l'obſcurité !

Qu'eſt-ce en effet qu'un roman mis en action et en vers, devant celle qui lit les ouvrages de géométrie avec la même facilité que les autres liſent les romans ; devant celle qui n'a trouvé dans *Locke*, ce ſage précepteur du genre humain, que ſes propres ſentimens et l'hiſtoire de ſes penſées ; enfin aux yeux d'une perſonne qui, née pour les agrémens, leur préfère la vérité ?

Mais, Madame, le plus grand génie, et ſurement le plus déſirable, eſt celui qui ne donne l'excluſion à aucun des beaux arts. Ils ſont tous la nourriture et le plaiſir de l'ame : y en a-t-il dont on doive ſe priver ? Heureux l'eſprit que la philoſophie ne peut deſſécher, et que les charmes des belles-lettres ne peuvent amollir, qui ſait ſe fortifier avec *Locke*, s'éclairer avec *Clarke* et *Newton*, s'élever dans la lecture de *Cicéron* et de *Boſſuet*, s'embellir par les charmes de *Virgile* et du *Taſſe* !

Tel eft votre génie, Madame, il faut que je ne craigne point de le dire, quoique vous craigniez de l'entendre. Il faut que votre exemple encourage les perfonnes de votre fexe et de votre rang à croire qu'on s'anoblit encore en perfectionnant fa raifon, et que l'efprit donne des grâces.

Il a été un temps en France, et même dans toute l'Europe, où les hommes penfaient déroger, et les femmes fortir de leur état, en ofant s'inftruire. Les uns ne fe croyaient nés que pour la guerre ou pour l'oifiveté ; et les autres, que pour la coquetterie.

Le ridicule même que *Molière* et *Defpréaux* ont jeté fur les femmes favantes, a femblé, dans un fiècle poli, juftifier les préjugés de la barbarie. Mais *Molière*, ce légiflateur dans la morale et dans les bienféances du monde, n'a pas affurément prétendu, en attaquant les femmes favantes, fe moquer de la fcience et de l'efprit. Il n'en a joué que l'abus et l'affectation ; ainfi que dans fon Tartuffe il a diffamé l'hypocrifie, et non pas la vertu.

Si, au lieu de faire une fatire contre les femmes, l'exact, le folide, le laborieux, l'élégant *Defpréaux* avait confulté les femmes de la cour les plus fpirituelles, il eût ajouté à l'art et au mérite de fes ouvrages fi bien travaillés, des grâces et des fleurs qui leur euffent encore donné un nouveau charme. En vain, dans fa fatire des femmes, il a voulu couvrir de ridicule une dame qui avait appris l'aftronomie ; il eût mieux fait de l'apprendre lui-même.

L'efprit philofophique fait tant de progrès en France depuis quarante ans, que fi *Boileau* vivait

encore, lui qui ofait fe moquer d'une femme de
condition, parce qu'elle voyait en fecret *Roberval*
et *Sauveur*, ferait obligé de refpecter et d'imiter
celles qui profitent publiquement des lumières des
Maupertuis, des *Réaumur*, des *Mairan*, des *du Fay*
et des *Clairault*; de tous ces véritables favans, qui
n'ont pour objet qu'une fcience utile, et qui en la
rendant agréable, la rendent infenfiblement néceffaire à notre nation. Nous fommes au temps, j'ofe
le dire, où il faut qu'un poëte foit philofophe, et
où une femme peut l'être hardiment.

Dans le commencement du dernier fiècle, les
Français apprirent à arranger des mots. Le fiècle des
chofes eft arrivé. Telle qui lifait autrefois *Montagne*,
l'*Afrée* et les *Contes de la reine de Navarre*, était une
favante. Les *des Houllières* et les *Dacier*, illuftres dans
différens genres, font venues depuis. Mais votre
fexe a encore tiré plus de gloire de celles qui ont
mérité qu'on fît pour elles le livre charmant des *Mondes*,
et les *Dialogues fur la lumière* (*) qui vont paraître,
ouvrage peut-être comparable aux *Mondes*.

Il eft vrai qu'une femme qui abandonnerait
les devoirs de fon état pour cultiver les fciences,
ferait condamnable, même dans fes fuccès; mais,
Madame, le même efprit qui mène à la connaiffance de la vérité, eft celui qui porte à remplir
fes devoirs. La reine d'Angleterre, l'époufe de
George II, qui a fervi de médiatrice entre les deux
plus grands métaphyficiens de l'Europe, *Clarke* et
Leibnitz, et qui pouvait les juger, n'a pas négligé

(*) *Il Newtonianifmo per le Dame*, d'Algarotti.

pour cela un moment les foins de reine, de femme et de mère. *Chriſtine*, qui abandonna le trône pour les beaux arts, fut au rang des grands rois, tant qu'elle régna. La petite-fille du grand *Condé*, dans laquelle on voit revivre l'efprit de fon aïeul, n'a-t-elle pas ajouté une nouvelle confidération au fang dont elle eſt fortie ?

Vous, Madame, dont on peut citer le nom à côté de celui de tous les princes, vous faites aux lettres le même honneur. Vous en cultivez tous les genres. Elles font votre occupation dans l'âge des plaifirs. Vous faites plus ; vous cachez ce mérite étranger au monde, avec autant de foin que vous l'avez acquis. Continuez, Madame, à chérir, à ofer cultiver les fciences, quoique cette lumière, long-temps renfermée dans vous-même, ait éclaté malgré vous. Ceux qui ont répandu en fecret des bienfaits, doivent-ils renoncer à cette vertu, quand elle eſt devenue publique ?

Eh ! pourquoi rougir de fon mérite ? L'efprit orné n'eſt qu'une beauté de plus. C'eſt un nouvel empire. On fouhaite aux arts la protection des fouverains : celle de la beauté n'eſt-elle pas au-deſſus ?

Permettez-moi de dire encore, qu'une des raifons qui doivent faire eſtimer les femmes qui font ufage de leur efprit, c'eſt que le goût feul les détermine. Elles ne cherchent en cela qu'un nouveau plaifir, et c'eſt en quoi elles font bien louables.

Pour nous autres hommes, c'eſt fouvent par vanité, quelquefois par intérêt, que nous confumons notre vie dans la culture des arts. Nous en fefons les inftrumens de notre fortune; c'eft une efpèce de profanation. Je fuis fâché qu'*Horace* dife de lui :

(*a*) L'indigence eft le dieu qui m'infpira des vers.

La rouille de l'envie, l'artifice des intrigues, le poifon de la calomnie, l'affaffinat de la fatire (fi j'ofe m'exprimer ainfi) déshonorent parmi les hommes une profeffion, qui par elle-même a quelque chofe de divin.

Pour moi, Madame, qu'un penchant invincible a déterminé aux arts dès mon enfance, je me fuis dit de bonne heure ces paroles, que je vous ai fouvent répétées, de *Cicéron*, ce conful romain qui fut le père de la patrie, de la liberté et de l'éloquence (*b*). ,, Les lettres forment la jeuneffe, et font les charmes ,, de l'âge avancé. La profpérité en eft plus brillante ; ,, l'adverfité en reçoit des confolations ; et dans ,, nos maifons, dans celles des autres, dans les ,, voyages, dans la folitude, en tout temps, en tous ,, lieux, elles font la douceur de notre vie. ,,
Je les ai toujours aimées pour elles-mêmes ; mais à préfent, Madame, je les cultive pour vous, pour mériter, s'il eft poffible, de paffer auprès de vous

(*a*) —— *Paupertas impulit audax*
Ut verfus facerem. ——

Horat. Epift. lib. II , epift. 2 , verf. 51.

(*b*) *Studia adolefcentiam alunt , fenectutem oblectant , fecundas res ornant, adverfis perfugium ac folatium præbent ; delectant domi , non impediunt foris, pernoctant nobifcum , peregrinantur , rufticantur.*

le reste de ma vie, dans le sein de la retraite, de la paix, peut-être de la vérité, à qui vous sacrifiez dans votre jeunesse les plaisirs faux, mais enchanteurs du monde; enfin pour être à portée de dire un jour avec *Lucrèce*, ce poëte philosophe dont les beautés et les erreurs vous sont si connues :

(*a*) Heureux qui, retiré dans le temple des sages,
　　Voit en paix sous ses pieds se former les orages;
　　Qui contemple de loin les mortels insensés,
　　De leur joug volontaire esclaves empressés,
　　Inquiets, incertains du chemin qu'il faut suivre,
　　Sans penser, sans jouir, ignorant l'art de vivre,
　　Dans l'agitation consumant leurs beaux jours,
　　Poursuivant la fortune et rampant dans les cours!
　　O vanité de l'homme! ô faiblesse! ô misère!

Je n'ajouterai rien à cette longue épître, touchant la tragédie que j'ai l'honneur de vous dédier. Comment en parler, Madame, après avoir parlé de vous? Tous ce que je puis dire, c'est que je l'ai composée dans votre maison et sous vos yeux. J'ai voulu la rendre moins indigne de vous, y mettant de la

---

(*a*) *Sed nil dulcius est , bene quàm munita tenere*
　　Edita doctrinâ sapientum templa serenâ ;
　　Despicere unde queas alios , passimque videre
　　Errare , atque viam palanteis quærere vitæ :
　　Certare ingenio , contendere nobilitate ;
　　Noctes atque dies niti præstante labore ,
　　Ad summas emergere opes , rerumque potiri.
　　O miseras hominum mentes ! O pectora cæca !

nouveauté,

nouveauté, de la vérité et de la vertu. J'ai essayé de peindre (d) ce sentiment généreux, cette humanité, cette grandeur d'ame qui fait le bien et qui pardonne le mal ; ces sentimens tant recommandés par les sages de l'antiquité, et épurés dans notre religion ; ces vraies lois de la nature, toujours si mal suivies. Vous avez ôté bien des défauts à cet ouvrage, vous connaissez ceux qui le défigurent encore. Puisse le public, d'autant plus sévère qu'il a d'abord été plus indulgent, me pardonner, comme vous, mes fautes !

Puisse au moins cet hommage, que je vous rends, Madame, périr moins vîte que mes autres écrits ! Il serait immortel, s'il était digne de celle à qui je l'adresse.

Je suis avec un profond respect, &c.

(d) Tout cela n'était pas un vain compliment, comme la plupart des épîtres dédicatoires. L'auteur passa en effet vingt ans de sa vie à cultiver, avec cette dame illustre, les belles-lettres et la philosophie ; et tant qu'elle vécut, il refusa constamment de venir auprès d'un souverain qui le demandait, comme on le voit par plusieurs lettres insérées dans cette collection.

DISCOURS

PRELIMINAIRE.

On a tâché dans cette tragédie, toute d'invention et d'une espèce assez neuve, de faire voir combien le véritable esprit de religion l'emporte sur les vertus de la nature.

La religion d'un barbare consiste à offrir à ses dieux le sang de ses ennemis. Un chrétien mal instruit n'est souvent guère plus juste. Etre fidèle à quelques pratiques inutiles, et infidèle aux vrais devoirs de l'homme ; faire certaines prières, et garder ses vices ; jeûner, mais haïr ; cabaler, persécuter, voilà sa religion. Celle du chrétien véritable est de regarder tous les hommes comme ses frères, de leur faire du bien et leur pardonner le mal. Tel est *Gusman* au moment de sa mort ; tel *Alvarez* dans le cours de sa vie ; tel j'ai peint *Henri IV*, même au milieu de ses faiblesses.

On retrouvera dans presque tous mes écrits cette humanité qui doit être le premier caractère d'un être pensant : on y verra (si j'ose m'exprimer ainsi) le désir du bonheur des hommes, l'horreur de l'injustice et de l'oppression ; et c'est cela seul qui a jusqu'ici tiré mes ouvrages de l'obscurité où leurs défauts devaient les ensevelir.

Voilà pourquoi la *Henriade* s'est soutenue, malgré les efforts de quelques français jaloux, qui ne voulaient pas absolument que la France eût un poëme épique. Il y a toujours un petit nombre de lecteurs, qui ne laissent point empoisonner leur jugement du venin des cabales et des intrigues, qui n'aiment que le vrai, qui cherchent toujours l'homme dans l'auteur : voilà ceux devant qui j'ai trouvé grâce. C'eſt à ce petit nombre d'hommes que j'adreſſe les réflexions ſuivantes; j'eſpère qu'ils les pardonneront à la néceſſité où je ſuis de les faire.

Un étranger s'étonnait un jour à Paris d'une foule de libelles de toute eſpèce, et d'un déchaînement cruel, par lequel un homme était opprimé. Il faut apparemment, dit-il, que cet homme ſoit d'une grande ambition, et qu'il cherche à s'élever à quelqu'un de ces poſtes qui irritent la cupidité humaine et l'envie. Non, lui répondit-on; c'eſt un citoyen obſcur, retiré, qui vit plus avec *Virgile* et *Locke* qu'avec ſes compatriotes, et dont la figure n'eſt pas plus connue de quelques-uns de ſes ennemis, que du graveur qui a prétendu graver ſon portrait. C'eſt l'auteur de quelques pièces qui vous ont fait verſer des larmes, et de quelques ouvrages dans leſquels, malgré leurs défauts, vous aimez cet eſprit d'humanité, de juſtice, de liberté, qui y règne. Ceux qui le calomnient, ce ſont des hommes pour la plupart plus obſcurs que lui, qui prétendent lui diſputer un peu de fumée, et qui le perſécuteront juſqu'à ſa mort, uniquement à cauſe du plaiſir qu'il vous a donné. Cet étranger ſe ſentit quelque indignation pour les perſécuteurs, et quelque bienveillance pour le perſécuté.

Il eſt dur, il faut l'avouer, de ne point obtenir de ſes contemporains et de ſes compatriotes ce que l'on peut eſpérer des étrangers et de la poſtérité. Il eſt bien cruel, bien honteux pour l'eſprit humain,

que la littérature foit infectée de ces haines perfon-
nelles, de ces cabales, de ces intrigues, qui devraient
être le partage des efclaves de la fortune. Que gagnent
les auteurs en fe déchirant mutuellement? ils avi-
liffent une profeffion qu'il ne tient qu'à eux de rendre
refpectable. Faut-il que l'art de penfer, le plus beau
partage des hommes, devienne une fource de ridicule,
et que les gens d'efprit, rendus fouvent par leurs
querelles le jouet des fots, foient les bouffons d'un
public dont ils devraient être les maîtres?

Virgile, *Varius*, *Pollion*, *Horace*, *Tibulle* étaient
amis; les monumens de leur amitié fubfiftent, et
apprendront à jamais aux hommes que les efprits
fupérieurs doivent être unis. Si nous n'atteignons
pas à l'excellence de leur génie, ne pouvons-nous
pas avoir leurs vertus? Ces hommes fur qui l'univers avait les yeux, qui avaient à fe difputer l'admiration de l'Afie, de l'Afrique et de l'Europe, s'aimaient
pourtant et vivaient en frères; et nous, qui fommes
renfermés fur un fi petit théâtre, nous dont les noms,
à peine connus dans un coin du monde, pafferont
bientôt comme nos modes, nous nous acharnons
les uns contre les autres pour un éclair de réputation, qui, hors de notre petit horifon, ne frappe
les yeux de perfonne. Nous fommes dans un temps
de difette; nous avons peu, nous nous l'arrachons.
Virgile et *Horace* ne fe difputaient rien, parce qu'ils
étaient dans l'abondance.

On a imprimé un livre, *de Morbis Artificum : des*
maladies des artiftes. La plus incurable eft cette jaloufie
et cette baffeffe. Mais ce qu'il y a de déshonorant,

c'eſt que l'intérêt a ſouvent plus de part encore que l'envie à toutes ces petites brochures ſatiriques dont nous ſommes inondés. On demandait, il n'y a pas long-temps, à un homme qui avait fait je ne ſais quelle mauvaiſe brochure contre ſon ami et ſon bienfaiteur, pourquoi il s'était emporté à cet excès d'ingratitude? Il répondit froidement : *Il faut que je vive.* (a)

De quelque ſource que partent ces outrages, il eſt ſûr qu'un homme qui n'eſt attaqué que dans ſes écrits, ne doit jamais répondre aux critiques; car ſi elles ſont bonnes, il n'a autre choſe à faire qu'à ſe corriger; et ſi elles ſont mauvaiſes, elles meurent en naiſſant. Souvenons-nous de la fable du *Boccalini.* ,, Un voyageur, dit-il, était importuné ,, dans ſon chemin du bruit des cigales; il s'arrêta ,, pour les tuer; il n'en vint pas à bout, et ne fit ,, que s'écarter de ſa route : il n'avait qu'à continuer ,, paiſiblement ſon voyage ; les cigales ſeraient ,, mortes d'elles-mêmes au bout de huit jours. ,,

Il faut toujours que l'auteur s'oublie ; mais l'homme ne doit jamais s'oublier : *ſe ipſum deſerere turpiſſimum eſt.* On ſait que ceux qui n'ont pas aſſez d'eſprit pour attaquer nos ouvrages, calomnient nos perſonnes ; quelque honteux qu'il ſoit de leur répondre, il le ſerait quelquefois davantage de ne leur répondre pas.

On m'a traité dans vingt libelles d'homme ſans

_____

(a) Ce fut l'abbé *Guyot des Fontaines* qui fit cette réponſe à M. le comte d'*Argenſon*, depuis ſecrétaire d'Etat de la guerre ; à quoi le comte d'*Argenſon* répliqua : *Je n'en vois pas la néceſſité.*

religion ; une des belles preuves qu'on en a apportées, c'eſt que dans Oedipe, *Jocaſte* dit ces vers :

» Les prêtres ne font point ce qu'un vain peuple penſe,
» Notre crédulité fait toute leur ſcience.

Ceux qui m'ont fait ce reproche , ſont auſſi raiſonnables pour le moins que ceux qui ont imprimé que la *Henriade* dans pluſieurs endroits *ſentait bien ſon ſémi-pélagien*. On renouvelle ſouvent cette accuſation cruelle d'irréligion, parce que c'eſt le dernier refuge des calomniateurs. Comment leur répondre ? comment s'en conſoler , ſinon en ſe ſouvenant de la foule de ces grands hommes, qui depuis *Socrate* juſqu'à *Deſcartes* ont eſſuyé ces calomnies atroces ? Je ne ferai ici qu'une ſeule queſtion : Je demande qui a le plus de religion, ou le calomniateur qui perſécute, ou le calomnié qui pardonne?

Ces mêmes libelles me traitent d'homme envieux de la réputation d'autrui; je ne connais l'envie que par le mal qu'elle m'a voulu faire. J'ai défendu à mon eſprit d'être ſatirique , et il eſt impoſſible à mon cœur d'être envieux. J'en appelle à l'auteur de *Rhadamiſte* et d'*Electre*, qui par ces deux ouvrages m'inſpira le premier le déſir d'entrer quelque temps dans la même carrière : ſes ſuccès ne m'ont jamais coûté d'autres larmes que celles que l'attendriſſement m'arrachait aux repréſentations de ſes pièces; il fait qu'il n'a fait naître en moi que de l'émulation et de l'amitié. (1)

J'oſe dire avec confiance, que je ſuis plus attaché aux beaux arts qu'à mes écrits : ſenſible à l'excès, dès mon enfance, pour tout ce qui porte le caractère du génie, je regarde un grand poëte, un bon muſicien, un bon peintre, un ſculpteur habile, (s'il a de la probité) comme un homme que je dois chérir, comme un frère que les arts m'ont donné. Les jeunes gens qui voudront s'appliquer aux lettres , trouveront en moi un ami ; pluſieurs y ont trouvé un père. Voilà mes ſentimens : quiconque a vécu avec moi ſait bien que je n'en ai point d'autres.

Je me ſuis cru obligé de parler ainſi au public ſur moi-même une fois en ma vie. A l'égard de ma tragédie, je n'en dirai rien. Réfuter des critiques eſt un vain amour propre ; confondre la calomnie eſt un devoir.

PERSONNAGES.

D. GUSMAN, gouverneur du Pérou.

D. ALVAREZ, père de *Gusman*, ancien gouverneur.

ZAMORE, souverain d'une partie du Potoze.

MONTEZE, souverain d'une autre partie.

ALZIRE, fille de *Montèze*.

EMIRE,

CEPHALE, } suivantes d'*Alzire*.

Officiers espagnols.

Américains.

La scène est dans la ville de Los-Reyes, autrement Lima.

ALZIRE

OU

LES AMERICAINS,

TRAGEDIE.

ACTE PREMIER.

SCENE PREMIERE.

ALVAREZ, GUSMAN.

ALVAREZ.

Du confeil de Madrid l'autorité fuprême
Pour fucceffeur enfin me donne un fils que j'aime.
Faites régner le prince, et le Dieu que je fers,
Sur la riche moitié d'un nouvel univers :
Gouvernez cette rive, en malheurs trop féconde,
Qui produit les tréfors et les crimes du monde.
Je vous remets, mon fils, ces honneurs fouverains
Que la vieilleffe arrache à mes débiles mains.
J'ai confumé mon âge au fein de l'Amérique ;
Je montrai le premier au peuple du Mexique (*)

(*) L'expédition du Mexique fe fit en 1517, et celle du Pérou en 1525. Ainfi *Alvarez* a pu aifément les voir. *Los-Reyes*, lieu de la fcène, fut bâti en 1535.

L'appareil inoui, pour ces mortels nouveaux,
De nos châteaux ailés qui volaient fur les eaux :
Des mers de Magellan jufqu'aux aftres de l'ourfe,
Les vainqueurs caftillans ont dirigé ma courfe :
Heureux fi j'avais pu, pour fruit de mes travaux,
En mortels vertueux changer tous ces héros ! (a)
Mais qui peut arrêter l'abus de la victoire?
Leurs cruautés, mon fils, ont obfcurci leur gloire, (*)
Et j'ai pleuré long-temps fur ces triftes vainqueurs,
Que le ciel fit fi grands, fans les rendre meilleurs.
Je touche au dernier pas de ma longue carrière,
Et mes yeux fans regret quitteront la lumière,
S'ils vous ont vu régir fous d'équitables lois
L'empire du Potoze et la ville des rois.

GUSMAN.

J'ai conquis avec vous ce fauvage hémifphère ;
Dans ces climats brûlans j'ai vaincu fous mon père ;
Je dois de vous encore apprendre à gouverner,
Et recevoir vos lois plutôt que d'en donner.

ALVAREZ.

Non, non, l'autorité ne veut point de partage.
Confumé de travaux, appefanti par l'âge,
Je fuis las du pouvoir ; c'eft affez fi ma voix
Parle encore au confeil, et règle vos exploits.
Croyez-moi, les humains, que j'ai trop fu connaître,
Méritent peu, mon fils, qu'on veuille être leur maître.
Je confacre à mon Dieu, négligé trop long-temps,
De ma caducité les reftes languiffans.

(*) On fait quelles cruautés *Fernand Cortez* exerça au Mexique, et *Pizare* au Pérou.

Je ne veux qu'une grâce, elle me fera chère;
Je l'attends comme ami, je la demande en père.
Mon fils, remettez-moi ces esclaves obscurs,
Aujourd'hui par votre ordre arrêtés dans nos murs :
Songez que ce grand jour doit être un jour propice,
Marqué par la clémence, et non par la justice.

GUSMAN.

Quand vous priez un fils, Seigneur, vous commandez;
Mais daignez voir au moins ce que vous hasardez.
D'une ville naissante encor mal assurée
Au peuple américain nous défendons l'entrée :
Empêchons, croyez-moi, que ce peuple orgueilleux
Au fer qui l'a dompté n'accoutume ses yeux;
Que méprisant nos lois, et prompt à les enfreindre,
Il ose contempler des maîtres qu'il doit craindre.
Il faut toujours qu'il tremble, et n'apprenne à nous voir
Qu'armés de la vengeance, ainsi que du pouvoir.
L'Américain farouche est un monstre sauvage,
Qui mord en frémissant le frein de l'esclavage;
Soumis au châtiment, fier dans l'impunité,
De la main qui le flatte il se croit redouté.
Tout pouvoir, en un mot, périt par l'indulgence,
Et la sévérité produit l'obéissance.
Je fais qu'aux Castillans il suffit de l'honneur,
Qu'à servir sans murmure ils mettent leur grandeur :
Mais le reste du monde, esclave de la crainte,
A besoin qu'on l'opprime, et sert avec contrainte.
Les dieux même adorés dans ces climats affreux,
S'ils ne sont teints de sang, n'obtiennent point de vœux.(*)

(*) On immolait quelquefois des hommes en Amérique, mais il
n'y a presque aucun peuple qui n'ait été coupable de cette horrible
superstition.

A L V A R E Z.

Ah! mon fils, que je hais ces rigueurs tyranniques!
Les pouvez-vous aimer ces forfaits politiques,
Vous, chrétien, vous choifi pour régner déformais
Sur des chrétiens nouveaux au nom d'un Dieu de paix?
Vos yeux ne font-ils pas affouvis des ravages
Qui de ce continent dépeuplent les rivages?
Des bords de l'Orient n'étais-je donc venu
Dans un monde idolâtre, à l'Europe inconnu,
Que pour voir abhorrer fous ce brûlant tropique,
Et le nom de l'Europe, et le nom catholique?
Ah! Dieu nous envoyait, quand de nous il fit choix,
Pour annoncer fon nom, pour faire aimer fes lois;
Et nous, de ce climat deftructeurs implacables,
Nous, et d'or et de fang toujours infatiables,
Déferteurs de fes lois qu'il fallait enfeigner,
Nous égorgeons ce peuple, au lieu de le gagner.
Par nous tout eft en fang, par nous tout eft en poudre;
Et nous n'avons du ciel imité que la foudre.
Notre nom, je l'avoue, infpire la terreur;
Les Efpagnols font craints, mais ils font en horreur:
Fléaux du nouveau monde, injuftes, vains, avares,
Nous feuls en ces climats nous fommes les barbares.
L'Américain farouche en fa fimplicité,
Nous égale en courage, et nous paffe en bonté.
Hélas! fi comme vous il était fanguinaire,
S'il n'avait des vertus, vous n'auriez plus de père.
Avez-vous oublié qu'ils m'ont fauvé le jour?
Avez-vous oublié que près de ce féjour
Je me vis entouré par ce peuple en furie,
Rendu cruel enfin par notre barbarie?

Tous les miens, à mes yeux, terminèrent leur fort.
J'étais feul, fans fecours, et j'attendais la mort :
Mais à mon nom, mon fils, je vis tomber leurs armes.
Un jeune américain, les yeux baignés de larmes,
Au lieu de me frapper, embraffa mes genoux.
,, Alvarez, me dit-il, Alvarez, eft-ce vous?
,, Vivez, votre vertu nous eft trop néceffaire :
,, Vivez, aux malheureux fervez long-temps de père :
,, Qu'un peuple de tyrans, qui veut nous enchaîner,
,, Du moins par cet exemple apprenne à pardonner.
,, Allez, la grandeur d'ame eft ici le partage
,, Du peuple infortuné qu'ils ont nommé fauvage. ,,
Eh bien, vous gémiffez : je fens qu'à ce récit
Votre cœur, malgré vous, s'émeut et s'adoucit.
L'humanité vous parle, ainfi que votre père.
Ah! fi la cruauté vous était toujours chère,
De quel front aujourd'hui pourriez-vous vous offrir
Au vertueux objet qu'il vous faut attendrir,
A la fille des rois de ces triftes contrées,
Qu'à vos fanglantes mains la fortune a livrées?
Prétendez-vous, mon fils, cimenter ces liens
Par le fang répandu de fes concitoyens?
Ou bien attendez-vous que fes cris et fes larmes
De vos févères mains faffent tomber les armes?

GUSMAN.

Eh bien, vous l'ordonnez, je brife leurs liens :
J'y confens; mais fongez qu'il faut qu'ils foient chrétiens.
Ainfi le veut la loi : quitter l'idolâtrie
Eft un titre en ces lieux pour mériter la vie.
A la religion gagnons-les à ce prix :
Commandons aux cœurs même, et forçons les efprits.

De la néceffité le pouvoir invincible
Traîne aux pieds des autels un courage inflexible.
Je veux que ces mortels, efclaves de ma loi,
Tremblent fous un feul Dieu, comme fous un feul roi.

ALVAREZ.

Ecoutez-moi, mon fils; plus que vous je défire
Qu'ici la vérité fonde un nouvel empire,
Que le ciel et l'Efpagne y foient fans ennemis,
Mais les cœurs opprimés ne font jamais foumis.
J'en ai gagné plus d'un, je n'ai forcé perfonne;
Et le vrai Dieu, mon fils, eft un Dieu qui pardonne.

GUSMAN.

Je me rends donc, Seigneur, et vous l'avez voulu;
Vous avez fur un fils un pouvoir abfolu;
Oui, vous amolliriez le cœur le plus farouche:
L'indulgente vertu parle par votre bouche.
Eh bien, puifque le ciel voulut vous accorder
Ce don, cet heureux don, de tout perfuader;
C'eft de vous que j'attends le bonheur de ma vie.
Alzire, contre moi par mes feux enhardie,
Se donnant à regret, ne me rend point heureux.
Je l'aime, je l'avoue, et plus que je ne veux;
Mais enfin je ne puis, même en voulant lui plaire,
De mon cœur trop altier fléchir le caractère;
Etrampant fous fes lois, efclave d'un coup d'œil,
Par des foumiffions careffer fon orgueil.
Je ne veux point fur moi lui donner tant d'empire.
Vous feul, vous pouvez tout fur le père d'Alzire;
En un mot, parlez-lui pour la dernière fois;
Qu'il commande à fa fille, et force enfin fon choix.
Daignez.... Mais c'en eft trop, je rougis que mon père
Pour l'intérêt d'un fils s'abaiffe à la prière.

ALVAREZ.

C'en eft fait. J'ai parlé, mon fils, et fans rougir.
Montèze a vu fa fille, il l'aura fu fléchir.
De fa famille augufte, en ces lieux prifonnière,
Le ciel a par mes foins confolé la mifère.
Pour le vrai Dieu, Montèze a quitté fes faux dieux.
Lui-même de fa fille a deffillé les yeux.
De tout ce nouveau monde Alzire eft le modèle;
Les peuples incertains fixent les yeux fur elle :
Son cœur aux Caftillans va donner tous les cœurs;
L'Amérique à genoux adoptera nos mœurs;
La foi doit y jeter fes racines profondes;
Votre hymen eft le nœud qui joindra les deux mondes.
Ces féroces humains, qui déteftent nos lois,
Voyant entre vos bras la fille de leurs rois,
Vont d'un efprit moins fier, et d'un cœur plus facile,
Sous votre joug heureux baiffer un front docile;
Et je verrai, mon fils, grâce à ces doux liens,
Tous les cœurs déformais efpagnols et chrétiens.
Montèze vient ici. Mon fils, allez m'attendre
Aux autels, où fa fille avec lui va fe rendre.

SCENE II.

ALVAREZ, MONTEZE.

ALVAREZ.

EH bien, votre fageffe et votre autorité
Ont d'Alzire en effet fléchi la volonté ?

MONTEZE.

Père des malheureux, pardonne fi ma fille,
Dont Gufman détruifit l'empire et la famille,

Semble éprouver encore un refte de terreur ,
Et d'un pas chancelant marche vers fon vainqueur.
Les nœuds qui vont unir l'Europe et ma patrie ,
Ont révolté ma fille en ces climats nourrie ;
Mais tous les préjugés s'effacent à ta voix :
Tes mœurs nous ont appris à révérer tes lois.
C'eft par toi que le ciel à nous s'eft fait connaître ;
Notre efprit éclairé te doit fon nouvel être.
Sous le fer caftillan ce monde eft abattu ;
Il cède à la puiffance , et nous à la vertu.
De tes concitoyens la rage impitoyable
Aurait rendu comme eux leur Dieu même haïffable :
Nous déteftions ce Dieu qu'annonça leur fureur ;
Nous l'aimons dans toi feul , il s'eft peint dans ton cœur.
Voilà ce qui te donne , et Montèze , et ma fille ;
Inftruits par tes vertus , nous fommes ta famille.
Sers - lui long - temps de père , ainfi qu'à nos Etats.
Je la donne à ton fils , je la mets dans fes bras ;
Le Pérou , le Potoze , Alzire eft fa conquête ;
Va dans ton temple augufte en ordonner la fête :
Va , je crois voir des cieux les peuples éternels
Defcendre de leur fphère , et fe joindre aux mortels.
Je réponds de ma fille , elle va reconnaître ,
Dans le fier don Gufman , fon époux et fon maître.

ALVAREZ.

Ah ! puifque enfin mes mains ont pu former ces nœuds ,
Cher Montèze , au tombeau je defcends trop heureux.
Toi , qui nous découvris ces immenfes contrées ,
Rends du monde aujourd'hui les bornes éclairées :
Dieu des chrétiens , préfide à fes vœux folennels ,
Les premiers qu'en ces lieux on forme à tes autels ;

Defcends ,

Defcends, attire à toi l'Amérique étonnée.
Adieu, je vais preffer cet heureux hyménée :
Adieu, je vous devrai le bonheur de mon fils.

SCENE III.

MONTEZE *feul.*

Dieu, deftructeur des dieux que j'avais trop fervis,
Protége de mes ans la fin dure et funefte !
Tout me fut enlevé, ma fille ici me refte ;
Daigne veiller fur elle, et conduire fon cœur !

SCENE IV.

MONTEZE, ALZIRE.

MONTEZE.

Ma fille, il en eft temps, confens à ton bonheur ;
Ou plutôt, fi ta foi, fi ton cœur me feconde,
Par ta félicité fais le bonheur du monde :
Protége les vaincus, commande à nos vainqueurs,
Eteins entre leurs mains leurs foudres deftructeurs :
Remonte au rang des rois, du fein de la misère ;
Tu dois à ton état plier ton caractère :
Prends un cœur tout nouveau ; viens, obéis, fuis-moi,
Et renais efpagnole, en renonçant à toi.
Sèche tes pleurs, Alzire, ils outragent ton père.

ALZIRE.

Tout mon fang eft à vous ; mais fi je vous fuis chère,

Voyez mon défefpoir , et lifez dans mon cœur.

MONTEZE.

Non , je ne veux plus voir ta honteufe douleur :
J'ai reçu ta parole , il faut qu'on l'accompliffe.

ALZIRE.

Vous m'avez arraché cet affreux facrifice.
Mais quel temps, juftes Cieux, pour engager ma foi !
Voici ce jour horrible où tout périt pour moi ,
Où de ce fier Gufman le fer ofa détruire
Des enfans du Soleil le redoutable empire.
Que ce jour eft marqué par des fignes affreux !

MONTEZE.

Nous feuls rendons les jours heureux ou malheureux.
Quitte un vain préjugé , l'ouvrage de nos prêtres,
Qu'à nos peuples groffiers ont tranfmis nos ancêtres.

ALZIRE.

Au même jour , hélas ! le vengeur de l'Etat ,
Zamore , mon efpoir , périt dans le combat ;
Zamore , mon amant , choifi pour votre gendre.

MONTEZE.

J'ai donné comme toi des larmes à fa cendre ;
Les morts dans le tombeau n'exigent point de foi ;
Porte , porte aux autels un cœur maître de foi :
D'un amour infenfé pour des cendres éteintes
Commande à ta vertu d'écarter les atteintes.
Tu dois ton ame entière à la loi des chrétiens ;
Dieu t'ordonne par moi de former ces liens :
Il t'appelle aux autels , il règle ta conduite ;
Entends fa voix.

ALZIRE.

Mon père , où m'avez-vous réduite !

Je fais ce qu'est un père et quel est son pouvoir :
M'immoler quand il parle est mon premier devoir ,
Et mon obéissance a passé les limites
Qu'à ce devoir sacré la nature a prescrites.
Mes yeux n'ont jusqu'ici rien vu que par vos yeux ,
Mon cœur changé par vous abandonna ses dieux :
Je ne regrette point leurs grandeurs terrassées ,
Devant ce Dieu nouveau comme nous abaissées.
Mais vous, qui m'assuriez, dans mes troubles cruels ,
Que la paix habitait aux pieds de ses autels ,
Que sa loi, sa morale , et consolante et pure ,
De mes sens désolés guérirait la blessure ,
Vous trompiez ma faiblesse. Un trait toujours vainqueur
Dans le sein de ce Dieu vient déchirer mon cœur :
Il y porte une image à jamais renaissante ;
Zamore vit encore au cœur de son amante.
Condamnez , s'il le faut , ces justes sentimens ,
Ce feu victorieux de la mort et du temps ,
Cet amour immortel , ordonné par vous-même ;
Unissez votre fille au fier tyran qui l'aime ;
Mon pays le demande , il le faut , j'obéis :
Mais tremblez, en formant ces nœuds mal assortis ;
Tremblez, vous qui d'un Dieu m'annoncez la vengeance ,
Vous qui me condamnez d'aller en sa présence ,
Promettre à cet époux, qu'on me donne aujourd'hui ,
Un cœur qui brûle encor pour un autre que lui.

MONTEZE.

Ah ! que dis-tu, ma fille ? épargne ma vieillesse ;
Au nom de la nature , au nom de ma tendresse ,
Par nos destins affreux que ta main peut changer ,
Par ce cœur paternel que tu viens d'outrager ,

B b 2

Ne rends point de mes ans la fin trop douloureufe!
Ai-je fait un feul pas que pour te rendre heureufe?
Jouis de mes travaux ; mais crains d'empoifonner
Ce bonheur difficile où j'ai fu t'amener.
Ta carrière nouvelle, aujourd'hui commencée,
Par la main du devoir eft à jamais tracée ;
Ce monde gémiffant te preffe d'y courir,
Il n'efpère qu'en toi : voudrais-tu le trahir ?
Apprends à te dompter.

A L Z I R E.

        Faut-il apprendre à feindre ?
Quelle fcience, hélas !

S C E N E V.

G U S M A N, A L Z I R E.

G U S M A N.

       J'A I fujet de me plaindre
Que l'on oppofe encore à mes empreffemens
L'offenfante lenteur de ces retardemens.
J'ai fufpendu ma loi, prête à punir l'audace
De tous ces ennemis dont vous vouliez la grace.
Ils font en liberté, mais j'aurais à rougir
Si ce faible fervice eût pu vous attendrir.
J'attendais encor moins de mon pouvoir fuprême ;
Je voulais vous devoir à ma flamme, à vous-même ;
Et je ne penfais pas, dans mes vœux fatisfaits,
Que ma félicité vous coûtât des regrets.

ALZIRE.

Que puisse seulement la colère céleste
Ne pas rendre ce jour à tous les deux funeste !
Vous voyez quel effroi me trouble et me confond :
Il parle dans mes yeux , il est peint sur mon front.
Tel est mon caractère : et jamais mon visage
N'a de mon cœur encor démenti le langage.
Qui peut se déguiser pourrait trahir sa foi ,
C'est un art de l'Europe : il n'est pas fait pour moi.

GUSMAN.

Je vois votre franchise , et je sais que Zamore
Vit dans votre mémoire , et vous est cher encore.
Ce cacique (*) obstiné , vaincu dans les combats ,
S'arme encor contre moi de la nuit du trépas.
Vivant , je l'ai dompté ; mort , doit-il être à craindre ?
Cessez de m'offenser , et cessez de le plaindre ;
Votre devoir , mon nom , mon cœur en sont blessés ;
Et ce cœur est jaloux des pleurs que vous versez.

ALZIRE.

Ayez moins de colère , et moins de jalousie ,
Un rival au tombeau doit causer peu d'envie :
Je l'aimai, je l'avoue, et tel fut mon devoir ;
De ce monde opprimé Zamore était l'espoir :
Sa foi me fut promise , il eut pour moi des charmes,
Il m'aima : son trépas me coûte encor des larmes.
Vous , loin d'oser ici condamner ma douleur ,
Jugez de ma constance , et connaissez mon cœur ;
Et , quittant avec moi cette fierté cruelle ,
Méritez, s'il se peut , un cœur aussi fidelle. (b)

_____

(*) Le mot propre est *Inca* ; mais les Espagnols, accoutumés dans
l'Amérique septentrionale au titre de *Cacique*, le donnèrent d'abord à tous
les souverains du nouveau monde.

B b 3

SCENE VI.

GUSMAN *seul.*

Son orgueil, je l'avoue, et sa sincérité,
Etonne mon courage, et plaît à ma fierté.
Allons, ne souffrons pas que cette humeur altière
Coûte plus à dompter que l'Amérique entière.
La grossière nature, en formant ses appas,
Lui laisse un cœur sauvage et fait pour ces climats.
Le devoir fléchira son courage rebelle ;
Ici tout m'est soumis, il ne reste plus qu'elle ;
Que l'hymen en triomphe ; et qu'on ne dise plus
Qu'un vainqueur et qu'un maître essuya des refus.

Fin du premier acte.

ACTE II.

SCENE PREMIERE.

ZAMORE, Américains.

ZAMORE.

Amis de qui l'audace, aux mortels peu commune,
Renaît dans les dangers, et croît dans l'infortune;
Illuftres compagnons de mon funefte fort,
N'obtiendrons-nous jamais la vengeance ou la mort?
Vivrons-nous fans fervir Alzire et la patrie,
Sans ôter à Gufman fa déteftable vie,
Sans trouver, fans punir cet infolent vainqueur,
Sans venger mon pays qu'a perdu fa fureur?
Dieux impuiffans! Dieux vains de nos vaftes contrées!
A des dieux ennemis vous les avez livrées
Et fix cents efpagnols ont détruit fous leurs coups
Mon pays et mon trône, et vos temples et vous.
Vous n'avez plus d'autels, et je n'ai plus d'empire;
Nous avons tout perdu : je fuis privé d'Alzire.
J'ai porté mon courroux, ma honte et mes regrets
Dans les fables mouvans, dans le fond des forêts.
De la zone brûlante, et du milieu du monde,
L'aftre du jour (*) a vu ma courfe vagabonde,
Jufqu'aux lieux où ceffant d'éclairer nos climats,
Il ramène l'année et revient fur fes pas.

(*) L'aftronomie, la géographie, la géométrie étaient cultivées au Pérou. On traçait des lignes fur des colonnes pour marquer les équinoxes et les folftices.

Enfin votre amitié , vos foins , votre vaillance
A mes vaftes deffeins ont rendu l'efpérance ;
Et j'ai cru fatisfaire , en cet affreux féjour,
Deux vertus de mon cœur, la vengeance et l'amour.
Nous avons raffemblé des mortels intrépides ,
Eternels ennemis de nos maîtres avides ;
Nous les avons laiffés dans ces forêts errans ,
Pour obferver ces murs bâtis par nos tyrans.
J'arrive , on nous faifit : une foule inhumaine
Dans des gouffres profonds nous plonge et nous enchaîne.
De ces lieux infernaux on nous laiffe fortir ,
Sans que de notre fort on nous daigne avertir.
Amis, où fommes-nous ? ne pourra-t-on m'inftruire
Qui commande en ces lieux, quel eft le fort d'Alzire ?
Si Montèze eft efclave , et voit encor le jour ?
S'il traîne fes malheurs en cette horrible cour ?
Chers et triftes amis du malheureux Zamore ,
Ne pouvez-vous m'apprendre un deftin que j'ignore ?

UN AMERICAIN.

En des lieux différens , comme toi mis aux fers ,
Conduits en ce palais par des chemins divers ,
Etrangers , inconnus chez ce peuple farouche ,
Nous n'avons rien appris de tout ce qui te touche.
Cacique infortuné , digne d'un meilleur fort ,
Du moins fi nos tyrans ont réfolu ta mort,
Tes amis avec toi , prêts à ceffer de vivre ,
Sont dignes de t'aimer , et dignes de te fuivre.

ZAMORE.

Après l'honneur de vaincre, il n'eft rien fous les cieux
De plus grand en effet qu'un trépas glorieux ;
Mais mourir dans l'opprobre et dans l'ignominie ,

Mais laiffer en mourant des fers à fa patrie,
Périr fans fe venger, expirer par les mains
De ces brigands d'Europe, et de ces affaffins
Qui de fang enivrés, de nos tréfors avides,
De ce monde ufurpé défolateurs perfides,
Ont ofé me livrer à des tourmens honteux,
Pour m'arracher des biens plus méprifables qu'eux;
Entraîner au tombeau des citoyens qu'on aime,
Laiffer à ces tyrans la moitié de foi-même,
Abandonner Alzire à leur lâche fureur;
Cette mort eft affreufe, et fait frémir d'horreur.

S C E N E I I.

ALVAREZ, ZAMORE, Américains.

ALVAREZ.

Soyez libres, vivez.

ZAMORE.

Ciel! que viens-je d'entendre?
Quelle eft cette vertu que je ne puis comprendre?
Quel vieillard, ou quel dieu vient ici m'étonner?
Tu parais efpagnol, et tu fais pardonner!
Es-tu roi? Cette ville eft-elle en ta puiffance?

ALVAREZ.

Non; mais je puis au moins protéger l'innocence.

ZAMORE.

Quel eft donc ton deftin, vieillard trop généreux?

ALVAREZ.

Celui de fecourir les mortels malheureux.

ZAMORE.

Eh , qui peut t'inſpirer cette auguſte clémence ?

ALVAREZ.

Dieu , ma religion et la reconnaiſſance.

ZAMORE.

Dieu ? ta religion ? Quoi ! ces tyrans cruels ,
Monſtres déſaltérés dans le ſang des mortels ,
Qui dépeuplent la terre , et dont la barbarie
En vaſte ſolitude a changé ma patrie ,
Dont l'infame avarice eſt la ſuprême loi ,
Mon père , ils n'ont donc pas le même dieu que toi ?

ALVAREZ.

Ils ont le même dieu , mon fils ; mais ils l'outragent ;
Nés ſous la loi des ſaints , dans le crime ils s'engagent.
Ils ont tous abuſé de leur nouveau pouvoir ;
Tu connais leurs forfaits , mais connais mon devoir.
Le ſoleil par deux fois a , d'un tropique à l'autre ,
Eclairé dans ſa marche , et ce monde et le nôtre ,
Depuis que l'un des tiens , par un noble ſecours ,
Maître de mon deſtin , daigna ſauver mes jours.
Mon cœur , dès ce moment partagea vos miſères ;
Tous vos concitoyens ſont devenus mes frères ;
Et je mourrais heureux ſi je pouvais trouver
Ce héros inconnu qui m'a pu conſerver.

ZAMORE.

A ſes traits , à ſon âge , à ſa vertu ſuprême ,
C'eſt lui , n'en doutons point , c'eſt Alvarez lui-même.
Pourrais-tu parmi nous reconnaître le bras
A qui le ciel permit d'empêcher ton trépas ?

ALVAREZ.

Que me dit-il ? Approche. O Ciel ! ô Providence !
C'eſt lui , voilà l'objet de ma reconnaiſſance.

Mes yeux, mes triftes yeux affaiblis par les ans,
Hélas ! avez-vous pù le chercher fi long-temps ?
(*il l'embraffe.*)
Mon bienfaiteur ! mon fils, parle, que dois-je faire ?
Daigne habiter ces lieux, et je t'y fers de père.
La mort a refpecté ces jours que je te doi,
Pour me donner le temps de m'acquitter vers toi.

Z A M O R E.

Mon père, ah ! fi jamais ta nation cruelle
Avait de tes vertus montré quelque étincelle,
Crois-moi, cet univers aujourd'hui défolé,
Au-devant de leur joug fans peine aurait volé.
Mais autant que ton ame eft bienfefante et pure,
Autant leur cruauté fait frémir la nature :
Et j'aime mieux périr que de vivre avec eux.
Tout ce que j'ofe attendre, et tout ce que je veux,
C'eft de favoir au moins fi leur main fanguinaire
Du malheureux Montèze a fini la misère ;
Si le père d'Alzire . . . . . . Hélas ! tu vois les pleurs
Qu'un fouvenir trop cher arrache à mes douleurs.

A L V A R E Z.

Ne cache point tes pleurs ; ceffe de t'en défendre,
C'eft de l'humanité la marque la plus tendre.
Malheur aux cœurs ingrats, et nés pour les forfaits,
Que les douleurs d'autrui n'ont attendris jamais !
Apprends que ton ami, plein de gloire et d'années,
Coule ici près de moi fes douces deftinées.

Z A M O R E.

Le verrai-je ?

A L V A R E Z.

Oui ; crois-moi, puiffe-t-il aujourd'hui
T'engager à penfer, à vivre comme lui !

Z A M O R E.

Quoi ! Montèze , dis-tu.....

A L V A R E Z.

Je veux que de fa bouche
Tu fois inftruit ici de tout ce qui le touche ,
Du fort qui nous unit, de ces heureux liens,
Qui vont joindre mon peuple à tes concitoyens.
Je vais dire à mon fils , dans l'excès de ma joie ,
Ce bonheur inouï que le ciel nous envoie.
Je te quitte un moment ; mais c'eft pour te fervir,
Et pour ferrer les nœuds qui vont tous nous unir.

S C E N E   I I I.

Z A M O R E , Américains.

Z A M O R E.

DES cieux enfin fur moi la bonté fe déclare ;
Je trouve un homme jufte en ce féjour barbare.
Alvarez eft un dieu qui, parmi ces pervers,
Defcend pour adoucir les mœurs de l'univers.
Il a , dit-il , un fils ; ce fils fera mon frère :
Qu'il foit digne , s'il peut , d'un fi vertueux père.
O jour ! ô doux efpoir à mon cœur éperdu !
Montèze , après trois ans , tu vas m'être rendu !
Alzire , chère Alzire , ô toi que j'ai fervie ,
Toi pour qui j'ai tout fait, toi l'ame de ma vie ,
Serais-tu dans ces lieux ? hélas ! me gardes-tu
Cette fidélité , la première vertu ?
Un cœur infortuné n'eft point fans défiance...
Mais quel autre vieillard à mes regards s'avance ?

SCENE IV.

MONTEZE, ZAMORE, Américains.

ZAMORE.

CHER Montèze, eſt-ce toi que je tiens dans mes bras?
Revois ton cher Zamore échappé du trépas,
Qui du ſein du tombeau renaît pour te défendre;
Revois ton tendre ami, ton allié, ton gendre.
Alzire eſt-elle ici? parle, quel eſt ſon ſort?
Achève de me rendre ou la vie ou la mort.

MONTEZE.

Cacique malheureux! ſur le bruit de ta perte,
Aux plus tendres regrets notre ame était ouverte;
Nous te redemandions à nos cruels deſtins,
Autour d'un vain tombeau que t'ont dreſſé nos mains.
Tu vis; puiſſe le ciel te rendre un ſort tranquille!
Puiſſent tous nos malheurs finir dans cet aſile!
Zamore, ah! quel deſſein t'a conduit en ces lieux?

ZAMORE.

La ſoif de me venger, toi, ta fille et mes dieux.

MONTEZE.

Que dis-tu?

ZAMORE.

Souviens-toi du jour épouvantable
Où ce fier Eſpagnol, terrible, invulnérable,
Renverſa, détruiſit, juſqu'en leurs fondemens,
Ces murs que du Soleil ont bâti les enfans; (*)

(*) Les Péruviens, qui avaient leurs fables comme les peuples de
notre continent, croyaient que leur premier Inca, qui bâtit Cuſco, était
fils du Soleil.

Gufman était fon nom. Le deftin qui m'opprime
Ne m'apprit rien de lui que fon nom et fon crime.
Ce nom, mon cher Montèze, à mon cœur fi fatal,
Du pillage et du meurtre était l'affreux fignal.
A ce nom, de mes bras on arracha ta fille ;
Dans un vil efclavage on traîna ta famille :
On démolit ce temple, et ces autels chéris,
Où nos dieux m'attendaient pour me nommer ton fils :
On me traîna vers lui : dirai-je à quel fupplice,
A quels maux me livra fa barbare avarice,
Pour m'arracher ces biens par lui déifiés,
Idoles de fon peuple, et que je foule aux pieds ?
Je fus laiffé mourant au milieu des tortures.
Le temps ne peut jamais affaiblir les injures :
Je viens après trois ans d'affembler des amis,
Dans leur commune haine avec nous affermis :
Ils font dans nos forêts, et leur foule héroïque
Vient périr fous ces murs, ou venger l'Amérique.

M O N T E Z E.

Je te plains ; mais hélas ! où vas-tu t'emporter ?
Ne cherche point la mort qui voulait t'éviter.
Que peuvent tes amis, et leurs armes fragiles,
Des habitans des eaux dépouilles inutiles,
Ces marbres impuiffans en fabres façonnés,
Ces foldats prefque nus et mal difciplinés,
Contre ces fiers géans, ces tyrans de la terre,
De fer étincelans, armés de leur tonnerre,
Qui s'élancent fur nous, auffi prompts que les vents,
Sur des monftres guerriers pour eux obéiffans ?
L'univers a cédé ; cédons, mon cher Zamore.

Z A M O R E.

Moi fléchir, moi ramper, lorfque je vis encore !

Ah , Montèze , crois-moi , ces foudres , ces éclairs ,
Ce fer dont nos tyrans font armés et couverts ,
Ces rapides coursiers, qui sous eux font la guerre ,
Pouvaient à leur abord épouvanter la terre.
Je les vois d'un œil fixe, et leur ose insulter ;
Pour les vaincre il suffit de ne rien redouter.
Leur nouveauté, qui seule a fait ce monde esclave,
Subjugue qui la craint , et cède à qui la brave.
L'or , ce poison brillant qui naît dans nos climats ,
Attire ici l'Europe , et ne nous défend pas.
Le fer manque à nos mains ; les cieux , pour nous avares,
Ont fait ce don funeste à des mains plus barbares ;
Mais pour venger enfin nos peuples abattus ,
Le ciel, au lieu de fer, nous donna des vertus.
Je combats pour Alzire, et je vaincrai pour elle.

MONTEZE.

Le ciel est contre toi : calme un frivole zèle.
Les temps sont trop changés.

ZAMORE.

    Que peux-tu dire , hélas !
Les temps sont-ils changés , si ton cœur ne l'est pas ?
Si ta fille est fidelle à ses vœux, à sa gloire ,
Si Zamore est présent encore à sa mémoire ?
Tu détournes les yeux ; tu pleures , tu gémis !

MONTEZE.

Zamore infortuné !

ZAMORE.

   Ne suis-je plus ton fils ?
Nos tyrans ont flétri ton ame magnanime ;
Sur le bord de la tombe ils t'ont appris le crime.

MONTEZE.

Je ne fuis point coupable , et tous ces conquérans,
Ainfi que tu le crois , ne font point des tyrans.
Il en eft que le ciel guida dans cet empire,
Moins pour nous conquérir qu'afin de nous inftruire,
Qui nous ont apporté de nouvelles vertus ,
Des fecrets immortels , et des arts inconnus ,
La fcience de l'homme, un grand exemple à fuivre,
Enfin , l'art d'être heureux , de penfer et de vivre.

ZAMORE.

Que dis-tu ? quelle horreur ta bouche ofe avouer !
Alzire eft leur efclave, et tu peux les louer !

MONTEZE.

Elle n'eft point efclave.

ZAMORE.

Ah ! Montèze ! ah ! mon père !
Pardonne à mes malheurs , pardonne à ma colère ;
Songe qu'elle eft à moi par des nœuds éternels ;
Oui , tu me l'as promife aux pieds des immortels ;
Ils ont reçu fa foi , fon cœur n'eft point parjure.

MONTEZE.

N'attefte point ces dieux , enfans de l'impofture ,
Ces fantômes affreux, que je ne connais plus ;
Sous le Dieu que j'adore ils font tous abattus.

ZAMORE.

Quoi, ta religion ? quoi , la loi de nos pères ?

MONTEZE.

J'ai connu fon néant , j'ai quitté fes chimères.
Puiffe le Dieu des dieux , dans ce monde ignoré ,
Manifefter fon être à ton cœur éclairé !
Puiffe-tu mieux connaître, ô malheureux Zamore !
Les vertus de l'Europe , et le Dieu qu'elle adore !

ZAMORE.

Z A M O R E.

Quelles vertus ! cruel ! les tyrans de ces lieux
T'ont fait efclave en tout, t'ont arraché tes dieux ?
Tu les a donc trahis pour trahir ta promeffe ?
Alzire a-t-elle encore imité ta faibleffe ?
Garde-toi. ...

M O N T E Z E.

Va , mon cœur ne fe reproche rien :
Je dois bénir mon fort, et pleurer fur le tien.

Z A M O R E.

Si tu trahis ta foi , tu dois pleurer fans doute.
Prends pitié des tourmens que ton crime me coûte,
Prends pitié de ce cœur, enivré tour à tour
De zèle pour mes dieux , de vengeance et d'amour.
Je cherche ici Gufman , j'y vole pour Alzire ;
Viens, conduis-moi vers elle, et qu'à fes pieds j'expire.
Ne me dérobe point le bonheur de la voir ;
Crains de porter Zamore au dernier défefpoir ;
Reprends un cœur humain , que ta vertu bannie. ...

S C E N E   V.

M O N T E Z E , Z A M O R E, Gardes.

U N   G A R D E à *Montèze.*

Seigneur, on vous attend pour la cérémonie.

M O N T E Z E.

Je vous fuis.

Z A M O R E.

Ah ! cruel, je ne te quitte pas.
Quelle eft donc cette pompe où s'adreffent tes pas ?
Montèze. ...

Théâtre. Tome II.   C c

MONTEZE.

Adieu ; crois-moi, fuis de ce lieu funeſte.

ZAMORE.

Dût m'accabler ici la colère céleſte,
Je te ſuivrai.

MONTEZE.

Pardonne à mes ſoins paternels.
(*aux Gardes.*)
Gardes, empêchez-les de me ſuivre aux autels.
Des païens, élevés dans des lois étrangères,
Pourraient de nos chrétiens profaner les myſtères :
Il ne m'appartient pas de vous donner des lois,
Mais Guſman vous l'ordonne, et parle par ma voix.

SCENE VI.

ZAMORE, Américains.

ZAMORE.

Qu'AI-je entendu ? Guſman ! ô trahiſon ! ô rage !
O comble des forfaits ! lâche et dernier outrage !
Il ſervirait Guſman ! l'ai-je bien entendu ?
Dans l'univers entier n'eſt-il plus de vertu ?
Alzire, Alzire auſſi ſera-t-elle coupable ?
Aura-t-elle ſucé ce poiſon déteſtable,
Apporté parmi nous par ces perſécuteurs,
Qui pourſuivent nos jours, et corrompent nos mœurs ?
Guſman eſt donc ici ? que réſoudre et que faire ?

UN AMERICAIN.

J'oſe ici te donner un conſeil ſalutaire.

Celui qui t'a fauvé, ce vieillard vertueux,
Bientôt avec fon fils va paraître à tes yeux.
Aux portes de la ville obtiens qu'on nous conduife :
Sortons, allons tenter notre illuftre entreprife ;
Allons tout préparer contre nos ennemis,
Et fur-tout n'épargnons qu'Alvarez et fon fils.
J'ai vu de ces remparts l'étrangère ftructure,
Cet art nouveau pour nous, vainqueur de la nature,
Ces angles, ces foffés, ces hardis boulevarts,
Ces tonnerres d'airain, grondans fur les remparts ;
Ces piéges de la guerre, où la mort fe préfente,
Tout étonnans qu'ils font, n'ont rien qui m'épouvante.
Hélas ! nos citoyens, enchaînés en ces lieux,
Servent à cimenter cet afile odieux ;
Ils dreffent, d'une main dans les fers avilie,
Ce fiége de l'orgueil et de la tyrannie.
Mais, crois-moi, dans l'inftant qu'ils verront leurs vengeurs,
Leurs mains vont s'élever fur leurs perfécuteurs ;
Eux-même ils détruiront cet effroyable ouvrage,
Inftrument de leur honte et de leur efclavage.
Nos foldats, nos amis, dans ces foffés fanglans,
Vont te faire un chemin fur leurs corps expirans.
Partons et revenons fur ces coupables têtes
Tourner ces traits de feu, ce fer et ces tempêtes,
Ce falpêtre enflammé, qui d'abord à nos yeux
Parut un feu facré, lancé des mains des dieux.
Connaiffons, renverfons cette horrible puiffance,
Que l'orgueil trop long-temps fonda fur l'ignorance.

ZAMORE.

Illuftres malheureux, que j'aime à voir vos cœurs
Embraffer mes deffeins, et fentir mes fureurs !

C c 2

Puiſſions-nous de Guſman punir la barbarie!
Que ſon ſang ſatisfaſſe au ſang de ma patrie!
Triſte divinité des mortels offenſés,
Vengeance, arme nos mains; qu'il meure, et c'eſt aſſez;
Qu'il meure... Mais hélas! plus malheureux que braves,
Nous parlons de punir, et nous ſommes eſclaves.
De notre ſort affreux le joug s'appeſantit;
Alvarez diſparaît, Montèze nous trahit.
Ce que j'aime eſt peut-être en des mains que j'abhorre;
Je n'ai d'autre douceur que d'en douter encore.
Mes amis, quels accens rempliſſent ce ſéjour?
Ces flambeaux allumés ont redoublé le jour.
J'entends l'airain tonnant de ce peuple barbare;
Quelle fête, ou quel crime eſt-ce donc qu'il prépare?
Voyons ſi de ces lieux on peut au moins ſortir,
Si je puis vous ſauver, ou s'il nous faut périr.

Fin du ſecond acte.

ACTE III.

SCENE PREMIERE.

ALZIRE *seule.*

MANES de mon amant, j'ai donc trahi ma foi !
C'en eſt fait, et Guſman règne à jamais ſur moi !
L'océan, qui s'élève entre nos hémiſphères,
A donc mis entre nous d'impuiſſantes barrières ;
Je ſuis à lui, l'autel a donc reçu nos vœux,
Et déjà nos ſermens ſont écrits dans les cieux !
O toi qui me pourſuis, Ombre chère et ſanglante,
A mes ſens déſolés Ombre à jamais préſente,
Cher amant, ſi mes pleurs, mon trouble, mes remords
Peuvent percer la tombe, et paſſer chez les morts ;
Si le pouvoir d'un Dieu fait ſurvivre à ſa cendre
Cet eſprit d'un héros, ce cœur fidèle et tendre,
Cette ame qui m'aima juſqu'au dernier ſoupir,
Pardonne à cet hymen où j'ai pu conſentir !
Il fallait m'immoler aux volontés d'un père,
Au bien de mes ſujets, dont je me ſens la mère,
A tant de malheureux, aux larmes des vaincus,
Au ſoin de l'univers, hélas ! où tu n'es plus. (2)
Zamore, laiſſe en paix mon ame déchirée
Suivre l'affreux devoir où les cieux m'ont livrée ;
Souffre un joug impoſé par la néceſſité ;
Permets ces nœuds cruels, ils m'ont aſſez coûté.

S C E N E   I I.

A L Z I R E ,   E M I R E.

A L Z I R E.

Eh bien, veut-on toujours ravir à ma préfence
Les habitans des lieux fi chers à mon enfance ?
Ne puis-je voir enfin ces captifs malheureux,
Et goûter la douceur de pleurer avec eux ?

E M I R E.

Ah ! plutôt de Gufman redoutez la furie,
Craignez pour ces captifs, tremblez pour la patrie.
On nous menace, on dit qu'à notre nation
Ce jour fera le jour de la deftruction.
On déploie aujourd'hui l'étendard de la guerre ;
On allume ces feux enfermés fous la terre ;
On affemblait déjà le fanglant tribunal ;
Montèze eft appelé dans ce confeil fatal ;
C'eft tout ce que j'ai fu.

A L Z I R E.

　　　　　　　Ciel, qui m'avez trompée,
De quel étonnement je demeure frappée !
Quoi ! prefque entre mes bras, et du pied de l'autel,
Gufman contre les miens lève fon bras cruel !
Quoi ! j'ai fait le ferment du malheur de ma vie !
Serment qui pour jamais m'avez affujettie !
Hymen, cruel hymen ! fous quel aftre odieux
Mon père a-t-il formé tes redoutables nœuds !

SCENE III.

ALZIRE, EMIRE, CEPHANE.

CEPHANE.

Madame, un des captifs, qui dans cette journée
N'ont dû leur liberté qu'à ce grand hyménée,
A vos pieds en secret demande à se jeter.

ALZIRE.

Ah! qu'avec assurance il peut se présenter!
Sur lui, sur ses amis, mon ame est attendrie :
Ils sont chers à mes yeux, j'aime en eux la patrie.
Mais quoi! faut-il qu'un seul demande à me parler?

CEPHANE.

Il a quelques secrets qu'il veut vous révéler.
C'est ce même guerrier, dont la main tutélaire
De Gusman votre époux sauva, dit-on, le père.

EMIRE.

Il vous cherchait, Madame, et Montèze en ces lieux
Par des ordres secrets le cachait à vos yeux.
Dans un sombre chagrin son ame enveloppée,
Semblait d'un grand dessein profondément frappée.

CEPHANE.

On lisait sur son front le trouble et les douleurs.
Il vous nommait, Madame, et répandait des pleurs ;
Et l'on connaît assez, par ses plaintes secrètes,
Qu'il ignore, et le rang, et l'éclat où vous êtes.

ALZIRE.

Quel éclat, chère Emire ! et quel indigne rang !
Ce héros malheureux peut être de mon sang ;

De ma famille au moins il a vu la puiſſance ;
Peut-être de Zamore il avait connaiſſance.
Qui ſait ſi de ſa perte il ne fut pas témoin ?
Il vient pour m'en parler : ah ! quel funeſte ſoin !
Sa voix redoublera les tourmens que j'endure :
Il va percer mon cœur , et rouvrir ma bleſſure.
Mais n'importe , qu'il vienne. Un mouvement confus
S'empare malgré moi de mes ſens éperdus.
Hélas ! dans ce palais arroſé de mes larmes ,
Je n'ai point encore eu de moment ſans alarmes.

SCENE IV.

ALZIRE, ZAMORE, EMIRE.

ZAMORE.

M'EST-ELLE enfin rendue ? Eſt-ce elle que je vois ?

ALZIRE.

Ciel ! tels étaient ſes traits , ſa démarche , ſa voix.
(elle tombe entre les bras de ſa confidente.)
Zamore..... Je ſuccombe ; à peine je reſpire.

ZAMORE.

Reconnais ton amant.

ALZIRE.

Zamore aux pieds d'Alzire !
Eſt-ce une illuſion ?

ZAMORE.

Non : je revis pour toi ;
Je réclame à tes pieds tes ſermens et ta foi.
O moitié de moi-même ! idole de mon ame !
Toi qu'un amour ſi tendre aſſurait à ma flamme ,

Qu'as-tu fait des faints nœuds qui nous ont enchaînés?

ALZIRE.

O jours ! ô doux momens d'horreur empoifonnés !
Cher et fatal objet de douleur et de joie !
Ah ! Zamore , en quel temps faut-il que je te voie ?
Chaque mot dans mon cœur enfonce le poignard.

ZAMORE.

Tu gémis et me vois !

ALZIRE.

Je t'ai revu trop tard.

ZAMORE.

Le bruit de mon trépas a dû remplir le monde.
J'ai traîné loin de toi ma courfe vagabonde ,
Depuis que ces brigands , t'arrachant à mes bras,
M'enlevèrent mes dieux , mon trône et tes appas.
Sais-tu que ce Gufman , ce deftructeur fauvage ,
Par des tourmens fans nombre éprouva mon courage ?
Sais-tu que ton amant , à ton lit deftiné ,
Chère Alzire , aux bourreaux fe vit abandonné ?
Tu frémis : tu reffens le courroux qui m'enflamme ;
L'horreur de cette injure a paffé dans ton ame.
Un dieu , fans doute , un dieu qui préfide à l'amour ,
Dans le fein du trépas me conferva le jour.
Tu n'as point démenti ce grand dieu qui me guide ;
Tu n'es point devenue efpagnole et perfide.
On dit que ce Gufman refpire dans ces lieux ;
Je venais t'arracher à ce monftre odieux.
Tu m'aimes : vengeons-nous ; livre-moi la victime.

ALZIRE.

Oui, tu dois te venger, tu dois punir le crime ;
Frappe.

Z A M O R E.

Que me dis-tu ? Quoi, tes vœux ! quoi, ta foi !

A L Z I R E.

Frappe, je fuis indigne, et du jour, et de toi.

Z A M O R E.

Ah ! Montèze ! ah ! cruel ! mon cœur n'a pu te croire.

A L Z I R E.

A-t-il ofé t'apprendre une action fi noire ?
Sais-tu pour quel époux j'ai pu t'abandonner ?

Z A M O R E.

Non, mais parle : aujourd'hui rien ne peut m'étonner.

A L Z I R E.

Eh bien, vois donc l'abyme où le fort nous engage.
Vois le comble du crime, ainfi que de l'outrage.

Z A M O R E.

Alzire !

A L Z I R E.

Ce Gufman. . . .

Z A M O R E.

Grand Dieu !

A L Z I R E.

Ton affaffin,

Vient en ce même inftant de recevoir ma main.

Z A M O R E.

Lui ?

A L Z I R E.

Mon père, Alvarez, ont trompé ma jeuneffe ;
Ils ont à cet hymen entraîné ma faibleffe.
Ta criminelle amante, aux autels des chrétiens,
Vient prefque fous tes yeux de former ces liens.
J'ai tout quitté, mes dieux, mon amant, ma patrie :
Au nom de tous les trois, arrache-moi la vie.

Voilà mon cœur, il vole au-devant de tes coups.

ZAMORE.

Alzire, eſt-il bien vrai ? Guſman eſt ton époux !

ALZIRE.

Je pourrais t'alléguer, pour affaiblir mon crime,
De mon père ſur moi le pouvoir légitime,
L'erreur où nous étions, mes regrets, mes combats,
Les pleurs que j'ai trois ans donnés à ton trépas :
Que des chrétiens vainqueurs eſclave infortunée,
La douleur de ta perte à leur Dieu m'a donnée :
Que je t'aimai toujours, que mon cœur éperdu
A déteſté tes dieux, qui t'ont mal défendu ;
Mais je ne cherche point, je ne veux point d'excuſe,
Il n'en eſt point pour moi, lorſque l'amour m'accuſe.
Tu vis, il me ſuffit. Je t'ai manqué de foi ;
Tranche mes jours affreux, qui ne ſont plus pour toi.
Quoi ! tu ne me vois point d'un œil impitoyable ?

ZAMORE.

Non, ſi je ſuis aimé, non, tu n'es point coupable :
Puis-je encor me flatter de régner dans ton cœur ?

ALZIRE.

Quand Montèze, Alvarez, peut-être un dieu vengeur,
Nos chrétiens, ma faibleſſe, au temple m'ont conduite,
Sûre de ton trépas, à cet hymen réduite,
Enchaînée à Guſman par des nœuds éternels,
J'adorais ta mémoire au pied de nos autels.
Nos peuples, nos tyrans, tous ont ſu que je t'aime ;
Je l'ai dit à la terre, au ciel, à Guſman même ;
Et dans l'affreux moment, Zamore, où je te vois,
Je te le dis encor pour la dernière fois.

ZAMORE.

Pour la dernière fois Zamore t'aurait vue !
Tu me ferais ravie auffitôt que rendue !
Ah ! fi l'amour encor te parlait aujourd'hui ! . . . .

ALZIRE.

O Ciel ! c'eft Gufman même, et fon père avec lui.

SCENE V.

ALVAREZ, GUSMAN, ZAMORE,
ALZIRE, Suite.

ALVAREZ *à fon fils.*

Tu vois mon bienfaiteur , il eft auprès d'Alzire.
(*à Zamore.*)
O toi ! jeune héros, toi par qui je refpire ,
Viens , ajoute à ma joie, en cet augufte jour ;
Viens avec mon cher fils partager mon amour.

ZAMORE.

Qu'entends-je ? lui, Gufman ! lui, ton fils, ce barbare ?

ALZIRE.

Ciel ! détourne les coups que ce moment prépare.

ALVAREZ.

Dans quel étonnement. . . .

ZAMORE.

Quoi ! le ciel a permis
Que ce vertueux père eût cet indigne fils ?

GUSMAN *à* Zamore.

Efclave, d'où te vient cette aveugle furie ?
Sais-tu bien qui je fuis ?

ZAMORE.

　　　　　Horreur de ma patrie !
Parmi les malheureux que ton pouvoir a faits ,
Connais-tu bien Zamore , et vois-tu tes forfaits ?

GUSMAN.

Toi !

ALVAREZ.

Zamore !

ZAMORE.

　　　　Oui , lui-même , à qui ta barbarie
Voulut ôter l'honneur, et crut ôter la vie ;
Lui que tu fis languir dans des tourmens honteux,
Lui dont l'afpect ici te fait baiffer les yeux.
Raviffeur de nos biens , tyran de notre empire,
Tu viens de m'arracher le feul bien où j'afpire.
Achève, et de ce fer , tréfor de tes climats,
Préviens mon bras vengeur, et préviens ton trépas.
La main, la même main , qui t'a rendu ton père,
Dans ton fang odieux pourrait venger la terre ; (*)
Et j'aurais les mortels et les dieux pour amis ,
En révérant le père , et puniffant le fils.

ALVAREZ *à* Gufman.

De ce difcours, ô Ciel ! que je me fens confondre !
Vous fentez-vous coupable, et pouvez-vous répondre ?

____

(*) *Père* doit rimer avec *terre* , parce qu'on les prononce tous deux
de même. C'eft aux oreilles et non pas aux yeux qu'il faut rimer. Cela
eft fi vrai , que le mot *Paon* n'a jamais rimé avec *phaon*, quoique l'ortho-
graphe foit la même : et le mot *encore* rime très-bien avec *abhorre*, quoiqu'il
n'y ait qu'un *r* à l'un et qu'il y en ait deux à l'autre. La rime eft faite
pour l'oreille ; un ufage contraire ne ferait qu'une pédanterie ridicule et
déraifonnable.

GUSMAN.

Répondre à ce rebelle, et daigner m'avilir
Jufqu'à le réfuter, quand je le dois punir !
Son jufte châtiment, que lui-même il prononce,
Sans mon refpect pour vous eût été ma réponfe.

(à Alzire.)

Madame, votre cœur doit vous inftruire affez
A quel point en fecret ici vous m'offenfez ;
Vous qui, finon pour moi, du moins pour votre gloire,
Deviez de cet efclave étouffer la mémoire ;
Vous, dont les pleurs encore outragent votre époux ;
Vous, que j'aimais affez pour en être jaloux.

ALZIRE.

(à Gufman.)   (à Alvarez.)
Cruel ! Et vous, Seigneur ! mon protecteur, fon père :
(à Zamore.)
Toi ! jadis mon efpoir en un temps plus profpère,
Voyez le joug horrible où mon fort eft lié,
Et frémiffez tous trois d'horreur et de pitié.

(en montrant Zamore.)

Voici l'amant, l'époux que me choifit mon père,
Avant que je connuffe un nouvel hémifphère ;
Avant que de l'Europe on nous portât des fers.
Le bruit de fon trépas perdit cet univers.
Je vis tomber l'empire où régnaient mes ancêtres ;
Tout changea fur la terre, et je connus des maîtres.
Mon père infortuné, plein d'ennuis et de jours,
Au Dieu que vous fervez eut à la fin recours :
C'eft ce Dieu des chrétiens, que devant vous j'attefte ;
Ses autels font témoins de mon hymen funefte ;
C'eft aux pieds de ce Dieu qu'un horrible ferment
Me donne au meurtrier qui m'ôta mon amant.

Je connais mal peut-être une loi si nouvelle ;
Mais j'en crois ma vertu, qui parle aussi haut qu'elle.
Zamore, tu m'es cher, je t'aime, je le dois ;
Mais après mes fermens je ne puis être à toi.
Toi, Gusman, dont je suis l'épouse et la victime,
Je ne suis point à toi, cruel, après ton crime.
Qui des deux osera se venger aujourd'hui ?
Qui percera ce cœur que l'on arrache à lui ?
Toujours infortunée, et toujours criminelle,
Perfide envers Zamore, à Gusman infidelle,
Qui me délivrera, par un trépas heureux,
De la nécessité de vous trahir tous deux ?
Gusman, du sang des miens ta main déjà rougie
Frémira moins qu'une autre à m'arracher la vie.
De l'hymen, de l'amour il faut venger les droits.
Punis une coupable, et sois juste une fois.

GUSMAN.

Ainsi vous abusez d'un reste d'indulgence,
Que ma bonté trahie oppose à votre offense :
Mais vous le demandez, et je vais vous punir ;
Votre supplice est prêt, mon rival va périr.
Holà, Soldats.

ALZIRE.

Cruel !

ALVAREZ.

   Mon fils, qu'allez-vous faire ?
Respectez ses bienfaits, respectez sa misère.
Quel est l'état horrible, ô Ciel, où je me vois !
L'un tient de moi la vie, à l'autre je la dois !
Ah ! mes fils ! de ce nom ressentez la tendresse,
D'un père infortuné regardez la vieillesse ;
Et du moins. . . .

S C E N E   V I.

ALVAREZ, GUSMAN, ALZIRE, ZAMORE,
D. ALONZE, Officier efpagnol.

A L O N Z E.

Paraissez, Seigneur, et commandez :
D'armes et d'ennemis ces champs font inondés :
Ils marchent vers ces murs, et le nom de Zamore
Eft le cri menaçant qui les raffemble encore.
Ce nom facré pour eux fe mêle dans les airs
A ce bruit belliqueux des barbares concerts.
Sous leurs boucliers d'or les campagnes mugiffent ;
De leurs cris redoublés les échos retentiffent ;
En bataillons ferrés ils mefurent leurs pas ,
Dans un ordre nouveau qu'ils ne connaiffaient pas ;
Et ce peuple , autrefois vil fardeau de la terre,
Semble apprendre de nous le grand art de la guerre.

G U S M A N.

Allons , à leurs regards il faut donc fe montrer.
Dans la poudre à l'inftant vous les verrez rentrer.
Héros de la Caftille , enfans de la victoire ,
Ce monde eft fait pour vous , vous l'êtes pour la gloire :
Eux pour porter vos fers , vous craindre et vous fervir.

Z A M O R E.

Mortel égal à moi, nous , faits pour obéir !

G U S M A N.

Qu'on l'entraîne.

ZAMORE.

ZAMORE.

Ofes-tu, tyran de l'innocence,
Ofes-tu, me punir d'une jufte défenfe ?
(*aux efpagnols qui l'entourent.*)
Etes-vous donc des dieux qu'on ne puiffe attaquer ?
Et teints de notre fang, faut-il vous invoquer ?

GUSMAN.

Obéiffez.

ALZIRE.

Seigneur !

ALVAREZ.

Dans ton courroux févère,
Songe au moins, mon cher fils, qu'il a fauvé ton père.

GUSMAN.

Seigneur, je fonge à vaincre, et je l'appris de vous ;
J'y vole, adieu.

SCENE VII.

ALVAREZ, ALZIRE.

ALZIRE, *fe jetant à genoux.*

SEIGNEUR, j'embraffe vos genoux.
C'eft à votre vertu que je rends cet hommage,
Le premier où le fort abaiffa mon courage.
Vengez, Seigneur, vengez, fur ce cœur affligé,
L'honneur de votre fils par fa femme outragé.
Mais à mes premiers nœuds mon ame était unie ;
Hélas! peut-on deux fois fe donner dans fa vie ?

Théâtre. Tome II.   D d

Zamore était à moi , Zamore eut mon amour :
Zamore eft vertueux ; vous lui devez le jour.
Pardonnez... je fuccombé à ma douleur mortelle.

A L V A R E Z.

Je conferve pour toi ma bonté paternelle.
Je plains Zamore et toi ; je ferai ton appui ;
Mais fonge au nœud facré qui t'attache aujourd'hui.
Ne porte point l'horreur au fein de ma famille :
Non , tu n'es plus à toi ; fois mon fang, fois ma fille :
Gufman fut inhumain , je le fais , j'en frémis ;
Mais il eft ton époux, il t'aime, il eft mon fils :
Son ame à la pitié fe peut ouvrir encore.

A L Z I R E.

Hélas ! que n'êtes-vous le père de Zamore !

Fin du troifième acte.

ACTE IV.

SCENE PREMIERE.

ALVAREZ, GUSMAN.

ALVAREZ.

Meritez donc, mon fils, un si grand avantage.
Vous avez triomphé du nombre et du courage ;
Et de tous les vengeurs de ce triste univers
Une moitié n'est plus, et l'autre est dans vos fers.
Ah ! n'ensanglantez point le prix de la victoire,
Mon fils, que la clémence ajoute à votre gloire.
Je vais, sur les vaincus étendant mes secours,
Consoler leur misère, et veiller sur leurs jours.
Vous, songez cependant qu'un père vous implore ;
Soyez homme et chrétien, pardonnez à Zamore.
Ne pourrai-je adoucir vos inflexibles mœurs ?
Et n'apprendrez-vous point à conquérir des cœurs ?

GUSMAN.

Ah ! vous percez le mien. Demandez-moi ma vie ;
Mais laissez un champ libre à ma juste furie :
Ménagez le courroux de mon cœur opprimé.
Comment lui pardonner ? le barbare est aimé.

ALVAREZ.

Il en est plus à plaindre.

GUSMAN.

A plaindre ! lui, mon père !
Ah ! qu'on me plaigne ainsi, la mort me sera chère.

D d 2

ALVAREZ.

Quoi , vous joignez encore à cet ardent courroux
La fureur des foupçons , ce tourment des jaloux ?

GUSMAN.

Et vous condamneriez jufqu'à ma jaloufie ?
Quoi ! ce jufte tranfport dont mon ame eft faifie ,
Ce trifte fentiment plein de honte et d'horreur ,
Si légitime en moi , trouve en vous un cenfeur !
Vous voyez fans pitié ma douleur effrénée !

ALVAREZ.

Mêlez moins d'amertume à votre deftinée ;
Alzire a des vertus , et loin de les aigrir ,
Par des dehors plus doux vous devez l'attendrir.
Son cœur de ces climats conferve la rudeffe ,
Il réfifte à la force, il cède à la foupleffe ;
Et la douceur peut tout fur notre volonté.

GUSMAN.

Moi , que je flatte encor l'orgueil de fa beauté ?
Que fous un front ferein déguifant mon outrage ,
A de nouveaux mépris ma bonté l'encourage ?
Ne devriez-vous pas , de mon honneur jaloux ,
Au lieu de le blâmer , partager mon courroux ?
J'ai déjà trop rougi d'époufer une efclave ,
Qui m'ofe dédaigner, qui me hait, qui me brave ,
Dont un autre à mes yeux poffède encor le cœur ,
Et que j'aime, en un mot , pour comble de malheur.

ALVAREZ.

Ne vous repentez point d'un amour légitime ;
Mais fachez le régler : tout excès mène au crime.
Promettez-moi du moins de ne décider rien ,
Avant de m'accorder un fecond entretien.

GUSMAN.

Eh ! que pourrait un fils refuser à son père ?
Je veux bien pour un temps suspendre ma colère ;
N'en exigez pas plus de mon cœur outragé.

ALVAREZ.

Je ne veux que du temps.

(*il sort.*)

GUSMAN *seul.*

Quoi ! n'être point vengé ?
Aimer , me repentir , être réduit encore
A l'horreur d'envier le destin de Zamore ,
D'un de ces vils mortels en Europe ignorés ,
Qu'à peine du nom d'homme on aurait honorés...
Que vois-je ? Alzire ! ô Ciel ! ...

SCENE II.

GUSMAN, ALZIRE, EMIRE.

ALZIRE.

C'est moi, c'est ton épouse ;
C'est ce fatal objet de ta fureur jalouse,
Qui n'a pu te chérir, qui t'a dû révérer ,
Qui te plaint, qui t'outrage, et qui vient t'implorer.
Je n'ai rien déguisé. Soit grandeur , soit faiblesse ,
Ma bouche a fait l'aveu qu'un autre a ma tendresse ;
Et ma sincérité, trop funeste vertu ,
Si mon amant périt, est ce qui l'a perdu.
Je vais plus t'étonner : ton épouse a l'audace
De s'adresser à toi pour demander sa grace.
J'ai cru que Don Gusman, tout fier, tout rigoureux ,
Tout terrible qu'il est, doit être généreux.

J'ai penfé qu'un guerrier , jaloux de fa puiffance ,
Peut mettre l'orgueil même à pardonner l'offenfe :
Une telle vertu féduirait plus nos cœurs ,
Que tout l'or de ces lieux n'éblouit nos vainqueurs.
Par ce grand changement dans ton ame inhumaine ,
Par un effort fi beau tu vas changer la mienne ;
Tu t'affures ma foi , mon refpect , mon retour ,
Tous mes vœux (s'il en eft qui tiennent lieu d'amour.)
Pardonne . . . je m'égare . . . éprouve mon courage.
Peut-être une efpagnole eût promis davantage ;
Elle eût pu prodiguer les charmes de fes pleurs ;
Je n'ai point leurs attraits , et je n'ai point leurs mœurs.
Ce cœur fimple , et formé des mains de la nature ,
En voulant t'adoucir redouble ton injure :
Mais enfin c'eft à toi d'effayer déformais
Sur ce cœur indompté la force des bienfaits.

G U S M A N.

Eh bien , fi les vertus peuvent tant fur votre ame ,
Pour en fuivre les lois , connaiffez-les , Madame.
Etudiez nos mœurs avant de les blâmer ;
Ces mœurs font vos devoirs ; il faut s'y conformer.
Sachez que le premier eft d'étouffer l'idée
Dont votre ame à mes yeux eft encor poffédée ;
De vous refpecter plus , et de n'ofer jamais
Me prononcer le nom d'un rival que je hais ;
D'en rougir la première , et d'attendre en filence
Ce que doit d'un barbare ordonner ma vengeance.
Sachez que votre époux , qu'ont outragé vos feux ,
S'il peut vous pardonner , eft affez généreux.
Plus que vous ne penfez je porte un cœur fenfible ,
Et ce n'eft pas à vous à me croire inflexible.

SCENE III.

ALZIRE, EMIRE.

EMIRE.

Vous voyez qu'il vous aime, on pourrait l'attendrir.

ALZIRE.

S'il m'aime, il eft jaloux ; Zamore va périr ;
J'affaffinais Zamore en demandant fa vie.
Ah! je l'avais prévu. M'aurais-tu mieux fervie ?
Pourras-tu le fauver ? Vivra-t-il loin de moi ?
Du foldat qui le garde as-tu tenté la foi ?

EMIRE.

L'or qui les féduit tous vient d'éblouir fa vue.
Sa foi, n'en doutez point, fa main vous eft vendue.

ALZIRE.

Ainfi, grâces aux cieux, ces métaux déteftés
Ne fervent pas toujours à nos calamités.
Ah! ne perds point de temps : tu balances encore !

EMIRE.

Mais aurait-on juré la perte de Zamore?
Alvarez aurait-il affez peu de crédit ?
Et le confeil enfin . . . .

ALZIRE.

Je crains tout : il fuffit.
Tu vois de ces tyrans la fureur defpotique :
Ils penfent que pour eux le ciel fit l'Amérique,
Qu'ils en font nés les rois ; et Zamore à leurs yeux,
Tout fouverain qu'il fut, n'eft qu'un féditieux.
Confeil de meurtriers ! Gufman ! peuple barbare !
Je préviendrai les coups que votre main prépare.

D d 4

Ce foldat ne vient point : qu'il tarde à m'obéir !

E M I R E.

Madame , avec Zamore il va biéntôt venir ;
Il court à la prifon. Déjà la nuit plus fombre
Couvre ce grand deffein du fecret de fon ombre.
Fatigués de carnage et de fang enivrés ,
Les tyrans de la terre au fommeil font livrés.

A L Z I R E.

Allons, que ce foldat nous conduife à la porte :
Qu'on ouvre la prifon, que l'innocence en forte.

E M I R E.

Il vous prévient déjà ; Céphane le conduit :
Mais fi l'on vous rencontre en cette obfcure nuit ,
Votre gloire eft perdue, et cette honte extrême....

A L Z I R E.

Va, la honte ferait de trahir ce que j'aime.
Cet honneur étranger, parmi nous inconnu ,
N'eft qu'un fantôme vain qu'on prend pour la vertu :
C'eft l'amour de la gloire, et non de la juftice,
La crainte du reproche, et non celle du vice.
Je fus inftruite, Emire, en ce groffier climat ,
A fuivre la vertu fans en chercher l'éclat.
L'honneur eft dans mon cœur, et c'eft lui qui m'ordonne
De fauver un héros que le ciel abandonne.

S C E N E I V.

ALZIRE, ZAMORE, EMIRE, un Soldat.

A L Z I R E.

To u t eft perdu pour toi ; tes tyrans font vainqueurs :
Ton fupplice eft tout prêt : fi tu ne fuis , tu meurs.
Pars, ne perds point de temps ; prends ce foldat pour guide.
Trompons des meurtriers l'efpérance homicide,

Tu vois mon défefpoir, et mon faififfement ;
C'eft à toi d'épargner la mort à mon amant,
Un crime à mon époux, et des larmes au monde.
L'Amérique t'appelle, et la nuit te feconde ;
Prends pitié de ton fort, et laiffe-moi le mien.

ZAMORE.

Efclave d'un barbare, époufe d'un chrétien,
Toi qui m'as tant aimé, tu m'ordonnes de vivre !
Eh bien, j'obéirai : mais ofes-tu me fuivre ?
Sans trône, fans fecours, au comble du malheur,
Je n'ai plus à t'offrir qu'un défert et mon cœur.

ALZIRE.

Ah ! qu'était-il fans toi ? qu'ai-je aimé que toi-même ?
Et qu'eft-ce auprès de toi que ce vil univers ?
Mon ame va te fuivre au fond de tes déferts.
Je vais feule en ces lieux, où l'horreur me confume,
Languir dans les regrets, fécher dans l'amertume,
Mourir dans le remords d'avoir trahi ma foi,
D'être au pouvoir d'un autre, et de brûler pour toi.
Pars, emporte avec toi mon bonheur et ma vie ;
Laiffe-moi les horreurs du devoir qui me lie.
J'ai mon amant enfemble et ma gloire à fauver.
Tous deux me font facrés ; je les veux conferver.

ZAMORE.

Ta gloire ! Quelle eft donc cette gloire inconnue ?
Quel fantôme d'Europe a fafciné ta vue ?
Quoi ! ces affreux fermens, qu'on vient de te dicter,
Quoi ! ce temple chrétien que tu dois détefter,
Ce dieu, ce deftructeur des dieux de mes ancêtres,
T'arrachent à Zamore, et te donnent des maîtres ?

A L Z I R E.

J'ai promis ; il suffit : il n'importe à quel dieu. (c)

Z A M O R E.

Ta promesse est un crime ; elle est ma perte ; adieu.
Périssent tes sermens, et ton dieu que j'abhorre !

A L Z I R E.

Arrête : quels adieux ! arrête, cher Zamore !

Z A M O R E.

Gusman est ton époux !

A L Z I R E.

Plains-moi, sans m'outrager.

Z A M O R E.

Songe à nos premiers nœuds.

A L Z I R E.

Je songe à ton danger.

Z A M O R E.

Non, tu trahis, cruelle, un feu si légitime.

A L Z I R E.

Non, je t'aime à jamais ; et c'est un nouveau crime.
Laisse-moi mourir seule : ôte-toi de ces lieux.
Quel désespoir horrible étincelle en tes yeux ?
Zamore....

Z A M O R E.

C'en est fait.

A L Z I R E.

Où vas-tu ?

Z A M O R E.

Mon courage
De cette liberté va faire un digne usage.

ALZIRE.

Tu n'en faurais douter, je péris fi tu meurs.

ZAMORE.

Peux-tu mêler l'amour à ces momens d'horreurs ?
Laiffe-moi, l'heure fuit, le jour vient, le temps preffe :
Soldat, guide mes pas.

SCENE V.

ALZIRE, EMIRE.

ALZIRE.

Je fuccombe, il me laiffe :
Il part, que va-t-il faire ? O moment plein d'effroi !
Gufman ! Quoi, c'eft donc lui que j'ai quitté pour toi !
Emire, fuis fes pas, vole, et reviens m'inftruire
S'il eft en fureté, s'il faut que je refpire.
Va voir fi ce foldat nous fert ou nous trahit.

(*Emire fort.*)

Un noir preffentiment m'afflige et me faifit :
Ce jour, ce jour pour moi ne peut être qu'horrible.
O toi ! Dieu des chrétiens, Dieu vainqueur et terrible !
Je connais peu tes lois ; ta main, du haut des cieux,
Perce à peine un nuage épaiffi fur mes yeux ;
Mais fi je fuis à toi, fi mon amour t'offenfe,
Sur ce cœur malheureux épuife ta vengeance.
Grand Dieu ! conduis Zamore au milieu des déferts ;
Ne ferais-tu le dieu que d'un autre univers ?

Les feuls Européans font-ils nés pour te plaire ?
Es-tu tyran d'un monde , et de l'autre le père ?
Les vainqueurs, les vaincus, tous ces faibles humains ,
Sont tous également l'ouvrage de tes mains.
Mais de quels cris affreux mon oreille eft frappée !
J'entends nommer Zamore : ô Ciel ! on m'a trompée.
Le bruit redouble , on vient ; ah ! Zamore eft perdu.

SCENE VI.

ALZIRE, EMIRE.

ALZIRE.

CHERE Emire , eft-ce toi ? qu'a-t-on fait ? qu'as-tu vu ?
Tire-moi par pitié de mon doute terrible.

EMIRE.

Ah ! n'efpérez plus rien : fa perte eft infaillible.
Des armes du foldat , qui conduifait fes pas ,
Il a couvert fon front , il a chargé fon bras.
Il s'éloigne : à l'inftant le foldat prend la fuite ;
Votre amant au palais court et fe précipite ;
Je le fuis en tremblant , parmi nos ennemis ,
Parmi ces meurtriers dans le fang endormis ,
Dans l'horreur de la nuit, des morts et du filence.
Au palais de Gufman je le vois qui s'avance ;
Je l'appelais en vain de la voix et des yeux ;
Il m'échappe, et foudain j'entends des cris affreux :
J'entends dire, qu'il meure : on court , on vole aux armes,
Retirez-vous , Madame , et fuyez tant d'alarmes :
Rentrez.

ALZIRE.

Ah ! chère Emire, allons le fecourir.

EMIRE.

Que pouvez-vous, Madame? ô Ciel !

ALZIRE.

Je puis mourir.

SCENE VII.

ALZIRE, EMIRE, D. ALONZE, Gardes.

ALONZE.

A mes ordres fecrets, Madame, il faut vous rendre.

ALZIRE.

Que me dis-tu, barbare, et que viens-tu m'apprendre ?
Qu'eft devenu Zamore?

ALONZE.

En ce moment affreux
Je ne puis qu'annoncer un ordre rigoureux.
Daignez me fuivre.

ALZIRE.

O fort ! ô vengeance trop forte !
Cruels, quoi, ce n'eft point la mort que l'on m'apporte ?
Quoi, Zamore n'eft plus ! et je n'ai que des fers !
Tu gémis, et tes yeux de larmes font couverts !
Mes maux ont-ils touché les cœurs nés pour la haine ?
Viens, fi la mort m'attend, viens, j'obéis fans peine.

Fin du quatrième acte.

ACTE V.

SCENE PREMIERE.

ALZIRE, Gardes.

ALZIRE.

Préparez-vous pour moi vos supplices cruels,
Tyrans, qui vous nommez les juges des mortels?
Laissez-vous dans l'horreur de cette inquiétude
De mes destins affreux flotter l'incertitude?
On m'arrête, on me garde, on ne m'informe pas
Si l'on a résolu ma vie ou mon trépas.
Ma voix nomme Zamore, et mes gardes pâlissent :
Tout s'émeut à ce nom : ces monstres en frémissent.

SCENE II.

MONTEZE, ALZIRE.

ALZIRE.

Ah! mon père!

MONTEZE.

Ma fille, où nous as-tu réduits?
Voilà de ton amour les exécrables fruits.
Hélas! nous demandions la grâce de Zamore ;
Alvarez avec moi daignait parler encore :
Un soldat à l'instant se présente à nos yeux;
C'était Zamore même, égaré, furieux.

Par ce déguifement la vue était trompée ;
A peine entre fes mains j'aperçois une épée :
Entrer, voler vers nous, s'élancer fur Gufman,
L'attaquer, le frapper, n'eft pour lui qu'un moment.
Le fang de ton époux rejaillit fur ton père :
Zamore, au même inftant dépouillant fa colère,
Tombe aux pieds d'Alvarez, et tranquille et foumis,
Lui préfentant ce fer teint du fang de fon fils ;
J'ai fait ce que j'ai dû, j'ai vengé mon injure,
Fais ton devoir, dit-il, et venge la nature.
Alors il fe profterne, attendant le trépas.
Le père tout fanglant fe jette entre mes bras ;
Tout fe réveille, on court, on s'avance, on s'écrie,
On vole à ton époux, on rappelle fa vie ;
On arrête fon fang, on preffe le fecours
De cet art inventé pour conferver nos jours.
Tout le peuple à grands cris demande ton fupplice.
Du meurtre de fon maître il te croit la complice.

ALZIRE.

Vous pourriez !...

MONTEZE.

Non, mon cœur ne t'en foupçonne pas ;
Non, le tien n'eft pas fait pour de tels attentats ;
Capable d'une erreur, il ne l'eft point d'un crime ;
Tes yeux s'étaient fermés fur le bord de l'abyme.
Je le fouhaite ainfi, je le crois ; cependant
Ton époux va mourir des coups de ton amant.
On va te condamner ; tu vas perdre la vie
Dans l'horreur du fupplice, et dans l'ignominie;
Et je retourne enfin, par un dernier effort,
Demander au confeil et ta grâce et ma mort.

A L Z I R E.

Ma grâce ! à mes tyrans ? les prier ! vous, mon père ?
Ofez vivre et m'aimer, c'eft ma feule prière.
Je plains Gufman ; fon fort a trop de cruauté :
Et je le plains fur-tout de l'avoir mérité.
Pour Zamore, il n'a fait que venger fon outrage ;
Je ne puis excufer ni blâmer fon courage.
J'ai voulu le fauver, je ne m'en défends pas.
Il mourra.... Gardez-vous d'empêcher mon trépas.

M O N T E Z E.

O Ciel ! infpire-moi, j'implore ta clémence !

(il fort.)

S C E N E   I I I.

A L Z I R E   feule.

O Ciel ! anéantis ma fatale exiftence.
Quoi, ce Dieu que je fers me laiffe fans fecours !
Il défend à mes mains d'attenter fur mes jours !
Ah ! j'ai quitté des dieux, dont la bonté facile
Me permettait la mort, la mort mon feul afile.
Eh ! quel crime eft-ce donc devant ce Dieu jaloux,
De hâter un moment qu'il nous prépare à tous ?
Quoi ! du calice amer d'un malheur fi durable
Faut-il boire à longs traits la lie infupportable ?
Ce corps vil et mortel eft-il donc fi facré,
Que l'efprit qui le meut ne le quitte à fon gré ?
Ce peuple de vainqueurs, armé de fon tonnerre,
A-t-il le droit affreux de dépeupler la terre ?

D'exterminer

D'exterminer les miens? de déchirer mon flanc?
Et moi je ne pourrai difpofer de mon fang?
Je ne pourrai fur moi permettre à mon courage
Ce que fur l'univers il permet à fa rage?
Zamore va mourir dans des tourmens affreux.
Barbares !

SCENE IV.

ZAMORE enchaîné, ALZIRE, Gardes.

ZAMORE.

C'est ici qu'il faut périr tous deux.
Sous l'horrible appareil de fa fauffe juftice,
Un tribunal de fang te condamne au fupplice,
Gufman refpire encor; mon bras défefpéré
N'a porté dans fon fein qu'un coup mal affuré :
Il vit pour achever le malheur de Zamore;
Il mourra tout couvert de ce fang que j'adore ;
Nous périrons enfemble à fes yeux expirans ;
Il va goûter encor le plaifir des tyrans.
Alvarez doit ici prononcer de fa bouche
L'abominable arrêt de ce confeil farouche.
C'eft moi qui t'ai perdue ; et tu péris pour moi.

ALZIRE.

Va, je ne me plains plus ; je mourrai près de toi.
Tu m'aimes, c'eft affez ; bénis ma deftinée,
Bénis le coup affreux qui rompt mon hyménée ;
Songe que ce moment, où je vais chez les morts,
Eft le feul où mon cœur peut t'aimer fans remords.

Théâtre. Tome II.   E e

Libre par mon supplice, à moi-même rendue,
Je dispose à la fin d'une foi qui t'est due.
L'appareil de la mort, élevé pour nous deux,
Est l'autel où mon cœur te rend ses premiers feux.
C'est là que j'expîrai le crime involontaire
De l'infidélité que j'avais pu te faire.
Ma plus grande amertume, en ce funeste sort,
C'est d'entendre Alvarez prononcer notre mort.

Z A M O R E.

Ah ! le voici ; les pleurs inondent son visage.

A L Z I R E.

Qui de nous trois, ô Ciel ! a reçu plus d'outrage ?
Et que d'infortunés le sort assemble ici !

S C E N E V.

ALZIRE, ZAMORE, ALVAREZ, Gardes.

Z A M O R E.

J'ATTENDS la mort de toi, le ciel le veut ainsi ;
Tu dois me prononcer l'arrêt qu'on vient de rendre :
Parle sans te troubler, comme je vais t'entendre ;
Et fais livrer sans crainte aux supplices tout prêts
L'assassin de ton fils, et l'ami d'Alvarez.
Mais que t'a fait Alzire ? et quelle barbarie
Te force à lui ravir une innocente vie ?
Les Espagnols enfin t'ont donné leur fureur :
Une injuste vengeance entre-t-elle en ton cœur ?
Connu seul parmi nous par ta clémence auguste,
Tu veux donc renoncer à ce grand nom de juste !

Dans le fang innocent ta main va fe baigner!

ALZIRE.

Venge-toi, venge un fils, mais fans me foupçonner.
Epoufe de Gufman, ce nom feul doit t'apprendre
Que loin de le trahir je l'aurais fu défendre.
J'ai refpecté ton fils, et ce cœur gémiffant
Lui conferva fa foi, même en le haïffant.
Que je fois de ton peuple applaudie ou blâmée,
Ta feule opinion fera ma renommée ;
Eftimée en mourant d'un cœur tel que le tien,
Je dédaigne le refte, et ne demande rien.
Zamore va mourir, il faut bien que je meure ;
C'eft tout ce que j'attends, et c'eft toi que je pleure.

ALVAREZ.

Quel mélange, grand Dieu, de tendreffe et d'horreur !
L'affaffin de mon fils eft mon libérateur.
Zamore !... oui, je te dois des jours que je détefte ;
Tu m'as vendu bien cher un préfent fi funefte...
Je fuis père, mais homme ; et malgré ta fureur,
Malgré la voix du fang qui parle à ma douleur,
Qui demande vengeance à mon ame éperdue,
La voix de tes bienfaits eft encore entendue.
Et toi qui fus ma fille, et que dans nos malheurs
J'appelle encor d'un nom qui fait couler nos pleurs,
Va, ton père eft bien loin de joindre à fes fouffrances
Cet horrible plaifir que donnent les vengeances.
Il faut perdre à la fois, par des coups inouis,
Et mon libérateur, et ma fille, et mon fils.
Le confeil vous condamne : il a dans fa colère
Du fer de la vengeance armé la main d'un père.

Je n'ai point refufé ce miniftère affreux....
Et je viens le remplir, pour vous fauver tous deux.
Zamore, tu peux tout.

ZAMORE.

Je peux fauver Alzire?
Ah! parle, que faut-il?

ALVAREZ.

Croire un Dieu qui m'infpire.
Tu peux changer d'un mot et fon fort et le tien;
.Ici la loi pardonne à qui fe rend chrétien.
Cette loi, que naguère un faint zèle a dictée,
Du ciel en ta faveur y femble être apportée.
Le Dieu qui nous apprit lui-même à pardonner,
De fon ombre à nos yeux faura t'environner.
Tu vas des Efpagnols arrêter la colère;
Ton fang, facré pour eux, eft le fang de leur frère:
Les traits de la vengeance, en leurs mains fufpendus,
Sur Alzire et fur toi ne fe tourneront plus.
Je réponds de fa vie, ainfi que de la tienne;
Zamore, c'eft de toi, qu'il faut que je l'obtienne.
Ne fois point inflexible à cette faible voix;
Je te devrai la vie une feconde fois.
Cruel, pour me payer du fang dont tu me prives,
Un père infortuné demande que tu vives.
Rends-toi chrétien comme elle; accorde-moi ce prix
De fes jours et des tiens, et du fang de mon fils.

ZAMORE à *Alzire.*

Alzire, jufque-là chéririons-nous la vie?
La rachèterions-nous par mon ignominie?
Quitterai-je mes dieux pour le Dieu de Gufman?
(à *Alvarez.*)
Et toi, plus que ton fils feras-tu mon tyran?

Tu veux qu'Alzire meure, ou que je vive en traître !
Ah ! lorfque de tes jours je me fuis vu le maître,
Si j'avais mis ta vie à cet indigne prix,
Parle, aurais-tu quitté le Dieu de ton pays ?

ALVAREZ.

J'aurais fait ce qu'ici tu me vois faire encore.
J'aurais prié ce Dieu, feul être que j'adore,
De n'abandonner pas un cœur tel que le tien,
Tout aveugle qu'il eft, digne d'être chrétien.

ZAMORE.

Dieux ! quel genre inoui de trouble et de fupplice !
Entre quels attentats faut-il que je choififfe ?

(à Alzire.)

Il s'agit de tes jours ; il s'agit de mes dieux.
Toi qui m'ofes aimer, ofe juger entre eux,
Je m'en remets à toi ; mon cœur fe flatte encore
Que tu ne voudras point la honte de Zamore.

ALZIRE.

Ecoute. Tu fais trop qu'un père infortuné
Difpofa de ce cœur, que je t'avais donné ;
Je reconnus fon Dieu : tu peux de ma jeuneffe
Accufer, fi tu veux, l'erreur ou la faibleffe ;
Mais des lois des chrétiens mon efprit enchanté,
Vit chez eux, ou du moins, crut voir la vérité ;
Et ma bouche, abjurant les dieux de ma patrie,
Par mon ame en fecret ne fut point démentie.
Mais renoncer aux dieux que l'on croit dans fon cœur,
C'eft le crime d'un lâche, et non pas une erreur :
C'eft trahir à la fois, fous un mafque hypocrite,
Et le dieu qu'on préfère, et le dieu que l'on quitte :
C'eft mentir au ciel même, à l'univers, à foi.
Mourons, mais en mourant, fois digne encor de moi ;

Et fi Dieu ne te donne une clarté nouvelle,
Ta probité te parle, il faut n'écouter qu'elle.

ZAMORE.

J'ai prévu ta réponfe ; il vaut mieux expirer
Et mourir avec toi, que fe déshonorer.

ALVAREZ.

Cruels, ainfi tous deux vous voulez votre perte !
Vous bravez ma bonté qui vous était offerte.
Ecoutez, le temps preffe, et ces lugubres cris....

SCENE VI.

ALVAREZ, ZAMORE, ALZIRE, ALONZE,
Américains, Efpagnols.

ALONZE.

On amène à vos yeux votre malheureux fils.
Seigneur, entre vos bras il veut quitter la vie.
Du peuple qui l'aimait une troupe en furie,
S'empreffant près de lui, vient fe raffafier
Du fang de fon époufe et de fon meurtrier.

SCENE VII et dernière.

ALVAREZ, GUSMAN, ZAMORE, ALZIRE,
Américains, Soldats.

ZAMORE.

Cruels, fauvez Alzire, et preffez mon fupplice !

ALZIRE.

Non, qu'une affreufe mort tous trois nous réuniffe !

ALVAREZ.

Mon fils mourant, mon fils, ô comble de douleur !

ZAMORE *à Gusman.*

Tu veux donc jusqu'au bout consommer ta fureur ?
Viens, vois couler mon sang, puisque tu vis encore ;
Viens apprendre à mourir en regardant Zamore.

GUSMAN *à Zamore.*

Il est d'autres vertus que je veux t'enseigner,
Je dois un autre exemple, et je viens le donner.

(*à Alvarez.*)

Le ciel qui veut ma mort, et qui l'a suspendue,
Mon père, en ce moment m'amène à votre vue.
Mon ame fugitive, et prête à me quitter,
S'arrête devant vous... mais pour vous imiter.
Je meurs ; le voile tombe ; un nouveau jour m'éclaire ;
Je ne me fais connu qu'au bout de ma carrière.
J'ai fait jusqu'au moment qui me plonge au cercueil,
Gémir l'humanité du poids de mon orgueil.
Le ciel venge la terre : il est juste ; et ma vie
Ne peut payer le sang dont ma main s'est rougie.
Le bonheur m'aveugla, l'amour m'a détrompé :
Je pardonne à la main par qui Dieu m'a frappé.
J'étais maître en ces lieux ; seul j'y commande encore ;
Seul je puis faire grâce, et la fais à Zamore.
Vis, superbe ennemi, sois libre, et te souvien
Quel fut, et le devoir, et la mort d'un chrétien.

(*à Montèze qui se jette à ses pieds.*)

Montèze, Américains, qui fûtes mes victimes,
Songez que ma clémence a surpassé mes crimes.
Instruisez l'Amérique ; apprenez à ses rois
Que les chrétiens sont nés pour leur donner des lois.

(*à Zamore.*)

Des dieux que nous fervons connais la différence :
Les tiens t'ont commandé le meurtre et la vengeance;
Et le mien, quand ton bras vient de m'affaffiner ,
M'ordonne de te plaindre et de te pardonner. (3)

A L V A R E Z.

Ah, mon fils! tes vertus égalent ton courage.

A L Z I R E.

Quel changement , grand Dieu ! quel étonnant langage !

Z A M O R E.

Quoi, tu veux me forcer moi-même au repentir !

G U S M A N.

Je veux plus, je te veux forcer à me chérir.
Alzire n'a vécu que trop infortunée,
Et par mes cruautés, et par mon hyménée ;
Que ma mourante main la remette en tes bras :
Vivez fans me haïr, gouvernez vos Etats ,
Et de vos murs détruits rétabliffant la gloire ,
De mon nom, s'il fe peut, béniffez la mémoire.

(*à Alvarez.*)

Daignez fervir de père à ces époux heureux :
Que du ciel, par vos foins , le jour luife fur eux !
Aux clartés des chrétiens fi fon ame eft ouverte,
Zamore eft votre fils , et répare ma perte.

Z A M O R E.

Je demeure immobile , égaré, confondu;
Quoi donc, les vrais chrétiens auraient tant de vertu !
Ah! la loi qui t'oblige à cet effort fuprême ,
Je commence à le croire, eft la loi d'un Dieu même.
J'ai connu l'amitié, la conftance , la foi;
Mais tant de grandeur d'ame eft au-deffus de moi :

Tant

Tant de vertu m'accable, et fon charme m'attire.
Honteux d'être vengé, je t'aime et je t'admire.

(il fe jette à fes pieds.)

A L Z I R E.

Seigneur, en rougiffant je tombe à vos genoux.
Alzire, en ce moment, voudrait mourir pour vous.
Entre Zamore et vous mon ame déchirée
Succombe au repentir dont elle eft dévorée.
Je me fens trop coupable, et mes triftes erreurs....

G U S M A N.

Tout vous eft pardonné, puifque je vois vos pleurs.
Pour la dernière fois, approchez-vous, mon père,
Vivez long-temps heureux; qu'Alzire vous foit chère.
Zamore, fois chrétien; je fuis content; je meurs.

A L V A R E Z à Montèze.

Je vois le doigt de Dieu, marqué dans nos malheurs.
Mon cœur défefpéré fe foumet, s'abandonne
Aux volontés d'un Dieu, qui frappe et qui pardonne.

Fin du cinquième et dernier acte.

VARIANTES D'ALZIRE.

(a) **E**DITION de 1738.

En chrétiens vertueux change tous ces héros.

(b) *Ibid.*

Méritez, s'il se peut, *un amour si fidelle.*

(c) *Ibid.*

J'ai promis, il suffit ; que t'importe à quel dieu ?

NOTES.

(1) A**PRÈS** ces mots on lisait dans l'édition de 1738 :

„ L'auteur ingénieux et digne de beaucoup de considération, qui vient
„ de travailler sur un sujet à peu-près semblable à ma tragédie , et qui
„ s'est exercé à peindre ce contraste des mœurs de l'Europe et de celles du
„ nouveau monde, matière si favorable à la poësie, enrichira peut-être
„ le théâtre de sa pièce nouvelle. Il verra si je serai le dernier à lui
„ applaudir, et si un indigne amour propre ferme mes yeux aux beautés
„ d'un ouvrage. „

Cet auteur est M. *le Franc de Pompignan.* Voyez dans la partie littéraire
des ouvrages en prose , les pièces relatives aux querelles de M. de *Voltaire*
et de M. *le Franc.*

(2) Ce mouvement est une imitation heureuse de ce vers du quatrième
livre des Géorgiques de *Virgile :*

Invalidasque tibi tendens , heu non tua , palmas.

(3) C'est le mot du duc de *Guise* , non à *Poltrot* qui l'assassina , mais à
un protestant qui avait formé ce projet pendant le siége de Rouen. Ce
mot n'était qu'un trait d'hypocrisie , dans un homme qui , sous prétexte
de défendre la religion , avait immolé à son ambition tant de victimes
innocentes.

Fin du Tome second.